U0933092

【美国】杰克·伦敦/著
江　海/编译

野性的呼唤

YEXINGDEHUHUAN

南京大学出版社

图书在版编目(CIP)数据

野性的呼唤/江海编译. -南京:南京大学出版社,2010.6(2018.1重印)

(青少年课外阅读系列丛书)

ISBN 978-7-305-06991-8

Ⅰ.①野… Ⅱ.①江… Ⅲ.①长篇小说-美国-近代-缩写本 Ⅳ.①I712.44

中国版本图书馆CIP数据核字(2010)第077261号

出版发行 南京大学出版社
社　　址 南京市汉口路22号　　邮　编 210093
出 版 人 金鑫荣

丛 书 名 青少年课外阅读系列丛书
书　　名 **野性的呼唤**
著　　者 [美国]杰克·伦敦
编　　译 江　海
责任编辑 封燕霞　　编辑热线 025-83207098
审读编辑 王向民

照　　排 南京新洲印刷有限公司
印　　刷 南京新洲印刷有限公司
开　　本 787×1092 1/16　印张 18　字数 268千
版　　次 2010年6月第1版　2018年1月第5次印刷
ISBN 978-7-305-06991-8
定　　价 25.80元

网　　址 http://www.njupco.com
官方微博 http://weibo.com/njupco
官方微信 njupress
销售咨询热线 025-66665152

前　　言

《野性的呼唤》中的巴克，原是米勒法官家的一只爱犬，一直生活在美国南部加州一个温暖的山谷里。后被卖到美国北部寒冷偏远、盛产黄金的阿拉斯加，成了一只拉雪橇的狗。它目睹了人与人、狗与狗、强者与弱者之间的冷酷无情和生死争斗。为了生存，它学会了只求活命、不顾道义的处世原则，变得凶悍、机智而狡诈。最后，在森林中狼群的呼唤下，巴克狼性复萌，逃入丛林，重归荒野。在小说中，杰克·伦敦运用拟人手法，把狗的眼中的世界及人类的本质刻画得淋漓尽致，反映了社会的冷酷、现实和"优胜劣汰，适者生存"的观念。巴克渴望并奔向了自由，这也正是作家的追求和理想的体现。《野性的呼唤》是他的第一部畅销书，也是他动物小说中最为出色的名篇之一。这部小说进一步发展了作者在他创作的系列《北方的故事》中所表现出来的激烈、清新、粗犷有力的性格，将充满冒险和野性的淘金生活以及在这种特殊环境中挣扎的狗的世界表现得淋漓尽致。

在以狗为主角的小说中极具魅力的另一篇——《白牙》当中，作者以寒冷的加拿大北极地区为背景，采用拟人化的手法，描写一条诞生于荒野、命运多舛的混血狼狗——白牙在几个月大时，由母狼带着从荒野世界回归到人类生活中来，在主人的训练下，它克服了野性，由狼变成狗，最后咬死了主人的敌人，完全回归了人类文明社会。

杰克·伦敦(Jack London)(1875—1916)美国作家。他一生共创作了约50卷作品，其中最为著名的有《野性的呼唤》《海狼》《白牙》《马丁·伊登》和一系列优秀短篇小说《热爱生命》《老头子同盟》《北方的奥德赛》《马普希的房子》《沉寂的雪原》等。

作为一位多产而杰出的作家，杰克·伦敦的一生经历丰富、坎坷，对社会的黑暗和下层人民生活有深刻的认识。本书所选取的《野性的呼唤》《白牙》《强者的力量》《一块牛排》及《热爱生命》，都是作者创作的优秀作品,基本体现了作者的风格特点:生气勃勃,健康乐观;是文明的头脑与原始的强力的结合,是科学进化论的喉舌,代表了朝气和勇敢;同时揭露性强,有一股不可制伏的虎虎生气,具有鲜明的民族色彩。

目 录

野性的呼唤

一、走进北国

巴克不看报纸，否则他就知道要有祸事了。不光他自己，从普格特湾①到圣地亚戈②的每一条体强身壮、体覆长毛的狗都要遭到厄运。因为人们在北极的黑暗中搜寻时发现一种黄色的金属，轮船公司和运输公司也推波助澜地宣传这一发现，结果成千上万的人拥向北方。这些人需要狗，他们需要体型高大、身体强壮可以劳作的狗，毛皮丰厚可以挡寒的狗。

巴克住在阳光明媚的圣克拉拉山谷的一所大宅子里，人们把这宅院叫做米勒法官府邸。这所宅子远离大路，绿树环绕，透过树丛的缝隙，隐约可见房子四周宽敞的游廊。几条碎石铺成的车道蜿蜒穿过草坪和白杨树，通向这所宅子。房后比房前的地方要大一点，几座宽大的马厩矗立在那儿，十几个马夫和男仆随时候命；藤蔓爬满一排排仆人住的板房；棚舍仓房排成一溜儿，一眼望不到头；葡萄架一行行地伸向远方；牧场、果园和浆果丛后面是喷水井，再过去是一个很大的水泥砌的池子，米勒法官的孩子们清晨在那里洗澡，下午在那里消暑。

这么大的一片领地是巴克的世界。他在这里从出生到现在已经四年了。当然，这儿还有别的狗，可是他们微不足道。他们来来去去，要么在拥挤不堪的狗棚里呆着，要么在房子的犄角旮旯里死气沉沉地混几天。就像日本哈巴狗土次或是墨西哥无毛狗伊萨伯尔的样子——两个难得把鼻子伸出门外或到院子里走走的怪家伙。也有二十条猎狐狗，看到土次和伊萨伯尔从窗户里往外瞧，他们就向他俩发出惊心动魄的狂吠，尽管有

---

① 美国华盛顿州濒临太平洋海岸的一个海湾。

② 美国加利福尼亚州南部的海港。

一群拿着扫帚和拖把的女仆们保护着这两个家伙。

可是，巴克既不是呆在室内的宠物，也不是猎狗，但整片天地都是他的。他陪法官的儿子们游泳或者打猎；他陪法官的女儿摩莉和阿丽丝在黄昏或清晨去散步。冬夜，他依偎在法官脚下，面对着书房的火炉里熊熊的炉火；他还可以把法官的孙子们驼在背上，或者与他们在草地上打滚嬉戏，再或者护着他们到马厩的水槽那里搞各种冒险，甚至一直远走到驯马的围场和浆果园。在猎狐狗面前，他昂首阔步，而对于土次和伊萨伯尔，他也毫不理会，因为他是大王——主宰着米勒法官府上所有的飞禽走兽，还包括人。

他的父亲艾尔莫，一条高大的圣伯纳狗，曾形影不离地陪伴着法官，而巴克也在走着父亲的路。由于他的母亲茜普是条苏格兰牧羊犬，这使得他没有他父亲那么大的个头——只有一百四十磅重。然而这一百四十磅，加上优裕的生活和大伙的尊敬带来的尊严，也使他威风凛凛，有很大的王室气派。在出生后的四年里，他一直过着志得意满的豪门贵族生活。他自视颇高，多少有点儿自我膨胀，就像没有见过世面的乡绅们那样。不过他并没有堕落成一条饱食终日、娇生惯养的室内狗。打猎之类的户外运动减少了他的脂肪，锻炼了肌肉；游泳也使他的筋骨强壮。

这是 1897 年秋天巴克的情形。这一年世界各地的人们被科朗代克新发现吸引到了冰天雪地的北方。但是巴克不看报纸，而且他也不知道曼纽埃尔——园丁的一个助手——不是个可爱的朋友。曼纽埃尔极其喜欢赌牌，而且赌起来有个坏习惯——死认一套赌法，这使他注定要倒霉，因为这样赌是要花大钱的。可是作为园丁助手，他挣的工钱在养活了老婆和一大堆孩子后，已经不剩几个子儿了。

曼纽埃尔干坏事的那个夜晚让巴克刻骨铭心一辈子。那晚，法官去参加葡萄种植者协会的一个会议，少爷们则忙着组织一个体育俱乐部，曼纽埃尔带着巴克穿过果园出去时谁也没有看见。巴克还以为只是去溜达溜达、散散步而已。只有一个人在一个名叫社团公园的小信号停车站看着他们走来。这个人和曼纽埃尔说了几句话，接着响起了银洋的叮当声。

"你得捆扎一下再交货。"那个陌生人粗声粗气地说。于是曼纽埃尔把一条粗绳子绕到巴克脖子上的项圈上，打了个双结。

“你只要一勒紧绳子就能憋得他够呛。”曼纽埃尔说。陌生人哼了一下，没有说话。

巴克一声不响却不失尊严地接受了那绳套。这对他确实是个新鲜事，但他已经习惯于信任他认识的人，确信他们比自己聪明。可是当绳子交到那个陌生人手里的时候，他却恶狠狠地咆哮起来。他只是想略微表达一下自己的不满。他认为凭他的身份，这么表达一下就足以使别人退却了。但是他没料到，脖子上的绳子被收紧了，勒得他透不过气来。他勃然大怒，向那个人扑去，脚还没着地就被那个人卡紧脖子，顺势一扭，四脚朝天摔翻在地。接着绳子更加无情地勒紧了他的脖子，巴克气急败坏地拼命挣扎着，舌头耷拉在嘴外，无可奈何地喘着粗气，这使他宽阔的胸脯剧烈地上下起伏。长了这么大，他还从来没受过这样的虐待，没发过这么大的脾气。可是他渐渐没劲了，眼前也是一片模糊。当火车到站，他被那两个人扔上行李车时，已经完全没有了知觉。

当巴克渐渐苏醒过来的时候，他只隐隐约约地感到舌头生疼，感觉像在什么车上晃动。当听见火车通过道口前发出的沙哑汽笛声时，他知道自己已到了某个地方。他可没少跟法官出门，知道坐在行李车里是什么感觉。他睁开眼睛，流露出遭劫持的国王眼里才有的那种无法遏制的愤怒。那个陌生人扑向他的脖子，但巴克比他动作更快，一口咬住伸过来的那只手，直到他被再一次勒得失去知觉才松口。

“他有时候可真够疯的。”那人说着，藏起了他那只血肉模糊的手，不让被争斗声吸引过来的行李员看到。“我把他弄到旧金山的老板那儿去。那儿的一个兽医高手说能治好这狗的病。”

在旧金山海边一家酒吧后面的小棚子里，那个人添油加醋地吹了一通那天晚上的经历。

“我只得到五十块钱，”他不满地嘟哝，“往后哪怕给我一千块，我也不干了。”

他的手上缠着一块血糊糊的手巾，右腿裤管从膝盖到脚踝都被撕扯坏了。

“那家伙弄到了多少?”酒吧老板问。

“一百,”他回答,“他连一分都不肯少。”

“总共一百五十块,”酒吧老板盘算道,“这狗真值这么多钱,否则我就是傻瓜。”

盗狗贼解下血糊糊的手帕,看着那只伤手说:“要是我不得狂犬病,那就……”

“那就因为你天生不得好死,”酒吧老板笑道,“先给我帮个忙再走。”

巴克尽管被勒个半死,感觉头昏眼花,舌头和嗓子痛得厉害,但他还是想与折磨他的人干一场,却被那些人一次又一次地打翻在地并勒紧他的脖子。最后他们总算把他脖子上的那个结实的铜项圈给锉开了。接着,他们解掉了绳子,把他扔进一只兽笼样子的板条箱里。

那晚他一直疲倦地躺在板条箱里,抚慰着被这奇耻大辱所伤害的自尊。发生了什么事他搞不清楚。这些陌生人,他们要把他怎么样?他们为什么把他关进这只狭小的板条箱?这些他都不明白,但模模糊糊地知道大祸快要临头了。这一晚,他有好几次一听到小棚子开门的响声便弹起身,以为是法官或是少爷们终于来了。但每次都是老板那张肥脸,映着牛油灯发出的昏暗光线在窥探他。每一次,巴克喉咙里的欢叫都扭曲成低沉野蛮的怒吼。

但是老板并没有招惹他。早上,进来四个人,抬起了板条箱。巴克断定,又要遭毒手了,因为他们不仅看上去凶神恶煞,而且破衣烂衫,蓬头垢面。于是他隔着板条箱冲他们狂吼怒吠起来。而他们却放声大笑,还用棍子戳他。他立刻拼命咬住了那些棍子,直到他明白他们是故意逗他的之后才松开那些棍子。于是他强忍愤怒地躺下,任凭他们把箱子装上一辆马车。接下来,他,连同那个拘禁他的箱子,经过了很多人的手。先是由快运站业务员看管;接着另一辆马车又把他运走;然后有人用手推车把他和杂七杂八的行李包裹一起装上了一艘渡轮;下了渡轮之后,又被人用手推车拉进一个庞大的火车站;最后被装入一节快车车箱。这节快车车厢被轰鸣的火车头拖着走了整整两天两夜,这段时间内巴克也是没吃没喝。他由于一肚子气便冲快车送件人大吼大叫,而他们则还之以戏弄。

当他被气得浑身颤抖，白沫横吐，扑向箱壁时他们就极力笑他、损他。他们一会儿像癞皮狗一样汪汪乱叫，一会学着猫叫，一会儿又扇动手臂学鸡叫。他心里清楚这些无聊的把戏，但却因此觉得自尊心被进一步损伤，于是他的脾气也越发越大。饥饿，他倒不在乎，但没有水喝却使他的满腔怒火被煽得更旺，更加敏感易怒。他发起烧来，肿胀发干的喉咙和舌头如火烧火燎一般。

脖子上的绳子被取掉了，他非常高兴。那条绳子让他们占了便宜；既然现在没有了，他可要给他们点颜色看看了。他们再也别想往他脖子上套绳子了。备受折磨、水米未进的两天两夜，使他心里积满了怒气。无论是谁，只要碰他一下都得倒霉。他睁着血红血红的双眼，整个儿一副凶神恶煞的样子。他完全变了样，就连法官看见，也会认不出来他的。那几个特快车邮递员在西雅图把他弄下火车后才松了一口气。

板条箱被四个人小心谨慎地从马车上搬下来，抬进一个围着高墙的小后院。一个身体壮实、穿一件领口很松的红毛衣的人走出来，在车夫的登记簿上签了字。一定是他了，巴克猜想，下一个折磨我的家伙。于是他拼命地扑向箱壁。那个人咧着嘴笑了笑，拿来一把斧头、一根棒子。

“你现在就打算弄他出来？”车夫问。

“当然。”这个人一边回答，一边动手用斧头去撬板条箱。

往院子里抬箱子的那四个人顿时四散奔逃，躲到了墙头上，准备看一场好戏。

巴克冲过去，把开裂的木条牢牢咬住，撕扯起来。对着外面斧头砍过的地方，他连扑带爬，连吼带咬，急切地要出去。穿红毛衣的人也一心要把巴克弄出来。然而一个怒不可遏，另一个却沉着冷静。

“来吧，你这个急红了眼的恶魔。”这时他撬开一个口子，足可以让巴克的身体通过了。他一边说着，一边扔下斧头，把棒子换到了右手。巴克也真成了红眼恶魔。他收拢了身体，鬣毛倒竖，白沫横喷，血红的眼睛里闪烁着疯狂的光芒，做好了搏斗的准备。他那狂怒的一百四十磅的身体，带着憋了两天两夜的恶气，飞扑向外面那个人。半空里，就在他的牙齿快要咬住那个人的一刹那，他猛然受到一击，这一击遏制了他的进攻，上下牙也嘭地磕到一起，把他震疼了。他的身体旋转了一圈，倒在地上。他这辈子从没挨过棒子，所以还没明白这是怎么回事。他一声吠叫，又把身子翻过来，再次飞身跃起。又是猛烈一击，他又重重地摔在地上。这一次他明白过来了，原来是那根棒子，但暴怒中他也顾不了许多了，他进攻了十多次，那根棒子却次次把他打翻在地，他败了下来。

在被打了特别猛烈的一击之后，他勉力爬起身来，却再也使不出力气扑出去了。他一拐一瘸地绕着圈子，鼻子里、嘴里、耳朵里流出血来，血染着口水斑斑点点地溅满了光滑的毛皮。这时，那个人走上来照准他的鼻子狠狠打了一棒。这一棒，使他疼痛得钻心彻骨。他狂吠一声，凶得像只暴怒中的狮子，再次向那个人扑去，而那个人却把棒子从右手换到左手，冷静地用右手把他下额喉部抓住，往下一扭一带。巴克在空中整整绕了半圈，然后头朝下重重地摔在地上。

巴克又作了最后的拼博。那个人特意留了一手，直到这时候才用上。巴克被击打得缩成一团飞上了天，落在地上后失去了知觉。

“这家伙驯狗可真是一把好手。”墙头上有个人起劲地嚷道。

“还是哪天去看看德鲁脱驯印第安马吧，每逢礼拜天有两次。”车夫爬上马车启程时应了这么一句。

巴克醒了过来，体力却没有恢复。他卧在刚才倒下的地方，注视着那个穿红毛衣的人。

“他叫巴克。”那个人自言自语，念着酒吧老板信上的这几个字。那封信是通知他接货的。“我说，巴克，”他接着用友善的口气说，“咱俩有点小摩擦，最好呢就到此为止。你已经受到教训了，我也领教过了。你要做一条好狗，那就万事大吉，前途无量。要是胡搅蛮缠，那我就非把你五脏六腑都打出来不可，听清楚了？”

他一边说一边放心大胆地拍着那颗被他狠狠揍过的脑袋。巴克被那只手一碰到，不自由主地耸起了毛发。当那个人把水拿给他的时候，他迫不及待地喝了下去，后来还把那个人拿来的生肉一块接一块地吞下肚子，美美地饱餐了一顿。

他明白那个人胜利了，可是没有把他驯服。他非常非常地清楚他没有办法和手拿棍子的人争。他接受了这次教训，而且后来一辈子都没有忘记。那根棍子就是个启示，让他初次尝到了原始法则的滋味。生活的种种现实还有更残酷的另一面；他勇敢地面对着这一面，而与此同时，他所具有的潜藏的狡诈天性也被唤醒并统统用上了。过了几天，又来了其他的狗。有用板条箱运来的，也有的是用绳子牵来的；有些很温顺，而有些却和他刚到时一样，脾气大发，暴跳如雷。他看着他们一个个全都归顺了那个穿红毛衣的人。每看到一次残酷的暴力表演，巴克就对这样一个道理体会越来越深：手拿棍棒的人就是制定法则的人，是必须服从的主人，尽管不用特地讨好他。讨别人欢心的事，巴克绝对不干，但他的确见过那些败下阵来的狗对那个人大讨欢心，又是摇尾，又是舔他的手。还有一只狗他见过，这只狗既不肯献殷勤，也不肯驯服，最终在争夺自由的斗争中被杀死了。

不时地有一些人到来，是些陌生人。他们有的和那个穿红毛衣的人讨价还价，有的对他甜言蜜语。到钱货两清的时候，那些陌生人就会把一条或几条狗从这儿牵走。这些狗再也没有回来，所以巴克不清楚他们到底去什么地方了。然而，他对未来怀着强烈的恐惧，而且每次落选都让他感到高兴。

可是最终他还是被挑上了，一个说着结结巴巴的蹩脚英语，还满嘴都是巴克听不懂的古怪粗野的口头禅的干巴小个子选中了他。

“见鬼！”他一眼就看见了巴克，大叫，“这条他妈的公狗！多少钱？”

“三百块，这价钱可是看你面子。”穿红毛衣的人立即回答，“再说又是公家的钱，你该没什么话说了吧，佩罗特？”

佩罗特咧嘴一笑。由于需求猛增，狗价飞涨，所以对这么好的狗开这个价钱也算是公道的了。加拿大政府不想吃亏，但也不想让公文拖在路上。佩罗特懂狗，一见到巴克，他就打心眼里知道这只狗是难得的“万里挑一”的好狗。

巴克看见他们数钱，所以当那个干巴瘦的小个子把“卷毛”——一条温顺的纽芬兰狗和他自己牵走的时候，他一点也不感到意外。这是他最后一次看见这个穿红毛衣的人，而且当他和卷毛在“纳瓦尔”号轮船的甲板上望着渐渐后退的西雅图时，也就是他最后一次看着这片温暖的南方土地了。佩罗特把他和卷毛带到底舱，交给一个名叫弗朗索瓦的黑脸大汉。佩罗特是法裔加拿大人，有黝黑的皮肤；而弗朗索瓦则是法裔加拿大人和印第安人生的混血儿，皮肤更黑。对巴克来说，他们是另外一种人（他注定还会见到很多这种人）。虽说他并没有对他们产生感情，却也敬重起他们来。他很快就明白了，佩罗特和弗朗索瓦为人公正，执法冷静，而且对狗的习性很熟悉，绝不上狗的当。

在“纳瓦尔”轮的底舱，巴克和卷毛同另外两条狗呆在一起。其中一条是个浑身雪白的大块头，一位捕鲸船船长从斯匹茨尔根群岛①带走了他，后来一支地质考察队带他到了加拿大北部的巴林②冻土地带。

他是个阴险的家伙，脸上笑容可掬，心里却想着怎么暗算你。例如，当巴克吃第一顿饭时，他就偷吃了一块肉。巴克正要跳起来收拾他的时候，弗朗索瓦却“啪”地给了大块头一鞭子，但并没有接着打巴克，还让巴克收回了那块骨头。巴克认为弗朗索瓦这样做是公平合理的。这个混血儿在巴克心目中的威信也就开始提高了。

另一条狗则不喜欢交朋友，也没有人找他麻烦，也不打算偷新伙伴的东西。他是个性格乖僻的家伙，而且他还对卷毛明确表示，他就愿意独自呆着，谁要惹他就不会有好结果。他名叫戴夫，只是吃和睡，有时打打哈欠，能提起他兴致的事几乎没有。在夏洛蒂皇后海峡③，浪打得“纳瓦尔”轮发狂似的前冲后突、左右摇摆、上下颠簸，可是他毫不动容。巴克和卷毛可就沉不住气了，吓得几乎发起疯来。这个时候戴夫才抬了抬脑袋，漫不经心地瞟了他俩一眼，打了个哈欠，又睡着了。

螺旋桨不知疲倦地有节律地推着轮船没日没夜地朝前走着。虽然一天天差不多都是老样子，但巴克还是明显地感觉到天气逐渐冷起来了。一天早晨，螺旋桨终于静下来了。一片亢奋的气氛笼罩在“纳瓦尔”轮上。

---

① 挪威的一串海岛，在北极海上。

② 加拿大北部的一片冻土带，在哈德逊湾以西。

③ 加拿大西海岸的一个海峡，以当年发现它的夏洛蒂皇后号船命名。

他感觉到了,别的狗也有了感觉。他意识到情况随时都会有变动。弗朗索瓦给他们拴上皮带,带他们到了甲板上。刚一踏上寒冷的舱面,巴克的脚就陷进了一种软唧唧像烂泥一样的白色东西里面去了。他一喷鼻蹦了回去。这种白色的东西,还在从天上向下落。他抖了抖身体,但身上又落了许多。他好奇地嗅了嗅,然后又用舌头舔了舔,感觉就像被火燎了一下似的,但顷刻间这种感觉便消失了。这可让他有点纳闷。他再试了一下,结果完全一样。看到他这个样子,一旁的人哄堂大笑起来。他感到难为情,可又不明白是怎么回事,因为这是他第一次见到雪。

点评:

这一章开头对圣克拉拉山谷里的美景和巴克的家的描写十分细致,既表明了巴克的出身高贵和养尊处优,也是和后面巴克被卖到北方的恶劣环境的强烈对比。一个出身高贵、生活舒适的狗,就在毫无准备的情况下被扔进了无依无靠、完全得凭自己拼命才能生存下去的环境中,这样的对比衬托出巴克的变化与成长,而本段的开头正是这种对比的开始。同时,巴克第一次尝到了陌生的、毫无道理的强硬,尝到了无情的棍棒,这正是他苦难之旅的开始。

二、棍棒和利齿的法则

在迪亚海滩度过的第一天对巴克来说是一场噩梦,时时刻刻充满了意外和震惊。他突然被人从文明中心甩出来,投入了原始状态。这里过的可不是懒洋洋地晒晒太阳,无所事事,闲极无聊的那种日子。这里既没有宁静,也无休息,连片刻的安全都没有。一片混乱和忙碌,生命和身体随时都会遭到不测。绝对松懈不得,因为这里的狗和人与城里的狗和人不同。他们十分野蛮,除了棍棒和利齿的法则外,不知道其他的法律。

他第一次见识到狗打起架来如此残暴(事实上如野狼一般)。他的第一次经历给他上了终生难忘的一课。其实,这件事发生在别人身上,要不然他就不会活下来从中受益了。卷毛是受害者。在他们营地附近的一个店铺里,卷毛友好地和一条狗套近乎。那条狗虽然还不及卷毛一半那么大,但也和一条成年的狼相差无几了。

毫无预示,只见那狗闪电般一扑,牙齿发出金属撞击般的喀嚓声,同样闪电般的一个后撤,卷毛的脸已经皮开肉绽,从眼睛一直到下颏的皮被撕开了。袭击后就跳开,那是狼的争斗方式。除此之外,那两条争斗的狗被由三四十条雪橇狗形成的一个虎视眈眈却毫无声息的圆圈包围在中间。巴克不了解他们那种无声的戒备,也不了解他们为什么会舔着嘴唇,那样子很是迫不及待。卷毛向对手扑去,她的对手却又咬了她一口,然后跳到一旁。当她再次扑上去的时候,她的对手用胸脯迎接了她,用一种奇特的方式使她跌了一个跟头。她再也没有站起来。那些观战的雪橇狗等待的就是这个。他们咆哮着一哄而上,她被埋在一群长毛直竖的身体下面,痛苦地尖叫着。

巴克目瞪口呆,事情发生得太突然,太出乎他的想象了。他看见斯匹茨吐出血红的舌头,就好像是在大笑;他还看见弗朗索瓦挥舞着斧头跳进乱作一团的狗群。三个手拿棒子的人在帮助他驱散那群狗。从卷毛倒下到最后一个袭击者被打跑,不过两分钟的时间。但卷毛已经瘫在血肉狼藉、踏满爪印的雪地上断了气,她差不多被撕成碎片了。那个皮肤黝黑的混血儿站在她身旁一边看，一边破口大骂。此后巴克的梦中经常出现这个场面，搅得他很不安生。原来如此，竞争根本毫无公平可言。一旦倒下，你就彻底完蛋了。对，就是死了也不能倒下。斯匹茨又吐出舌头笑起来了。从此以后，巴克便一直对他恨之入骨。

他还没有从卷毛惨死引起的冲击中恢复过来，就受到了又一次的冲击。他身上被弗朗索瓦套了一副有环扣的皮带。这是一副挽具，样子就像他在家时看见马夫们套在马背上的那些东西。就像他看见过的马干活那样，他也被逼迫着做起活来，拉着坐在雪橇上的弗朗索瓦去山谷边的林子里，回来时拉了一雪橇柴火。虽然被当牲口使唤严重地损伤了他的自尊心，但他学乖了，没有反抗。他咬着牙拼命地干着，尽管对这活计十分不熟悉。弗朗索瓦很严厉，要求令行禁止，而且凭着他的鞭子收到了良好的效果。戴夫则是条老练的驾橇狗，要是巴克稍有差错，他就咬巴克的后腿。斯匹茨是条领头狗，一样老练。虽然他没法子每次都去咬巴克，但是巴克时常被他怒斥，要不然就被他巧妙地用身体牵动缰绳给弹到正确的方向。巴克很善于学习，在他的两个同伴以及弗朗索瓦的共同调教下，取得了明显的进步。还没有返回营地，他就学会“嚯”是停步，“呣”是起步，转弯时绕外圈跑；拖重载雪橇下坡时要离驾橇狗远一点。

“三条狗都很棒，”弗朗索瓦对佩罗特说，“那个巴克，拉起来玩命似的，我教起他来，非常顺手。”

下午，两条狗又被急于去送公文的佩罗特给带来了，他们被叫做“比利”和“乔”。他们是兄弟俩，都很结实，虽然是一母同胞，脾气却是截然不同的。比利的脾气好过头了，而乔却恰恰相反，乖戾而内向，没完没了地吠叫，还有一副恶狠狠的眼神。巴克把他们当同伴看待；戴夫对他们视而不见；斯匹茨则扑上去咬了这个又咬那个，似乎要通过教训他们树立自己的权威。比利摇着尾巴似要制止事端，而当他看到息事宁人的做法无效时就逃了。当斯匹茨的利齿咬到他身上时，他叫了起来（仍然一副息事宁人的腔调）。但是，无论斯匹茨怎么兜圈子，乔总是原地转动身体面对着他，鬃毛倒竖，倒贴着双耳龇牙咧嘴地咆哮着，叫完一声，嘴巴就迅速有力地合拢起来，双眼冒着恶狠狠的光——活脱脱一副困兽犹斗的架势。他的模样很是吓人，斯匹茨被迫放弃了教训他一顿的打算；但为了掩饰一下自己的狼狈相,他便转身朝着并不惹事,只是嗷嗷哭叫的比利冲过去了,一直把他赶到营地的边缘。

天黑前佩罗特又搞到一条结实的老狗,身体瘦长,脸上有搏斗留下的伤疤,一只独眼光辉异常,让人畏惧三分。他名叫索尔雷克斯,意思是"发脾气的家伙"。和戴夫一样,他无所求,无所施,无所望。当他慢条斯理、不慌不忙地来到狗群中时,连斯匹茨都没有碰他。他不喜欢别人从瞎眼的一侧靠近他。巴克无意中犯了这个忌讳。当索尔雷克斯突然转过身来把他的肩膀撕开一个三英寸长、深及骨头的口子时,巴克才意识到自己有失检点。此后,他瞎着眼的那边,巴克再也不去了。而且直到他们分手,一直都相安无事。索尔雷克斯唯一显而易见的愿望和戴夫一样,就是独自呆着。不过巴克后来明白了,他们各自都有另外一个更重要的愿望。

那一晚,巴克的大问题是睡觉。帐篷里点着一只蜡烛,在白茫茫的原野中发出温暖的光亮,但是当巴克抱着理所当然的想法走进去的时候,佩罗特和弗朗索瓦竟朝他一起痛骂,还抄起家伙砸他,直到他醒悟过来,狼狈地逃到外面的寒风中才罢休。凛冽的风吹得他周身寒冷刺骨,尤其是他那受了伤的肩膀,痛得如刀割。他试着躺在雪地上睡觉,但冷霜很快就令他全身发抖,他只好又站起来,可怜巴巴地在帐篷间到处游荡,结果发现到处都一样寒冷,时不时还会碰上一些野蛮的狗往他身上扑,不过他竖起脖子上的毛吼叫几声(他学得还挺快),他们也就不再骚扰他,让他走了。

他终于想出一个办法。他要回去看看他的同伴们是如何睡的。让他吃惊的是,他们全都消失了。于是他又在营地中兜来兜去,寻找他们,之后他又回去了。那么他们到底去了什么地方呢?他尾巴耷拉着,身子颤抖着,毫无头绪地绕着帐篷兜圈子,这下子真成了丧家之犬。突然,他的前爪陷进雪里,脚下有什么东西在扭动。他飞身撤回前腿,竖起鬃毛吼了起来,对这看不见而又一无所知的东西感到恐惧。有一点让他放心,他听到了一声友好的轻唤,于是他走回来看看究竟是怎么回事。他的鼻孔里钻进一丝冒着的热气。

原来是比利团着身体蜷缩在积雪下面。他用表示友好的腔调哼着,还扭动身体表示亲善,为了求得安宁,甚至壮起胆子,不惜用自己温暖湿

润的舌头去舔巴克的脸。

又上了一课。原来他们是这么干的,嗯?巴克充满信心地选好一块地方,花了好一番工夫,才挖好一个洞给自己。转眼之间,他身上散发出的热气就把这小小的空间填满了,他也睡着了。他睡得又香又甜,因为这一天漫长而又辛苦,虽然在噩梦中还时不时地夹杂着吼叫与格斗。

在营地清晨的喧闹声把他吵醒之后,他才算睁开了眼皮。起初,他连自己在什么地方都搞不清。夜里下过雪,把他整个儿埋住了。雪墙从四面八方向他压来,他感到一阵强烈的恐惧——野兽对陷阱的恐惧。这表明他在自己的生活足迹中重现了祖先们的生活。因为他是一条开化了的文明狗,一条开化得过了头的文明狗,依他个人的阅历,根本不知道什么是陷阱,因此也就不可能自己生出这种恐惧。他本能地抽搐,收缩着全身的肌肉,把脖子和肩部的毛发竖起,发出一声凄厉的吼叫,笔直地腾身而起,跃入耀眼的白昼,身体周围扬起一片雪雾。脚着地之前,他看到了眼前那片营地,明白了自己在什么地方,想起了自己和曼纽埃尔散步以来,一直到挖洞的昨天晚上,这期间所发生的一切。

他一出现,弗朗索瓦便高兴地大喊起来。"我说什么来着?"这个驾狗的家伙对佩罗特大嚷,"这个巴克确实学得要多快有多快。"

佩罗特神情严肃地点了一下头。作为加拿大政府的信使,身上带着重要的公文,他迫切需要搞到最棒的狗,他格外高兴拥有了巴克。

不出一小时,这支队伍就又增加了三条雪橇狗,使总数达到了九条。又过了不到一刻钟,他们就套上了缰绳,上了通往迪亚峡谷的雪道。巴克很欢喜离开这儿,虽说工作苦了点儿,但他并不感到特别地讨厌。让他惊讶的是一种急不可待的心情,全队被这种心情刺激了,也感染了他自己。然而使他更为惊讶的是戴夫和索尔雷克斯身上发生的变化。这两条狗是新来的,挽具使他俩彻底变了样,消失了所有的消极和淡漠。他俩变得机警而活跃,一心要使工作进展顺利,不管耽搁还是混乱,只要工作被延误,他俩就大发雷霆。拉雪橇似乎是他们生存的最高体现,是他们活着的目的,是他们唯一乐在其中的东西。

戴夫是驾辕狗,或者叫驾橇狗,巴克在他前面拉套,再往前是索尔雷克斯,其他狗在远远的前头跑着,排成一溜儿套在领头狗的身后,领头狗是斯匹茨。

巴克是被特意安排在戴夫和索尔雷克斯中间的,这样便于他得到指点。他长于学习,而他俩也一样善于施教,有错必纠,总是用利齿来实施他们的训导。戴夫公正而明智,决不会毫无道理地咬他,而当他需要教训时,又不会少咬一口。由于戴夫有弗朗索瓦的鞭子撑腰,巴克发现改正错误要比报复更划得来。有一次短暂休息时,他被缰绳缠住腿,起步慢了耽搁了出发,戴夫和索尔雷克斯一齐冲上来,狠狠地教训了他一顿。结果把缰绳搞得更乱了。但是从这以后巴克便很小心,不再把缰绳搞乱了。一天时间不到,巴克就能进退自如,不用两个同伴再教训他了。弗朗索瓦的鞭子抽得少了,佩罗特甚至优待了巴克,抬起他的脚,把每一只都仔细地检查了一遍。

他们整整跑了一天,爬上峡谷,穿过绵羊营地,经过伐木区,越过森林分界线,跨过一道道深达百尺的冰川和流动雪堆,而且还翻过了高耸的奇尔库特分水岭——矗立在咸水与淡水之间,庄严地捍卫着凄凉而荒僻的北方。他们快马加鞭一路飞奔,经过一连串死火山山口形成的湖,深夜时分赶到了本尼特湖源头的宿营地。这里有数千的淘金者在造小船,春天冰融雪化的时候就可以使用了。巴克在雪地里为自己挖了一个洞,入睡时是一身疲惫,但主人在天还没亮,天气还冷森森的时候就把他早早地赶了出来,给他和伙伴们一起套上了雪橇。

由于之前的雪橇把雪道压得很坚实宽阔,这一天他们又跑了四十英里。但再过一天,还有以后的日子,他们就得自己开道,花的力气越来越大,一天能跑的路却越来越少了。佩罗特脚蹬一双带蹼的靴子走在队伍的最前面,把雪道踩结实,这样狗跑起来就会省点力气。弗朗索瓦则驾驭着雪橇,有时候也和佩罗特轮换一下,但不常换。佩罗特着急赶路,对自己了解冰雪知识很是自豪。这种了解是必不可少的,因为秋天的冰很薄,而且在水流湍急的地方,根本就没有冰。

巴克套着缰绳做苦工,日复一日,没完没了。他们总是天不亮就拔营,当天边出现第一道微光时,数英里的路程早已被他们甩在了身后。他们宿营总是等天黑后,吃上几口鱼,就钻进雪里睡觉。巴克每天的口粮是一磅半晒干的鲑鱼,但吞进肚子里就像没吃什么一样。他从没吃过饱饭,肚子咕咕叫一天;然而,别的狗都比他个子小,而且生下来就适应了这种生活，所以只配给一磅干鱼，却能活得结结实实。

讲究吃喝的派头，巴克很快改掉了，这本是他往日生活的特色。他吃东西十分挑剔，结果却发现他的伙伴们早早就吃完自己的又来抢他的。在他驱赶这几条狗的时候，东西就被另外的狗吞下去了。为了不让这种现象发生，他便吃得像别的狗一样快；由于饿得厉害，他甚至顾不得许多，也去夺那些不属于他的东西。他一边观察，一边学习。一条新来的名叫派克的狗，滑头滑脑地装病号，并且趁佩罗特转身的机会便偷了一片咸肉。巴克第二天就如法炮制，把一整块咸肉全偷走了。结果一片混乱，都没有人怀疑他，反倒是笨手笨脚的达布代他受过，这家伙以前老是被人捉住。

首次偷窃行为说明巴克可以生存在北极地区的严酷环境中了，说明巴克能随变化的环境进行相应地调整，有了很强的适应能力。没有这种能力则意味着过不了多久便会悲惨地死去。这还说明他德性的蜕变或崩溃。德性在无情的生存斗争中一无用处，甚至可以称为一种缺陷。尊重私有财产和他人感情，在以博爱和友情为准则的南方是再好不过的，但在以棍棒和利齿为法则的北国，谁要是相信这些东西，那他准是个呆子，要是抱住这些东西不放，那他就肯定得倒霉。

巴克可推导不出这个道理，只不过他无所察觉地使自己适应了这种新的生活方式。无论情况有多么不利，他这辈子还从来没当过逃兵。但他从那个穿红毛衣的人手里的棍子上懂得了一条更根本、更原始的法则。作为开化了的狗，为了道义例如捍卫米勒法官的马鞭，他可以做出牺牲；但他现在为了免受皮肉之苦，可以在捍卫道义时临阵脱逃。这清楚地说明他已经彻底地蜕化了。他可不是为了好玩而偷东西，而是因为饥饿难耐。但他慑于棍棒和利齿的威严，并没有在公众面前抢夺，而是秘密地巧妙地偷。总而言之，他之所以干出这些事，是因为干这些事比不干强。

他的进步（或者说退步）很快。他的肌肉变得像钢铁般强硬，一般的疼痛对他来说已经不值一提。不管是身体的内部还是外部，一切可以利用的东西他都利用了。他什么都可以吃，不管多么难以下咽或是难以消化，一旦吃下去，他的胃液就会从中汲取最后的一点点养分；他的血液就会把这养分输送到身体的最远端，使之成为最坚韧、最具耐力的身体组织。他的视觉和嗅觉变得十分敏感，他的听觉也飞速进步：睡梦中听到极其细微的一点声响，他便可以判断得知这声响预示着平安还是凶险。当脚趾之间结满冰块的时候，他学会用牙齿把冰咬出来；当他渴望喝水，而取水的冰洞上又结了一层冰时，他会用后腿支撑住身体，用坚硬的前爪把冰盖打碎。他最突出的本领是可以在前一晚预知次日将来的风。当他在树下或堤旁挖掘巢穴时，一丝风都不存在，可是过后准会刮风，而这时他总是处在下风头，有遮有挡，不必受风吹之苦。

他不仅凭经验学习，而且也复活了他早已消失的本能。他身上被驯化出的习性消失了。他似乎朦胧中记起了狗类的青年时代，那时野生的狗成群结队地在原始森林中徘徊，追到猎物便扑上去把它咬死。对他来说，学习撕咬和狼式快攻的战术根本是小事一桩。被遗忘了的祖先们就是以这种方式战斗的。祖先们加快了他回归旧日生活方式的速度，而那些古老的被祖先们打上了物种遗传烙印的本领，现在他都又重新使用。他不用浪费力气学习，也不用多加考虑这些东西，这些本领似乎他生来就具有。在静寂的寒夜里，当他对着星星扬起鼻子发出像狼一般的长嗥时，也正是那些早已归为泥土的祖先们把鼻子对着星星的嗥叫。他的腔调也同祖先的相同，这些腔调表达了他们的悲哀，而且对他们来说，这也意味着寂静、寒冷和黑暗。

于是，他体内涌动着这古老的悲歌，表明生命是不能自主的，他又返璞归真了。由于人类在北方发现了一种黄色的金属，由于曼纽埃尔是个挣的工钱不能满足他妻子和他那几个小宝贝的需要的园丁助手，他于是到这里来了。

点评：

卷毛的死给了巴克极其强烈的震撼。从小在那样舒适、温和的环境下长大的巴克，第一次看到如此残酷惨烈的场面。任何一点小小的失误和疏忽都可能导致死于非命，这种令人窒息的紧张气氛也抓住了读者的心。巴克接下去的命运会怎样？他收起了傲气，学会了妥协，学会了打洞，学会了试着和不同性格的同伴相处，学会了偷食，一切都是迫不得已而又自然而然的，这都是为了生存。当然，这也都预示着巴克能在接下去的生存考验中胜出。

三、好战的原始本性

巴克身上有着强烈的原始野性。在雪道生活的严酷环境使这种野性还在日趋增强。然而，这是一种不知不觉的变化。到北方以后才有的狡黠保持着他的冷静和自持。新的生活并不轻松，他正忙着适应，他抱着一种小心谨慎的态度，不轻举妄动。虽然他和斯匹茨彼此都恨不得扒了对方的皮，但他丝毫也没有露出急躁心情，免得把对方惹怒，徒增麻烦。

另一方面，斯匹茨却乘机露出锋芒，可能因为他凭直觉感到，巴克是个危险的竞争对手。他甚至想尽办法欺负巴克，不断地企图挑起一场你死我活的搏斗。

要不是发生了一件非比寻常的大事，说不定这样的争斗一上路就爆发了。这一天晚上，他们在勒巴日湖畔无遮无拦、凄凄惨惨地准备宿营。大雪纷纷，寒风刺骨，漆黑一片，他们像瞎子似的摸索着寻找营地。这是他们遇到的最糟糕的情况了。一道绝壁在身后，佩罗特和弗朗索瓦只得在结了冰的湖面上点火、铺床。为了轻装前进，帐篷被他们丢在了迪亚。他们用几根树枝升起了一堆火，但把冰烤化之后便熄灭了，他们只好摸黑吃着晚饭。

巴克在避风悬崖边上扒了一个既舒服又暖和的窝。当弗朗索瓦把鱼在火上烤化分给大家的时候，他都不愿意离开那个窝。但是当巴克吃完自己的那份回去的时候，他发现竟有别的狗占了他的窝。一声表示警告的低吼表明入侵者是斯匹茨。这太过分了，虽然巴克一直避免双方发生冲突，可是这次的挑衅使他身上的野性发作了，他怒不可遏地扑到斯匹茨身上。他俩都震惊于这一举动，尤其是斯匹茨，因为他和巴克打了这么久的交道，只感觉巴克就是一条格外胆小的狗，之所以没有向自己低头，不过是仗着自己身高马大而已。

弗朗索瓦看到他们扭成一团从窝里滚出来的时候，对其中的来龙去脉了如指掌，但他还是很吃惊。“喂！喂！喂！”他冲巴克大喊，“老天爷，你就让给他吧！让给那个贼骨头吧！”

斯匹茨嘶吼着打着圈子找破绽。巴克和他一样急切，一样小心谨慎，因为他也在兜来兜去地寻找有利战机。正在这时，一件意料不到的事件发生了。这件事使他们争当霸主的斗争延续了下去，贯穿在日后漫长的雪路苦役之中。

佩罗特咒骂一声，一棍子重重打在骨头架子上，还有一声痛苦的尖叫，这一切都预示着一场大骚乱的爆发。一群形迹诡秘、体覆长毛的家伙——想吃东西的爱斯基摩狗，突然之间出现在营地上，竟有百十来条。它们闻到营地的气味后从某个印第安村落赶来了，趁巴克和斯匹茨干仗的时候溜进了营地，而且在那两个人挥舞大棒冲向它们的时候，它们居然还张牙舞爪地反击。他们发狂地找食物。佩罗特发现一个家伙把头埋进了食物箱，他的棍子重重地落在那家伙凸起的肋骨上，食物箱也被打翻在地。一下子，二三十条想吃东西想得发疯的畜牲便争夺起面包和咸肉来，就算棍子雨点般地落在他们身上，它们尖叫着、哀嚎着，却依然发疯一般地抢食，直到最后一片碎屑被吞下去为止。

与此同时，受惊的拉橇狗也从各自的窝里冲了出来，却遭到入侵者的凶猛袭击。这样的狗——瘦得只剩一副骨头架子，脏兮兮的皮松松垮垮地拖在外面，眼睛贼亮，獠牙上挂着口水——巴克从来没有见过。然而，饥饿使它们变得无法抵挡，令人毛骨悚然。顶不住入侵者的进攻，拉橇狗在第一轮战斗中就给逼退到悬崖边上。巴克遭到三条爱斯基摩狗的袭击，转眼间，他的头和双肩就被咬了几个大口子。嚎叫声令人胆寒。比利和平时一样在哭叫；戴夫和索尔雷克斯勇敢地并肩作战，尽管几十处伤口滴着鲜血；乔像个疯魔似的乱咬，一条爱斯基摩狗的前腿给他咬住了，当场"嘣"地腿断骨碎。

喜欢装病号的派克扑到那条瘸狗身上，猛地咬住，再一撕，就咬断了那条狗的脖子。巴克截住一个喷着白沫的家伙，当他把利齿插入这个家伙颈部静脉血管的时候，一股血腥气扑面而来，这激得他愈加凶猛起来。他飞身扑向另一个敌人，但同时他也感觉到有牙齿咬住了自己的喉咙。原来是斯匹茨卑鄙无耻地从侧面袭击了他。

佩罗特和弗朗索瓦把自己的那部分营地清理好之后，就赶来援救他们的拉橇狗。那群疯狂的畜牲潮水般地退了下去，巴克脱了身。但只是一会儿的时间，那两个人又不得不跑回去抢救食物，于是那群爱斯基摩狗就又回过头来袭击拉橇狗。走投无路的比利不再哭叫，他被激起了胆量，冲出那群狗的包围，从冰上逃走了。派克和达布紧随其后，其他拉橇狗也跟着跑了。当巴克准备跟在他们后面跳出去的时候，眼角余光瞥见斯匹茨向他扑来，显然想把他扑倒。要是倒在这群爱斯基摩狗的脚下，就没有生还的希望了。他顶住了斯匹茨的凶猛撞击，然后随着大伙儿向湖上逃去。

九条拉橇狗集合起来，躲进了森林。虽然摆脱了追击，但他们很狼狈，个个身上都有四五处伤口，有的伤得还很重。达布的一条后腿受了重伤；在迪亚最后进入狗队的爱斯基摩狗多丽的颈部被撕开一个大口子；乔伤了一只眼睛；好脾气的比利一只耳朵被撕咬得成了几条碎片，哭叫了一整夜。天刚亮，他们就一瘸一拐，小心谨慎地回了营地。抢匪们已经走了，那两个人心情很不好。足足损失了一半给养。那群爱斯基摩狗连雪橇上的绑绳和篷布都撕咬烂了。只要能吃的东西无一幸免。他们吃掉了佩罗特的一双鹿皮靴子和好几截皮缰绳，甚至连弗朗索瓦的鞭梢也被吃掉了两尺。弗朗索瓦难过地盯着鞭子，接着又起身检查狗的伤势。

"啊，我的朋友们，"他柔声说道，"挨了这么多咬，说不定你们会变成疯狗，老天！你说呢，佩罗特？"

信使不置可否地摇了摇头。离道森还有四百英里路程，要是有狗发作狂犬病他可受不了。足足用了两个小时，挽具才在他们骂骂咧咧中被收拾妥当，于是伤痕累累的狗队开始出发了。挣扎着走上了到目前为止他们经历的最艰难的旅程，也是到达道森之前最艰难的一段旅程。

三十里河没有封冻住，河流湍急无法结冰。只有河湾处和水流平缓的地方才结了冰。要花六天才能走完这可怕的三十英里路程，因为每走一尺，狗和人随时都会丧命。在前面探路的佩罗特十几次踏破冰桥，幸亏他身边带着一根长杆，每当他掉进自己踩出的冰窟窿，那根杆子便横架在冰窟窿边上，这才得以保住性命。

寒潮来了，气温骤降到零下四十五度，所以每次掉进水里之后，他就不得不点上一堆火，把衣服烤干。

但是没有什么事是他办不到的，所以他才被政府选中担任信使。他冒着各种各样的危险，坚定不移地把他那张枯瘦的小脸伸进严寒，早晚不歇地尽力赶路。他沿着七绕八拐的河岸，在河边的冰上走着。冰在他脚下噼啪作响，往下弯陷，所以他们不敢在冰上多留一秒。有一次，戴夫和巴克被沉重的雪橇拖进了冰窟窿，等到他们被拽上来时，已浑身僵硬，差点没了命。他俩身上包着硬硬的一层冰，于是那两个人让他俩绕着火堆跑，直跑得出了汗、化了冰，不料他俩离火堆太近，又被火燎到了毛。

还有一次，斯匹茨掉进了冰洞，其他的狗也连带掉入，巴克也差点一起下去，他拼足了全身的力气向后撑，前爪踩在滑溜溜的冰窟窿边上，四周的冰在噼噼啪啪地颤动。戴夫在他身后，也使劲地向后撑。在雪橇后面的弗朗索瓦，也同样在拼命，直拉得筋腱在噼啪乱响。

前面和后面的冰又一次碎了，除非能爬上悬崖，否则他们已无路可去。佩罗特居然出人所料地爬上去了，而弗朗索瓦祈求的正是这样的奇迹。他把所有的鞭子、绑绳和缰绳结成一根长绳子，把狗一条条地都吊到了悬崖顶上。把雪橇和行李都吊上去之后，弗朗索瓦最后一个才上来。之后便是找下山的路，最后也还是靠绳子才从悬崖上下来。天黑之后大家又回到了河边上，这一天只前进了四分之一英里。

到了豪太林卡的时候，他们才走上好走的冰路，可是佩罗特为了把耽误的时间补回来，让大伙起早贪黑地赶路。头一天他们走了三十五英里，来到大鳜鱼河；第二天又是三十五英里，到了小鳜鱼河；第三天走了四十英里，来到指头山下。

巴克的脚没有爱斯基摩狗的脚那么结实耐磨。自他的野狗祖先被驯化以来，每一代都是如此，他们的脚早就变得柔软了。他整天在痛苦中一瘸一拐地走着，一到宿营地便死一般地躺下。虽然他很饿，可是他都不想动一下去吃东西，弗朗索瓦只好把他的那一份食物送到他面前。每天晚上吃过饭，巴克还能享受半个钟头左右的弗朗索瓦为他搓揉脚掌，弗朗索瓦还用自己的鹿皮靴筒为巴克做了四只靴子。这以后巴克好过多了。有一天早晨，弗朗索瓦忘了给巴克穿靴子，巴克就躺在地上摇着四只脚，不给他穿他就赖着不动。逗得只有一张干瘪瘦脸的佩罗特也露出笑容。后来，他的脚越来越结实，就扔掉了穿破的靴子。

在贝利河口的一天早晨，大家正在套挽具，一向不起眼的多丽突然发起疯来。一声悠长、凄厉的狼嗥从她口中逸出，把所有的狗都吓得耸起了毛发。大家这才知道她生病了。接着她便朝巴克直扑过来。巴克从没有见过狗发疯，因此也不知道疯狗的可怕，然而他却意识到眼前的恐怖，惊慌失措地逃走了。

他朝远处逃去，多丽口喷白沫地紧追不舍，只有一步之遥。多丽追不上他，因为巴克惊恐至极，但巴克也甩不掉多丽，因为多丽已完全疯了。巴克向岛上的高地跑去，一头钻进那里的树丛，接着又冲下高地逃到岛边，然后越过一条满是冰碴的小河沟，跑到另一座岛上，跑过第三个岛之后，又绕回到主河道旁，无所畏惧地逃到对岸去。多丽始终在他身后紧追不舍，巴克不用回头也知道。弗朗索瓦在四百米外喊他，于是他又折了回来，仍然以一步之遥跑在多丽前面。他痛苦地喘着粗气，深信弗朗索瓦会救他。弗朗索瓦手拿斧子，摆好了架势，一等巴克从他身边闪过，他便手起斧落，砍死了疯子多丽。

巴克力气全无，他喘着粗气，靠在雪橇旁，动一动都不愿意了。对斯匹茨来说，好机会来了。他扑到巴克身上，两次把牙齿插进无力抵抗的对手的身躯，再撕扯得皮开肉绽，露出了骨头。

弗朗索瓦的鞭子无情地落到了他身上，巴克心满意足地看着斯匹茨挨了谁也没挨过的一顿狠打。

"斯匹茨是一个恶魔，"佩罗特说，"总有一天他会咬死巴克的。"

"巴克是个更邪恶的恶魔，"弗朗索瓦也来了一句，"我心里有数。总有一天，他会丧心病狂，会把那个斯匹茨咬得稀巴烂，吃了他再把骨头吐到雪地上。没错儿，我知道。"

从此以后，他俩便总是干仗。斯匹茨感到这条陌生的南方狗给他这公认的一队之长的尊严带来了严重的威胁。他之所以对巴克感到奇怪，是因为在他见过的南方狗当中，还没有哪一条在营地和雪道上有过出色的表现。劳作、严寒和饥饿使这些软蛋丢掉了性命。巴克却是个例外，他不仅挺过来了，而且还变得强大了，在力量、粗野和狡诈方面足以和爱斯基摩狗相匹敌。巴克变得更有自制力，那根由穿红毛衣的人拿着的棍子，使他成为危险分子，因为他想出人头地的莽撞都给那棍子全部打掉了。他狡诈过人，而且能够以原始的耐心等待自己的时机。

总有一天，争夺领导权的战争会到来，这是不可改变的事实。巴克希望它到来，因为他天性如此，因为他为雪道拉橇而骄傲。这种难以名状的骄傲紧紧地攫住了他；这种骄傲左右着劳作的狗，让他们坚持到死；这种骄傲诱使他们以死于套下为乐，一旦被卸下挽具，就会使他们心碎。戴夫驾橇、索尔雷克斯全力以赴地拉套，他们感受到的就是这种骄傲。他们从一出发起就被这种骄傲激励着，把他们从乖戾无情的野兽转变成不遗余力、斗志昂扬、雄心勃勃的生灵；这骄傲让他们赶了一天的路，直到晚上扎营时才离开他们，使他们陷入闷闷不乐之中。斯匹茨也被这种骄傲刺激着，让他去惩处那些在拉橇时闯祸偷懒，或早晨套缰绳时躲起来的拉橇狗，但同样也使他担心巴克夺去他领头狗的地位。领头狗——这也是巴克足以自豪的地方。

巴克使斯匹茨的领导地位受到了威胁。巴克故意在斯匹茨和他本来要惩罚的失职者间插了一杠子。有天夜里下了一场大雪，第二天早晨装病号的派克在窝里安安稳稳地躲着，身上是一英尺厚的雪。弗朗索瓦喊他他不应，找又找不见。斯匹茨暴跳如雷，怒气冲冲地满营乱转，他一边咆哮，一边到处嗅，挖派克可能藏身的地方。派克听到后战栗起来。

他终于被挖出来了，但当斯匹茨扑上去要惩罚他的时候，巴克却大发雷霆，向他们俩冲过来。这太出乎意料了，而且做得干净利落，斯匹茨被撞了回去，翻倒在地。派克本来一直在可怜巴巴地打着哆嗦，一看有人先造了反便壮起胆子，跳到被掀翻在地的首领身上。这个场面逗乐了弗朗索瓦，但他仍公正地使足浑身力气抽打起巴克来，这样也没能把巴克从斯匹茨身上赶走，于是鞭杆也被用上了。巴克被击打得一个踉跄，几乎疼晕过去。接着，他被一鞭又一鞭地抽打，而斯匹茨则把那个屡次作案的派克结结实实地收拾了一顿。

道森越来越近了，而在后来的日子里，巴克却仍然在斯匹茨和罪犯们中间故意捣乱，而且每次都是不着痕迹，他趁弗朗索瓦不在的时候才干。由于巴克暗地里谋反，不服管教的现象日益普遍，而且渐趋严重。戴夫和索尔雷克斯无动于衷，但队里其他的狗则越来越不像话了。日子不再好过，总是吵吵闹闹的，乱子四起，这一切的根子都在巴克身上。他把弗朗索瓦搞得团团转，因为弗朗索瓦一直担心这两条狗会来一场生死搏斗。

这是不可避免的,他心里非常清楚。好几个晚上,一听到其他狗的吵闹,他就要钻出睡毯,生怕巴克和斯匹茨打起来。

然而这样的时刻并没有来临。一个阴沉沉的下午,他们到了道森,那场大战仍未爆发。这儿有很多人和数不清的狗,巴克发现他们全在干活儿,似乎他们就是为干活而生的。他们组成长长的狗队,整天在大街上奔来奔去,甚至夜里也听得见他们经过时发出的铃声。他们拖造木屋用的原木和烧火用的木头,还送货物到矿上去,干着各种各样的活儿,这些活在圣克拉拉山谷全是马干的。多数狗都是如狼似虎的爱斯基摩狗,只有很少的一些南方狗。每天晚上九点钟、十二点钟、三点钟,他们如期地唱一首夜曲,腔调怪诞而神秘,叫人不寒而栗,巴克则高高兴兴地跟他们一起唱起来。

北极光在头顶上冰冷地辉耀,群星在严寒中舞动,冰雪覆盖的大地冻僵了。生命的顽强尽数隐藏在爱斯基摩狗的这首歌里,只不过用的是小调,拖着如泣如诉的低沉长腔,如同在哀告生命,表达了生命的艰辛。这是一首古老的歌,和这个物种本身一样古老——是过去的世界里唱的最早的一首歌。无数个世代狗的深切悲哀就深深地掩藏在歌声中,巴克莫名地被深深感动。巴克哀泣时,声音中含着的是生活的痛苦,这痛苦正是很久以前他那些尚未驯化的祖先们的痛苦;寒冷和黑暗让人联想到恐惧和神秘,对他,对祖先们都是如此。被这首歌打动,标志着他已经彻底地蜕变了,放弃了世世代代靠火取暖、室内栖身的生活,返回到哀嚎着的原始生活之中。

到了道森的第七天时,他们又沿着巴拉克山陡峭的山坡走上了育空河①雪道,向迪亚和盐湖进发。佩罗特要带回去的公文比他送来的还要紧急,而且旅行的骄傲完全左右了他,一心要创造新的快速投递公文的记录。他有几个有利的条件:狗队经过一周的休整,已恢复了元气,而且状态极佳;他们开辟的雪道也被后边上来的狗队踩结实了;此外,警方还在

① 北美洲西北部大河,北美第三长河。源出加拿大境内落基山脉西麓,向西北流经阿拉斯加,横贯育空高原,在高原西侧注入白令海。全长3185千米,流域面积85万平方千米,以森林、金矿、银矿著名。

两三个地方设立了给养站，为人和狗把食物补充上，这样他们就可以轻装上路了。

头一天他们就跑了五十英里，到达六十里河；第二天他们沿着育空河奔驰，上了通往贝利的雪道。用这么短的时间跑了这么远的路，弗朗索瓦操了数不清的心。巴克领导的叛乱破坏了全队的团结，狗队不再齐心协力地拉橇了。造反者在巴克的鼓励下屡屡做坏事，而且也不再惧怕斯匹茨这位首领了，大家都敢于向他的权威提出挑战。一天晚上，派克把他的鱼抢去半条，并且在巴克的保护下把鱼吞进了肚子。又一个晚上，达布和乔与斯匹茨对打起来，结果斯匹茨只好放弃了本应对他俩实施的惩罚。甚至连好脾气的比利也不再那么唯唯诺诺了。巴克一靠近斯匹茨，准会凶相毕露地竖起鬣毛咆哮。事实上，他的所作所为已经有些横行霸道了，而且专爱在斯匹茨的眼皮底下趾高气扬地大摇大摆。

崩溃的秩序深深地影响了其他狗的关系，他们经常彼此吵嘴打架，搞得整个营地就像一座鬼哭狼嚎的疯人院。只有戴夫和索尔雷克斯保持老样子，不过他们也被这种没完没了的吵闹搞得心烦意乱。弗朗索瓦骂着古怪的脏话，气得直跺脚，还揪自己的头发，但还是无济于事。他不停地甩鞭子，但毫无用处，他一转身，那儿又打起来了。他用鞭子为斯匹茨撑腰，而巴克则为狗队里其他的狗鼓气。弗朗索瓦知道，这些都是巴克在背后捣鬼所造成的，而聪明的巴克也清楚弗朗索瓦知道他干的事，所以他一定不会让弗朗索瓦当场抓获。他勤勤恳恳地拉着雪橇，因为劳作已经变成他的一种乐趣；而巧妙地挑起同伴们争斗，把缰绳搅乱，则是他更大的乐趣。

一天晚饭后，在塔基拿河口，达布发现一只雪兔，却因手脚不麻利让它跑了。刹那之间，全队所有的狗吠叫着出动了。一百码开外是西北警署的一个营地，那儿有五十条狗，全是爱斯基摩狗，他们也加入了追猎。兔子沿着河极速奔逃，接着又拐上一条小溪，在结冰的小溪上不停地向前逃窜。在雪地上跑，兔子非常省劲，狗们却要费很大的劲才能破雪前进。巴克率领着六十条狗组成的强大阵容，拐来拐去，但无论如何就是追不上。他一边急切地呜呜叫着，一边压低身体奋力追赶，他那光彩照人的身体一跃接着一跃，在淡淡的月光下向前飞奔；而那只雪兔在他的前方飞奔,像一个若隐若现的雪地幽灵。

这全部是本能,人们离开喧闹的城市,来到森林和平原,用火药推进的铅弹荼毒生灵,全是这种本能引起的。巴克灵魂的最深处隐藏着这种本能,对鲜血味的渴望,享受杀戮的快感。他跑在群狗之首,要把猎物追到,再用自己的牙把它活生生地咬死,让那温热的鲜血泼在自己的鼻子和眼睛上。

标志着生命顶峰的是一种癫狂,不可能超越生命生存的悖论就是如此:一个人最亢奋的时候表现出来的癫狂,却使他自己完全忘记了自己还有生命存在。这种癫狂,这种对生存的忘却,常在艺术家身上出现,他沉浸在烈火般的激情中,忘却了自己;士兵身上也常常出现这种癫狂,他在杀戮中成了战争狂,绝不会宽恕敌人。巴克身上出现了这种癫狂,他率领狗群,发出如远古时代般的狼嚎,奋力追赶着那活蹦乱跳、在月光下急速奔逃的食物。他发出的声音来自他本性的深处,来自他本性中比他自身还要深沉的地方,他正在返回孕育过生命的时代。涌动的生命,存在的狂澜,每一块肌肉,每一处关节和筋腱都让他感到极乐。除了死亡外,所有的这用运动来体现自己、闪烁着光芒、奔腾不息的一切,全然左右了巴克。静止的、没有生命力的雪地被他飞身跃过,他飞奔在星光下,如痴如醉。

然而,即使在情绪激动至极的时刻,斯匹茨仍然冷静而不失心计。他离开狗群,在一个小溪转弯处向前直插过去。这一招巴克不懂,当他沿着小溪转过弯时,他还是没有追赶上那只幽灵般的雪兔。这时他看到另外一个块头更大的幽灵从高耸的崖壁上飞身跃下,挡住了兔子的去路。那是斯匹茨。兔子已经来不及调头了,雪白的牙齿在空中咬碎了他的脊梁骨,他发出一声在人遭到袭击时同样会发出的尖利的叫声。这是生命从生的顶峰坠入死的深渊时发出的叫声。听到这个声音,巴克身后的狗群不约而同地发出一阵欢快的地狱和声。

巴克没有出声,也没有停留,反而加速朝斯匹茨冲去。他冲得太猛了,却没能咬住对手的喉咙。他俩在粉末状的雪里一连打了好几个滚。斯匹茨仿佛没有被撞倒过似的站了起来,咬了一口巴克的肩膀,立即就躲到一边。当他向后撤步,想把脚跟站得再稳一点时,两次狠狠地咬紧牙关,就像捕兽夹子的钢齿一般,薄薄的嘴唇向上咧着、抽搐着发出咆哮声。

巴克突然明白是时候决出胜负了。当他俩咆哮着兜着圈子，耳朵倒贴着头皮，机警地寻找着战机时，巴克感到这个场面似曾相识。他似乎全都记起来了——那白色的树木、大地、月光，还有那战斗的激情。洁白的世界笼罩在一片幽灵般可怕的死寂之中。没有一丝风声——一切都很宁静，没有一片叶子在颤动，只看到群狗呼出来的气在寒冷的空气中慢慢升起。他们三口两口就把雪兔吃掉了。这群狗都是些尚未驯化好的狼，这会儿他们围成一个圆圈，期待着什么。他们一声不吭，只看见他们眼睛里闪闪的光泽和口鼻冉冉上升的气息。对于巴克，这一幕既不新鲜，也不陌生，似乎事情本来就是如此。

斯匹茨是个久经沙场的老将。从斯匹茨尔根群岛出发，跨过北冰洋，横穿加拿大和北方荒原，他身经百战，把形形色色的狗全都整得服服帖帖。他满腔怒火，但一定不蛮干。他时刻都记得，在他激动于撕咬和毁灭的同时，他的对手也处于同样的状态之中。在防守住敌人的进攻之前，他绝不首先去进攻。

巴克拼命去咬斯匹茨的脖子，但白费力气。每次都在他的犬牙碰上的一刹那，给斯匹茨挡了回来。犬牙撞击着犬牙，嘴唇破了，流出鲜血，但是敌人的防守严密，巴克无计可施。于是他大动肝火，旋风一般围着斯匹茨发动了一连串猛扑。那雪白的喉咙，那个生命最接近体表的部位，他一次又一次地下口，却每次都被斯匹茨逃脱，同时还能再反咬他一口。于是，巴克便摆出一副要扑向斯匹茨喉咙的假象，却突然缩回脑袋，绕到对方一侧，用肩膀去撞斯匹茨的肩膀，想把他撞翻。结果每一次斯匹茨都轻松地跳到一边，而巴克的肩膀反而又被咬破了。

巴克已浑身鲜血淋漓，累得直喘粗气，斯匹茨却安然无恙。战斗渐渐达到了白热化的程度。这段时间里，那圈野狼一般的狗一直在静静地等待，等待着把他们两个中倒下去的那一个消灭掉。斯匹茨在巴克力气衰竭时开始还击了，扑得巴克左右摇晃，脚跟不稳。有一次，巴克被撞翻了，围成一圈的六十条狗一齐支起了身子，不过巴克几乎没等落地就站了起来，于是那群狗又卧下继续等候。

然而能造就出伟大品质的想象力在巴克身上发生了作用。他凭本能作战，但他也能用头脑作战。他扑上去了，好像在耍他的老花招，继续撞对方的肩膀，但在一瞬间，他竟把头一低，身子插进了雪里，用嘴咬住了斯匹茨的左前腿。立时腿骨破碎，斯匹茨不得不用三条腿和巴克对阵。巴克接着又故技重演，斯匹茨的右前腿也给咬断了。尽管疼痛难忍，身临绝境，但斯匹茨还是拼命挣扎，想站起来。他看到那群无声无息的，舌头耷拉着，眼睛发光的狗们边呼着袅袅升腾的银色气息边把他围了起来。这和他以前多次看到过的围向他的手下败将的那些圈子很相像，只不过这一次是他自己败下阵来。

他生还无望了。巴克却不为所动，只有在气候温和的地带才用得着"怜悯"。他摆好姿势准备作最后一扑，同时感觉到了身体两侧那些狗呼出的气息——圈子越发收紧了。他们围在斯匹茨身后和两侧，眼睛牢牢地盯着他，半蹲着身子准备跳上来。时间似乎凝固了，所有的狗都好像变成了石头，一动不动。只有斯匹茨一瘸一拐地浑身发着抖，耸着鬣毛，发出的嘶吼令人心碎，仿佛这样可以吓跑即将来临的死神。

终于，巴克扑了上去，然后又跳开了。在他扑上去的时候，肩膀和肩膀终于正面相撞了。在洒满月光的雪地上，那个黑色的圈子越聚越小，与此同时，斯匹茨消失在世上。巴克站在一边，冷眼旁观，这位得胜的勇士，这个争得了霸权的原始野兽，感觉良好。

点评：

在大家同仇敌忾的时候突然对自己的同伴发出袭击，斯匹茨的卑鄙无耻、冷酷无情虽然令人发指，但是处于如此残酷的环境中的这种行为是十分正常的，因为这就是原始本性。作为领头狗的斯匹茨要想树立自己的权威就必须让对自己最有威胁的对手臣服，甚至是消灭对手。而巴克的高贵血统造就的与生俱来的霸气也使它给予针锋相对的回击。斯匹茨和巴克之间的矛盾是逐渐发展的，这种逐步展现的写法让读者觉得双方的冲突是无法避免却又合情合理的。同时，几只性格不同的雪橇狗在抵御外敌时的不同表现都各有特点，这种在关注主要矛盾的同时不忽略配角的写法在这一段包括下面几段都是一以贯之的。

四、谁为首领

“我说什么来着？我说过巴克更加邪恶，这是千真万确的。”

这是弗朗索瓦说的，他早就预料到了，尤其当他找不到斯匹茨却见巴克伤痕累累时。他把巴克拉到火边，借着火光指点着那些伤口。

“那个斯匹茨打得真够玩命的。”佩罗特检查着巴克的伤势说道。

“可这个巴克双倍地玩命，”弗朗索瓦回了一句，“这样一来，我们更能好好跑路了。既然斯匹茨已经不在了，麻烦也就没有了。”

佩罗特收拾宿营用具，把东西装上雪橇，弗朗索瓦则给狗套挽具。弗朗索瓦没有领会巴克跑到本来由斯匹茨占据的领头狗的位置的意思，反而把索尔雷克斯放在了那个位置。因为在弗朗索瓦看来，现在的这些狗中，索尔雷克斯是最好的领头狗。巴克大发脾气地赶走了索尔雷克斯，自己站到了那个位置。

“嘿！嘿！”弗朗索瓦乐不可支地拍着大腿喊，“瞧瞧这个巴克，他以为把斯匹茨咬死了，自己就能当领头狗了。”

“走开，去！”他喊道。可是巴克一步都不肯挪。

他揪住巴克的后脖颈，不顾巴克发出威胁的声音，把他拖到一边，将索尔雷克斯重新带到那个位置上。这条老狗并不愿意这样，而且明确表示他害怕巴克。但是弗朗索瓦可不管这些，可他刚刚转过身，巴克就又赶走了索尔雷克斯，而索尔雷克斯倒也毫无怨言。

弗朗索瓦发火了。“妈的，看我怎么收拾你！”他叫嚷着拿来一根老粗老粗的棍子。

巴克想起了穿红毛衣的人，于是慢慢退后了。弗朗索瓦重新带过来索尔雷克斯，不过巴克没有冲过去，只是在棍子刚好够不到的地方发出恶狠狠的咆哮。他一面兜着圈子，一面盯着棍子，万一弗朗索瓦挥来棍子，他好躲开，因为他已经知道棍子是怎么一回事了。

弗朗索瓦忙着套雪橇。他叫着巴克，打算把他放在老位置上。巴克向后退了两三步，弗朗索瓦跟上去之后，他又退了一下。僵持了一阵子，

弗朗索瓦便挥起棒子打在地上，以为巴克会害怕挨打，但巴克却公然造起反来。他不过是想得到领头狗的地位，他有得到这个的权利，这是他挣来的，差一丁点儿他都不会满足，至于挨打他倒不在乎。

佩罗特插手了。他俩围着巴克追来追去，折腾了有一个小时。他俩向他扔棍子，他闪开；他俩骂他，骂他祖宗，连他子孙十八辈子都骂了，还把他浑身上下、里里外外骂了个遍，而他则以咆哮来回敬这些咒骂，还东躲西闪让他俩抓不到。巴克并不想逃走，只是围着营地躲来藏去。他俩当然明白巴克的意思，只要满足他的愿望，他就会服服帖帖地让他俩套上雪橇的。

弗朗索瓦坐在地上搔了搔脑袋，佩罗特则边看表边骂娘。时间过得很快，他们本该跑出一小时的路了。弗朗索瓦又搔了搔头皮，摇摇脑袋，给佩罗特一个无可奈何的苦笑。佩罗特则耸了耸肩头，表示巴克胜利了。于是弗朗索瓦走到索尔雷克斯站着的地方，招呼巴克过去。巴克笑了（当然是以狗的方式），不过他站着没有动。索尔雷克斯被套着回了原处。整个狗队都套好了缰绳，一个挨着一个准备好上路。只留下最前方的位置，自然是巴克的了。弗朗索瓦再一次招呼巴克，而巴克也再一次笑了，却仍然没有过去。

“扔掉棍子。”佩罗特吩咐道。

弗朗索瓦刚刚照办，巴克立刻就带着胜利的笑容跑了过来，站到了狗队领头的位置。他的缰绳被系好了，雪橇出发了。他们冲上了沿河的雪道，那两个人也跟着跑。

弗朗索瓦以前就评价巴克是个双料的恶魔，可没到中午他就发现他还是低估了巴克。巴克一跃而成为领头狗，他判断准确，思维敏捷，行动迅速，表现得很出色，远胜于斯匹茨，而弗朗索瓦以前还没见过能比得上斯匹茨的狗。

巴克胜斯匹茨一筹，在于他能使他的部下们令行禁止。戴夫和索尔雷克斯对更换领导的事毫不在意，这和他们没有关系。他俩只关心能否出力拉橇，其他的一律不问，即便是好脾气的比利当了头儿，他俩也无所谓，只要他能维持好秩序就行。而狗队的其他成员却在斯匹茨死前的最后一段日子里不再安分守己，如今巴克做了领头狗，命令他们听指挥，他们非常震惊。

紧跟在巴克身后拉橇的派克，不到万不得已是绝不在胸带上多加一分劲的，巴克猛力扯动他，把懒散的他狠狠教训了一顿，结果头一天还没过去，他拉橇出的力气便超过了以往的任何时候。第一晚扎营，巴克又狠狠地修理了一下性情刁钻古怪的乔，做了斯匹茨以前从来没有做到过的事。巴克凭着自己块头大，让乔喘不过气来，只用这么一招儿，就把乔收拾得不再乱咬，呜呜地叫着求饶。

狗队的整体状态逐渐恢复，往日的团结得以重现，狗们又齐心合力地拉起橇来。在林克滩，两条当地的爱斯基摩狗梯克和库那加入了狗队。巴克让他们臣服的速度之快，令弗朗索瓦惊讶得目瞪口呆。

“巴克真是世界上独一无二的狗！”他嚷道，“绝无仅有！他值一千块，妈的！你说呢，佩罗特？”

佩罗特点了点头。他已经破了记录，而且还在一天天地刷新。一路上的天气不算太冷，整个行程中一直保持在零下四十五度左右。那两个人轮流驾橇和跑路，狗队则一直在奔跑，有时停脚歇一会儿。

三十里河终于封冰了，他们一天就跑完了来时十天所跑的路。他们一口气跑了六十英里，从勒·贝日湖一直跑到白马滩，风驰电掣般经过了马什、塔基什和本尼特（七十英里的湖区），结果跑路的那个人，总是落在雪橇的后面，被绳子拉着向前跑。第二个星期的最后一天晚上，他们便出了白山口，一路下坡来到海边港口，脚下是斯卡格威灯塔和海中船舶闪耀的灯光。

这是一次破记录的奔驰。跑了十四天，平均每天四十英里。接连三天，佩罗特和弗朗索瓦都昂首挺胸地在斯卡格威的大街上行走，并不时地接受别人的邀请去喝酒，一群群心怀敬意的驯狗人和赶橇人则潮水般地涌来围观他们的狗。后来有三四个从西边来的恶棍想要洗劫镇子，结果被打得浑身的窟窿像筛子一般，大伙儿的兴趣这才转到了别的偶像身上。之后有命令从上边传来。弗朗索瓦哭着告别巴克。这是巴克最后一次见到弗朗索瓦和佩罗特，他的生命中不再有他俩，就像其他人不再出现一样。

一个苏格兰混血儿接管了巴克和他的伙伴，他们和十几支狗队结伴同行，重新踏上了前往道森的乏味之旅。这一次雪橇上带的东西很多，也创不了记录了，拖着沉重的雪橇，天天都在辛苦地跋涉。这次拉的是邮件，在北极的阴云下搜寻金子的家伙们正盼望着这些来自世界各地的信件。

巴克并不喜欢这个活计，但他仍强打精神干了起来，学着戴夫和索尔雷克斯的样子，为劳作而自豪，而且还督促他的伙伴们各尽所能，不管他们是否同样自豪。生活单调得令人乏味，一天天周而复始。每天早晨，伙夫出来生火做饭，接着大家吃早饭，之后营帐被一些人收拾掉，其他人便把狗套上雪橇。在他们上路后一个小时左右，黑暗的天空才隐隐出现晨曦。晚上安营扎寨，有的人搭帐篷，有的人砍生火和搭铺用的松枝，还有的人帮伙夫打水或取冰。吃东西只是狗们一天中的一个小节。全部共有一百多条狗，其中不乏骁勇善战之辈，但即使最凶的狗只和巴克打上一架，就变得服帖了。巴克只打了三次便成为他们的老大，结果只要他鬣毛一竖、牙齿一龇，其他狗便退避三舍了。

他喜欢的，或许就是卧在火堆旁，后腿蜷缩，前腿伸出去，抬着头，对着火苗睡眼朦胧地眨着眼睛。有时候，他想起阳光明媚的圣克拉拉山谷里米勒法官的大宅子，想起那个水泥游泳池，想起墨西哥无毛狗伊萨伯尔和日本哈巴狗土次；不过，那个穿红毛衣的人、卷毛的惨死、和斯匹茨的恶战，或者那些好吃的东西，是他想得最多的。阳光家园既模糊又遥远，而且回忆这些对他没什么帮助。更有用处的是那些遗传下来的记忆，这些记忆使他对那些从未见过的事物有似曾相识之感。那些在以前的年代里逝去的、在他身上也没有的本能（这些本能不过是祖先遗传给这些后代们潜意识中的习惯），如今复活了、再生了。

有时，当他卧在那儿，眼睛睡意朦胧地朝着火苗眨巴眼睛的时候，那些火苗好像来自另外一堆火，而看向另外一个火堆时，他看到的那个混血儿伙夫成了另外一个不同的人。这个另外的人腿要短一些、胳膊长一些，肌肉青筋突起、疙里疙瘩的。这个人头发又长又乱，有很低的发际，额头自眼眉起便向后倾斜。他的声音非常奇怪，好像特别害怕黑暗，不断地向黑暗中窥视。他的手垂到了膝盖以下，紧紧地握着一条棍子，棍子一头固定着一块大大的石头。他没穿衣服，只在腰间围着一块被火烧焦的破兽皮。他全身长满了毛，尤其是胸部、肩部、胳膊和大腿的外侧几乎看不见肌肤，与一块兽皮类似。他站得并不很直，胯部以上向前倾斜，腿打着弯。他身上有一种奇特的弹性，和猫差不多，而且特别机警，那是生活在到处充满着看得见或看不见的危险中的人才有的机警。

还有些时候，这个浑身是毛的人蹲坐在火堆旁，把头埋在两腿之间睡觉。姿势总是：胳膊支在膝盖上，两手护着头，仿佛如此便能用长满毛的臂膀遮风挡雨似的。在他背后的火堆四周的黑暗中，巴克能看到许多闪烁的火光，总是那样一对对的。他知道那是大型猛兽的眼睛。他还能听到他们穿过树丛时发出的嚓嚓声。当他在育空河畔陷入沉思，眨巴着木呆呆的眼睛时，这些来自另一个世界的声音就会使他背部到两肩的毛发全部耸立起来，导致他压低了嗓门呜咽或是轻声地嘶吼。那个混血伙夫会喊他：“喂，巴克！你醒醒！”于是，另一个世界就消失了，而真实世界再次进入他的眼帘。他站起来，打个哈欠，伸伸懒腰，好像刚睡过一觉似的。

这是一趟艰苦的旅行，他们费了许多气力在拖邮件这种繁重的工作上。到达道森时，他们瘦了很多，身体状况很糟，得休息十天或者至少一个星期。然而，两天后他们便离开巴拉克，沿着育空河出发了，雪橇上拉着要寄出的信件。人困狗乏，更糟糕的是，天天都在下雪。这就意味着雪道松软，滑板阻力增大，狗得用更大的力气拉橇。尽管这样，驾橇人还算不错，为那群狗做了力所能及的事。

每天晚上，驾橇人都会让狗们先吃饭，然后再吃自己的。所有的驾橇人都要把自己的狗的脚检查照料一番，之后才去睡觉。即便如此，他们的体力仍然在一天天地衰弱。入冬以来，他们已经走了一千八百英里路了，而且是一直拉着雪橇跋涉的，这可让最顽强的生命都承受不起。巴克虽然也疲惫不堪，可他仍然挣扎着，维持着秩序，督促队友们认真干活。每天晚上，比利都毫无例外地在睡梦中又是哼哼又是哀叫；乔变得更加乖僻；而索尔雷克斯则根本不让别的东西靠近他，无论是瞎眼的一侧，还是从另一侧。

戴夫受的罪最大。他不知为什么变得更加阴郁，更爱发脾气，一扎营他就立刻做窝，吃些食物，卸下挽具躺下就再也不起来了，一直到第二天早晨套缰绳的时候才起来。他常常会因为拉橇时雪橇的突然停止，或者

突然启动猛力牵拉到他，而痛叫出声。驾橇人检查了他的身体，没发现什么。他的病使别的驾橇人产生了兴趣，吃饭的时候、睡觉前抽最后一斗烟的时候，他们就讨论他的病情。有时他们还为他进行会诊，把他从窝里拖到火堆旁，东摸摸，西戳戳，直到他叫唤了好久才止住手。可以确定是出了毛病，但他们摸不到折断的骨头，也查找不出病根。

到达加西亚巴尔的时候，他已经虚弱得多次在拉橇时跌倒了。他被那个苏格兰混血儿卸掉了挽具，由索尔雷克斯代替他。戴夫知道那个人是想让自己休息一下，让他空身跟在雪橇后面跑。不过他虽然病了，却不肯撤下来，给他卸挽具时还又吼又叫。他看到索尔雷克斯站到了他曾经操劳了那么久的岗位上时，他伤心地呜咽起来。

因为他为之骄傲的就是缰绳和雪道，即使他踉踉跄跄地走在雪道旁柔软的雪里，还会用牙齿袭击索尔雷克斯，用身体撞他，想把他撞到雪道另一侧去，自己则拼命地往缰绳里跳，想要插在索尔雷克斯和雪橇中间，并且伴随着伤心和痛苦的低咽和嘶叫。那个混血儿用鞭子赶走他，可他毫不在乎鞭子抽打的刺痛，而那个人也不忍心再使劲抽了。最终，气力衰竭的他躺倒在地，口中发出长长的悲鸣。长长的雪橇队一辆接一辆从他身旁吱吱地驶过。

他用尽所有力气，蹒跚地跟在雪橇队后面，直到队伍又一次停下来休息为止。这时他跌跌撞撞地走过一辆辆雪橇，找到他自己的雪橇，站到索尔雷克斯身旁。驾雪橇的人到后面借火吸烟便拖延了一会儿。他回来后便赶狗上路，拉橇狗甩开步子刚要跑时却一点没吃上劲，不安地回头一看，便停下来显出惊讶。驾橇人也吃惊地看到雪橇没动地方。他把同伴们都喊过来看这一情景：索尔雷克斯身上的两根缰绳全被戴夫咬断了，而且戴夫则正好站在自己原先的位置上。

看着他恳求留下来的目光，驾橇人也不知所措了。他的同伴说，剥夺了狗视为性命的工作权利，狗会如何伤心，而且还回忆起他们知道的一些事例。有些狗老得不能再干了，或是受了伤，竟会因为被卸下挽具而伤心地死去。既然戴夫快要死了，那就该满足他的愿望，让他死在岗位上，让他内心好过些。于是，又被套上挽具的他像过去一样骄傲地拉起了雪橇，尽管他不止一次因身体的剧痛而忍不住叫出声来。好几次他倒下去后被缰绳拖着走，甚至有一次，雪橇压在他身上，压瘸了他的一条后腿。

戴夫一直强撑着，一到宿营地就躺在了驾橇人在火堆边给他准备的空地上。第二天早晨，他已经虚弱得不能走路了。套雪橇的时候，他试图爬到驾橇人的身边。可他试了几次才抖抖地站起，踉跄了几步，又跌倒了。于是他匍匐向前，慢慢地向同伴们正在套缰绳的地方爬去。他先伸出前腿，然后猛地一收，身体往前移了几寸。实在没有精力了，他只能喘着粗气，躺在雪地里眼睁睁地看着他的队友，这是戴夫留给同伴们的最后印象。他们后来仍然能听到他的悲号，直到他们穿过河边的一排林子。

雪橇长队停了下来，那个苏格兰混血儿踏着自己的足迹，慢慢地回到刚离开的营地。没有人发出一丁点儿的声音。一声枪响后，那个人又急匆匆地赶回来了。鞭子甩了起来，铃铛欢快地叮当作响，雪橇在雪道上吱吱地跑起来了。林子那边发生了什么，巴克清楚，别的狗也清楚。

点评：

巴克以为消灭了斯匹茨自己就可以成为领头狗，这表现了它依然没有完全懂得北方的规则。但它依靠自己的努力最后还是使主人承认了它的领头狗的地位，并且将整个团队领导得很好，这表现了巴克的能力。这种能力无疑是由于它那高贵的血统，是天生的。通观全文，作者对于天赋的强调所见皆是，天生的雄壮体格，极佳的快速适应能力，敏锐的观察分析能力，甚至是天生的好运气。如果没有这些，仅凭后天的努力在如此恶劣的环境下想要生存是非常困难的。死去的戴夫就体现了这点，同时这个情节的描写也向读者展现了雪橇狗的独特性格和悲惨命运。另外要注意的是，巴克体内潜藏的原始记忆已开始初步出现。这种预设伏笔的写法值得学习。

五、劳苦的拉橇奔波之旅

离开道森三十天后，由巴克和队友们组成的盐湖邮班头一个到达了斯卡格威。没有一个狗的状况是好的，各个都无精打采，狼狈不堪。巴克一百四十磅的体重只剩下一百一十五磅。他的队友们，个子没有他高，但失去的体重却比他还多。总爱装病号的派克，以前总能很成功地装腿部受伤，这一次却是真的瘸了。索尔雷克斯也一瘸一拐了，达布则因肩胛骨扭伤而痛苦。

最惨的是脚，不仅痛得要命，而且弹跳力也大减，踏脚步时沉重地会使身体受到猛烈冲击，这大大增加了旅途中身体的疲劳。除了极其疲劳外，他们尚没有别的毛病。不过这可不是短时间用力过猛产生的极度疲劳，而是没有了复原的力量，没有后劲可利用了。他们用尽了最后一点点的体力。似乎身上的每一束肌肉、每根肌纤维、每一个细胞都在呐喊，都在要求休息。这是有原因的，因为在五个月之内，他们跑了两千五百英里路，尤其是在后面的一千八百英里行程中，他们只休息了五天。到达斯卡格威时，他们的脚已然抬不动，也没劲拉直缰绳了，下坡的时候只能勉勉强强地躲开追上的雪橇。

“再走几步，可怜的家伙们！”当他们步履蹒跚地走上斯卡格威的大街时，驾橇人给他们鼓劲，“这是最后一段路了，然后我们就能好好地休息一阵子了。放心吧，能舒服地休息一阵子。”

那些驾橇人满心希望能好好地休息一下。在一千二百英里的行程中，他们只休息了两天，所以不管是根据道理还是根据常识来说，都该让他们有一段时间放松一下。然而，涌到科朗代克地区的人实在太多了，而那些人的妻子和亲人也太多了，因此寄来的邮件堆成了山，再说，还有许多公函。一批批来自哈德逊湾、体力充沛的狗就要取代这些不能跑路的狗了。这些没用的狗将被打发掉，反正狗也值不了几个美元，随便卖了就可以了。

三天歇下来，巴克和队友们才知道自己疲乏、虚弱到了何等程度。第四天上午,两个美国人跑来只用几个小子儿就把他们买下了,这还包括全套的挽具在内。这两个人互相称呼对方为“哈尔”和“查尔斯”。查尔斯是个肤色较浅的中年人,有着一对不太好使的泪汪汪的眼睛,嘴上长着乱七八糟缠在一起、硬邦邦翘起来的胡子,这些胡子遮住了软塌塌垂下来的嘴唇。哈尔是个二十几岁的小伙子,身上挂着一条皮带,皮带上插着一支科尔特式转轮手枪和一把猎刀,皮带兜里鼓鼓囊囊地塞满了子弹。这条皮带是他浑身上下最惹眼的东西,让人一看便知道他是个幼稚的小子,真的是太嫩了。

这里显然不是他们该来的地方,可他们居然来了,来到北极这个地方冒险,真让人莫名其妙。巴克听见他们讨价还价,看他们向政府官员交了钱,他明白了,那个苏格兰混血儿和邮班的驾橇人将不会再出现在他以后的生活中,正如佩罗特和弗朗索瓦以及先前那些人不再出现一样。当巴克和他的队友们被新主人赶到新营地后,他看到的是一幅乱七八糟的景象:松松垮垮的帐篷,没有洗涮的碗碟,一切都是邋里邋遢;此外,他还看到一个女人。那两个男人叫她“梅西蒂斯”。她是查尔斯的妻子,哈尔的姐姐——好一家子人啊!

在他们动手拆帐篷的时候,巴克很不放心地看着他们。他们干起活来是挺卖力的,但方法根本不对。本该卷得好好的帐篷卷成了乱七八糟的一堆,比原来大两倍;洋铁盘子没洗就装进了行囊。梅西蒂斯不停地绕来绕去,不仅妨碍了男人们干活,还没完没了地唠叨、瞎出主意。他们把一包袱衣服装在雪橇前面,她就说应该装在后面;等把那个包袱装在了后面,上面又堆了几个包袱,她又发现漏掉了几样东西,而且这几样东西只有放进刚才那个包袱之内,别的地方不好放,于是他们又把东西卸了下来。

旁边一个帐篷里走出三个人,挤眉弄眼地望着他们干活。

“你们装的东西可不少了。”其中一个说,“我本来不该多嘴,不过我要是你们的话,那顶帐篷就不要带了。”

“亏你们想得出来!”梅西蒂斯姿势优美地扬起双手,惊讶地喊道,“没有帐篷我可怎么办?”

“春季到了,不会再凉了。”那个人答道。

她坚定地摇了摇头，于是查尔斯和哈尔便把最后的一些零碎堆到已被行李压得像小山似的雪橇上。

“你们这样子走路难道不会觉得困难?”又一个人问道。

“为什么?”查尔斯没好气地反问了一句。

“啊，可以走，可以走，”那个人急忙和气地说，“刚才我只是随意说说的，只是看上去有些前轻后重。”

查尔斯转过身把绑绳尽量往紧里拉，但实际上一点也没有拉紧。

“拉着那些玩意儿走上一整天还是没问题的。”另一个人肯定地说。

“那当然。”哈尔冷冰冰地说，一只手握住橇把，另一只手挥起了鞭子。

“走！”他大声喊道，“走啦！”

狗队奋力一起，被胸带勒得紧紧地，花了好大一会劲，还是停了下来。雪橇太重，他们拉不动。

“懒骨头，我要教训教训你们。”他一边嚷，一边准备甩鞭子抽他们。

但梅西蒂斯干预了。“喂，哈尔，你千万别那么做。”她边叫着边从哈尔手里夺下了鞭子，“可怜的宝贝儿！你得向我保证，不再那么粗暴地对待他们，否则我一步都不走。”

“你对狗懂得很多嘛！”他弟弟挖苦道，“你还是别来管吧。他们就是在偷懒，我告诉你吧。你必须得给他们点颜色瞧瞧，不然他们才不肯出力呢。他们就是这德性。你去问问别人，去问问啊。”

梅西蒂斯用恳求的目光望着他们，漂亮的脸蛋上露出一副不忍看到狗儿遭罪的神情。

“他们其实很听话很勤奋，向你们坦白吧，”其中一个人答道，“现在的问题是他们整个儿累垮了，需要休整一下。”

“休息个屁！”哈尔扯动着他那两片没长胡子的嘴唇说。

听到这句粗话，梅西蒂斯又痛苦又难过地“啊”了一声。但她马上帮他弟弟辩解。“别听他的了，”她尖刻地说，“你赶的是咱们的狗，你觉得怎么好就怎么干。”

狗的身体上又响起了噼啪的鞭子声。他们挺身把脚扎进了已经踩硬的雪地里，压低身体，把全身的力气使足了，可雪橇依然纹丝不动。试了两次之后，他们站在那儿喘着粗气不动了。鞭子野蛮地呼啸着，梅西蒂斯又一次出面干预了。她跪在巴克身旁,含着眼泪搂住了巴克的脖子。

“可怜的小宝贝!”她很同情地哭着说,“你要用劲拉哦,否则你就会挨鞭子的。”巴克不喜欢她,但他又很难过,没心思拒绝她,只当这也是这一天受罪的一部分。

一个旁观者,本来一直没吭声,这下说话了:“看在这群狗的份上我说两句,我可不是要帮你们。你们先把雪橇在地上活动一下,那就帮了他们的大忙了。橇板被冻住了,只有用力推撬杆,往左右两边推,才能让它松动。”

试第三次的时候,这忠告起了作用,冻在雪里的橇板被推松动了。这架严重超载的庞然大物吃力地向前挪动了,巴克和他的队友们在鞭子雨点般的抽打下玩命地拉着。前面一百码的地方,雪道转过弯,下个陡坡就进了大街。这需要经验丰富的人才能驾驭,否则这辆头重脚轻的雪橇肯定会翻倒,可惜哈尔不是那个合适的人。他们一上弯道雪橇就翻了。没绑结实的东西有一半都撒在了地上。雪橇的重量减轻了,而狗并没有停下步伐,拖着雪橇继续往前冲。他们受到的虐待和如此过分的超载使他们很恼火。巴克怒不可遏,撒腿跑了起来,狗队在他的带领下也都跑了起来。他们全然不理哈尔“嚯!嚯!”的大喊。哈尔脚下一软也被拖倒了,翻了的雪橇从他身上压了过去,而那群狗则一口气冲上了斯卡格威的主干道,雪橇上的行李继续一件件地被撒在路上。

好心的市民们把狗勒住了,收拾好雪橇上散落的东西,对他们说,如果真想去道森,那就得把行李减少一半,把狗的数量增加一倍。哈尔和他的姐姐、姐夫听着很不乐意,他们把帐篷支起来,检查了一通行装。翻出来的罐头食品把人们逗得哈哈大笑,因为在这条雪道上别人做梦都不敢想罐头。一个笑着帮忙的人说:“那么多毯子难道是要开旅馆吗,处理掉吧。帐篷和那些碗碟也得扔掉——难道有人会去洗?老天爷,你们以为这是在坐火车旅行吗?”

他们狠下心来把多余的物件清除。当梅西蒂斯把那些衣服袋子倒在地上,接二连三地扔出时,她哭了起来,为整个这桩事情,也为被扔掉的每件东西。她用双手搂住膝盖,伤心地哭得前仰后合。她说她不会被查尔斯带走了,即使有十个查尔斯,她也一步都不移动。她向每一个人、为每一样东西哭诉,可最后还是擦干了眼泪,继续扔东西,甚至把那些绝对不可缺少的衣服都扔了。她扔得来劲了,把自己的东西扔完之后,又旋风一般清扫光两个男人的东西。

东西被清理完之后,那已经减半的行装仍然是可怕的一大堆。傍晚时哈尔和查尔斯又买回了六条外来狗,现在他们一共有十四条狗。狗队有八名老队员,包括在林克滩那次创纪录旅行中加入的两条爱斯基摩狗梯克和库那。那六条外来狗虽然一到北方就接受了训练,但没起多大作用。其中三条是短毛猎狗,一条是纽芬兰狗,另外两条的品种不明了。这些新来的家伙,好像什么都不懂。巴克和他的老伙计们看见他们就讨厌,虽然巴克很快就降服了他们,告诉他们不该做什么事,但该做的事他们就是学不会。他们天生不喜欢在雪道拉橇。其余的狗被残酷而陌生的环境和各种虐待弄得无所适从,情绪低落。而那两条杂种狗则压根儿就打不起精神,瘦得像干柴一样。

可怜兮兮、调教无望的新入伙的几个家伙,和走过两千五百英里路程的疲惫不堪的老队员,使得这一组狗队的前途不容乐观。可是,那两个男人却兴高采烈,甚为得意。是啊,他们真够风光的,有十四条狗呢。他们见过别的雪橇从这儿出发前往道森,也见过从道森来的雪橇,可从来没见过哪辆雪橇有多达十四条狗的。北极特有的特点决定了根本不能用十四条狗来拉一辆雪橇——雪橇上盛不下足够这么多狗吃的食物。可是哈尔和查尔斯并不知道这些。他们早就用铅笔把旅程筹划好了,每条狗吃多少,共有多少条狗,要走多少天,计算完毕……梅西蒂斯呆在身后,似懂非懂地点点头:原来事情那么容易。

第二天半晌午时分,巴克率领着长长的队伍来到街上,巴克和他的那些伙伴,在殚精竭虑中开始了他们的行程。从盐湖到道森的这条路,巴克已经跑过两个来回,走得又腻又累,一看又要上这条路,他就一肚子怨气。他干活无精打采,其他的狗也同样如此。那六条外来狗被吓得乖乖的,而那些有经验的老队员则对他们的这几位主人毫无信心。

巴克隐隐约约地觉得,这两男一女很不靠谱。他们对什么都一窍不通,而且随着日子一天天地过去,他们却一点长进也没有。生活被他们搞得颠三倒四,毫无条理:扎一个蹩脚的营帐要花半个晚上;用半个上午的时间才能拆完帐篷,收拾好行李,装完雪橇,之后把雪橇装得松松垮垮,结果在一天剩下的时间里,他们不得不走走停停整理雪橇。有些日子,他们一天连十英里都走不了,还有的日子,他们索性不上路了。那两个男人以每天要走的路程为根据算好了要带的狗食的分量,可他们没有一天能走到这算好的路程的一半。

狗食短缺是他们必须面对的问题,可他们居然还大喂特喂,加速了狗食的消耗速度,这会使他们比计划更早地对狗进行限量喂食。可只有经过长期饥饿锻炼的消化系统,才会从尽可能少的食物中吸取尽可能多的养分,那几条外来狗没有受过这种锻炼,只能多吃。鉴于这种情况,再加上那些疲惫不堪的爱斯基摩狗拉起橇来有气无力,哈尔便认定这常规的狗食定量太少了,于是他把定量增加一倍。这还不算,当梅西蒂斯眼睛溢泪,喉咙发哽地求哈尔再多喂一些而遭到拒绝的时候,她就从鱼袋子里偷一些东西出来,悄悄地喂狗。然而,巴克和那几条爱斯基摩狗需要的并非食物,而是休息。虽然每天走路不多,沉重的货载依然无情地耗费着狗们的体力。

限量喂食开始了。有一天,哈尔一觉醒来,发现狗食已消耗了一半而该走的路只走了四分之一;再说,在这个地方要弄到狗食,不是靠你本事大、钞票多就行的。于是他把狗食定量减到了原计划的定量以下,同时还要设法让狗多跑路。他姐姐和姐夫也给他帮忙,但他们常常被沉重的行李和自己的无能搞得灰头土脸。给狗少喂些吃的并不难;让狗走得快一点可就难了,再加上他们又没法子早点收拾好行装上路,所以连增加点走路的时间都办不到。他们不仅不知道如何驾驭狗,连如何控制自己都不知道。

第一个倒霉的是达布。这个可怜的笨贼骨头,老是被抓获接着挨一顿修理,不过他干起活来却是忠心耿耿的。他扭伤肩胛骨时,依然坚持工作,没有休息、治疗,致使伤势加重。最终,哈尔用科尔特式转轮手枪把他毙了。在北方流传一个说法,如果按爱斯基摩狗的食物定量喂外来狗,这些外来狗就得饿死。巴克手下的六条外来狗只吃爱斯基摩狗定量的一半,不被饿死还能怎么样。那条纽芬兰狗第一个饿死了,接下来就是那三条短毛猎狗,那两条杂种狗顽强地多活了几天,但到最后还是没挨过饿死的命运。

事情到了这步田地，这三个人身上那南方人特有的儒雅和礼貌已经荡然无存了。北极的旅行失去了魅力和浪漫，他们这样的男女面对的只有过于严酷的现实。梅西蒂斯为自己的事情哭闹、与她丈夫和兄弟争吵，已经焦头烂额，就顾不上为狗抹眼泪了。可不管多累他们都会顾得上争吵。糟糕的处境让他们的脾气更加暴躁，处境越糟脾气就越暴躁，越发脾气处境就越糟。遭受折磨却仍然心底乐观的那种令人惊异的耐性，这三个人自然一点都没有。他们的肌肉在痛，骨头在痛，心都在痛，浑身似乎没有不痛的，因而他们说起话来也就尖酸刻薄，从早晨醒来张口一直持续到晚上睡觉闭口，尖刻一直持续着。

只要梅西蒂斯一给机会，查尔斯和哈尔就吵嘴。他俩都打心眼里认为自己干得够多的了，一有机会，谁都要抱怨对方。梅西蒂斯一会帮这个，一会帮那个，结果使架吵得更加没完没了、热闹异常。开头是争论谁该去砍点柴火（这时只是查尔斯和哈尔之间的争吵），可是没多久就扯进来别人，老爹老妈、叔伯娘舅、侄儿外甥、八杆子打不着的远房亲戚，连已经死去的人都扯进来了。甚至连哈尔对艺术的看法，或者他舅舅写的什么社会剧都能联系到砍几根柴火上来。当然，有关查尔斯的政治偏见、查尔斯的姐姐爱嚼舌头，竟然也和育空河地区的篝火发生了关系。这种事显然只是梅西蒂斯在大发宏论，偶尔还对婆家人特有的一些令她不快的秉性喋喋不休。与此同时，该生着的火，该给狗喂的食物，该搭好的帐篷，都放着没动，没人过问。

梅西蒂斯还有一种女性特有的不满。她是那种美丽而又弱不禁风的女人，以往男人们对她都很有绅士风度，但现在她丈夫和兄弟对她的确很不绅士。她惯用的手法就是可怜巴巴地讲出身为女性该享有特权这一理由，以此横挑鼻子竖挑眼，把他们弄得痛苦不堪。她不再关心狗了，因为累得周身酸痛，便非要坐雪橇不可。虽然她美丽而娇弱，可毕竟也有一百二十磅重——这个分量加到雪橇上，简直就是给了狗们致命一击，那些休息不好、饿得发虚的拉橇狗拉这些分量简直连骨头都快散架了。她一连几天坐在雪橇上，直到拉橇狗倒在雪道上，雪橇停住不动为止。查尔斯和哈尔叫她下来自己走，又是讲理，又是恳求，可她却一个劲儿地哭天抹泪地历数他俩的残暴不仁。

有一次，他俩拼足了力气才把她从雪橇上弄下来，可后来再不敢这么干了。她像个被宠坏了的孩子，坐在雪道上，动都不动。没有办法，已走出三英里的男人们把雪橇卸空，回来找她，使出了所有的气力，又把她弄到了雪橇上。

自己都已苦不堪言了，对牲畜的苦更是无动于衷了。哈尔有个只针对别人的理论——心肠该狠时就得狠一点。他对姐姐和姐夫宣扬这个理论，却没有效果，于是，他便用大棍子向狗们宣扬这个理论。走到指头山的时候，狗食吃完了。一个没牙的印第安老妇人用几磅冻马皮换走了那支科尔特手枪。这种食物替代品很差劲，因为这马皮是半年前从赶牛人那些饿死的马身上剥下来的，冻硬之后更像是一条条白铁皮，当狗撕碎咽到胃里之后，就融化成一根根没有营养的细皮绳，接着再变成一团细毛，很难消化。

巴克如在恶梦中一般，承受着发生的一切，跌跌撞撞地在狗队面前领路。拉得动他就拉；拉不动了他就倒下去，躺在地上直到鞭子或棍子再赶他起来。他漂亮的毛皮已没有了弹性和光泽，在遭过哈尔棍棒的地方，毛发与血块凝了起来，一团团地纠结着，其余的毛发则松散地披挂开来。他的肌肉被消耗成一根根扭在一起的筋，连脚爪上的肉趾都没有了，一张又瘪又皱的皮松松地裹着躯体，一根根骨架清清楚楚地显示出来。这令人心碎，但巴克的心碎不了，那个穿红毛衣的人已经证明了这一点。

巴克是这个样子，他的伙伴们也都如此，全成了会走路的骨头架子。连巴克在内还剩七条狗。遭受了巨大的痛苦，他们对鞭抽和棒打已经麻木了。疼痛的滋味变得模模糊糊，一如他们看到的和听到的东西。他们只剩下半条命，甚至四分之一条命了，他们就像一袋袋骨头撑着的皮袋子，里面的生命只闪着微弱的火花，雪橇一停止，他们就会像死了一般地躺在雪道上，生命的火花暗淡、苍白地闪着，眼看就要熄灭。而当棍子或鞭子再次落在他们身上的时候，那火花又微微地亮起来，于是他们便颤巍巍地站起身子，继续步履艰难地走着。

终于有一天，好脾气的比利倒下了，再也没起来。哈尔的手枪已经被拿去换了马皮，所以他只有拿起斧头砍在比利头上，然后把尸体拖到一

边。巴克和伙伴们都看到了这场景，他们心里清楚，也许下一个就是自己。第二天，库那也死了，剩下的五条狗：乔已经虚弱得不再发威了；派克瘸了，对外界的感知能力只剩一半，连装病都不够用了；独眼索尔雷克斯仍然以拉橇为乐，但他浑身已没有半点力气了；梯克因为加入狗队时间不长，结果挨的打比谁都多；巴克仍在队伍前面走着，但一点维护秩序的意愿都没有。有一半时间，他两眼昏花，只能依靠雪道的朦胧影子和脚下的模糊感觉才沿着雪道往前走。

美丽的春天已经到了，可这两男一女和五只狗的脑子还感觉不到。太阳一天比一天升起得早，落下去更晚了。凌晨三点天就开始放亮，而黄昏却一直延续到晚上九点。一整天都是阳光普照。冬季幽灵般的沉寂已经变成了春天生命复苏的伟大细语。四面八方都在充溢着、传播着生命的活力。这细语发自那些曾像死了一样在漫长的寒冷日子里一动不动如今却又活过来的物体。汁液灌满在松树上，嫩芽绽放在柳树上，绿叶披在灌木和藤蔓上。夜里蟋蟀欢歌，白昼各种爬虫在阳光下沙沙作响。鹧鸪和啄木鸟在森林里咕咕地叫、笃笃地敲，松鼠在唧唧喳喳，小鸟在愉快地唱歌，来自南方的大雁排成精巧的人字队形划破长空、呱呱地从头顶飞过。

潺潺的流水掠过每一道山坡，奏出了隐秘之处那山泉的乐曲。一切都在消融、碎裂、劈啪作响。育空河正奋力挣破禁锢着他的坚冰。河水从冰面下将冰消蚀；太阳从上面烤化了冰。冰面出现孔洞，裂缝四裂崩开，薄冰大片大片地坠入河中。迸发、爆裂和悸动的生命，复苏、眩目的阳光和飒飒的微风对这两男一女和几条狗没有丝毫影响，他们跌跌撞撞地走着，就像一群迈向死亡的行者。

那几条狗一条条地倒下，梅西蒂斯坐在雪橇上哭哭啼啼，哈尔不痛不痒地诅咒着，查尔斯沉思着，眼中带着泪。他们就这样跌跌撞撞地走进了位于白河河口的约翰·桑顿的营地。一停下来，狗像被击倒似的倒在地上。梅西蒂斯擦干泪眼，望着约翰·桑顿。查尔斯浑身都僵了，他缓慢、吃力地坐在一根原木上休息。哈尔上前办手续。约翰·桑顿在用桦木棍做斧头柄，正在进行最后的几刀。他一边削，一边听，哈尔发问时，他便嗯嗯地给几句简短的忠告。他太了解这号人了，就是给了他们忠告，他们还是会自作聪明。

“还在上边时我们就听说雪道的底子渐渐融化了,人家告诉我们最好的办法就是以后再走。”哈尔自鸣得意地说,“他们说我们到不了白河,但是我们不是已经在这个地方了吗?”

“他们没说错,”约翰·桑顿回答,“雪道的底子随时都会脱落,你们是瞎猫撞到了死耗子,能走到这里是你们运气好,傻瓜。老实告诉你们,就算给我阿拉斯加的全部金子,我也不会拿自己的性命到这种雪道上去冒险。”

“看来,这是因为你不傻,”哈尔说,“不管怎么说,我们照样还是要去道森。”他甩开了鞭子。

“起来,巴克!喂!起来!走啦!”

桑顿接着削。他心里很明白,要傻瓜不去干蠢事,那是白费心思;世上的傻瓜多几个或者少几个也无关紧要,反正又不会改变大局。

但是,狗队听到命令后并没有行动,他们早就到了鞭子不打便不起身的地步了。鞭子甩起来左抽右打,执行着无情的命令,约翰·桑顿紧紧地抿了抿双唇。第一个爬起来的是索尔雷克斯,接着是梯克。乔也起来了,痛得汪汪叫。派克很吃力地撑着,但两次都是在起到一半时又倒下了,第三次才勉强站起来。只有巴克一动没动,一点起身的意思都没有。鞭稍一次又一次地抽在他身上,可他既不呻吟也没有挣扎。桑顿好几次站起身好像要说什么,但都忍住了。在这个过程中,他两眼湿湿的。他站起了身,颇为犹豫地走来走去。

巴克头一次这样不听指挥,这使哈尔勃然大怒,他把鞭子换成了常用的棍子。巴克身上遭到雨点般的猛力打击,但他就是不动。他和同伴们一样,没有什么力气起身了;但不同的是,他下定决心,决不起来。也许末日就要来临了,他隐隐约约地感到。之前当他把雪橇拉上河岸时,这种感觉就已经很强烈,而且一直没有消失。整天都感觉到脚下的冰变得又薄又软,这使他觉察到灾难近在咫尺,甚至就在面前的冰上——主人正企图驱赶他去的地方。他一动都不肯动。与他遭受的痛苦和身体的虚弱相比,棒打算不了什么,他感觉不到太大的疼痛。棍子继续打在他身上,生命的火花在他体内一闪一闪地暗了下去,差不多要熄灭了。他有一种莫

名其妙的麻木，他意识到正在挨打，但挨打的感觉似乎非常遥远。最后，痛觉完全消失了，他的意识渐渐模糊，虽然还能稍稍听到棍子落在骨头上的声音，但他感觉好像不是打在自己的身体上，一切都离得那么遥远。

突然，随着一声含混不清、事先没有一点预兆、如动物般的大吼，约翰·桑顿扑向那个挥舞棍子的人。哈尔被撞得就像被一棵倒下来的大树砸了似的，崩出老远。梅西蒂斯尖叫起来。查尔斯用若有所思的眼神看着，擦了擦湿湿的眼睛，但由于全身发僵没有起来。

约翰·桑顿站在巴克身旁，尽力把自己控制住，气喘吁吁，连话都说不出来了。

“你要是再打这条狗我就宰了你。”他抽搐着挤出一句话。

“这是我的狗，”哈尔一边往回走一边擦着嘴上的血，“你别多管闲事，要不然我可就不客气了。我就是要去道森。”

桑顿并没有让开的意思，仍然站在哈尔和巴克之间。哈尔把他那把长猎刀抽了出来。梅西蒂斯又是尖叫，又是啼哭，又是大笑，一阵歇斯底里大发作。哈尔的指关节被桑顿那根斧头柄敲了一下，刀应声落地。看哈尔弯腰去捡刀，桑顿对着哈尔的手背又是一下，接着他捡起猎刀，两下便把巴克身上的缰绳割断了。哈尔没胆子再打了，再说，他的两只手，准确地说是他的两臂，正把晕过去了的姐姐扶在怀里；对他来说巴克也活不了多久了，用不着再让他拉橇。几分钟后，他们离开河岸，从河上走了。听到他们离去，巴克抬起头看着。派克领头，索尔雷克斯驾橇，乔和梯克走在中间。他们拖着沉重的脚步，拉着雪橇踉踉跄跄地向前走着。梅西蒂斯坐在雪橇上，哈尔操着橇把，查尔斯则跟在雪橇后面蹒跚而行。

巴克注视着他们，桑顿跪在他身旁，用他那双粗糙的手温情地抚摸巴克，看看骨头有没有被打断。幸运的是，他发现巴克只是被棍打得浑身青肿并极度饥饿，没有别的问题。这时，雪橇已经走出去四分之一英里了。巴克和桑顿一起看着雪橇在冰上滑行。突然，雪橇的尾部从冰面上陷下去了，像是陷进了前面的雪橇留下的橇辙里，橇把高高地翘到了半空，哈尔悬在上面。梅西蒂斯的尖叫声传进了他俩的耳朵。查尔斯转身往回刚迈了一步，整个冰块都塌了下去，顿时人和狗都消失得无影无踪。冰面上只留下了一个窟窿，像是张着一张可怕的大嘴——冰面雪道下的底子早就脱空了。

约翰·桑顿和巴克彼此看了一眼。

“你这个可怜的鬼东西!”约翰·桑顿说。巴克舔了舔他的手。

点评:

这一段给人印象最深刻的就是哈尔、查尔斯和梅西蒂斯一家。他们幼稚,无知,蔑视公认的规律,没有经验却又拒绝建议,刚愎自用。没有基本的必需的技能却以为自己什么都会,也想在淘金大潮中投机发财。这一段情节对于巴克自身而言并不重要,作者只是想讽刺、抨击那样一种类型的人。这种人在当时的美国社会上不在少数,尤其是青年人。他们有理想,有冲劲,但是其中的一部分人一意孤行,不听建议,好高骛远,对可能遇到的困难没有充分的准备。一旦遇到困难挫折或者盲目蛮干或者怨天尤人,把责任推卸给别人或环境,不愿从自身查找原因。作者将他们最后的结局设为掉入冰窟,死得突然而又无谓,可以说是在这里对这样的人给予了最辛辣的讽刺和最沉重的抨击。

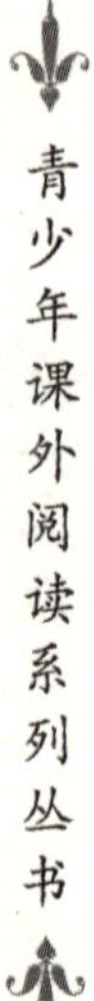

六、回报一个人的爱

前一年十二月，约翰·桑顿的脚冻伤了，他的伙伴们就把他安顿在这里养伤，他们自己则继续逆流而上，要把一筏木料放到道森去。救下巴克的时候，他的脚还有点跛，不过随着天气的逐渐暖和，他的脚完全好了。在长长的春日里，巴克静卧在河岸旁注视着流水，懒洋洋地听着鸟儿的歌唱和大自然的和声，渐渐地恢复了体力。

在跋涉了三千英里之后，巴克这时才得到充分的休息。他的伤口愈合了，肌肉丰满起来，骨头上的筋腱也长得更加结实。但同时，他也懒散了。说到懒，约翰·桑顿，塞基特和尼格都是在游手好闲地消磨时光，等着木筏下来，把他们带到道森去。塞基特是一条小个子爱尔兰猎犬，她早早就来对奄奄一息的巴克表示亲近。对于她的主动接近，巴克并不讨厌。她是那种具有医生天分的狗，她像母猫舔小猫一样帮巴克擦洗、清洁伤口。每天早晨，见巴克吃完早饭，她便按时来完成这件自己申请的任务，结果巴克就像等着桑顿的照顾一样，盼着她的护理。尼格也同样友好。他身高体壮，毛色发黑，有着一半是狼狗一半是猎鹿狗的血统，有着一双会笑的眼睛和一种好得不能再好的好脾气。

令巴克惊讶的是，这两条狗一点也没有表现出嫉妒他的样子，他俩似乎继承了约翰·桑顿的仁慈和宽厚。巴克的身体一天天强壮起来后，他俩就引诱他玩各种各样滑稽可笑的游戏，桑顿都忍不住参与其中。就这样，巴克很快地康复了，获得了第二次生命。他的心里有了爱，真正充满激情的爱，这是平生第一次，这是他在阳光明媚的圣克拉拉山谷的米勒法官家从来没有感受过的。和法官的儿子们打猎或闲逛，那是他作为伙伴的本分；和法官的孙子们在一起，那是一种堂堂的监护关系；和法官本人之间，那是崇高而尊贵的友谊。可是，这种令他狂热、倾倒和痴迷的爱，是只有约翰·桑顿才能在他心里激起的。

这个人救过他的命，这是最重要的；同时，他还是一位理想的主人。其他人是出于责任或为了工作才关心狗的利益；而他却是情不自禁地关心着他的狗,对待他们犹如自己的亲生儿女一般。不仅如此,他从不忘记亲切地打招呼或是说些鼓励的话;他还坐下来和他们长谈(他把这说成是"侃"),大伙儿对此也很享受。巴克认为桑顿粗鲁地抱着自己的头、猛烈地摇动的动作和骂那些难听的话是出于对自己的爱,他从未体验过比这粗鲁的拥抱和低声的咒骂更快乐的事了。每次前后推搡时,都让他感觉快乐得心都要跳出来了。一松手,他就一跃而起,笑眯眯地透出意味深长的眼神,喉咙里发出无声的震颤,一动不动地站在那里。这时,约翰·桑顿便发自内心地感叹:"上帝啊!除了说话,你还有什么不会的!"

巴克表达爱的方式就像要伤人似的。他经常把桑顿的手衔在嘴里,牙齿猛然一咬,结果好长时间过去了,他的牙印还会留在桑顿的手上。桑顿心里明白,这假装咬人是一种爱抚,正像巴克明白那些咒骂也表示爱一样。

不过,在更多的情况下,巴克的爱表现为崇敬。虽然桑顿摸摸他或对他说几句话都会使他欣喜若狂,但他并不刻意去要求这些东西。不同的是,塞基特却喜欢把鼻子伸到桑顿的手掌里,直拱得桑顿拍拍她,她才作罢;尼格则喜欢走过去把自己的大脑袋枕在桑顿的膝盖上。巴克不会这么做,他满足于远远地在一旁用崇敬的眼光看着桑顿。他会长时间卧在桑顿脚边,热切而机敏地端详着桑顿的脸,以极大的兴趣追踪着他脸上每一个转瞬即逝的表情。在偶尔卧得稍远一些的时候,他便注视着桑顿的轮廓和偶然的身体动作。也许是心有灵犀,约翰·桑顿常常会转过身来回应巴克的凝视,一言不发地看着巴克,就像巴克用眼睛闪烁出心灵之光一样,他也默契地用闪闪的目光表达着自己的心。

在获救后很长的一段时间里,巴克都不愿让桑顿走出自己的视野。桑顿走出帐篷时起,巴克就在他身后跟着,直到他再走进帐篷。来到北方后,他的主人一直在更换、消失,他自然而然地产生了恐惧,恐惧于得不到一个长久的主人。他怕桑顿会像佩罗特、弗朗索瓦和那个苏格兰混血儿一样,从他的生活中消失。这种恐惧经常在夜里的睡梦中侵扰着他。每逢此时,睡意全无的他就冒着寒风,悄悄地来到帐篷的门帘前,站在那里聆听着主人的呼吸声。

对约翰·桑顿的深切的爱,是文明潜移默化作用于巴克的深刻体现,

可这并不表明他身上被唤醒的原始本性不复存在了，相反，它还是很活跃。他拥有忠诚和献身精神，也保留着野性和狡黠。他属于蛮荒，从荒野中来到约翰·桑顿的篝火边，而不是带着许多代文明标记的南方狗。他不偷这个人的东西，是因为深切地爱他，可他会偷别人的、别的营地的东西，而且偷得十分老练，让人不易觉察。

他的脸上、身上留下了许多狗咬的痕迹，但他依然勇猛，而且愈加精明。塞基特和尼格脾气好得连架都吵不起来，再说，他们属于约翰·桑顿；凡是陌生的狗，不管是什么品种，也不管勇猛与否，很快就屈服于巴克的至尊地位，否则就得和一个可怕的对手进行殊死搏斗。巴克是无情的，他很清楚棍棒和牙齿的法则，绝不会放弃有利时机。一旦对敌人展开一场生死决战，绝不会半路收兵。从斯匹茨身上和西北警署及邮班的几条善战的狗身上，他都得到过教训，要么是领导者，要么是服从者，没有中间路可走；心慈手软更是一种懦弱。在原始的生活里，怜悯会被误解为胆怯，而这样的误解必然导致死亡。杀或被杀，吃或被吃，这是从远古时代传下来的指令，他服从。

他比他度过的岁月还要古老，比他呼吸的空气还要原始。他连接起了过去与现在，他体内有着永远强有力的、有节奏的搏动，他也随着这个节奏摆动，就像潮汐和四季一样循回往复。蹲在约翰·桑顿的篝火边时，他是一条出色的胸脯宽阔、满嘴白牙、体覆长毛的狗；他身后却是各种颜色的狗、半狼半狗和野狼的影子，催促着他们，激励着他们，似乎在分享着他吃进去的肉的滋味，渴饮着他喝下去的水，和他一道嗅风，一道聆听，给他讲解森林中野兽发出的声音，决定着他的情绪，指导着他的行动，和他一起入睡，一起做梦，成为他梦的内容。

这些影子呼唤着他，人类和人类要素在他身上的体现在一点点地消失。森林深处传来一种呼唤，一听到这具有神奇的感染力和诱惑力的呼唤，他就忍不住转过身来，离开火堆周围人迹众多的土地，跃入森林，不断地向前奔跑，他不知道要到哪里去，为什么要去，他也不想知道，只知道自己无法抗拒那声在森林深处回荡的呼唤。然而，每当他进入那被绿色阴影覆盖的柔软的未被践踏的土地上时，对约翰·桑顿的爱就会把他重新拉回到火堆旁。

桑顿是唯一让他牵挂的人。此外，整个人类就不那么重要了。对于偶尔经过这里的人对他的爱抚或者夸奖，他都爱答不理，要是有人过分殷勤，他干脆一走了事。当桑顿的伙伴汉斯和皮特乘着他们盼望已久的木筏到来的时候，巴克不理睬他们，直到他搞清楚原来他们是桑顿的哥儿们，他才以消极的态度对他们加以容忍，接受他们的宠爱，算是给他们一点面子。他俩像桑顿一样，特别爽快，有着敏锐的目光、朴实的思想和脚踏实地的作风。在木筏还没有撑到道森锯木厂旁边的大河湾时，他们就了解了巴克的脾气，从塞基特和尼格那里得到的那股亲热劲，他们没指望巴克也能给与。

然而，对桑顿的爱却在巴克心里与日俱增。夏季旅行中，只有桑顿可以把背包放在巴克背上。只要桑顿一声命令，巴克可以去赴汤蹈火。他们以木筏的收益为抵押贷到一笔钱，从道森出发到塔纳那河的上游去。一天，人和狗都坐在一个三百英尺高的峭壁的顶上，垂直在下的便是河床上赤裸裸的石头。约翰·桑顿坐在离峭壁边缘不远的地方，旁边是巴克。桑顿一时冲动，突发奇想地打算做一个实验，他边招呼汉斯和皮特来看边下令："跳，巴克！"随着他向深谷挥手一指，说时迟那时快，巴克毫不犹豫地跃了起来，桑顿一把拉住巴克，一起滚到了峭壁边上，汉斯和皮特连忙把他俩拉回安全地带。

等他们回过神来，皮特说："这可真悬乎！"

桑顿摇摇头说："不，这既精彩又令人心惊胆战。你们也许不知道，我担心的正是这一点。"

"要是他在你旁边，我连碰都别想碰你呀。"皮特语气肯定地朝巴克点点头。

"没错儿！"汉斯附和道，"我也是这么想的。"

年终时在环城，桑顿的担心终于成现实了。桑顿在酒吧间出面好言劝解一场纠纷——一个脾气暴躁、心狠手辣的叫伯顿的黑人在欺负一个新来的小家伙。巴克呢，卧在一个角落里，头伏在爪子上，留心观察主人的一举一动。伯顿冷不丁顺手一记黑拳，桑顿被打得直转，多亏一把抓住柜台边的栏杆才没跌倒。

这时，旁观的人听到一个声音，既不是狂吠也不是尖叫，确切地说，是一声咆哮怒吼。接着，人们看到巴克从地上一跃而起，朝伯顿径直扑去，攻击的重点目标是他的致命要害——咽喉。那家伙本能地伸出胳膊一挡，救了自己一命，但还是被扑了个四脚朝天。巴克骑在他身上，松开咬着伯顿胳膊的牙齿，又朝他的咽喉咬去，"嚯"地一下在他喉咙上撕开了一道不深的口子。围观的人群一拥而上，把巴克赶走了。当医生替他止血时，巴克仍旧带着愤怒的咆哮声在旁边打转，看那意思还想扑上去再给他一下子，可是在看到一排棍子后才不甘心地退了下去。当场就召开了一次"淘金人会议"，会议认定，巴克咬人是对方招惹的，因此对他免于治罪。从那天起，巴克开始扬名于阿拉斯加的每一个营地。

那一年的秋天，巴克又以另一种不同的方式救了约翰·桑顿的命。在四十里河一处水流湍急的险要地段，三个搭档顺水放一条又长又窄的撑篙船，汉斯和皮特在岸上用一条细棕绳一棵树一棵树地吊着扯住船，桑顿则留在船上一边撑篙，一边向岸上大声发指令。巴克心急如焚地在岸上跟着船跑，眼睛一眨不眨地盯着主人。

在一处特别险的地方，一排岩石半隐半现从岸边凸在河面上。汉斯放出绳子，当桑顿把船撑向河心的时候，他便抓着绳子跑下河岸，让船绕过那排岩石。船绕过去后顺流而下，但汉斯用绳子猛地一拉，绳子那猛拉的弹力让船失去了平衡，船翻了。桑顿掉在水里，激流把他卷到了漩涡连连的危险地带，眼看就将性命不保。

巴克当即跃入水中，游了三百码之后，在一个湍急的漩涡中追上了桑顿。当他感觉到桑顿抓住自己尾巴的时候，便使出浑身的力气朝岸边游去。然而，强大的水流冲击得他们只能缓慢地前进，更多的时候是在快速地顺流而下。下游传来死亡的咆哮声，那里有更加疯狂的湍流，水面的岩石像一把硕大无比的梳子把激流劈成一股股水花四溅的飞沫。河流在最后一道陡坡发出一股可怕的吸引力，桑顿意识到他不可能再上岸了。他经过第一块岩石时被擦了一下，冲过第二块岩石时被碰伤了，接着又重重地撞在第三块岩石上。他双手攀住岩石滑溜溜的顶部，放开巴克，在一片漩卷的湍流中高喊："快走，巴克！快走！"

巴克拼死挣着命，却还是支持不住，被冲向下游。当他听到桑顿又一次下达命令时，向后仰起身子，伸出脑袋，似乎想看他最后一眼，然后才乖乖地转过身，向岸边游去。他竭尽全力地游着，在快要葬身河底的时候，皮特和汉斯把他拖到了岸上。

他们清楚，在这样的激流中，攀着一块滑溜溜的岩石，只能坚持几分钟。于是，他们用最快的速度沿着河岸跑到上游，把那根刹船用的绳子系到巴克身上，留心不让绳子勒住巴克的脖子，也别妨碍他游水，然后让他跃入激流。巴克勇敢地出发了，但他却未能到达河心。当他发现这个错误时，已经来不及了。

这时候，他的位置已经和桑顿平齐了，再划五六次水就能够着桑顿了，结果还是无可奈何地被激流冲走了。

汉斯迅速扯住绳子，像刹船一样拽住了巴克。激流中，绳子这么一勒，就把他拖到了水底下，一直没能冒上来，直到在岸边被拉上去为止。汉斯和皮特连忙扑在被淹得半死的巴克身上，把空气从嘴鼻压进去，挤出肚子里的水来。他摇摇晃晃地站起身，却又倒了下去。桑顿微弱的喊声传了过来，尽管听不清他喊些什么，但他们知道，他就要坚持不住了。主人的喊声像电击在巴克身上一样。他一跃而起，沿着河岸再次跑到了上次进入水中的地方。

他又一次被系上绳子放进河里，又一次向前游去，但这一次他笔直地游向河心。已经犯了一次的错误，这一次决不能再犯了。汉斯放出绳子，并且让绳子绷紧，而皮特则把绳子整理了一下，不使绳子缠绕。巴克往河心前进，和桑顿形成了一条直线，这时他猛地转身，如箭似的冲向桑顿。桑顿看见激流以排山倒海之势把巴克像一柄大槌似的砸向他时，他伸出胳膊，用两臂牢牢地抱住那毛茸茸的脖子。汉斯把绳子尾部固定在树上，再用力往回拉，巴克和桑顿被拖到了水下。又憋又呛，一会儿这个在上，一会儿那个在上，他们被拖过乱石嶙峋的河底，在礁石上连碰带撞，靠向河边。

桑顿睁开眼睛，发现自己趴在一根漂木上，汉斯和皮特还在狠命地来回推按。他的目光去找巴克。巴克瘫倒在地，毫无生气，尼格正扑在那身体上发出悲鸣，塞基特一如既往地舔着巴克那湿漉漉的脸和紧闭的双眼。桑顿不顾自己遍体鳞伤，仔细地检查了一遍巴克的身体，发现三根肋骨断了。

他宣布:“我们就在这儿扎营。”

巴克的肋骨长好,能够走路了,他们才又一次拔营出发。

那年冬天,巴克在道森又露了一次脸,或许不那么英勇,却使他在阿拉斯加变得更加大名鼎鼎。尤其是这件事把他们需要的装备提供全了,使他们可以去别的淘金人从未到过的未曾开发的地区,他们对此非常满意。这件事是由在埃尔多拉多酒店的一场谈话引起的,人们在店里吹嘘各自心爱的狗。巴克当然成为众人谈论的对象,桑顿也自然坚决维护巴克的荣誉。半个小时之后,有个人说他的狗能拉动一辆载有五百磅货物的雪橇并向前行;另一个人吹嘘说他的狗能拉走六百磅;第三个人则吹到了七百磅。

“切!得了!”约翰·桑顿说,“巴克能启动一千磅。”

“是在原地启动而且还要拉着走上一百码,是吗?”一个叫马修森的淘金大王追问,他就是那个吹到七百磅的家伙。

“是原地启动,而且还要拉着走一百码。”约翰·桑顿镇静自若地回答。

“那好,”马修森慢条斯理、一字一顿地说道,为的是让大伙儿全听见,“我出一千块钱打赌他根本做不到。”说着,他把一袋香肠大小的金沙拍在柜台上。

没人出声。看来对于桑顿说的“大话”,大家都当真了。他感觉到一股热血直朝脸上涌,这下自己的舌头可闯祸了。他不知道巴克究竟能不能拉动一千磅的雪橇。那可是半吨①呐!这么大的分量把他给吓住了。他对巴克的力气很有信心,觉得巴克启动这个重量应该不成问题;但他从没遇到过这种要一决高低的场面。十几双眼睛紧盯着他,一声不吭地等着看。再说,他没有一千块钱,汉斯和皮特也都没有。

“我的雪橇现在就停在外边,上面装着五十磅一袋的面粉,共二十袋。”马修森又毫不留情地说,“所以,你就不用愁没有东西可拉。”

桑顿没有答话。他也不知道该说点什么,眼光茫然地掠过一张张面

---

① 美制1吨为2000磅,或907.2公斤,又叫短吨;英制1吨为2240磅,或1016公斤,又叫长吨。

孔。这个样子只有当一个人的思考能力丧失后，为重新找回思维而开动脑筋时才会表现出来。他的目光停留在吉姆·奥布赖恩的脸上。他是马斯托顿淘金大王，也是桑顿原来的老朋友。这张脸似乎在告诉他，去吧，去做这辈子都不会做的事情。

“你能借给我一千块钱吗？”他问，声音低得像在耳语一般。

“当然。”奥布赖恩一边回答，一边把一个快要被钱涨破的袋子咚地一声扔在马修森那个袋子旁边。“不过，约翰，我可不太相信那家伙能有这两下子。”

酒店里的人涌到街上见证这场赌博的结果，饭菜不吃了，赌牌不玩了，场子不看了，大家就想一窥究竟，并且开始投下诱人的赌注。好几百个穿着皮袄戴着手套的人，在雪橇周围站了一大圈。马修森的雪橇装着一千磅面粉，在这已经停留了近两个小时，零下五十度的低温已把滑板牢牢地冻在硬邦邦的雪地上。人们提出一赔二的赌注，赌巴克拉不动雪橇。关于因“拉动”这个词的异意而引起的争议，奥布赖恩认为桑顿有权先把滑板撬松，巴克只需要从静止状态“拉动”就行；可马修森却坚持这个词的意思包括把滑板从冻结状态中拉松动。清楚打赌起因的那些人，多半支持马修森，于是，赌注变成了一赔三，都打赌巴克拉不动，大家都不相信巴克有这个能耐。桑顿也是头脑一时发热才卷入这场赌博的，本来就心里没底，现在看着这无法改变的事实，再看到蜷伏在橇前的常规狗队——十只狗，他几乎绝望了。马修森则越发得意了。

“一赔三！”他宣布，“我照这个比例再加一千块，桑顿，你看如何？”

虽然桑顿一脸狐疑，但他的斗志却被激发了——这种斗志足以超越胜负，使人不顾现实的可能性，听到的只有战斗的呼号。他把汉斯和皮特叫到身边。他们的钱袋也是瘪的，三个人只凑了两百块。他们的手头正紧，这两百块已是他们的全部资本；然而，他们毫不犹豫地把这笔钱放在马修森的六百块旁边。

那十条狗从雪橇上解了下来，巴克则带着自己的挽具被套上雪橇，这种场面的兴奋情绪已经感染了他，他觉得有一件大事自己必须得做，才对得起约翰·桑顿。人群中发出低语，赞叹巴克的矫健。他状态极佳，全身没有一块多余的肉，一百五十磅的体重，每一磅都体现出刚强和坚毅。他的皮毛光洁得如同丝绸，从脖子到双肩，平静的鬣毛半竖着，而一旦动起来，就仿佛全部耸立起来，好像他过剩的精力激发得每根毛都活了。宽阔的胸脯和粗壮的前腿与身体的其他部位构成了极匀称的比例，浑身上下的肌肉结结实实，在皮毛下显得暴突而滚圆，人们摸着这一块块肌肉说，坚硬得如钢铁一样，于是赌注又降到了一赔二。

“我的上帝！我的上帝！”一个刚发了财的大款结结巴巴地惊呼，“先生，我出八百块买你的狗，不管打赌胜负。他现在这个样子，我就出八百块。”

桑顿摇着头走到巴克身边。

“离他远点，”马修森不满地说，“离他远点，让他自己来。”

人群静了下来，除了赌徒们的声音，此外一点响声也听不到。人人都承认巴克是条了不起的好狗，但二十只装满了五十磅面粉的袋子在他们眼里太庞大了，哪还敢把自己的钱袋打开。

桑顿跪在巴克身旁，没有像往常那样把巴克摇得如拨浪鼓一般，也没有那些亲热的嗔骂，只是双手捧住巴克的头，把脸贴在上面，嘴巴凑在巴克的耳边小声说：“你爱我，巴克，因为你爱我。”巴克抑制住亢奋，呜呜地叫着。

那群人莫名其妙地看着，事情越来越神秘了，好像在施法术。桑顿起身时，巴克像往常一样衔住他戴手套的那只手，用牙咬了咬，又不太情愿地松了口。这就是他的回答，不是用语言，而是用爱。桑顿退后几步。

“来吧，巴克。”他说。

巴克按以前学到的技巧，先把缰绳绷紧，然后又放松大约几寸。

“驾！”在紧张的寂静中，桑顿的喊声显得很尖锐。巴克的身体甩向右侧，他一百五十磅的体重突然猛地一冲，把缰绳给崩得很直。雪橇抖动了一下，滑板下面发出清脆的喀嚓声。

“嚯！”桑顿又下达了命令。

巴克重复了一遍刚才的动作，不过这次是向左。喀嚓声变成了噼啪声，雪橇转向左面，滑板松动了，并且咔咔地向一侧滑动了几寸。雪橇已经崩脱了积成冰的雪。人们紧张得屏住了呼吸，不明白发生了什么事情。

“好了，姆西！”

桑顿的命令就像枪响一样。巴克挺身向前，一个冲刺绷紧了缰绳。

他使出了浑身的力气,在丝绸般光滑的皮毛下,他的肌肉抽搐着,像小动物在扭动似的。他宽阔的胸脯紧贴着地面,脑袋向前下方伸着,脚爪疯狂地腾挪倒动,在硬邦邦的雪地上硬刨出两条平行的深沟。雪橇在晃动,震颤着开始有点移动了。巴克的一条腿打了一下滑,有人便"啊呀"了一声。接着,雪橇不停地抖动,向前一点一点地突,不过再也没有停下来。半英寸……一英寸……两英寸……,抖动明显减弱,雪橇开始平稳地向前移动。

人们松了一口气,又开始呼吸。连他们自己都没意识到曾经停止过一阵呼吸。桑顿跟在雪橇后面,用简短而又热情的话鼓励着巴克。距离早就量好了,当巴克接近那堆标志着一百码终点的柴火时,加油声顿时成为响彻云霄的欢呼。连马修森都和众人一样,全都兴奋得发疯似的手舞足蹈起来,帽子、手套在天空中飞来飞去。大家互相握手,也不管是谁,逢人便握,一个个激动得语无伦次。

桑顿跪在巴克身边,头靠着头,猛烈地摇动身子。急急忙忙赶过来的人听到桑顿在骂着巴克,骂得长久而热烈,温柔而深情。

"我的上帝!我的上帝!"那个大款又惊呼起来,"先生,我出一千块买你的狗,啊?一千块,先生,哦,不,一千二百块,先生,一千二百块。"

桑顿站起来,他溢满双眼的泪,顺着脸颊流下来。"先生,"他对那个大款说,"不,先生。见你的鬼去吧,先生。这是我能帮你的最大的忙。"

巴克用牙齿衔住桑顿的手,桑顿抱着巴克前后地摇晃着。旁观的人仿佛明白了什么,几乎同时退了回去,知趣地不再打扰他们。

点评:

本以为在北方这么恶劣的环境下已经变得冷酷、凶残、狡猾的巴克,却又一次唤醒了心中的真爱,这全都是因为桑顿也对它付出了真爱。无论是毫不思考后果地遵照桑顿的命令跳悬崖,还是奋不顾身地跳进旋涡救桑顿的命,或者是帮助桑顿赢得巨额奖金的打赌,这一切都是因为爱。这种人、狗之间的真情让每一个读者都为之动容。作者在这里没有进行议论,只是通过具体事件和人物对话,就让读者真真切切地感受到了这种真情。这种以叙述手段描写抽象概念的手法是值得学习的。

七、响应呼声

约翰·桑顿在五分钟内赢了一千六百块钱，这全是巴克的功劳。他可以还清债务了，他可以和同伴们到东部寻找传说中的那座地点不明的金矿了。而那传说的历史和那片土地的历史一样久远。很多人寻找过，却没几个人找到，更多的人一去就再也没有回来。悲剧笼罩在这座地点不明的金矿上空，就像一件神秘的裹尸布包着一具神秘的尸体。没人知道第一个发现金矿的是谁，连最早的传说都没有提及他。传说的开头是一间古老的、摇摇欲坠的小木屋。几个临死的人赌咒说这个小木屋就是金矿所在地的标志，而且确实有这么一间小屋、一座金矿。他们用一些天然金块来证明自己的话，而他们的金块与已知的北方金子在品质上全都不同。

到过这座宝库的人没一个活着，而死去的人都已经死了。因此，约翰·桑顿同皮特和汉斯带着巴克和另外的六条狗，走了一条偏僻荒凉的小路，向东部进发，希望创造前人没有实现过的业绩。他们驾着雪橇沿育空河向上游走了七十英里，然后向左拐入斯图尔特河，翻过马约山和麦奎斯顿山再往上走，一直走到那斯图尔特河变成环绕在层峦叠嶂之中的一条条小溪的地方，这里是大陆的脊梁。

约翰·桑顿对人类和大自然都没有多少要求。他不惧怕荒野，只要有一包盐和一支枪，他就可以进入荒野，想去哪里就去哪里，想走多久就走多久。像印第安人那样，一路上不慌不忙，以吃野兽的肉为生。如果打不到野味，他也照样像印第安人那样往前走，他心里有数，碰上猎物是早晚的事。所以，在这次向东部挺进的伟大旅程中，他们吃的都是肉，雪橇上放的是弹药和工具，随时走，随时停，没有时间限制。

巴克非常喜欢这样的安排，打猎、捕鱼、在陌生的地方无限期地游荡。有时候，他们会一连几个星期地天天向前走；有时候，他们又连续数周扎营不走，狗到处闲荡，人则在冻结的淤泥和沙砾上烤出一个个孔洞，用火的热力淘洗无数盘的泥沙。有时候，他们没有一点东西可吃，有时则非常丰盛,总之全看猎物的多寡和打猎的运气了。夏天来了,狗和人打起背包,乘木筏渡过山中一汪汪蓝色的湖泊,坐用森林中被锯倒的大树做成的小舟,沿着不知名的河流顺水而下或逆流而上。

一个月又一个月过去了,他们在地图上找不到的茫茫荒野中往返穿梭。现在这里渺无人烟,可是如果那间"下落不明的小屋"是确有其事的话,则应该有人曾经来过。他们冒着夏季的暴风雪翻过分水岭;半夜里,在林木线与永冻地带之间的那些荒山秃岭上,他们冻得发颤;他们钻进夏季蚊蝇成群的山谷,在冰山的阴影里采摘足以媲美南国的熟透了的草莓和芬芳的鲜花。这年秋天,他们穿过了一片凄凉寂静的湖沼地带,这里曾有野禽栖息,但此时却没有一点生命的迹象,只有刺骨的寒风在呼啸,背阴处的冰凌在冻结,湖水拍打着寂寥的湖岸,形成一道道凄凉的涟漪。

冬季再次到来,他们在早已故去的人们留下的足迹都已湮没了的地方四处游荡。有一次,他们走进一条林间小路,沿途有人在树上刻下了记号。这是一条古老的小路,看来,那间下落不明的小屋不会太远了。然而,这条莫名其妙地出现的路,却又莫名其妙地断了。它是谁开出来的,为什么要开,没人知道。还有一次,他们碰巧看到一间年代久远的狩猎屋废墟。在烂成碎片的毯子里,约翰·桑顿发现一支长筒燧石枪。他认出这是开发西北初期哈德逊海湾公司的产品,当时的价钱可以买到摞起来和枪一样高的一叠貂皮。只有这些了,至于是谁当年搭成这间棚子、并把枪留在毯子堆里,没什么有价值的线索可供他们推测。

春天又来了,他们闯荡了好长时间,虽然没有找到传说中的下落不明的小屋,却在一片开阔的山谷中发现了一道又窄又浅的金沙矿床。从那儿淘出的金子可以像奶油似的布满淘金盘的盘底。他们不再往前找了,因为现在干一天就能淘到价值数千元的金沙和金块。他们天天干这活儿,把金子装进鹿皮口袋,每袋五十磅,像堆柴火似的堆在窝棚外面。他们像神话中的巨人一样埋头苦干,一天一天地如同在梦境中一般,同时,他们的财宝也堆得越来越高。

除了把桑顿打死的猎物拖回来,几只狗没有别的事可做,所以火堆旁便成了巴克常去之处,他在那里冥思苦想着这件事,那个短腿长毛人出现在他的幻象中的次数越来越多。巴克常常卧在火边迷糊着,和那个人一块到他记得的另一个世界里去漫游。

在这另一个世界里，最显著的东西似乎就是恐惧。巴克观察着那个睡在火堆边的毛人，他把脑袋夹在两膝之间，再用双手护住。这时巴克看到，他睡得很不安稳，常常惊醒过来，恐惧地向黑暗里窥探，再往火堆上添几根柴。巴克和毛人在海滩边活动，毛人在那里捡海贝，一边捡一边吃，同时还用眼睛环顾左右，提防潜藏的危险，随时做好逃跑避险的准备。毛人在森林中无声无息地潜行，巴克跟着他，他们俩都很机灵，耳朵竖着抖来抖去，鼻翼扇动着，他们有着一样灵敏的听觉和嗅觉。毛人可以跳到树上，行动起来如履平地，用胳膊从一根树枝荡到另一根树枝，有时那十几尺远的距离，他松开这边后再抓住那边，从来不会失手掉下来。巴克在树下守着，毛人在树上栖息，手里紧握着树枝。

和毛人的幻象密切相关的，是那仍在密林深处回荡着的呼唤。这呼唤使他充满了强烈的不安和奇怪的欲望，给他一种模糊的、甜蜜的快感，使他觉察到，有一种东西打动了他、勾起了他的向往，但他自己并不清楚到底是什么。有时候，他循着这呼唤进入森林，去寻找那好像看得见摸得着似的呼唤，还会根据不同的心情或轻声或挑衅地吠几声。他把鼻子伸进凉丝丝的苔藓丛，或者伸进杂草丛生的黑土地，嗅到土壤肥沃的气味时就欢快地喷几个鼻息；要么他就像打伏击似的躲到倒在地上长满菌类的树干后面，一蹲几个小时，睁大眼睛，竖起耳朵，监视着周围的一切活动和声响。他这样或许是想吓唬一下那个他还很不了解的呼唤。然而，他不知道为什么非要做这些举动，也没有心思去思考。

无法抗拒的冲动左右着巴克。有时他卧在营地里，在白天的炎热中懒洋洋地打盹时，会突然抬起脑袋，竖起耳朵，聚精会神地聆听，接着，他跃起奔出，跑啊跑啊，跑过一排排树林，跑过布满黑色岩石的开阔地，几个小时都在跑。他喜欢沿着干涸的河床奔跑，喜欢在林子里偷偷窥探鸟类的生活，有时候他会一整天地在灌木丛里卧着看松鸡们咕咕叫着踱来踱去。然而，他最喜欢做的，却是在夏季的午夜中奔驰，聆听着树林发出的喃喃梦语，像人类读书似的，辨认着各种标记和声响，搜寻着那个神秘的、发出呼唤的东西——那个无论他醒着还是睡着都在不停地召唤着他的东西。

一天夜里，他陡然惊醒，目光颤动，耸立着鬣毛，扇动着鼻翼在空气中嗅着。从森林中传来了呼唤声（或者说只是那个呼唤的一个声调，因为呼唤有很多种），听起来比以往任何时候都真切——一声悠长的嗥叫，和爱斯基摩狗的嗥声有几分相似，可又有所不同。这声音很熟悉，这就是他以前听到过的声音。他快速地跃出沉寂的营地，静悄悄地冲进林子。离呼唤声越来越近了，他放慢脚步，小心翼翼地迈着每一步，一直到了林间的一片空地，只见一条又瘦又长的灰狼，上半身直立地蹲在地上，仰着头发出嗥叫声。

巴克并没有发出任何声响，然而，那条狼却止住了嗥叫，试图弄明白附近到底有何东西。巴克从树丛间走出，半蹲下去，身体紧紧地收拢着，翘着又挺又硬的尾巴，异常小心地落着脚，一举一动都在表示他既想威胁对方，又想和对方表示友好。猛兽相遇时常会靠威胁来警示对方避免争斗。但是，那条狼一看见巴克就逃走了。巴克紧随其后，连蹦带跳，拼命要追。在一条山涧里，一堆木头挡住了那条狼的去路，那条狼无路可逃，便把身子一甩，和乔以及所有被逼得无路可退的爱斯基摩狗一样，用后腿做轴心转半圈回来，竖着鬣毛对着巴克咆哮，一边吼一边龇牙咧嘴，牙齿格格地响着。

巴克没有进攻，而是围着他来回转，并以向他表示友好来接近他。那条狼心存疑虑，有些害怕，因为巴克的块头儿顶他三个，而他的头几乎连巴克的肩膀都够不着。瞅准一个好时机，那狼又撒腿跑了，于是又一轮追逐开始了。他一次又一次被逼得无路可走，一次又一次地逮空逃掉。如果他身体完全没事的话，巴克不会那么容易就追上他。他总是跑到巴克快要和他并排时才调过头来，摆出要负隅顽抗的样子，而一有机会他就再次逃走。

巴克锲而不舍的精神总算得到了报偿。那条狼觉得巴克好像对他并无恶意，于是和巴克碰了碰鼻子。然后他俩就彼此有了些许好感，有些忐忑不安，有些拘束地做起了游戏，猛兽为了掩饰凶猛的本性有时是这样子的。嬉戏一阵之后，那条狼又轻松地迈着大步慢跑起来，他清楚地表明要去一个地方，并明确暗示巴克一起跟来，于是他俩在暮色苍茫中并肩而行，顺着河床笔直地跑进山涧小河所在的峡谷，又翻过一座光秃秃的分水岭——那是小河的源头。

他俩在分水岭的另一侧顺坡而下，来到一片平坦的荒野，这儿有大片大片的树林和许许多多的溪流。那些树林被甩在身后，一个小时又一个小时也被甩了过去，太阳渐渐升高，天气越发暖和了。巴克高兴极了，他知道他终于响应了那呼唤，并且正和他的山林兄弟并肩奔向发出呼唤的地方。古老的记忆又在脑海中迅速涌出，这些记忆唤醒了他，一如他曾被现实唤醒过一样，而那时，这些记忆只是现实留下的痕迹。他正在做着在隐约记起的另一个世界里的某个地方做过的某件事，就像现在在旷野中自由地奔驰，脚下是冰雪消融的土地，头上是广阔无垠的天空。

他俩在一条溪流边停下来喝水。忽然，巴克想起了约翰·桑顿。他不由自主地蹲了下来。那条狼仍然想跑向发出呼唤的地方，不过又返回巴克身边，与他碰了一下鼻子，做出一些动作，仿佛在鼓励他，但巴克却转过身，慢慢地踏上了回头之路。他的野兄弟轻呜着和他一起跑了大半个钟头，然后就蹲在地上，扬鼻向天地嗥叫起来。叫声很伤心，但巴克却坚持继续往回跑，那叫声变得越来越弱，越来越弱，直到消失在远处。

约翰·桑顿正在吃饭，忽然看见巴克闯进营地，情不自禁地向自己扑了过来。巴克掀翻了他，爬在他身上，脸、鼻子、手地一阵乱舔和乱咬——用约翰·桑顿的话说，这叫“胡闹一气”——即便如此，他也报以同样的亲昵，前前后后地摇晃着巴克，嘴里嗔骂着他。

连续两天两夜巴克都没离开营地，一直保持桑顿不出他的视野范围。桑顿干活时他跟来跟去，桑顿吃饭时他守在一边，晚上他看着桑顿钻进毯子，早晨又看着他钻出来。但两天之后，林中的呼唤开始显得更加迫切了。巴克开始坐立不安，记忆又开始纠缠他，那个野兄弟，那分水岭另一侧微笑的土地，那并肩驰骋在那大片大片林子的情景，又一一浮现在他眼前。他又去林子里游荡了，可那个野兄弟却并没有再出现；尽管他彻夜不眠地听着，那悲哀的嗥声却再也没有响起。

他开始夜不归宿，离开营地一走就是几天。有一次，他又翻过了山涧源头的分水岭，走下山坡来到了布满林木和溪流的土地。他在那儿呆了一个星期，希望发现那个野兄弟留下的踪迹，不过徒劳无功。他边走边猎食，轻松地跨着似乎永不会疲倦的大步。他在一条通向大海的宽阔溪流里捉鲑鱼,在这儿,他还杀死了一头大黑熊。那头熊在捉鱼时被蚊子叮迷糊了,看不清楚,虽然恼羞成怒却又无计可施,于是他便在林子里愤怒地东奔西突。这是一场恶战,潜伏在巴克身上的那些残存的凶暴被唤醒了。两天后,他回到这里,见那头被他杀死的黑熊正被十几只黑獾撕扯着。他没费吹灰之力就把他们驱散了,那群狼獾丢下两只同伴,逃之夭夭了。

嗜血的欲望变得比以往任何时候都更加强烈。他是个杀戮者,是个不依靠帮助独自狩猎的捕猎者。他以活物为食,依靠自身的力量和技巧,成功地在只有强者才能生存的恶劣环境中生存了下来。因此,他有一种无比的自豪感,这种自豪又像病毒一样传遍了他的肉体,又在他的全部动作中呈现出来,在他的每一束肌肉的运动中显露出来。他的一举一动无不像语言一样在传达着那个强烈的自豪,使他那光彩夺目的皮毛更具光泽。要不是他吻部和眼睛上方的几缕棕毛和胸部的那片白毛,别人有可能把他当成比狼种里个头最大的还要大的巨狼。圣伯纳狗父亲给了他块头和分量,他的牧羊犬母亲则使他的块头和分量成型。他长长的吻部很像狼的嘴,只是比任何一条狼的吻部都要大;他的头也大得如狼头,而且还更宽。

他的狡黠也和狼的狡黠一样,充满野性;他的智慧则是牧羊犬和圣伯纳狗的智慧①。所有这一切,加上他在最严酷的学校里获得的经验,使他变成最凶猛的生灵,在荒野中可以战胜任何游荡的野兽。作为一头肉食猛兽,他有旺盛的精力,正处壮年,浑身有使不完的力气。当桑顿用手抚摸他的背部,手过之处便会噼啪作响,每根毛发都随着抚摸释放磁力。他的头脑、肉体、神经组织抑或肌肉纤维,都处于最佳状态。而且所有这些组成部分之间还保持着完美的平衡和协调。当所见、所听或所遇的事情需要他采取行动的时候,他有疾如雷电的反应,在进攻或防御时,他的速度是爱斯基摩狗做同样动作的速度的两倍。他看到什么或听到什么,能立刻作出反应,这段时间内,别的狗只能看或听,根本来不及作出反应。发现情况,进行判断,并且作出反应,他瞬间就完成了。尽管在事实和理

① 牧羊犬要对付野兽的偷袭;圣伯纳犬原产于瑞士圣伯纳山口,用以搜寻和救护在雪山迷路的人,都以聪慧而著名。

论上,从发现情况到进行判断到作出反应本是一个依次连贯的行为,但在他身上表现出来的间隔时间太短了,以至于让人以为那是同时发生的。他的肌肉充满活力,如弹簧一般迅猛发力。在他全身流动着生命的洪流,一泻千里,欢快而又狂暴,似乎要在狂欢中冲出他的身体,淹没整个世界。

有一天,当他们三个搭档看着巴克大踏步走出营地的时候,约翰·桑顿说:"我可从来没有见过这样的狗。"

"他一铸出来,就撑破了模子。"皮特说。

"没错!我也是这么想的。"汉斯赞同道。

他们只看到他走出营地,却没看到他一旦进入密林便会发生可怕的转变。变成荒野之兽的他,大踏步变成猫一样的脚步,蹑手蹑脚地潜行,在阴影中忽隐忽现。他懂得怎样利用各种掩蔽物,怎样像蛇一样肚皮贴着地面爬行,而且像蛇一样扑击。他可以把松鸡从窝里捉出来,把熟睡的野兔杀死,在半空咬住跑慢了一步的小松鼠。在开阔的水塘里,他比鱼儿游得还快,比会筑坝的河狸还要机警。他为吃饱而杀生,并不肆意妄为,不过他更愿意吃自己亲手杀死的猎物,因此,他的行事总有一种近似于幽默的情趣:他偷袭松鼠,在差不多抓到它们时,又放了它们,让它们魂飞魄散地尖叫着逃上树梢。

秋日渐深,越来越多的麋鹿迈着缓慢的脚步走向比较低洼、环境比较温和的山谷里准备过冬。巴克已经把一头离了群的半大麋鹿拖垮了,但他强烈地盼望着能弄到一个个头更大、更难对付的猎物。有一天,在山涧发源的分水岭上真碰上了这样的猎物。一个有二十头麋鹿的鹿群从布满溪流和林子的地方过来,一只身高六英尺的雄鹿来领头,他正在暴跳如雷地发脾气。这正是巴克所希望的那种很难对付的敌手。他上下舞动着两只巨大的片状犄角,每只角有十四个分叉,两角尖相距七英尺。他发出愤怒的狂吼,燃烧着恶狠狠的凶光的两只小眼睛正瞪着巴克。

这头雄鹿身体侧面靠近后腿的部位,露出一截带着羽毛的箭尾,这是他暴跳如雷的原因。凭着从古老的蛮荒时代传下来的本能,巴克开始着手把这头雄鹿从鹿群中分离出来。这不是一件很轻松的事。他在雄鹿前面兜着圈子,吠叫着挑逗他,同时注意远离雄鹿那对巨大的犄角和那可怕的大扁蹄子,这东西一下子就能要了他的命。由于无法摆脱利齿继续赶路，那头雄鹿被逼得大怒。他冲向巴克，而巴克则狡猾地躲开，又装出没劲再逃的样子引诱他继续冲来。可是，雄鹿一离开鹿群，两三个年轻的雄鹿就来围攻巴克，使得受伤的雄鹿重又归队。

有一种属于荒野的韧性——像生命本身那样顽强、坚定、不懈——这种韧性在守住网的蜘蛛身上，盘绕的蛇身上，伏在暗处的豹子身上都有所体现，他们可以一直纹丝不动。这是捕猎活食的生物所独有的韧性；巴克紧紧地跟随在麋鹿群的左右，阻碍他们前进，激怒那些年轻的雄鹿，让雌鹿和小鹿操心，还把那头受伤的雄鹿逼得怒不可遏却又无可奈何。这种状态持续了整整半天。突然，攻势加强了，巴克发动了旋风般的进攻，一时间好像有无数的巴克的影子从四面八方进攻鹿群。那只大雄鹿一回归鹿群，巴克又立刻把他驱散开来。被猎取者的韧性渐渐消失了，他们的韧性总是比不上猎取者。

白昼渐逝，太阳下沉到西北方的地平线下安睡(黑暗降临，而秋夜要持续六个钟头)，那些年轻雄鹿折回来援助他们被困的领袖的步子越来越显得勉强。迫近的冬季带来的寒冷驱使着他们继续向地势较低的地方转移，可他们似乎怎么也摆脱不了这个阻碍他们前进的、纠缠不休的生灵。况且，无论是这个鹿群，还是这些年轻雄鹿，他们的生命并没有受到威胁。将要失去的仅仅是某一个成员的生命，这和他们自己的生命相比，似乎没什么特别密切的关系，所以他们甘愿留下这点买路钱。

夜幕降临了，那头年老的雄鹿停了下来，低垂着脑袋注视着他的同伴们——那些他熟悉的雌鹿，他抚育过的幼鹿，他统治过的雄鹿，在暮色中加紧脚步踉跄而去。他无法跟上去了，因为无法摆脱这个在眼前跳来跳去的、龇着獠牙的可怖家伙。他重达一千三百磅，在一生中充满争斗的日子里，他没有示弱过，可到头来，他却要死在一个还没他膝盖高的生灵的牙下。

从这一刻起，不管白天黑夜，巴克时刻不离他的左右，不让他有片刻的喘息，绝不允许它啃一口树叶或杨柳的嫩芽，绝不让他喝一口涓涓溪流里的水。被逼急了的时候，雄鹿常常猛跑一大段。而此时巴克并不去阻拦，只是慢跑着紧随其后，对这种玩法心满意足：麋鹿不动，他就不动；他一要吃东西或者喝水，巴克就给他一顿铺天盖地的进攻。

那颗大脑袋在双角的重压下越垂越低，脚步也越来越踉跄无力。他开始长时间地站立发呆，鼻子挨着地面，两只耳朵无力地耷拉下来；巴克却有了更多的机会喝水或者休息。巴克吐着血红的舌头喘息，两眼紧盯着那头硕大的雄鹿，意识到某种变化正在发生。有一种新的躁动似乎表示着，这片地方来了麋鹿，也许还有别的一些生命，他们的存在惊颤了森林、空气和溪流。他得知这个讯息，靠的是视觉、听觉、嗅觉之外的另一种更微妙的感觉。他没看见什么，也没听见什么，然而心里却知道这片土地多少有些异样，这里有陌生的东西在躁动，因此他决定在办完这桩事情后，去查明白。

在第四天末尾，那头硕大的麋鹿终于被拖垮了。在被自己杀死的猎物旁，他呆了一天一夜，吃了睡，睡了吃，此外什么事也不做。休息好了，精神足了，体力恢复了，他转身朝着营地和约翰·桑顿跑去。他又奔跑起来，仍是他从前稳步前进的姿态，而且一跑就是数个小时，复杂的地形也不能使他迷失。他笔直地穿过这片陌生的土地，往家跑去时他那对方向的把握性足以使人类和人类的罗盘针自愧不如。

在奔跑的过程中，他越来越强烈地意识到，大地有一种新的躁动。一种与整个夏天都在这里的生命绝不相同的生命活动在这里的各个地方。这种感觉不再是微妙而神秘的了，百鸟的交谈，松鼠的闲聊，甚至微风的细语都表明了这个事实。他停下了几次，大口地呼吸着清晨的新鲜空气，读出了某种讯息，这讯息使他以更快的速度继续飞奔。一个感觉很沉重的东西重重地压在他的心头，是不是已经发生了灾难？当他翻过最后一道分水岭，进入山谷朝营地进发的时候，他加倍地谨慎起来。

在离营地还有三英里的地方，他遇到了一条由纷乱的足迹新踩出的小径，这使他脖子上的鬣毛一起一伏地耸了起来。这条小径一直通向营地，通向约翰·桑顿。巴克加紧了脚步，又静又快地跑着，神经绷得紧紧的。所见的每一个微小的细节都已经说明这里发生了什么，只是没说究竟是什么。他鼻子嗅到的气息告诉他，此刻他正跟在某种生物后面。林子寂静得可怕，没有了欢叫的鸟声，也没有了蹦蹦跳跳的松鼠，只有一个皮毛光滑的灰松鼠被砸得平卧在一根灰色的枯枝上，看上去就像枯枝上自生的一个木瘤。

当巴克像一掠而过的影子那样无声无息地潜行时，他的鼻子突然向一侧一震，仿佛有一种实实在在的力量把鼻子抓住拽过去似的。他循着这种新的气味来到一片灌木丛中，发现了尼格的尸体，侧身倒在那里。他被一支箭射穿了，箭头露在身体这边，带着羽毛的箭尾露在身体的另一边。

再往前一百码，巴克看到了桑顿在道森买下的拉橇狗中的一条。这条狗就躺在那条小径上，正翻滚着垂死挣扎。巴克一步不停地绕过他，耳朵里充满时高时低的嘈杂的吟唱声，隐隐约约的似乎是自营地那边传来。他肚皮贴着地来到那空地边缘，发现汉斯正脸朝下趴在地上，他浑身插满的箭使他看上去像一只刺猬。与此同时，巴克在窝棚边所看见的事情，使他直直挺起了脖子和肩头的毛发，一股难以遏制的冲天怒火燃遍了全身。完全在自己的意识之外了，他穷凶极恶地大吼了一声。这是他一生中最后一次让激情战胜了狡猾和理智，令他如此丧失理智的，是他对约翰·桑顿的深切的爱。

伊哈兹部落的印第安人正围着窝棚的残骸跳舞，突然听到一声恐怖的怒吼，看到一头他们以前还从未见过的动物朝他们扑来，似乎有一股暴怒的飓风，摧枯拉朽地卷向他们，这就是巴克。他向领头的伊哈兹人的酋长扑去，在他的喉咙上撕开一个大口子，被撕断裂的颈静脉里血如泉涌。他并没有只纠缠这一个，而是咬完他就不管，又向下一个扑去，在第二个人的脖子上也撕开一个大口子。他是无法阻挡的，扑到人群中，又撕又咬，大肆杀戮。印第安人射出的箭没有一支能射到他身上，因为他的动作迅速得难以想象，而那些印第安人又乱作一团，结果便接二连三地射中自己人。一个猎手投向腾在空中的巴克的标枪，由于用力过猛，枪尖穿透了另一个年轻猎手背部的皮肤，露在了外面。伊哈兹人陷入了一片惊慌、混乱，魂飞魄散地逃向林子，一边逃一边叫嚷着恶魔降临了。

巴克的确是恶魔的化身，他愤怒地追赶着，在树丛里像拖鹿一样把伊哈兹人拖倒在地上。这一天是伊哈兹人的劫难之日。他们四散溃逃了整整一个星期，那些幸免于难的人才在一个地势更低的山谷里重新聚齐，检查损失。巴克追累了，便回到人迹已绝的营地。他找到了皮特，显然他死在毯子里时还不明白发生了什么。桑顿拼死抵抗的痕迹还清晰地印在地上，巴克沿着这条痕迹仔细地嗅着，一直来到一个深塘的边缘。塞基特的头和腿在水里浸着，身子躺在岸边，已经死去多时了。水塘本身因淘金槽而浑浊不堪，颜色难辨，不管水塘里有什么都看不清楚，而约翰·桑顿正在那里。巴克循着他的足迹一直跟到水里，却没有发现离开水塘的痕迹。

巴克一整天都呆在塘边苦苦思索，或是在营地上心绪不宁地四处徘徊。他知道，死亡就是不再动弹，意味着生命的消失，而且他还知道，约翰·桑顿就是死了，这使他内心感到一种极大的空白，有几分像饥饿。可是，这是一种不断作痛的饥饿，是一种食物无法填满的饥饿。有时候，当他停下脚步凝视着伊哈兹人的尸体时，他会忘却空白的痛苦，同时，他感到内心有一种莫大的自豪——超过了他以前感受过的任何一种自豪。人类——所有生物中最高等的生灵——被他杀死了，而且是在他们掌握有棍棒和利齿的法则时杀死他们的。他好奇地嗅一嗅那些尸体，那么容易就杀死了他们，比杀死一条爱斯基摩狗还简单。如果他们没有弓箭、标枪和棍棒，他们就更敌不过他。往后他再也不会惧怕他们了，即便他们手里拿着弓箭、标枪和棍棒。

夜幕低垂，一轮满月高高地升入天空，使大地沉浸在一片阴森森的如白昼般的光里。在夜幕中的水塘边苦思、哀悼着约翰·桑顿的巴克感到除了伊哈兹人引起过的躁动外，一种新的躁动又出现了。他站起来，听着，嗅着。从远处传来一声尖嗥，接着便是一阵齐声的呼应。时间一分分过去，那尖嗥声越来越近，越来越响。巴克明白了，这就是他记忆中反复出现的那另一个世界中的那些声音。他走到空地的中央听着。这多种声调混合在一起的呼唤，比以往更加逼真、更加诱人。从未这样做过的他这次准备响应了，约翰·桑顿死了，最后的纽带已断绝了，人类以及人类的要求不能再束缚他了。

正像伊哈兹人猎取活物一样，这个狼群跟随在迁徙的麋鹿的两翼，终于穿过那片溪流和林子的土地，侵入了巴克的山谷。空地上泻满了月光，他们像一股银色的光波一拥而入，巴克站在空地中心，如一尊雕像一般静静地等着他们到来。他们被吓住了，因为巴克站着一动不动，那么高大。时间似乎凝固住了，直到狼群中胆子最大的一条直直地向巴克扑去。巴克如同闪电般地扑过去，咬断了对方的脖子。然后，他又站在那里岿然不动，那条受伤的狼在他身后痛苦地翻滚着。他又击败了三条向他轮番发起猛烈进攻的狼，这些狼被他撕破了肩膀或脖子，鲜血滴滴答答地淌下来。

这惹得整个狼群都扑上来了，可由于都急着打倒猎物而乱七八糟地挤在一起，相互碰撞，乱作一团。巴克以不可思议的迅速和敏捷占了上风。他的身体以后腿为轴飞快地转来转去，应付着四面八方的攻击，抵挡住这边后又去抵挡那边，牢牢地守住了他的正面防线。但为了防止他们绕到他身后，他被迫向后撤，绕过水塘，进入一条山溪的河床，直到他的背靠在一段高耸的砾石河岸上。他沿着这段河岸找到一个合适的拐角，这还是那几个人在淘金过程中挖出来的。于是，他守在这个拐角里作拼死抵抗，三面有了保护，他只要对付正面就够了。

半个小时后，巴克又获胜了，狼群溃败了，一个个的舌头全都耷拉着，露出白色的獠牙，在月光下泛着残酷的白光。有一些卧在地上昂着头，耳朵向前耸着；有一些站在地上看着巴克；还有一些在舔水塘里的水喝。有一条狼，身子细长、灰色，态度友好、小心翼翼地往前走，这是野兄弟，曾与他跑了整天整夜的野狗，巴克认出了他。他轻声呜呜叫着，当巴克也呜呜叫时，他们便碰了碰鼻子。

接着，上来一条满身疮疤，骨瘦如柴的老狼。巴克扭动着嘴唇，眼看就要咆哮了，结果他们彼此嗅嗅鼻子。于是，老狼蹲坐下来，鼻子指着月亮，发出那长长的狼嗥。别的狼也蹲坐下来，发出长长的狼嗥。这一下，巴克听到了真真切切的那种音调的呼唤。他也蹲坐下来，发出长嗥。嗥完之后，他从自己的拐角走出，而狼群则挤在他的周围，用半友好、半野蛮的方式嗅着。几条头狼带领狼群嗥叫起来，然后跃入林子走了。狼群齐声嗥叫着调转身体跟随而去。巴克也跟着他们一起跑了，他们并肩而行，一边跑，一边嗥。

到这里，巴克的故事也该结束了。不几年，狼的种群发生了变化，头部和吻部有着棕色的毛，沿着胸口却有一溜白毛，伊哈兹人注意到了这种情况。而且，比这更不一般的是，伊哈兹人相传，有一条魔狗跑在狼群之首。他们惧怕这条魔狗，因为他比他们更狡黠，严冬季节到他们的营地偷东西，抢走他们套住的猎物，屠杀他们的狗，而且连他们最勇敢的猎手都不放在眼里。

不仅如此，故事被传得越发糟了。打猎的人不再返回，族人找到他们时，总会发现他们被撕破的喉咙和雪地上狼的脚印，只是这脚印比任何一种狼的脚印都大。每当到了秋天，当伊哈兹人随着麋鹿迁移时，有一座山谷他们是绝不进去的。当烤火时听说那个恶魔最初是如何选中那条山谷作为永久住所时，总有一些妇女会悲伤起来。

然而，伊哈兹人不知道的是，这座山谷每逢夏季都会有一个拜访者。那是一条硕大的、有着光彩照人的毛皮的狼，与其他的狼既相像又不相像。他从那片微笑的林地独自走来，进入一块林中空地，这里有一溜黄色的东西，从腐烂了的鹿皮袋子里流出来，渗入地下，其间长着高高的杂草，其上布满青苔，遮掩住黄色，照不到阳光。他呆在那里，苦思冥想着，然后就会听到空地上传来长长的、悲哀的嗥叫声，他离开了。

但他不总是自己单独一个。当漫漫冬夜来临，狼群追随他们的肉食进入地势较低的山谷时，在朦胧月色中或闪烁的北极光下，或许可以看到他跑在狼群之首，巨人似的高高跃起在同伴们之上，他的大嗓门高声嗥叫，唱出了一曲年轻世界的狼群之歌。

点评：

就在读者以为巴克有了一个值得信赖的主人，下面可以不再受苦的时候，作者却又设置了桑顿被印第安人杀死的情节，让阻止巴克回归荒野的最后一丝联系断裂。最后的这一段，作者在反复强调巴克的高贵血统和天生的超人能力以及善良、勇敢、忠诚等优秀品质的同时，也在反复描写它体内深藏着的野性的记忆对它的刺激和现实中狼群对它的引诱。思想感情的冲突在这里达到最激烈。究竟是回归荒野还是跟着主人和人类文明社会保持着一定的关联，在难以取舍的时候，作者让主人死了。这样回归荒野就成了没有选择的选择。但巴克不仅为主人报了仇，每年夏天还会来祭奠主人，这表现了“爱”这一崇高的感情还在支配着巴克。一方面回归了残酷无情的荒野，一方面却还保持着在人类文明中培养起来的感情，作者复杂的矛盾思想在这样的结局中得以体现，也引起读者深深的思考——如何在文明的枷锁和真实的自我之间找到平衡。

白 牙

一、初入险境

黑森森的丛林，肃立在冰河的两岸。不久前的一阵大风，已经将树体上的冰雪一扫而空。现在，这些树依偎在沉沉暮霭之中，郁郁寡欢。

在死一般沉寂的无垠原野上，除了寒冷和荒凉，没有任何生命和运动。但这一切绝不仅仅意味着悲哀，而是蕴含着比悲哀更恐怖的、远超过冰雪之冷冽的严酷。那是永恒在用专横和难以言传的智慧，嘲笑着生命和生命的奋斗。那是“荒原”，是充满了野蛮、寒冷透骨的“北国的荒原”。

然而，不屈的生命依旧存在，而且在反抗着。瞧，一队狼犬，正在沿着结冰的河流艰难跋涉。他们呼出的气息刚出嘴巴就结成冰霜，在从空中落到身上的极短瞬间就变成白色的晶体。他们被身上的皮轭和皮带拴在一部雪橇上。他们拉着前进的雪橇底部是用坚实的桦树皮做成的，向上翻起，没有滑板，滑过前面高低起伏的雪。雪橇上面，一只狭窄的长方形木箱被绳子紧紧地捆着固定住，此外还有几条毯子，一把斧子，一只咖啡壶，一只煎锅，但最为明显而且占了绝大部分空间的，是那只狭窄的长方形木箱——一口棺材。

虽然如此，雪橇上还未死去的两个人没有丝毫畏惧，一前一后不屈不挠地跋涉着。他们身穿兽皮，睫毛、嘴唇和两颊被自己呼出的气息结成的冰屑糊满了，因此面目模糊难辨，这戴着鬼的面具的样子，仿佛是阴曹地府里出来捕捉死人鬼魂的使者。而实际上在面具后面，他们是人，是正在深入那片荒凉、沉寂、嘲弄人的土地的人，是热衷于惊天大冒险的小探险者，是驱使自己跟这个茫然、陌生、死寂的无限世界的威力相抗争的人。

这支队伍无声地在雪野里爬行，为了省些力气，他们走路时尽量保持沉默。周围一片寂静，寂静似乎成了一种客观存在的实体，压迫着他们，影响着他们的精神，就像深水的压力挤迫潜水者的身体。它用一种无限的空间以及不可抗拒的命令所具备的巨大威力压迫他们，逼迫他们一步步后退直至自己的心灵深处，就像榨葡萄汁似的榨掉人类的一切狂妄、激情、骄傲和自负，使他们终于发现自身不过是有限而渺小的尘芥而已，凭借低劣的狡狯以及些许小聪明，在伟大却没有目的的物与力的作用力与反作用力中活动罢了。

时间在一个小时接着一小时地消逝，短暂、阴沉的白天那黯淡的光线开始消失。这时，从远处传来一声微弱的哀号，打破这时空的寂静，急速翱翔并上升到音调的最高处，像一缕缕扯不断的丝线，颤抖而紧张，最后，还是慢慢消失了。它带着一种凄凉而绝望的凶狠和饿得发慌的焦虑，大概是一个面临毁灭的人的哀号。

前面的人回过头来，和后面的人隔着狭长的木盒子对视一下，相互点点头。

第二声哀号又传来。针一般尖利的声音刺破死寂。两人都辨出了声音的位置——在他们刚刚走过的冰天雪地里。

第三声尖叫应声而起，在第二声的左边。

“比尔，他们在追我们。”前面的人声音沙哑，这表示他说话很吃力。

“吃的东西太少了，”后面的人说，“我都几天没看到兔子的踪迹了。”

接着，他们不再说话，耳朵仔细凝听着后面继续响起的猎食者的嗥叫。

天黑时，他们把狗队赶进河边的枞树林里宿了营。棺材在升起的火堆旁，既作桌子又当凳子，狼犬在火堆另一边，相互咆哮，却丝毫也没有要跑到黑暗中去的意思。

“亨利，我觉得他们离营地很近。”比尔说道。

亨利靠火蹲着，点点头，用冰块垫好咖啡壶。接着，他倒坐在棺材上开始吃东西，说：

“这些狗知道什么地方安全，他们知道吃东西总比被吃掉好。”

比尔摇摇头：“我不知道。”

亨利有些惊讶地看着他：“我是第一次见你对他们的聪明不确定。”

“亨利，”比尔慢吞吞地嚼着嘴里的豆子，说，“你注意没有，我喂他们时，他们闹得多厉害？”

亨利承认：“是比平时凶得多。”

“我们有几只狗？”

“六只。”

“那么，亨利……”比尔停顿了一下，似乎是为了让亨利更加重视，“是的。亨利，我们有六只狗。我从袋子里拿出六条鱼，每只狗一条。可是，鱼却少一条。”

“你数错了吧！”

“我们的狗是六只，”比尔心平气和地重复道，“我拿出六条鱼，实际上独耳并没有吃到。所以后来我又拿了一条给他。”

“我们只有六条狗呀。”

“亨利，”比尔继续说道，“我是说六只狗吃了七条鱼，吃鱼的并非全都是狗。”

亨利停下来，隔着火堆数狗。

“现在只有六只。”他说。

“我看见另外那只在雪地上跑了。”比尔冷静而坚定地说，“我看到了七只。”

亨利怜悯地看看他，说：“要是把这东西解决了，我就谢天谢地了。”

比尔问：“这话什么意思？”

“我是说我们运的这东西让你的神经不正常了。你见鬼了。”

“我也这么想过，”比尔十分庄重，“因此，我看见他在雪地里跑走时我就看看雪上，雪上有他的脚印，于是我又数数狗，还是六只，现在脚印还在雪上，你要不要看？我指给你。”

亨利不说话，只是默默地吃。吃完的时候，喝了一杯咖啡，用手背抹抹嘴，说：“那么你的意思是……”

一声从黑暗里某个地方发出的凄厉的哀号，打断了他的话。他仔细地听了一会儿，指了指叫声传来的地方，继续说道：

“是他们中的一个吗？”

比尔点点头:“肯定不是别的东西,你也看到过,那些狗闹得那么凶。”

一声又一声的哀号,以及回应的嗥叫,从四面八方发出,寂静的荒野好像成了一座精神病院。狗们吓得紧靠火堆,挤在一起,身上的毛都被烧焦了。比尔往火上添了些树枝,点燃了烟斗。

“我看你有些泄气了。”亨利说。

“亨利……”他吸着烟思考了一会儿,说,“我想他比你我幸运多了。”

他用大拇指指一指他们坐着的棺材,意思是说那位第三者:“亨利,你和我死的时候,如果有足够的石头挡住我们的尸体,让狗拖不走,就算不错了。”

“但是,我们不能和他相比,那些人有钱和别的东西用来料理后事,这种长途跋涉的葬礼所需的费用你我可负担不起。”

“亨利,我想不明白的是,这样一个在老家衣食不愁、神气活现的小伙子,干吗到这么荒凉的天涯海角来找晦气——我真是不明白。”

“如果呆在家里,他会寿终正寝的。”亨利表示同意。

比尔张开嘴刚要说话,又咽了回去。他指了指那像围墙般压迫他们的黑暗。漆黑之中,并没有显示出什么明显的东西;但是,他看见一对如燃烧着的煤块似的眼睛,在发着光。

亨利用手指出第二对、第三对。一圈发亮的眼睛已经把他们包围了。

一双眼睛忽隐忽现。狗们更加不安,在恐惧汹涌的侵袭下,窜到火堆另一边,在两人脚边畏畏缩缩地爬来爬去。一条狗被挤倒跌坐在火堆边上,皮毛烧焦的臭味弥漫空中。他哀号一声,不仅仅因为疼痛,也因为惊恐。

那圈眼睛移动了一会儿,甚至还往后撤退了些。骚乱静下来了,他们也静止了。

“亨利,少了弹药真他妈倒霉。”

比尔已经抽完了烟,正帮着同伴向针枞树枝上摊开皮毛和毯子铺床,那是晚饭前就在雪地上铺好的。亨利沉重地哼了一声,开始解鹿皮鞋鞋带。

“还有几颗子弹?”

“三颗，”比尔回答说，“要是有三百颗，我就让他们好好尝尝！”

他怒气冲冲地向那些发光的眼睛晃晃拳头，又把鹿皮鞋稳稳地撑在火上烤。

“我就盼着能早点挨过这阵寒潮，”他继续说，“已经两个礼拜都是零下五十度了。真希望我没来这趟，亨利，形势好像不妙。不知道什么原因，我总感到有什么不对劲儿的地方。如果我还能希望点儿什么的话，那就是这次行程已经结束，我们已经在迈硅利堡，正坐在火炉边打牌——这就是我所希望的。”

亨利哼了一声，钻进了床铺。在快要睡着的时候，又被吵醒了。

“喂，亨利，这些狗为什么不攻击那个混进来吃鱼的家伙？这真叫人想不通。”

“比尔，你想得太多了，”亨利迷迷糊糊地回答，“这可不像原来的你。现在闭上嘴睡觉吧。到了明天早上，一切问题就都不存在了。这都是你的胃在发酸闹的。”

两个人并排躺在一个被窝里，都睡着了，发出沉重的呼吸声。火熄灭了，营地四周那发光的眼睛更近了。狗们惊惧地挤在一起，眼睛一靠近，他们就发出叫声警示。他们闹得特别凶的一次，比尔醒了。

比尔小心翼翼地爬下床，在火堆上添了些木柴，火又旺起来，那圈眼睛又远了些。他偶然向那些挤在一起的狗看看，揉揉眼睛，更仔细地看看，爬回被窝里。

“亨利，”他叫道，“喂，亨利。”

亨利从熟睡中惊醒，问：“什么事？”

“没什么，”比尔回答，“不过，他们又变成七只了，我刚数的。”

亨利喉咙里哼了一声，表示知道了，接着那哼声拖着长长的鼾声，又沉入梦乡之中。

早晨，亨利第一个醒来，叫比尔起床。已经六点钟了，但是离天亮还有三个小时，亨利在黑暗中动手做早饭，比尔则卷起行李，准备雪橇。

他忽然问：“喂，亨利，你说我们的狗是几只？”

“六只。”

“错了。”比尔有些得意。

“又是七只了?”

“不,五只,有一只不见了。”

“他娘的!”亨利生气地叫道,扔下炊具,过去数狗。

“是的,比尔,小胖没有了。”

“他这一去就不会回来了。”

“没有希望了。他们把他活活地吞掉了。我敢说,他在进入他们的喉咙时,还在不停地叫呢!他娘的!”

“他本来就是只蠢狗。”

“不过,再蠢的狗也不至于蠢到走过去找死呀。”亨利深沉的目光看着剩下的那几只拉雪橇的狗。他一眼就能概括出他们各自的个性特征。“我相信别的狗都不会做出这样的事来的。”

“用棒打也不能把他们从火旁赶走,我一直觉得小胖有点儿不对劲。”这就是一只死于北国旅途中的狗的墓志铭——并不比许多人的墓志铭更简陋。

点评:

作为《野性的呼唤》的姐妹篇,《白牙》同样描写的是美洲大陆北部的环境与生活。开篇的描写让我们感觉似曾相识,就是那熟悉的美洲北部的恶劣环境。雪橇运送的棺材和雪橇狗的数量的莫名其妙的减少都构成了一种怪异、紧张甚至是恐怖的气氛,这一下子就勾起了读者的兴趣,既惴惴不安地害怕却又很想知道下面的进展,不忍释手。这种设置悬念的手法是屡见不鲜却又确实有效的写作技巧。

二、大敌当前

早饭过后，两个伙伴将少量的旅行用品绑到雪橇上，离开了那堆还烧得很旺的篝火，重新回到黑暗里。

于是，狗群那凄厉的嗥叫立刻又响起来，透过黑暗和寒冷，犹如一支交响曲。

九点钟的时候，天才慢慢地亮了。正午时分，南面的天空一片玫瑰色，地球的肚皮鼓起在那里，挡住了光线，使阳光不能直接照到北部的世界，玫瑰色很快就消失了。白天那苍白的余辉拖到三点钟，也消失了。

于是，北极的夜幕笼罩了寂静荒凉的大地。

黑夜降临，左边、右边、后面猎食的狼的叫声更近了——近得使那群在艰难困苦中跋涉的狗们重又陷入恐怖的浪潮，陷入短暂的惊慌失措中。

后来，一次危机结束时，他们将狗又一次控制在轭下，比尔说：

“但愿他们别再跟着我们，到别处寻找食物就好了。”

“他们真让人头疼。”

直到扎好野营，他们不再多说话。

煮豆的锅里的水被火烧得沸腾了，亨利正伏身往里加冰，突然听到一下击打声，比尔一声叫唤，狗群发出痛苦的尖叫。亨利站起身来，看见一个模糊的影子越过雪地，消失在夜色里。

他看到比尔站在狗群里，又得意又丧气，一手拿着一根粗棒，另一只手里拿着一条干鲑鱼尾和一部分残缺不全的鱼身体。

“他吃掉了一半，可我还是给了他一下。你听见他尖叫了吗？”

“那是什么东西？”

“没看清，跟狗一样四条腿，一张嘴和一身毛。”

“一定是只驯狼。”

“的确很驯熟。不管是不是狼，反正喂狗时，他就来吃他的那份鱼。”

吃过晚饭，他们坐棺材上抽烟的时候，发觉那圈发光的眼睛竟比以前

围得更近了。

“但愿他们碰上一群麋鹿或是别的什么，丢下我们走开。”比尔说。

亨利哼了一声，似乎不完全同意。

他们都不说话，坐了一刻钟，亨利凝视着火，比尔凝视着火光外黑暗中那圈燃烧一般的发光的眼睛。

“真希望我们现在就进入了迈硅利堡。”

“闭嘴！收起你满腔的愿望和抱怨吧。”忽然间亨利变得暴躁起来，“你的胃酸病又发了。你吞一小勺苏打就会好些，也会让人更喜欢些。”

第二天一早，比尔恶毒的咒骂声惊醒了亨利，他用一只手臂撑着起来，看到他的伙伴站在狗群里，高举双臂大声诅咒着，脸部因过分激动而扭曲了。

“嘿！怎么了？”

“青蛙没了。”

“什么意思?!”

“我告诉过你的。”

亨利跳出毯子，走到狗群旁边，仔细地数了数，然后就和他的同伴一起大骂那个掠走了他们第二条狗的家伙，那个“荒原”中的强者。

“青蛙是这群狗里最强壮的。”

“同时他可不蠢。”

两天的时间有了两篇墓志铭。

他们郁闷沮丧地吃了早餐，将剩下的四只狗套上雪橇。这一天，和以往没两样。两个人，默默地在冰雪世界的地表上艰苦行进。除了身后总是跟着却又看不见的追踪者的嗥叫以外，没有什么东西打破寂静。

黑夜降临时，追踪者们再次靠近了，叫声也近了；狗又变得躁动不安，几次搅乱挽绳。两个人更加丧气。

“呸！你们这些蠢货只配这样。”完成工作后，比尔笔直地站在那里满意地说。

亨利扔下炊具，走过来看。比尔按印第安人的办法用棍子把狗给拴了起来，他在每条狗的脖子上拴了一根四五尺长的粗棍，棍子的另一头用皮带系在地面的木桩上。这样,狗就咬不到他这头的皮带,也碰不着结在棍子另一头的皮带。

亨利赞许地点点头。

"只有这个办法能制住独耳,他的牙咬起皮带来比刀割还要快一倍。明天早上他们一定都在这里。"

"你可以赌一局,"比尔说,"如果丢了一只,我甘愿不喝咖啡就动身。"

睡觉时,亨利指着那圈包围他们的发光的眼睛,说:"他们竟然明白我们不会用枪打。"

"如果我们给他们两枪,他们就会客气些。他们一天比一天近,你睁大眼睛避开火光看——你瞧!你看见那一只了吗?"

好长一段时间,两个人仔细端详着火光边那些朦朦胧胧的影子的动作,作为消遣。只要目不转睛地盯着在夜色里闪闪发光的眼睛的所在之处,渐渐就会显出那些野兽的原形。他们甚至可以看清那些影子时不时地移动。

狗群里发出一种声音,吸引了两个人的注意。独耳发出迅疾又焦虑的惨叫,扯着棍子要冲入黑暗中,接着又停下来疯狂地咬那木棍。

亨利小声地说:"比尔,看。"

一只像狗的野兽,完全暴露在火光照耀中,偷偷摸摸地侧着身子走过来。她的神情既犹豫又大胆,一边留神着人,一边又将注意力集中在狗的身上。

独耳一边撑直了棍子要冲过去,一边焦急地哀叫。

"这个蠢独耳,好像不知道害怕。"

"那是只母狼,"亨利伏在他耳边说,"这是小胖和青蛙为什么失踪的原因。她来把狗引出去,其余的就一拥而上,分而食之。"

篝火中的一块木头发出响亮的爆裂声。那只野兽一听见这声音,又蹦回到黑暗中。

"亨利,我想……"

"想什么?"

"这就是我用木棍打过的那个。"

“毫无疑问,肯定是她。”

比尔继续道:“可我的疑问是这畜牲不应该这么熟悉篝火。”

“她比一只聪明的狼更聪明,”亨利同意道,“一只狼是在有了些经验以后才知道在喂食时混到狗群中的。”

“老威廉以前的一只狗跟狼跑了,”比尔边想边说,“本来我是知道的。我在小斯迪克的放鹿场上抵御狼群时打中过他,老威廉哭得像个孩子。他说他三年时间没有见到他了,原来一直跟狼混在一起。”

“我想你说对了,比尔,那母狼根本就是条狗,她从人手中吃过不知多少次鱼了。”

“我要是有机会抓住她的话,一定要叫这条是狗的狼变成被吃的食物,”比尔下决心地说,“我们再也丢不起狗了。”

亨利反对道:“但是你只剩三颗子弹了。”

“我当然会等到有十分把握的时候再开枪的。”

早晨,伴着比尔的喊声,亨利烧火煮饭。

亨利唤醒比尔起来吃饭的时候,对他说:“你睡得太香了,我真不忍心叫醒你。”

睡得昏昏沉沉的比尔开始吃饭。他见自己的杯子中是空的,就伸手去拿咖啡壶。但是壶在亨利那边,他够不到。

“喂,亨利,”他和悦地埋怨说,“你没忘记什么吗?”

亨利向四周仔细地看了看,摇摇头。

比尔举了举自己的空杯子。

亨利解释说:“你没有咖啡喝!”

“是已经喝光了吗?”

“不是。”

“那你是认为它坏我的胃口吗?”

“不是。”

比尔愤怒了,脸上涨起血色。

“那我倒要听听你的解释。”

“飞腿没了。”

带着听天由命、逆来顺受的神情，比尔很从容地坐着，把头扭过去，把狗数了一遍。

他冷冷地问："怎么回事？"

亨利耸耸肩："谁知道呢。只能是独耳咬断了他的皮带，否则他自己是咬不着的，这一点毫无疑问。"

"混蛋！"比尔使劲儿压制住满肚子怒火，严肃而缓慢地说，"他咬不着自己的，就咬飞腿的。"

"好了，反正飞腿的痛苦结束了。我想，他这时正在那二十只狼的肚子里被消化掉，他们在大堤上蹦跳呢。"这就是亨利给刚刚死去的那条狗的墓志铭。

"喝点咖啡吧，比尔。"

比尔摇摇头。

"喝吧。"亨利举起壶劝道。

比尔推开杯子。

"我要喝的话我就是个混蛋，我说过，只要再丢一条狗，我就不喝咖啡，所以我不喝。"

"咖啡好喝极了。"亨利说，但是比尔太固执了，叽里咕噜地咒骂独耳干的好事，用这些咒骂代替咖啡，吃了一顿干的早饭。

"今天夜里，我要把他们拴得互相挨不着。"启程的时候，比尔说。

刚刚走了一百多码，前面的亨利弯腰捡起了一个东西，那东西正好碰到了他的雪鞋。由于天还黑着，他看不清，但能摸出来，于是向后一抛，落在雪橇上弹起来，碰到比尔的鞋上。

"这对你也许有用。"亨利喊道。

比尔惊叫一声。

那是飞腿留下的仅存的所有痕迹——他扣他时用的棍子。

"他们将他连皮带骨头都吃了，"比尔说，"把两头的皮带都吃了，棍子光滑得像笛子。亨利，他们该是饿疯了。没等我们走完这段路，恐怕咱们都要被他们吃掉了。"

亨利满不在乎，哈哈大笑："以前我没有像这样被狼追逐过，不过很多

比这更糟的事我都挺过来了，比尔，我的孩子，让那些讨厌的畜牲再多来些试试吧。”

比尔有些不祥的感觉，咕噜道：“我不知道，我不知道。”

“等我们到达迈硅利，你就知道了。”

“我感到那儿有什么特别的吸引力。”比尔固执己见。

“你不正常。毛病就在这里。”亨利推测说，“你需要奎宁。一到迈硅利，我就给你灌下去。”

比尔似乎是不同意地哼了一声，又陷入沉默。

那天，和别的日子没什么两样，九点钟天亮。十二点时，看不着太阳温暖了南面的地平线。之后又是冰冷、阴郁的下午。再过了三个小时，一切又都没入夜色中。

当太阳白费着力气也不能再出现的时候，比尔从雪橇里抽出来福枪，说：“亨利，你继续走，我去试试能不能看见什么。”

“你最好还是跟着雪橇，”亨利劝阻道，“你只有三颗子弹，搞不好会出什么事。”

“现在谁在啰啰嗦嗦？”比尔得胜似的问道。

亨利不说话了，独自向前行进。他时不时地焦虑不安地向后望，看着同伴消失于其中的那片灰色的荒野。

一个小时后，比尔抄近路回来了，他说：“他们散开了，像散兵一样，一会儿跟踪我们，一会儿猎捕食物。你瞧，他们完全有把握吃掉我们，只不过是在等待好的动手时机而已。当然，如果附近有什么可吃的东西，他们也乐意照单全收。”

亨利提出异议：“你是说他们认为自己一定能够吃掉我们？”

比尔没理睬他。

“我看见几只狼，精瘦精瘦的。我想，除了吃掉青蛙、小胖和飞腿，他们一定好几周没吃到什么别的了。他们这一群太多，因此这几条狗根本是杯水车薪。他们就是皮包骨头，骨瘦如柴。我可告诉你，小心着些，他们可什么也顾不了了，他们已经饿疯了。”

几分钟后，走在雪橇后面的亨利低低地吹了一声唿哨——这是警报。

比尔悄悄地让狗停止前进,回身来看,一个浑身是毛的动物鬼鬼祟祟地在他们刚转过的那个拐弯处碎步跑着。她的鼻子贴近路面,走路像是在滑行,看起来毫不费力。他们停,她也停,抬头盯着他们,抽动鼻孔研究他们的气味。

比尔心想:"就是那只母狼。"

狗在雪地里趴下。他走到雪橇那儿和他的伙伴一起观察这个几天来一直跟踪他们,吃掉他们一半数量的狗的陌生家伙。

这家伙仔仔细细地审视了一番以后,向前走了几步,来回几次,就到了几百码之外。她停在一丛针枞林边,抬着脑袋,同时运用视觉和嗅觉研究这两个仔细观察自己的人的装备。她看他们时,那种像是在思考什么似的奇怪态度,就像一条狗,但是其中却没有狗对人的那种情意。那由于饥饿而养成的思索如何猎食的状态,就像冰雪般冷酷无情,像她的利齿一样残酷。

她的身材像狼那般大,枯柴般的瘦骨表明她是所属的种类中最大的品种。

"站着足足两尺半高,"亨利估摸着说,"我敢说体长得有五尺长。"

"她的毛的颜色很奇怪,"比尔有些疑惑,"我从没见过红得几乎是肉桂色的狼。"

当然,那狼并不是肉桂色的,纯净的狼毛主要是灰色的,但毛上面斑驳着红点的色泽——时隐时现,变幻莫测,更像是想象或者幻觉,这一会儿是灰色,突然却又朦胧地一闪红光,那是一种难于言表的色彩在闪光。

"看上去跟一条大种的赫斯基雪橇狗没什么两样,"比尔说,"她摇起尾巴,我一点也不意外。"

他喊道:"嘿!过来,你这赫斯基!不管你叫什么名字。"

"她一点也不怕你!"亨利笑道。

比尔提高嗓门大喊,挥手吓唬,但是那狼一点都不害怕。

他们发现:发生的唯一变化,是她的警惕性提高了,她仍然用那种无情的沉思默想的神情看着人们——他们就是食物,而她快要饿死了,如果她更勇敢些,宁愿扑上来吃掉他们。

“嘿，亨利。”想到要做些什么，比尔不由自主地降低了声音，说道：“虽然我们只有三颗子弹，但我们会百发百中，决不会失手的，她吃了我们三条狗，我们得和她做个了结，怎么样？”

亨利点点头。

比尔小心翼翼地抽出枪来，就在这刹那之间，母狼从雪路上向旁边一跳，跳进针枞林里去了。

两个人互相对视一眼，若有所悟，亨利吹了长长的一声口哨。

“我本该想到的，”比尔大声自责道，把枪放好，“一条狼懂得在吃东西时混到狗群里，就一定也清楚枪的威力，亨利，我一定要干掉她。她太狡猾了，会躲过明枪，但是我可以埋伏起来搞袭击，我一定可以伏击到她，这就像我叫比尔一样是天生必然的。”

亨利劝告说：“比尔，你打她时千万别走得太远。如果他们一起向你扑过来，三颗子弹不过相当于三声喊叫而已。这些饿得要死的家伙一旦动起手来的话，一定会搞掉你的。”

这一天晚上，他们早早就宿了营。

显而易见，三条狗拉雪橇是不可能像六条狗那么迅速而持久的，他们已经累得不行了。比尔首先小心地把狗拴好——使他们保持相互咬不到的距离。

然而，那些狼却更加放肆。亨利和比尔不止一次被从梦中惊醒。狼群近得使狗害怕得要疯了，因此，必须常常添柴使火烧得更旺，以使那些想要冒险的家伙们不得不在一个相对安全的距离以外。

“我听水手们讲过一个鲨鱼追赶船的故事，”一次，比尔添过柴钻回被窝时说，“这些狼就是陆地上的鲨鱼，他们比我们想象的还精明，所以不愿意这样追着来伤自己。他们的目的就是吃掉我们。亨利，他们已经吃光了你的一半。”

“照你的意思，你也已经被吃去了一半，”亨利厉声斥责说，“当说一个人将被打垮的时候，就说他已经垮掉了一半，因此，按你的意思，他们已经吃了你的一半。”

比尔说：“他们曾吃掉过比你我更强有力的人。”

“闭上你的臭嘴。你真是烦死人了。”亨利生气地翻过身去侧躺着。比尔竟然没有发脾气，这使他感到惊讶，因为这不是比尔一向的性格，他总是很容易就被难听的言语激怒。

入睡前，亨利思考了很长时间，当他的眼皮不住地打架、逐渐进入梦乡时，他还在想：“是的，比尔一定非常泄气。我明天要给他打打气、鼓鼓劲。”

点评：

谜底终于在这一节被揭开：一只母狼来引诱雪橇狗和它走，进入包围圈后其他狼来吃掉雪橇狗。这样狡猾、残忍的手段被这样赤裸裸、血淋淋地表现出来，我们既惊叹于大自然的无奇不有，又被狼的习性深深震撼。本节还应该注意多角度、多手段的描写手法，为了烘托比尔和亨利紧张不安的心情，既有对他们语言的描写，也有行动的描写，还包括对环境景色的描写，所谓“一切景语皆情语”，人物看在眼里的事物反映了人物的心情。只有多角度、多层面的细节描写，才会使读者获得深切的感受。

三、生死之战

这一天竟然什么也没发生，恶剧没有重演。

他们精神振奋地上了路，又进入到了黑暗、寒冷和寂静的世界里。

比尔仿佛忘掉了前一夜的那些不祥之兆，开始慢慢高兴起来，甚至还时不时地逗逗那些狗。正午的时候，他们的雪橇在路过一段难走的路时翻了。

乐极生悲。

雪橇夹在一棵树的树干和一块大的岩石中间，无法动弹。他们只好解下狗来，以便让他们重新有序地排列。两个人正弯腰俯身将雪橇扶正的时候，亨利瞧见独耳侧身走了。

他站起来，喊道："喂，独耳，回来！"

但是，独耳却跑起来，一串足印留在雪地上。在他们走过的雪地的那头，那只母狼正等着他。接近她时，独耳忽然小心起来，警觉地放慢步子，犹犹豫豫的，再往后就停住不动了。

他注视着母狼，谨慎、犹豫又带着渴慕，而母狼似乎在对他微笑，与其说是威胁，不如说是谄媚地露出牙齿，像是在嬉戏，母狼走近他几步，又站住。独耳也凑近她，但仍然保持着警惕，昂着头，把耳朵竖向空中。

他想和母狼嗅嗅鼻子。母狼嬉戏而羞涩地后退。他前进一步，母狼就相应地后退一步，一步一步将他引诱到他的人类伙伴庇护不到的地方。

一次，他的脑海中似乎有种警告模模糊糊一闪而过。他回头望着那辆翻倒在地的雪橇，那一起拉车的伙伴，以及正在呼喊他的那两个人。

不过，无论他的脑海中有什么想法，一句话，它们都被母狼驱赶得烟消云散了。母狼走到他的面前，跟他嗅了嗅鼻子，接着就又继续演在独耳面前羞涩地后退的故伎。

比尔这时想起了枪，但是，枪被压在翻倒了的雪橇下，等亨利帮他扶正的时候，独耳和母狼早已靠在一起，而且射程过远，没办法再轻易尝试了。

当独耳对自己犯的错误有所察觉的时候,一切都太晚了。两个人只看见,不知为什么他忽然转身往回跑,接着,十几只灰色的精瘦的狼在雪地上跳跃着直冲过来,挡住他的退路,这一刻,母狼羞怯嬉戏的柔情无影无踪,咆哮着扑向独耳。他用肩扛开她,想回到雪橇那儿去。因为退路已被切断,他想改变路线绕道回来。越来越多的狼连续出现,加入追逐的行列。那母狼在离独耳只有一跳之远的地方紧追不舍。

亨利猛地拉住比尔的胳臂说:"别到那儿去!"

比尔摆脱掉亨利的手,说:"我受不了了。只要我能尽最后的力,就决不让他们再吃掉一条狗。"

他拿着枪钻入路边成排的矮树丛里。

他的意图很明白:独耳绕着雪橇转圈奔跑,比尔则想要在他跑的圈上打开一个突破点。白天持枪,也许会吓住狼,从而救狗一命。

"嘿,比尔!"亨利喊道,"小心! 不要冒险!"

亨利坐在雪橇上,注视着,无能为力。比尔已经走得无影无踪,只是看到独耳在矮树丛和针枞树丛之间时隐时现,亨利判断他已陷入绝境了。狗拼命应付危险,可是,他跑在外圈,狼群则在较短的内圈,指望他远远地超越追踪者而伺机抄近路回到雪橇那里,是不可能的。

几条不一样的线路,很快在一点汇集了。亨利知道,狼群、独耳和比尔,在树丛遮住的那边的某处雪地里,会碰在一起。但是,这一刻的到来比他预料的快得多。一声枪响,紧接着又是两响。他知道比尔的子弹打完了,随即听到大声的咆哮和吠叫。他听出了独耳的惨叫哀号,也听见一声狼叫,表明这畜牲被击中了。

吠声停止了。叫声也消失了。

死一般的寂静重新笼住了这荒凉的大地。

亨利在雪橇上坐了许久。事情的结局不去看也知道。他十分清楚,仿佛刚刚发生的一切就是在他眼前的义演。有一次,他惊惶跳起,从雪橇里抽出斧头,但更多的时间他坐在那里沉思。剩下的那两条狗伏在他脚下,浑身颤抖着。

最后,他疲惫不堪地站起身来,仿佛全身的力气都没有了。他把狗拴上雪橇。自己也在肩膀上套一根缰绳,和狗一起拉。

没走多远，天就黑下来了，他连忙宿营，特别把柴火备得很足，喂了狗，吃了晚饭，将床紧挨火堆铺好。

但他没有福气享受这床。眼皮还没合上，狼群逼近的压迫感使他感到很不安。不用想，完全可以清清楚楚地看到他们包围着他和火，火光外，他们坐着，躺着，趴在地上向前爬着，或悄悄地进进退退，有的甚至还打瞌睡。到处都是这些像狗一样的狼蜷着身体在雪地里，享受着他现在无法享受的睡眠。

他将火烧得旺旺的。他明白，这是唯一能将他与狼群饥饿的牙齿阻隔开的东西。两条狗一边一只紧靠着他，挨在他身上祈求保护，叫喊着，哀号着，每当有狼特别接近时就拼命地狂吠。

狗在叫，狼群组成的包围圈却在持续着接近他们。一点一点，一寸一寸，这里一只，那里一只，贴紧地面爬了过来，几乎只要轻轻一跃就可以扑到他们。于是，亨利抓起那些还在燃烧的木块扔向狼群，狼们惊慌后撤，如果一块木柴正好击中一个胆大包天的家伙，还会听到惊慌和愤怒的嗥叫。

早上，亨利疲惫不堪了。由于睡眠不足，他眼窝深陷。他在黑暗中煮了早饭。随着九点钟白昼的到来，狼群后退了。他便开始实施在漫长的黑夜里计划好的工作。

他砍了些小树，绑在大树的树干上搭成一座高高的架子，将雪橇绳索当吊索，两条狗帮着拉，将棺材吊到了架子上面。

他对在用树木做成的坟墓里的死者说："年轻人，他们吃掉了比尔，还可能吃掉我，但决不会吃掉你的。"

他又继续赶路，卸去重负的狗精神愉快，拉着变轻的雪橇前进，他们也知道，只有到了迈硅利以后才会真正安全，而狼群的追逐也更加肆无忌惮。他们在雪橇的两旁，安然地追随，红红的舌头露在嘴外，身体两侧是因运动现出波状的瘦瘦的肋骨。他们瘦得皮包骨头，一条条青筋毕露无遗——亨利心里纳闷，他们居然还有力气能站立奔跑却不会栽倒在地上。

正午，太阳不仅晒暖了南方的地平线，而且还把黯淡的金黄色的边缘伸到了天边。亨利知道，这是白天将会变长的标志，太阳就要回来了。他不敢一直走到天完全黑，太阳的令人振奋的光辉刚刚消失，他就宿营。他利用余下的几小时,在那灰色的白天和朦胧的黄昏中,砍了许多木柴以备生火之用。

恐怖与黑夜同时降临。饿狼的胆子更大了,睡眠严重不足对他也有很大影响。亨利用毯子裹住肩,双膝夹住斧头,狗一边一条地靠在身边,就这样,他蹲在火旁,不由自主地打瞌睡。一次,他醒来,看见狼群中最大的那条大灰狼,在他前面不到十二尺的地方。他看他时,他甚至还模仿狗的动作伸懒腰,漫不经心地打着呵欠,而且用一种舍我其谁的独霸的目光盯着他,好像他仅仅是一顿可以被立刻吃掉的食物,现在只不过是被推迟食用而已。

这种坚信不疑的表情,洋溢在整个狼群的每一只狼脸上。他可以指出二十只,他们饥饿地盯着他,或者安然睡在雪地上。这使他想起,小孩子围在饭桌边等待允许吃饭的命令的情景。

而他,就是这群“小孩子”的食物!

他不知道这顿饭会在什么时间开始,会以何种方式开始。

添柴的时候,他产生了一种从未觉察过的非常欣赏自己身体的心情。他观察活动的筋肉,对手指的巧妙结构很感兴趣。他借着火光,将手指慢慢地逐节弯曲,时而一根,时而全部,或者彻底张开,或者迅速握紧。他琢磨指甲的构造,指尖一会儿轻柔,一会儿用力,试一试由此产生的对神经的刺激可以持续多长时间。

他陷入对此的深深迷恋之中,突然热爱起他这工作得如此顺利、美妙而精巧的肉体来。然而,他一瞥见那包围着他、满怀希翼的狼群,冷酷的现实又狠狠地打击着他:他这具美妙的、充满活力的肌肉,不过是饿到极点的野兽们的一顿饭罢了,被狼牙撕开扯碎,从而成为他们所需的营养品,就像麋鹿和野兔是他所需的营养品一样。

从半睡半醒的梦乡中醒来,他看到那条略显红色的母狼毫不在意地呜咽狂叫。她在看他,他也回头望了她一会儿。她丝毫没有威胁他的意思,只是用那种非常强烈的若有所思的神情望着他。

他知道,这种强烈的若有所思产生于同样强烈的饥饿。他是食物,她看着他,嘴里产生一种味觉,嘴巴张开,口水流淌,她满怀希望,快乐地舔一舔嘴。

一阵恐惧使他的身体抽搐了一下。他急忙去拿一块正在燃烧的木柴砸她。手刚伸到火堆边，还没有来得及抓住木头，她早已跳回到安全地带了。由此，他知道，她对人类用投掷的办法打击是很熟悉的。

她嗥叫着跳向一边，露出雪白的牙齿，一直到牙龈。原来那种若有所思的神态消失了，取而代之的是食肉动物的凶狠——这种凶狠令人颤栗。

他看看握着燃烧的木柴的手，仔细观察捏住木柴的手指的精巧灵活，它们适应木头表面的粗糙不平，弯上弯下。一只小手指由于太接近燃烧的一头，灵敏而本能地从太烫的地方猛然缩开。与此同时，他仿佛看到这些敏感灵巧的手指正在被母狼雪白的牙齿撕断嚼碎。他从来没有像现在这样——在他的肉体危在旦夕时如此热爱它。

整整一夜，他依靠燃烧的木块打退饥饿的狼群。在他支持不住而睡着的时候，狗的呜咽和狂叫会使他惊醒。

天又亮了。但是，白天的光明破天荒地没能驱散狼群，人只能一动不动地等他们自己走开。他们依然环绕着亨利的火堆，表现出霸占者特有的傲慢，使他那因看到早晨的光明而产生的勇气动摇了。

他拼命努力地想上路出发。但一走出火的庇护圈外，最大胆的狼就跳过来扑他，幸好没扑到。他跳着向后一退，狼牙离他的大腿就差六寸，其他的狼也都蜂拥着扑上。他将燃烧着的木块砸向四面，使他们和自己保持一种相对安全的距离。

即使在白天，他也不敢离开火堆去砍柴。一棵枯死的大针枞树耸立在二十步外，他用了九牛二虎之力才将篝火挪到树下，双手抓着燃烧的木头，准备随时扔向敌人。他站在树下，仔细研究周围的林子，准备将树向烧得最多的方向砍倒。这一夜，是前一夜的重现。人越来越抵不住睡眠的诱惑，狗的叫声也是充耳不闻了。就算他们一直在叫，可早就困倦到麻木的感官已经注意不到时常变换的调子和强度了。

他惊醒了，母狼距他一码以内。距离这么短，想都不用想，根本不用投掷，他一下子将燃烧着的木柴捅进她那张开狂叫的嘴里。

母狼惨叫着跳开了。

他得意地闻着母狼被烧焦的毛肉的气味，看着她在二十尺外摇头晃脑，狂怒地咆哮。

又要睡着了，他在右手上绑了一节燃烧的松木。眼睛刚闭上一会儿，火焰就烧到手边，把他烫醒了。这样坚持了几小时，每一次被烫醒，他就用烧着的木头击退狼群，添柴把火烧旺，再重新捆一个松节。

一切都很好，只有一回，他的眼睛闭上以后，没扎紧的松节就从手上掉了。

他进入梦乡——到了迈硅利堡，舒服，温暖，他正和经纪人玩纸牌。狼群包围了城堡，在每个入口咆哮不已。他和经纪人停下来，仔细听着，对妄图冲进来的狼群所做的徒劳的努力嗤之以鼻。

这梦真神奇！后来，“哗”的一声，门被冲开了。狼群涌入城堡，直奔他们而来。没了门的阻挡，他们的吼叫声大大增强，令他感到烦恼。他的美梦被别的东西破坏了——他不知道是什么，然而在整个过程中，狂吼一直在不断地追赶他，紧逼他。

这时，他醒过来了。原来，咆哮和怒吼都是真实存在的。随着一片狼嗥之声，狼群将他团团围住，冲过来扑向他。一只狼的牙齿刺到了他的手臂，他本能地跳进火里，与此同时，他感觉到锋利的狼牙划破了他腿上的肌肉。

一场火战开始了。厚实的并指手套暂时保护了他的手，他铲起通红的炭火洒向四面八方，火堆变成了一座火山。

然而，这种对峙并不能维持很久，他的脸烫出了泡，火星烧掉了眉毛和睫毛，地上的热度使脚也难以忍受。他一只手各持一根燃着的木柴，跳出火堆。

狼群被打退了。

四面八方，凡是炭火落到之处，雪在嗤嗤作响。时而有一条撤退的狼踩着火炭，疼得又蹦又跳，大吠大嗥。

亨利将燃烧的木柴扔向最近的敌人后，就把冒着烟的手套扔在雪地上，跺一跺脚，使脚凉下来。

两条狗失踪了。他很清楚，他们终于成了那顿已经拖了很久的饭了。这顿饭的第一道菜就算是几天前的小胖，而最后一道菜，大概就是以后几天的自己了。

他对着饥饿的狼群粗暴地挥舞着拳头，喊道：“你们还吃不到我呢！”

狼听见他的声音,又都骚动起来,一阵嗥叫。母狼走近他,用那种饥饿时特有的若有所思的表情望着他。

他想起一个新办法,将火扩大成一个大圈子,自己蹲在里面,睡觉的被褥垫在身下,隔开融化的雪。

当他因火焰的遮蔽而看不见时,狼群全部好奇地走到火边来看他怎样了。在这之前,他们是不接近火的;而现在,他们却围坐在火边,像一大群狗似的,眨眼、打呵欠,精瘦的身体在温暖中不习惯地伸一伸懒腰。

这时候,母狼坐了下来,鼻子对着一颗星长嚎起来。群狼一个个跟着她全部蹲下,鼻子指向天空,发出饥饿的哀号。

黎明来了,又是白天。火光慢慢弱了,木柴将尽,得再弄一些,亨利企图迈出火圈,狼却蜂拥而上。他用烧着的木头绕着逼他们跳开,但他们很快又跳回来。他徒然奋力,毫无成效。

当他被绊倒在圈子里的时候,一条狼跳过来扑他,没扑到,四只爪子却落在火中,惊恐得大叫着又退回去,在雪地上给爪子降降温。

亨利蹲坐在毯子上,身体前倾,肩膀松弛地低垂着,头伏在膝盖上。他已经停止了挣扎。他不时地抬头看看越来越弱的火,火圈已经有缺口了,裂成几段弧形,并且,缺口在不断地扩大,弧形在不断地缩小。

"我知道,你们可以随时吃掉我,"他自言自语,"管他呢,我要睡觉了。"

他醒了一次,看到母狼从他面前的火圈缺口处盯着他。

不久以后(尽管他觉得像是过了几个小时),他又醒了。一个奇异的变化出现了——变化是如此神奇,他惊讶得睡意全无。

他开始不明白发生了什么事。后来,他明白了,狼群早已走掉,被踩踏的雪表明他们曾经离他有多近。睡意再次涌上来抓住他,他的头垂到膝上来。

这时,他突然又惊醒了。

人的呼喊声,雪橇的震动声,绳索的吱扭声,拉橇狗的呜呜声,四辆雪橇离开河床,来到树林中的野营地旁,六个人站在那个蹲在即将熄灭的火圈中央的人身边,推晃他,摇他,使他清醒过来。他看着他们,像醉鬼似的迷迷糊糊地嘟哝出几句奇怪的话:"红母狼……吃东西时混到狗群里……

开始吃狗食……后来吃狗……再后来吃比尔。”

那伙人的头目粗暴地搡着他，对着他的耳朵大声喊道：“阿尔弗雷德少爷呢？”

他慢慢摇头：“不，红母狼没吃他……他睡在上次宿营地的一棵树上。”

“死了？！”

“不，只是躺在一只木盒子里。”亨利答完，不耐烦地扭扭肩膀，甩掉问话人搭在他肩上的手，“你们别烦我了……我完全精疲力尽了……晚安，诸位。”他的眼皮颤了一会儿，闭上了，下巴垂在胸口上。

他们放他在被褥上躺下，几乎是与此同时，他的鼾声早已如响雷般在冰冷的空气里大作了。

在不远的地方，饥饿的狼群伴着他的鼾声哀号。既为没有吃掉亨利，也为新的食物。

点评：

步步紧逼的狼群，时隐时现的攻击，这随时都会降临、却又不知具体何时会来的死亡刺激着比尔的神经。终于，他不堪重负，失去理智地做了背水一战。结果却是置之死地而未生。相比之下，亨利的心理承受能力足够坚强。在同伴已死、危险尚存的情况下，他依然冷静。他扔掉了运送的棺材，死死抓住野兽怕火的关键因素，坚持到了最后。这再次告诉我们：在这样残酷的环境中，好勇斗狠、身强力壮都未必是最后的赢家；而坚强的意志和冷静的头脑才是赢得最后胜利的关键。

四、夺偶之战

狡猾而有经验的母狼，第一个听到人的声音以及雪橇狗的叫声，最先退出战场，从被困在即将熄灭的火圈中的亨利身边逃走。

而群狼不甘心放弃到了嘴边的食物，为了听清那些越来越近的声音，逗留了一会儿，之后，无可奈何地跟着母狼逃走。

跑在狼群最前面的是条大灰狼——狼群的几位首领之一，他指挥群狼跟着母狼。每当狼群中比较年轻的有野心的家伙企图跑到他前面时，他就用咆哮斥责他们，或者用利齿教训他们。现在，他看到母狼小步慢跑在雪地上，便加快脚步，赶了上去。

大灰狼的一侧，仿佛是母狼的固定位置，她放慢步子，走在大灰狼旁边，和狼群一齐前进。当母狼偶然超过他的时候，他也不向母狼吼，也不露出牙齿。相反，他老想靠近母狼，似乎对母狼非常有好感，总想讨她的欢心。可每当他挨得太近时，母狼却总是吼叫，露出牙齿，但并不过分尖锐，只是犹如一个羞涩的乡下少女似的不自然地怪模怪样地向前连蹦几步。

母狼是他烦恼的原因。

而他只是母狼众多烦恼的原因之一。

一条毛色灰白、伤痕累累的瘦削的老狼，跑在母狼的另一边，可能是因为只有一只左眼，他总是跑在右面。他也特别喜欢接近母狼，伸着脑袋靠近母狼，让自己满是疤痕的脸碰一碰母狼的身体、肩膀和脖子。同对待左边的竞争者一样，母狼龇一龇牙，对他的热诚也表示拒绝。

当两边一齐献殷勤，母狼被粗暴地推来搡去的时候，她不得不急忙地向左右乱咬一气，赶开这两位求爱者，并继续和狼群同步前进，看一看前面的道路。

这时，两个竞争者隔着她亮出牙齿，相互吼叫，以示警告，几乎就要动起武来。然而，在更为迫切的消除饥饿的要求面前，为求爱而争风吃醋，是必须放在一边的。

每次被拒绝，老狼在回避那位有一副尖牙利齿的对象时，就会碰到在他瞎眼右边的一只三岁的小狼。这只小狼已经长大，而且相比狼群的衰弱和饥饿，他具有一种异乎寻常的勇气和精神。与老狼齐头并进的时候，一声怒吼，被咬一口，使他又退回到老狼肩膀后。不过，他有时小心谨慎地放慢步子，从后面插到老狼与母狼之间，会招致加倍的愤怒。如果母狼厌恶地吼叫，老狼就凶狠地攻击三岁小狼，有时他们一道攻击，有时左边的大灰狼也会加入进来。

同时面对三副野性的牙齿，小狼只能停止不前，挺直前腿，将身体缩在后腿上，竖起鬃毛，张开嘴巴以示警告。后面的狼就咬他的后腿和腰来泄愤。他是自找倒霉，因为大家都因缺少食物而脾气暴躁。不过，由于青年特有的无限自信，每隔一会儿，他就如此这般重复一次，可每次什么好处也得不到，只能是狼狈而逃。

如果有食物的时候，求爱和争斗就会加剧，而作为一个整体的狼群将土崩瓦解。然而，这群狼的处境非常恶劣，由于长期的饥饿而消瘦，奔跑的速度也大为减慢。队尾是一瘸一拐的老弱病残，队首是最强壮有力的野兽，但也没有勃勃的生气，而更像是坟墓中的骷髅。不过，除了步履蹒跚地跟在最后的狼之外，他们的动作既不费劲也不疲惫，绳索般的条状筋肉，仿佛充满取之不尽、用之不竭的能源。筋肉每次收缩都像钢铁般坚硬，舒展时也蕴含着钢铁般的坚硬，一次次周而复始，无穷无尽。

那天，整整一夜，他们跑了许多里路。

第二天，他们仍在奔跑。他们是在一个冰封死寂的世界的表面奔跑。没有别的生命活动，只有他们在这广阔无垠的寂静中奔跑。只有他们是活的，为了能够继续活下去，他们寻觅其他活的东西作为食物。

直到越过一些低矮的丘陵，跨过一片低洼平原上的小溪，他们终于发现了搜索目标。

他们遇到麋鹿了。他们最先发现一只大雄麋，他既是食物又是生命，而且也没有神秘的柴火和火药保护。但是他们知道他那扇平的蹄子和掌形的角，可以使他将平时习以为常的忍耐和小心暂时忘却。

那场战斗短暂却很激烈。

大雄麋被团团围住，他用大蹄子敏捷地踢破或击碎群狼的头颅，用大角捣碎他们，在拼死纷争的过程中将狼踩进雪里。

但是，他已经命中注定该死了。母狼野蛮地撕开他的喉咙，其余的牙齿咬住他身体各处，生吞活食。就这样，他终于倒了下去，尽管这时他没有停止最后的挣扎，也许他最后的致命伤还没产生效力。

食物非常丰盛。雄麋重约八百多磅——四十几条狼，平均每条得到的足有二十磅，但是，既然食物的来源会莫名其妙地断了，他们当然也会不可思议地湖吃海喝。因此，那头几小时之前还是活生生的雄伟的大家伙，一眨眼工夫，就只剩几根散乱不堪的骨头了。

现在，可以充分休息了。肚子饱了，比较年轻的雄狼间的吵闹争斗也开始了，并持续到狼群解体。

饥饿已经成为过去，他们现在处于食物较为丰富的地方，虽然还是成群地去捕猎，但比从前谨慎了。猎物都是从遇见的较小的麋鹿群里截获的怀孕的母鹿或腿脚有伤的老公鹿。

在这食物丰富的地方，终于有一天，狼群分成了两半，从此分道扬镳。母狼与她左边的年轻领袖和右边的独眼老狼，带着一部分沿迈肯齐河进入湖沼地区，向东走去。不过，这一部分每天都在减少。公狼和母狼成双成对地跑开，偶尔有一只孤独的公狼被锋利的牙齿驱逐出来。最后，这一部分只剩下：母狼，年轻领袖，独眼以及那位年方三岁而野心勃勃的小狼。

现在，母狼的脾气非常凶暴，三位求爱者无一例外地被她印上了牙齿的痕迹。但是，他们却坚决不以牙还牙，坚决不自卫反击。他们转过肩膀，承受她最残暴的虐待，尽其所能地摇动尾巴扭捏作态来舒缓她的愤怒。

他们虽然对她温柔，但三只公狼之间只有凶恶，那位三岁的小伙子简直是不知天高地厚，竟从独眼老狼的瞎眼一侧扑上去撕碎了他的耳朵。虽然这毛色变白的老家伙只能看见一边，但是多年经验累积的智慧足以应付对方的年轻力壮。他失去的那只眼睛、满布伤痕的面孔，是他丰富经验的铁证。经历过无数次的战斗，对于应该怎么做，无需片刻犹豫。

开始时，战斗很公平，但结果却并不公平。

本来，结果会怎样是难以预料的。然而，第三者与老狼联起手来，老狼和青年领袖共同攻击那位三岁的野心小子，一起消灭他。他遭到昔日同伴的无情夹攻，狼牙从两面咬来。一起猎食的日子、共同捕获的猎物、共同忍饥挨饿，都被忘却了，那是早已过去的事。而恋爱就在眼前——这比捕获食物更冷酷更残暴。

与此同时，作为这一切起因的母狼，踌躇满志地旁观，她甚至非常高兴。这是她的好日子——难得碰到——此时此刻，公狼鬃毛耸立，牙齿相啮，撕开柔嫩的鲜肉，这一切都是为了得到她。

三岁的小伙子，在有生以来头一次冒险恋爱的战斗中丧失了生命。两个情敌站在他的尸体两旁，凝视着母狼，母狼坐在雪地上微笑。而那位上了年纪的领袖，在恋爱中和在战斗中一样，经验丰富。当年轻领袖扭头舔一舔肩上的伤口时，老狼的独眼看到他脖子的曲线正冲着自己，有机可乘，就悄悄冲上去一口咬住，撕开一个又长又深的口子。他用牙齿割断了大灰狼喉头上的主血管，然后跳到一边。

年轻领袖的吼声异常可怕，大吼了一半就变成颤颤巍巍的咳嗽声。他咳着，鲜血流喷，身负重伤，再次扑向老狼，再图一斗。然而，与此同时，生命之水在流逝，他的双腿渐渐发软，眼中白日的光明变得模糊不清。他的跳跃，他的打击，越来越软弱无力。

母狼一直坐在后腿上微笑，这场战争给她带来无形的欢乐。这“荒原”特有的求爱方式，就是自然界中的两性恶剧，只是对于失败者才是死亡悲剧，而对于幸存的胜利者则是成就和业绩。

当大灰狼躺在雪地上一动不动的时候，独眼老狼昂首挺胸走到母狼身边，他的神态得意洋洋却又谨慎严肃，他以为会遭到拒绝，但料想不到的是，母狼并没有愤怒地亮出牙齿。她第一次和蔼地对待老狼，嗅他的鼻子，甚至屈已降意，像只小狗一样跳来跳去跟他游戏。老狼的行为也完全像只小狗，甚至更为笨拙，虽然他是拥有许多明智经验的暮年老者。

用鲜血书写的雪地浪漫史、被消灭的敌人，都已被遗忘了，除了有一次，老狼停下来舔凝血的伤口的时候。

他半扭着双唇发出吼叫，脖子、肩上的毛不由自主地耸立起来，与此同时，他微微蹲下身体准备跳跃，爪子痉挛似的牢牢抓住雪面，以求站得更稳。

然而，霎时间，一切都被遗忘了。母狼在林子里羞涩地引诱他追逐，他跟着跳跃，奔跑。

以后，他们就像取得谅解的好友，并肩而奔。他们过着相濡以沫的日子，共同捕获、杀死和吃掉食物。

过了一段时间，母狼开始躁动不安，仿佛寻找什么无法找到的东西。她似乎对在树下的洞穴很感兴趣，用了许多时间去嗅岩石中间那些较大的积雪的缝隙以及突兀的河岸边的洞穴。老狼并没有兴趣，但他耐心地跟着去寻找。当母狼在一些地方逗留太久，他就卧伏等待，直到母狼准备继续前进。

他们并不总在一个地方。一路走过原野，他们再次回到迈肯齐河，沿河前进，并经常沿着条条分叉的小河去猎食，但总会回到迈肯齐河边。

有时，他们遇见别的狼，多半是成双成对的，不过，任何一方都不表示想要交往或者友好，既无相逢的喜悦，也无结盟的想法。他们偶尔也遇到一些独行者，都是公狼，急切地想和独眼及其配偶一齐同行。这引起独眼的愤慨，当他们并肩而立时，独眼就龇牙竖毛，那些满怀期望的孤独者就只好后退、逃跑，继续走自己的路。

一个明月当空的夜晚，他们正奔跑在寂静的树林中，独眼突然止住不前，举嘴挺尾，张大鼻孔嗅着空气。他还模仿狗的样子，跷起了一只脚，还不满足，于是继续嗅空气，拼命想要了解其中包含的信息。

他的妻子只是随便一嗅就明白了，为了让他放心，母狼小步跑到前面。他跟着跑，还是怀疑犹豫，偶尔停下来，更加小心地研究那是什么征兆。

母狼从林子里一大块空地的边上小心翼翼地爬出来，单独站了一会儿，独眼随即贴着地面爬过来，并排站着，眼睛、耳朵和鼻子，每种感官都高度警惕，每根毛发都放射出无限的怀疑。

有狗的喧闹打架声，男人叫喊的嗓音，女人们尖利的骂声。一次，他们好像听见一个孩子尖锐的悲哭。一些用皮革做成的看似庞大的小帐篷,几处火光,穿插其间的人来来往往,烟在寂静的空中袅袅升起。他们闻到一个印第安人营地的千万种气息。独眼并不能了解其中所包含的大部分信息,而母狼却熟知每一个细节。

她嗅了又嗅,越来越高兴,莫名其妙地激动起来。独眼却感到怀疑,有些忧惧,想要跑开。母狼回过头来,用嘴触一触他的脖子表示安慰,接着又看营地。

她脸上现出一种不同以往的若有所思的表情,但并不是由于饥饿造成的那种若有所思。她是因为一种欲望而激动得颤栗,这欲望驱使她向前走去,去接近那火,去与狗争执,去躲闪人们的践踏。

独眼不耐烦地在旁边动来动去,她重新不安起来,知道自己迫切需要找到想寻找的东西,就转身返回树林。独眼大感宽慰,他稍稍跑在前面,直到树木完全遮住了他们。

他们在月光下悄无声息地滑行,犹如两个影子。看到一条野兽的足迹,两只鼻子一齐凑近雪地里的脚印,脚印很新鲜,独眼很小心地在前面跑,母狼跟在后面。他们张开宽阔的脚掌,像天鹅绒般轻柔地触碰雪地。

独眼看到了一个白色的东西在一片白茫茫中模模糊糊地移动。他滑行的步子本来就快得令人难以置信,然而比起那正在奔跑的东西的速度,却是小巫见大巫。他发现那个模糊不清的白点,在前面奔跑、跳跃。

他们在一条两旁布满小针枞树的狭窄路上奔跑,透过树林,可以看见小路通向一片洒满月光的空地。眼看独眼就要追上那个正逃跑的白色的东西了。

他一跳,又一跳,追上了,到那东西身边了,只要再一跳,就可以将牙齿刺进他的肉里了。

但是,这一跳没有实现。一个白东西高高地悬在空中的正上方,原来是只活蹦乱跳的小兔子,在他头顶上面的空中怪模怪样地手舞足蹈,却掉不到地上。

独眼回跳一步,猛然哼了一声,好像很吃惊。随后伏着身子缩在雪地里,用吼声来吓唬这个既可怕又难以理解的东西,母狼却冷静地从他身边

冲过去，犹豫了一下，跳起来扑向正跳舞的兔子。

她跳得很高，但仍然没够着猎物，牙齿咬了个空，发出金属撞击般的响声。

她再跳，又再跳。

她的配偶在一旁看着，从蹲伏的姿势慢慢变得松弛。对于她的一再失败，独眼越来越不高兴。于是自己用力向上一跳，咬住兔子，将他拖到地上。

这时，一种拆裂声发出，他吃惊地看到一株小针枞树正弯着向他的头打来。他松开嘴向后一跳，躲过了这个奇怪的危险。他咧着嘴唇，露出牙齿，喉咙里发出咆哮声，毛发由于惊慌和愤怒一根根地耸立起来。

这时，那株细长的小树又站得笔直。兔子又悬在半空中跳舞了。

母狼生气了，用牙齿咬伴侣的肩膀，表示谴责。独眼慌了，不知为什么遭到这个攻击，就惊慌失措、恶狠狠地反击，撕破了母狼的侧脸，母狼根本没料到自己的反击会遭受惩罚，就愤慨地吼着扑向独眼，可独眼很快领悟到自己的过错，想安慰母狼。然而，母狼依旧结结实实地惩罚他，直到他放弃一切想来慰解的念头，转着圈子让步，扭过头去让肩膀承受母狼的牙齿。

与此同时，兔子还在他们的上空跳个不停。现在，母狼向雪里一坐，而老独眼害怕配偶更甚于那株神秘的小树，就再次跳起来扑兔子。

他将兔子扯回地面的时候，还用眼睛看着小树。和前几次一样，随着他落回地面，当头一击随之而来，他缩着身体，鬃毛耸立，牙齿却依然紧紧咬住兔子。不过，打击并未降临。小树一直在上面弯着，他动树也动，他就紧紧咬着牙关冲树吼叫；他不动时树也不动，因此，他断定就这么不动比较安全。

口中的兔子血那又热又鲜的味道好极了。母狼将他从困境中解救出来，她从独眼口中叼过兔子头，小树在他头上摇摇晃晃地充满威胁的时候，她果断地咬下了兔子头，小树立即弹了回去，以后就不再制造麻烦了，保持着大自然赋予他的笔直、挺拔的本来模样。之后，母狼和独眼将这兔子分而食之。

这一对狼寻遍了所有的路，在其他小路上也发现兔子吊在半空。母狼带路，老狼顺从地跟着，学习破取机关的方法——这种知识对他的将来肯定有益无害。

点评：

作者笔锋一转，将写作的主线从驾雪橇的人转移到了狼群和红色母狼、独眼老狼等身上。原来前面的描写都是在说明狼的习性，都是在为后面的描写做铺垫。这一节，作者再次展现了狼的狠毒、狡猾与残忍。它们对大麋鹿那先抑后扬的进攻，独眼老狼先联合头狼攻击三岁小狼，后来又趁头狼不备一击置其死地。我们不得不承认作者对于北方荒野野狼的习性的熟悉和描写的深刻，同时也可以慢慢领略到作者的思想——一切都是为了生存，那种环境中的生存就是你死我活。要么被吃掉在地球上消失，要么吃掉别的动物活下去。这种思想在作者的多部作品中都有清晰的体现。

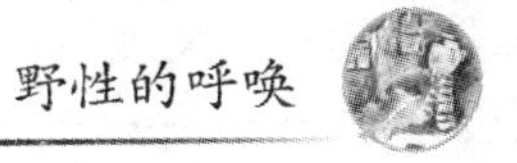

五、家　园

这对夫妻在印第安人的营地附近盘桓了两天。独眼特别厌烦和恐惧这个地方，但母狼受营地的诱惑不愿离开，因此他毫无办法。

终于在一天早晨，不远处发出一声震天的枪响，一颗子弹打在离独眼的头只有几寸的树干上。这使得他们不能再犹豫了，得赶快离去，将危险甩得远远的。

他们走得并不太远——只有两天的旅程，但母狼寻找自己所需要的东西的急迫心情越来越明显。她变得笨重，只能慢慢地跑。有一次追一只兔子，往常可以轻而易举抓获兔子的她这次却得卧下来休息。

独眼见状走到旁边，用嘴轻轻触摸她的脖子，给她以安慰，她却突然恶狠狠地咬独眼。独眼尽力避开她的牙齿，跌了一个跟斗，狼狈不堪。现在，母狼的脾气空前暴躁，而独眼却有一种从未有过的耐心和忧虑。

在一条小河上游几里的地方，母狼找到了要找的东西。这条河夏季是流入迈肯齐河的，而现在则全部结着冰，一直冻到布满岩石的河底——一条从源头到河口完全冻死的河。母狼疲乏地小步跑向前，独眼远远地跑在前面。

这时候，母狼遇到一座高耸的土坡，斜着跑了过去。春季暴雨和融雪冲击河床底部，淘去许多土，一条狭长的裂缝被冲成一个小洞。

母狼站在洞口仔细观察岸壁的每一个地方，然后沿着岸基从岸壁的这面跑到陡峭的堤岸与平旷原野相连接的地方，又钻回到洞的狭口里。最初一段大约不到三尺高，她仔仔细细地打量这洞，干燥、舒适。

这时，独眼已经回来，站在洞口耐心地守着母狼。母狼低着头，鼻子凑近地面，以并在一起的脚为圆心转了几圈，之后发出一声疲惫的呻吟，蜷着身体，伸展开腿，头向洞口卧了下来。独眼冲着她笑，竖起的尖耳朵表示很有兴趣，借着洞口的白光，母狼看见他高兴地摇着尾巴。母狼将耳朵向后倒贴在头上，嘴松弛地张着，拖着舌头，表示满意和高兴。

独眼饿了，虽然躺在洞里睡觉，但他时睡时醒，保持着警惕，竖起耳朵倾听外面光明世界的动静。四月的阳光正照在雪上，流水微弱的潺潺声在他瞌睡时悄悄敲击他的耳朵，他就醒来凝听。太阳已经回来了，完全苏醒了的北方世界都在召唤他。生命在蠢动，空气里充满春意。这是生命在雪下生长，甘露滋润树木，萌芽要冲破冰雪的镣铐。

他焦急地看了母狼几眼，可母狼没有丝毫要走的意思。他望望外面，半打雪鸦掠过他的视野。他爬起来，回头看一眼母狼，又卧下来睡觉。

一个尖锐而微弱的声音轻轻触动了他的听觉。一次，两次，他迷迷糊糊地用脚掌搔搔鼻子。他醒了，一只孤独的蚊子嗡嗡地在他鼻尖上面飞。这是一只已经长足的蚊子，在一块干燥的木料里长眠了一冬，现在被太阳晒得苏醒了。

他再也抵制不了外界的召唤了，而且他很饿。他爬到配偶身边，想劝母狼起来，但母狼只是怒吼。

他独自走了出去。明媚的阳光里，他发现上层的积雪很软，走路费劲，他走上冻结的河床，那里的积雪依然坚硬、晶莹。他出去了八个小时。到天黑时，较之出发前更加饥饿的他回来了。他发现过猎物，但没能抓获。一路上，他在融化的积雪表层上辗转挣扎，而雪兔却依旧轻松地从上面滑过。

走到洞口，他忽然听到里面传出一种微弱而陌生的声音，他愣住了，犹豫了。那不是他的配偶的声音，不过似乎有些耳熟。他肚皮贴地谨慎地爬进去，母狼迎面发出一声警告的怒吼。他不动声色——那些微弱、含糊的呜呜哇哇声仍然吸引着他。他的配偶暴躁地警告他走开，他就蜷缩着在洞口睡觉。

早晨，一片朦胧的微光投进巢穴，他再次寻找那些略显耳熟的声音。母狼警告的吼声中有一种新的猜忌的腔调，所以他特别谨慎，敬而远之。不过，他发现，五个奇特的小生命伏在母狼的腿中间，贴着她的肚子，看上去很小，惹人怜爱，小眼睛闭着看不到光，发出微弱的呜呜声。

他感到惊讶。在漫长而且顺利的一生中，他并不是第一次遇到这种事。虽然遇见多次了，但对他来说，每一次都令他觉得同样新鲜和惊异。

母狼焦急地望着独眼，隔一小会儿就低低地咆哮一声，当他感到独眼离得似乎太近时，喉咙里的咆哮就变成尖利的吼叫。虽然她在自己的经历中不记得有过这种事，但一切做了母亲的狼的本能中却潜存着一种类似经验的记忆：父亲们曾经吃掉刚刚出生、弱小无力的子女。因此，她内心表现出一种强烈的恐惧，阻止独眼挨得过近地察看她自己的幼仔。

然而，危险没有发生，老独眼心中涌起一种冲动，那是所有为父的公狼代代相传的本能，积淀在他的基因里，既无需刨根追底，也并未因此惶惑。他必须服从这种冲动。所以，他转身离开刚刚出生的孩子，出去完成猎食的任务，以确保一家子的生存，这实在是世界上最自然的事情。

这条河在距巢穴五公里处分了岔，拐一个直角从山脉中奔流而去。从这里，他沿左边支流走，见到一串新鲜的足迹。嗅觉告诉他这足迹去了不远，他伏下来朝足迹消失的方向望去，那脚印比他自己的大许多，他明白，追踪这样的脚印不可能获得食物，因此他转过身来，踏上右边的支流。

他沿右边的支流走了半里路，灵敏的耳朵听到咀嚼的声音，悄悄走过去一看，原来是一只豪猪，正直立着爬在树上啃树皮。

独眼小心却不抱希望地走过去。虽然，他在如此遥远的北方从未遇见过豪猪，且在漫长的一生中也不曾以之为食，但是，他知道这种野兽，知道世界上存在巧合与奇迹。他继续向前走去，谁也不知道到底会发生什么事，因为对于有生命的东西而言，事情的结果多多少少总是各不相同。

豪猪将身体蜷成了一个圆球，身上尖而长的针四面张开，令他无从攻击。独眼年轻时，曾过分凑近嗅一只类似的毫无动静的刺球，却被突然间甩出的尾巴打伤了脸，一根刺戳入口中，肿痛发炎了几个星期，之后烂出了头才痊愈。因此，他将鼻子离开圆球一尺多远，超出尾巴所及范围以外，以一种舒服的姿势俯卧下来，十分安静地等待时机。什么事都有可能发生，也许豪猪会舒开身体，让他的爪子有机会敏捷而成功地插进那柔软却没有防护的肚皮。

但是，差不多半小时后，他爬起来，愤怒地对那不动的圆球咆哮着，跑开了。过去，他曾多次徒劳无功地等待豪猪展开身体。他不愿再白白浪费时间了。

他沿着右边的支流继续前进。

白天在逐渐消逝，他的追捕毫无进展。

做父亲的本能觉醒了，强烈地鞭策着他——必须找到食物。

他无意中遇见一只松鸡，从树丛里走出时，他和这只反应迟钝的鸟碰了个正着。那家伙栖息在一段木头上，离他的鼻尖不到一尺。彼此都看见了对方。松鸡吃惊地飞起来，他一掌将之扇倒在地，松鸡在雪地上慌忙要逃，再次想飞的时候，他扑住了松鸡，把他衔在口中。独眼的牙咬住那柔软的肉、脆弱的骨，自然而然地吃了起来。他想起了刚刚出生的子女，就将松鸡叼在嘴里，转身沿着来时的路回家去。

他像影子般一掠而过，仍旧用轻软的步伐奔跑，仔细地打量一路上碰到的每一处新奇的情形。沿河走了一里，他发现了早晨碰到的那种大脚印刚刚留下的新痕迹，和他同路。他便跟了上去，预备在河的某一个拐弯处见到那脚印的主人。

在河流的一个大转弯处，他偷偷地将头沿岩石的拐角转过去，敏锐地察觉到一个东西，他迅速伏下身来——脚印的制造者——一只雌性大山猫。像独眼今天曾做过的那样，山猫蹲着，面前是那只紧紧蜷成一团的圆刺球。如果说独眼从前是一个滑行的影子，那么，他现在爬着绕过那一动不动的一对的时候，简直就是影子的阴魂。

他将松鸡放在一边，在雪地里卧下，透过一株非常低矮的针枞树，窥视面前这一幕生死戏剧——正等待着的大山猫和正等待着的豪猪都在专心致力于各自的生存问题。这一场面的奇特之处在于，一个要想活，就得吃掉另一个；而另一个要想活，得使自己不被吃掉。与此同时，这条独眼老狼隐蔽在暗中，扮演着自己在这场戏剧里的角色——等待凑巧的"机会"，这也许有助于自己那种为生存而采取的"猎食"方式。

半小时、一小时过去了，什么事也没有发生。圆刺球像一块石头一动不动，大山猫则简直是一块被冻住的大理石，而老独眼仿佛死了一般。然而，为了生存，三只野兽都紧张得近乎痛楚，实际上，他们的内心再没有比这似乎石化了的时刻更活跃的了。

独眼略略移动一下，更加急切地凝视着前方，一件事情就要发生了。

终于,豪猪判断敌人已经走开,小心翼翼地缓慢展开身上那难以攻破的坚甲刺球。由于不再惊恐,竖着刺的圆球渐渐变直伸长了,那活生生的肉像食物似的摆到了在旁观看的独眼的面前。他突然感到嘴里湿润,口水情不自禁地流了出来。

还没彻底伸展,豪猪就发现了敌人。大山猫在这一瞬间实施了攻击,长有老鹰般尖爪的硬掌,闪电般出击,利剑似的刺进柔软的肚子并撕裂,接着迅速缩了回来。如果豪猪已经完全舒展,或者他在这打击前几分之一秒并未发现敌人,大山猫的爪子是可以安全缩回的,然而,就在这脚爪缩回的时候,豪猪的尾巴一个侧击,将箭似的尖毛刺进了山猫的脚爪。

大山猫大发脾气,凶恶地猛扑向伤害他的家伙,而惨叫着的豪猪将身体再次艰难地蜷成圆球状进行抵抗,甩开尾巴一扫,大山猫再次受伤,吃惊地狂吼,退到一边,喷着气,扎满刺的鼻子就像一块针毡。他用脚爪挠鼻子,将鼻子插入雪中,在树皮上蹭来蹭去,想弄掉刺。他前后左右、上上下下不停地痛苦哼叫,又惊又怕。他不停地喷着气,一段断木桩似的尾巴急速而猛烈地挥舞,拼命抽打。好一会儿,他才安静下来,停止了滑稽的动作。

独眼观望着。突然,大山猫出人意料地向上笔直地一跳,发出一声极为可怕的长嗥。独眼不禁吓了一跳,不由自主地毛骨悚然。之后,大山猫就沿着小路边叫边跳着逃走了。

当大山猫的喧闹声消失在远处后,独眼才蹑手蹑脚地走出来,小心翼翼的,似乎雪地上到处都是豪猪刺毛,随时都可能扎进他柔软的脚掌。他走近时,豪猪一声怒吼,咬牙切齿,又努力将身体蜷起,但再也不会恢复如初了。他的肌肉被撕裂得几乎成了两半,汩汩不绝地淌血。

独眼舔了几口浸血的雪,尝尝,嚼一嚼咽了。这倒使他来了胃口,他顿感非常饥饿。但他极有经验,绝对谨慎。他卧下来等待,这时候,豪猪咬着牙,哼哼唧唧地呜咽着,偶尔发出一声短促的尖叫。不一会儿,独眼看到豪猪发出一阵剧烈的颤抖,那些刺毛倒伏了下来。最后,颤抖停止,长牙肆无忌惮地狠狠磨了一阵,身体摊开不动了,所有的刺毛完全倒了下去。

独眼用一只爪子神经质般畏畏缩缩地拨弄豪猪，将他翻了一个身，什么事也没发生。可以确定，他死了。独眼仔细研究了一会儿，小心翼翼地用牙齿叼住他，为了避开刺毛，他将头扭向一边，半提半拖着沿河而走。突然，他想起了什么，丢下豪猪，跑回放着松鸡的地方，他清楚自己在做什么，毫不犹豫地迅速吃掉松鸡，又回来叼起他的豪猪。

他将狩猎的收获拖进洞时，母狼察看一番，扭过头来用嘴轻轻舔一舔他的脖子，同时又吼叫着警告他离狼仔远点，不过吼声没有以往那么严厉了。这是威胁，也包含着道歉，为了后代而对做父亲的怀有的那种本能的恐惧缓和下来了。独眼的行为，并没有表现出那种要吃掉刚刚来到这个世界上的小生命的卑劣的欲念，而只是一个做父亲的狼所应有的行为。

点评：

直到这一节，真正的第一主角才出现，全书的气氛在这一节也有了些许的变化。那些冷酷、无情、残忍都被暂时丢在一边，新的小生命的降临使这里充满了温馨与柔情。独眼涌起的父爱和首次面对子女的无措，红母狼对子女的爱护甚至连它们的父亲都不让多看一眼，这都让人感觉到一个家庭的幸福。但是当独眼出去履行一个父亲的职责——觅食的时候，作者再次设置了它与松鸡、豪猪和大山猫斗智斗勇的情节，这又使人重新记起这个家庭的外部环境依然是那样恶劣，这种写法体现了作者张弛有度。

六、灰　仔

在五个狼仔中，有一个最与众不同。

其他狼仔的毛色已经显出从母狼那里继承的隐隐的红色，只有他酷似父亲。他是这一窝中一只小小的灰色的狼仔，是地地道道的狼种。他长得和老独眼真是一模一样，唯一的区别就是，他有两只眼睛，而父亲只有一只。

他睁开眼睛还没多久，可是已能够看得清清楚楚。当他还闭着眼睛的时候，就已能够尝、嗅、感觉外物了。他特别熟悉两个兄弟和两个姐妹，开始软弱而笨拙地与他们游戏甚至吵闹。他发怒时，小喉咙发出一种怪诞刺耳的声音——幼稚的咆哮。眼睛没有睁开以前，他早就凭着感触、嗅觉和味觉认识自己的母亲——慈爱、温暖、乳汁之源。母亲那条温暖的舌头爱抚地舔过他柔软的小身体时，他感到安慰，便紧紧地偎在母亲怀中安然入梦。就这样，他在睡眠中度过了最初一个月的大部分时间。

现在，他终于能够清清楚楚地看见东西了。他醒着的时候长了，他要明明白白地逐渐认识自己生存的世界。这个世界晦暗不明，因为他不知道外面的世界；光线微弱是因为他的眼睛从未接触过其他的光线；这个世界很小，洞穴的墙壁就是极限。然而，既然对于外面的大世界一无所知，他也就不曾因为非常狭窄的生活环境而感到压抑了。

他已经发现，这个世界中，有一面墙和其他的墙不同，这就是洞口——光线进来的地方。在他有任何自觉的思想、意志以前，在他尚未睁开眼睛观看以前，就发现这面墙不同于其他的墙。这对于他是一种不可抗拒的诱惑，从那边来的光线照在他闭合的眼睑上，眼睛及视神经就悸动起来，因之引起的微弱的火花似的闪烁，让他感到温暖、愉快。他的肉体的生命、肉体的每一个细胞的生命，都渴望着光线，这推动他的身体接近光线，好比一株植物在微妙的光合作用下推动自己面向太阳一样。

开始，在他尚不自觉的时候，他总是爬向洞口。这一点，他们兄弟姐妹是一致的，那段时间里，没有谁肯爬向后面的黑暗角落。他们仿佛是植物，光线吸引他们，而他们的生活需要光线，光线好像就是生存必需的物质。他们幼小的身体成长着，有了自觉、冲动和欲望，光线的诱惑更大了。他们老是匍匐着爬向洞口，又总是被母亲赶回来。

灰仔就是这样知道母亲除了舌头的温暖以外的脾性。他发现，在兄弟姊妹们坚持爬向光明的时候，母亲会使劲拱一拱鼻子作为谴责，之后用一只爪子将他们打倒，或用敏捷的有节奏的打击使他们连翻几个滚。这样他就知道了疼痛，也知道了如何避免受伤：首先不要自找麻烦；其次，如果惹了麻烦，要懂得退却躲避。在此之前，他是无意识地躲避伤害，就像无意识地爬向光明一样。在此之后，他之所以躲避伤害，是因为知道了那是伤害。这些自觉的行为，便是他初次总结世界的收获。

毫无疑问，和兄弟姐妹们一样，他是只凶猛的小狼仔，一只食肉野兽，出身于屠杀和食肉的种族。父母完全依靠肉食生活，在生命最初闪烁的那一刻，他喝的就是由肉变成的奶。现在，他才一个月大，刚刚能睁开眼睛一周，就开始自己吃食了。这肉经过母亲的半消化，然后喂给五个渐渐长大的狼仔，她的乳房已经不能满足孩子们的需要了。

他是这一窝里最凶猛的狼仔，能发出比其他任何一个更响亮更刺耳的吼叫，那幼稚的愤怒更加可怕。他第一个知道狡猾地用爪子将同胞姊妹打得四脚朝天，第一个咬住别的狼仔的耳朵又拖又拉，咬紧牙关咆哮不止。当然，母亲禁止他们到洞口去，他也给母亲增加了许多麻烦。

光明对这灰仔的吸引力在一天天地增加。他常常冒险爬出洞口一码远，再常常被赶回来。不过，他并不知道那是一个入口，也不知道什么是入口，从一个地方到另一个地方的通道，不知道任何别的地方，更不知道去别的地方的路。因此，那洞口对于他而言也是一堵墙——一堵光明的墙。像太阳之于洞穴外面的居住者一样，这光明的墙就是他的世界中的太阳，如烛光引诱飞蛾般引诱着灰仔。他总是尽最大的努力去接近这墙。生命如此迅速地在他身体内扩张，促使他不断走向光明的墙壁。他内部的生命知道那是一个出路，自己即将踏上的路途。

然而，他自己什么也不知道，根本不知道还有什么外界。

关于这堵光明的墙，还有一件事令他感到奇怪。父亲（他已能认出，父亲是世界上另外一个和母亲相似的动物，靠近光明睡，供应着食物）总是一直走入并消失在那白色的墙里。灰仔困惑不解，虽然他的母亲一向不允许他接近那墙，但他接近过其他的墙，粗糙的墙体总会碰伤他娇嫩的鼻尖，几次冒险以后，他不再去碰壁了。他无须思考也能判断，隐入墙壁是父亲的特性，正如半消化的肉和奶汁是母亲的特性一样。

实事求是地说，灰仔并未仔细思考，至少没有像人类那样明晰敏捷地思考，他有一种接受事物而不问原因的方式，这实际上是分类的方法。他从来不会为一件事物为什么发生而烦恼，知道怎么发生的，就已足够了。因此，几次碰壁后他认定，自己不能隐入墙壁，而父亲能。但他毫不费心去想自己与父亲之间不同的原因，他的思维活动中并不包含逻辑学和物理学。

和"荒原"上的大多数动物一样，他老早就经历过饥饿，一段时间里，肉的供给断绝了，而母亲的乳房也不再流出乳汁来。狼仔们先是叫唤，更多的时间在睡觉。母狼也离开孩子们出去找吃的了。他更强壮时，不得不自己单独玩儿，因为那位姐妹不再抬头也不再走动了。现在有食物了，他吃得浑身鼓鼓胀胀的；而对于那个姐妹，食物到来得太晚了，她继续睡觉，皮包骨头，生命的火焰越来越弱，最后完全熄灭了。

后来，又发生了第二次饥荒，但不太严重，快结束时，灰仔再也没看见父亲进进出出或躺在洞穴的入口处睡觉了。母狼知道独眼为什么不再回来，然而却无法将目睹的一切告诉灰仔。

她自己出去猎食，沿河流左边的支流向上游走，那里有大山猫。她追寻着独眼前一天的足迹，在足迹的尽头找到了他，更确切的说是找到了他的残骸。那里到处可见的斑斑痕迹表示这里曾经有过一场大战。那个大山猫的巢穴，根据一些情况判断，大山猫应该在里面，然而她没敢闯进去，走了。

以后，母狼猎食时就躲开左边的支流，她知道大山猫的洞里有一窝小猫，也明白大山猫脾气凶恶，搏斗起来令人恐惧。六条狼要将一只耸毛怒吼的大山猫赶上树是没问题的，但如果一只狼单独迎战一只大山猫，结果将截然相反——尤其当大山猫背后有一窝嗷嗷待哺的小猫的时候。

然而，“荒原”毕竟是“荒原”，而母性终究是母性。无论在不在“荒原”，也不论在什么时候，母亲为保护后代都是凶猛的。到了必要的时候，为了她的灰仔，母狼就要去冒犯左边的支流，岩石间的巢穴和大山猫的愤怒。

点评：

第一主角总算正式出场了。这一节对于灰仔的描写是重中之重，无论是写它叫得最凶、最强壮、最能打其他姊妹，还是最后没有在饥荒中饿死，都表现了灰仔的天赋异禀。一般认为作者有着某种程度的“超人哲学”的思想，主人公要取得卓绝的成就，也必须有别人没有的天赋。这一点和《野性的呼唤》里对巴克那高贵的血统的描写有相似的地方。而将照耀着日光的洞口写成是灰仔眼里的一堵白墙，可以看成是一种象征，白墙象征着外界或者环境，而灰仔对于白墙的敏感和好奇，则预示着它对自己族群以外文明的好奇和向往。这对描写它最后脱离了自己的族群和自己原来生活的环境，融入到人类文明社会而言可以看作是一个暗示和伏笔。

七、初试锋芒

母亲开始出去猎食了，灰仔清清楚楚地明白：洞口是禁止接近的，这不仅因为母亲曾多次用鼻子和爪牙警示他，更因为他内心里的恐惧在增加。在短暂的穴居生活中，还从未遇到过任何可怕的事，然而恐惧却存在于他的内心深处，那是远古的祖先通过千千万万个生命遗传给他的，是他直接从父母身上继承的遗产，他们也是由过去的狼代代相传而继承到的。

恐惧！这是“荒原”的遗产，任何兽类都无处回避。

所以，虽然毫不知道是什么东西构成了恐惧，但灰仔接受了恐惧。也许，他是将它作为生命的种种限制之一接受了下来，因为他已经知道有诸如此类的种种限制。他知道饥饿，在不能免于饥饿时感觉到这就是一种限制。坚硬的洞壁，母亲用鼻子推搡和爪子的打击，几次饥荒造成的饥饿，都使他认识到，在这个世界上没有自由，法则限制和制约着生命，服从法则，就可以逃避伤害，获得幸福。

他并非如此“像人似的”进行推理，而只是将食物分成有害无害两种，之后就避开有害的，免受限制，睡醒时也非常安静，极力控制着因嗓子发痒而拼命要叫的冲动。

一次，醒来躺着的时候，“白墙”里传来一个陌生的声音。一只狼獾站在外面，一面为自己的大胆发抖，一面仔细嗅洞中的气息。狼仔并不知道，只听到陌生的鼻吸声，那是未曾经过他分类的一种东西，也是可怕的和未知的——未知是恐惧的主要原因之一。

灰仔背上的毛悄悄地竖了起来。他为何一听到那陌生的声音就竖毛呢？这并非出于他的任何知识，而是内心恐惧的表现。那声音对于他的经历来说，是不可理解的。然而，与恐惧共生的还有另一种本能——隐蔽。狼仔虽然极为害怕，但他躺着一动不动，一声不响，仿佛冻结或石化了似的，完全死去了一般。母亲回来时，嗅到了狼獾留下的气味，咆哮着跳进洞里，用过分的挚爱和热情舔他，哄他。狼仔知道，自己总算逃过一场劫难了。

然而,别的力量也在灰仔的内部发生作用,其中最为强有力的是生长。生长就是生命。本能和法则要求他服从,而生长要求他反抗:母亲和恐惧强迫他远离那堵“白墙”,生命却注定了永远要接近光。生命之潮——随着吞食的每一块肉,吸入的每一口气而增长的生命的潮水,在他的体内汹涌膨胀,无法遏制。

终于有一天,生命的洪水冲走了恐惧与服从。灰仔大步爬到了入口的地方,这面墙在他接近的时候仿佛后退了,它不同于他曾经接触过的其他面墙,他伸向前面试探的柔软的高鼻子并没有碰到坚硬的表面。这面墙的材料似乎和光明同样柔顺,可以穿越而畅行无阻。

在灰仔的眼中,那面墙是一种有性的物体。于是他就走进曾经认为是墙的地方,全身沉浸在构成这面墙的材料里。

他越过坚固的物体爬了过去,光线越发明亮,令人头晕眼花,莫名其妙。恐惧命令他退回去,但生长驱赶他向前进。猛然间,他发现身在洞口了。

他过去认为包围着自己的墙,忽然之间,从他的面前跳开了。光线亮得令人痛苦,照得他眼花缭乱,无法适应光明和距离增大了的对象。墙先是跳出他的视野之外,现在他又看见了它,但它已经非常遥远,外观也变了,由河边列队的树木,树木之上高耸的群山和蓝天组成了斑驳陆离的图画。

由于可怕的未知,他的内心重又涌起一阵巨大的恐怖。他伏在洞边,盯着外面的世界,怕得要命,因为那既是未知的,又充满了敌意。由于稚气和惊恐,他背上的毛笔直地竖起,软弱地扭动嘴唇,企图发出一声凶猛的吼叫,来向外面广大的整个世界示威、挑战和恫吓。

然而,什么事情也没有发生,他津津有味地望着,忘了吼叫,也忘了害怕。这时候,生长由于好奇而出现了,而恐惧则被生长击溃了。他开始观察附近的东西:一片在阳光下闪闪发光的空旷的河面,斜坡角下被风摧残的松树,斜坡向他伸延过来一直到他卧伏的洞下面两尺的地方。

灰仔一直居住在平坦的地上,不知道什么是跌落,从未尝过跌跤的痛

苦。他的后腿站在洞边，前腿勇敢地向空中抬了起来，头向下倒栽了下去。土地重重地撞了一下他的鼻子，他疼得叫唤不止。之后，他沿着斜坡一直滚了下去，滚了又滚。

他恐惧到了极点。恐怖最终征服了他，粗暴地抓住他，给他造成可怕的伤害。现在，生长被恐怖击溃了，同任何一只受惊吓的兽仔一样，他哇哇哭叫起来。

这种情形，与在无声的恐惧中冻结似的匍匐着的时候不同。现在，未知紧紧抓住了他，他不知道未知会造成多大程度的伤痛，就哇哇哭叫不停。

沉默无益。更何况，使他筛糠般浑身颤抖的不是害怕，而是恐惧。

然而，斜坡越往下越平坦，脚下遍地是草。灰仔的滚动渐渐慢了下来，最终停止的时候，他最后痛苦地叫了一声，继之以一阵长时间的哭泣。好像生来已化妆过千百次一样，自然而然的，他舔掉了身上的干泥巴。

灰仔冲破了世界的壁垒，未知松了手，他并没有受到伤害。

他坐起来环顾四周，仿佛是第一个踏上火星的人类，然而，第一个到达火星的人的心理体验还不如他。他没有任何种类的预示，没有任何知识准备，一下子成了一个全新的世界里的探险者。

现在，可怕的未知放掉了他，他忘了未知有任何可怕之处。他只是好奇周围的一切，他观察身体下面的草，附近不远处的蔓越橘，竖在树林中一块空地上的一株松树的枯干。一只松鼠绕着枯干的根直向他跑了过来，他大吃一惊，畏惧地伏下身来叫了一声。但松鼠也同样怕得要命，爬上树去，站在安全的地方恶狠狠地对骂。

灰仔壮了胆。尽管随后碰到的一只啄木鸟又让他吃了一惊，他却充满信心地前进着，以致一只加拿大樫鸟莽撞地跳到他面前时，他竟然开玩笑似的伸出爪子打他，结果鼻尖上挨了一啄，疼得他趴下来哇哇大叫，那鸟则被他的叫声吓得落荒而逃。

灰仔在学习，蒙昧无知的头脑已作了一种不自觉的分类：活的东西和不活的东西。不活的东西总是停止在一个地方；活的东西动来动去，难以预料它们会做出什么事，他必须注意活的东西，对它们引起的意外有所防备。

他非常笨拙地走着，遇到许多麻烦。一根枝条看来距离很远，瞬间却会打中鼻子或擦过肋骨。地面凹凸不平，高一脚会碰了鼻子，低一脚会扭伤腿。有些小石头石块，踩上去会栽倒。慢慢地，通过这些，他了解到不活动的东西并不像他的洞穴那样总是平坦均衡，甚至不活动的小东西比大东西更容易让人跌倒摔跤。

然而，吃一堑，长一智。他走得越久就走得越好。他正在适应环境，在学习算计自己的肌肉运动，了解自己体力的极限，估量物体与物体之间、自己与物体之间的距离。

作为初出茅庐者，他的运气好极了！生为食肉动物，瞎猫撞上了死耗子，他无意中碰到了隐藏得极为巧妙的松鸡窝，掉了进去。他本是尝试着走在一棵倒了的松树树干上，然而，他的体重压垮了腐朽的树皮。他绝望地叫了一声就倒栽下圆圆的斜坡，撞穿了一小簇灌木丛的枝叶，落地的时候，竟然在七只小松鸡中间。

他吓了他们一跳，他们哗然。他看见他们非常小，胆子就大了。他们动弹起来，他用爪子碰碰其中一只，他就动得更快了。他感到快乐。他嗅一嗅，用嘴吊起来，小鸡挣扎。他的舌头痒了，同时感到很饿，就咬紧牙齿，脆弱的骨头粉碎了，热血冲进他的口中。

味道好极了！这是食物，和母亲喂他的一样，但这是活生生的咬在口中的，因此味道也就更好。因此，他吃了那只松鸡，直到吃完那一窝才住嘴，随后，像母亲一样舔舔嘴，爬出灌木丛。

羽翼旋风般愤怒地拍击，打得他头昏眼花。他用爪子捧住脑袋，哀号不已。母松鸡愤怒若狂，打击越加激烈。他也发了怒，站起来，吼着，伸出爪子去打。

母松鸡用自由的翅膀雨点似的打击他，他用小牙齿咬住一只翅膀，顽强地拉扯。这是第一仗，他非常得意，早将未知忘得干干净净，无所畏惧。他在战斗，在咬一个打击他的活东西，而且，这个活的东西是食物。他杀气顿起，他刚毁灭几个小的活东西，现在则要毁灭一个大的活东西。

他太幸福了，而且忙碌得竟然感觉不到幸福了。这种激动兴奋，对于现在的他不仅新奇,而且变得空前强烈。他咬住那只翅膀不放,透过紧咬的牙缝咆哮。

松鸡将他拖出了灌木丛,她调过来想将他拖入灌木丛遮蔽处时,他却把她拖到了空地上。她不停地大喊大叫,用翅膀拍击,羽毛下雪般纷纷飞扬。他发作起来的那股劲真是惊人,种族遗传下来的全部战斗的血液,都在他体内汹涌着沸腾起来。

这就是生活,尽管他并不知道。他正在实现自己活在世上的价值、意义,正在做天生就应该做的事情——战斗、屠杀,获取食物。他在证明自己生存的合理性。

生命再做不出比这更伟大的事了,因为生命而不遗余力地去做他该做的事,生命就登峰造极了。

过了些时候,松鸡停止了挣扎。他们躺在地上,面面相觑。他仍然咬住她的翅膀,试图发出凶猛的咆哮进行威胁。她啄他的鼻子,这比先前所受的打击更为痛苦,他退缩一步,但仍然咬住不放。她啄个不停,他从退后变成哀哭,想躲避开,淡忘了他咬住她将她拖在后面这个事实。

一阵雨点似的啄击,他的鼻子吃尽苦头,他战斗的热血退潮了,他放弃了猎物,调过尾巴慌忙逃到空地的对面,狼狈而去。

他靠在灌木丛边卧下来休息,舌头拖在嘴外,胸部一起一伏地喘气,鼻子疼得仍然让他哭叫不止。他卧在那里,突然,觉得像要大难临头似的,这未知及其全部恐怖冲他而来。他刚出于本能而躲进灌木的遮蔽之下,一阵风就吹到了他的身上。一个长着翅膀的东西,悄无声息地不祥地掠了过去。一只鹰从天上冲下来,差一点儿抓了他去。

他卧在灌木丛中,惊魂稍定,畏畏缩缩地向外面窥视时,空地另一面的松鸡却拍打着翅膀从被践踏的窝里跳了出来,刚才的伤痛使她没有注意到从天而降的灾难,不过,狼仔看到了,而且由此得到一条告诫,一个教训。老鹰急速向下俯冲,身体掠过地面,有力的爪子就抓住了松鸡,带着惊恸交加、叫个不停的松鸡重新冲天而上。

过了很长时间,狼仔才走出隐蔽处。他学习到了很多知识,活的东西是食物,非常好吃;但如果他们相当大,就会伤害自己,最好的情形,是吃像小鸡那样小的活东西，放弃母松鸡一类的大的活东西。

不过，他有些野心勃勃，心里想再和母松鸡打斗一番。可惜，老鹰把她抓走了。也许，别处还有母松鸡。

他从倾斜的河岸走到水边。他从未见过水，表面平坦，没有凹凸不平的地方，看上去很好走。于是，他勇敢地踩了上去，立刻惊慌地叫喊着跌进了未知的怀里。

冰冷！他倒吸一口气，然而，进入肺部的不是以往随着呼吸进去的空气，而是水，那种窒息，仿佛濒临死亡时的痛苦。这，对于他，就是死亡。他对死亡并没有自觉的知识，但他具有直觉死亡的本能，像"荒原"上的每一个动物一样。对于他来说，它比任何其他的伤害都厉害。它是"未知"的本质，是"未知"的恐怖之和，是可能遇到的一种不可思议的最大的灾难。他对于这些一无所知，却害怕与此有关的一切。

他浮出水面。新鲜的空气又进入张着的口中。他不再下沉，就伸开腿开始游泳，好像他早有游泳的习惯，河岸距离他只有一码，但他背对着它，看到的是河的对岸，于是游了过去。

河流不大，但河有二十尺宽。他游到中流，被河水冲向下游。一条细小的湍流卷住了他，平静的河水突然变成一片怒涛，这里，根本无法游泳，他时而在浪头下面，时而又在浪头上面，随着急速的水流，被冲得团团打转，上下翻滚，有时被水冲得重重地碰在岩石上，每撞一次，就哭叫一声。全部的过程，就是由一连串的哭喊组成，这些哭喊声标志着他碰撞石块的数目。

急流的下游，是一个河滩，他被漩涡卷住，轻轻地送上了河滩，送上了一张满是砂砾的床铺。他欣喜若狂，手忙脚乱地爬着离开了水，躺下来。关于世界，他又增长了见识，水不活，但它流动；它看上去像土地一样坚实可靠，实际上根本不是那么回事，因此，物体并不像它们呈现出来的那样。遗传下来的不信任使狼仔对未知感到恐惧，现在更有经验加以巩固了。从此以后，他要永远不信任事物的外表，除非弄清楚了它的实质。

这一天，他注定了还有一次冒险。他想起了世界上还有母亲的存在，顿然感到需要母亲胜过需要世上的一切。他的身体由于历险而疲惫不堪，他的头脑同样也特别疲倦。有生以来，还从来没像这一天这般辛苦劳作过。他想睡觉，于是动身寻找自己的洞穴和母亲，他觉得心中有一种不可阻挡的难耐的寂寞和孤独。

他在灌木丛间爬行，突然听到一个尖利的示威声。黄光闪过他的眼前，一只伶鼬敏捷地跳走了。那是一个小东西，他不怕。接着，他又看见一个极小的活东西在脚下，只有几寸长，是一只像他一样不服训诫出来冒险的小伶鼬。

他想从小伶鼬面前后退。他用爪子打了小伶鼬一个翻滚，小伶鼬发出一种奇怪的轧轧声，黄光重新出现在狼仔眼前。他再次听到示威声，同时，脖子上遭到严重一击，母伶鼬的尖牙扎进了他的肉里。

他叽哩哇啦乱叫着向后跌倒时，母伶鼬同小伶鼬一起消失在丛林里了。她的牙齿在他脖子上留的伤口一直在疼痛，但受伤更为严重的是他的感情。他坐在地上软弱地哭叫。这个母伶鼬，这样小，竟然这么野蛮！

他不知道，就体重身材而言，在“荒原”上，伶鼬是一切屠杀者中最凶狠、最具报复心和最为可怕的。不过，这很快就要成为他知识的一部分。

他仍在哭的时候，母伶鼬又出现了。现在，她的孩子非常安全，她并不向他冲击，而是谨慎地接近他，狼仔充分看到了她像蛇一样瘦削的躯体，她昂起的头也像蛇。她尖锐的威胁声令他毛发耸立，他咆哮着发出警告。但她越来越近，那一跳比他尚不老练的视觉还要快。刹那间，那瘦削的黄身体闪出了他的视野外，而到了他的喉咙上，尖利的牙齿刺进了他的毛发、肉体里。

他开始想咆哮着战斗，但他太小，而且是第一天闯世界，他的怒吼变成了哭喊，战斗也变成了为逃跑而进行的挣扎。伶鼬却绝不放松，紧紧地吊住他，拼命将牙刺进去，咬他的流涌着鲜血的大血管。伶鼬是一个吸血鬼，她向来最喜欢做的事情，就是从活生生的喉咙里吸血。

如果不是母狼从灌木丛飞奔而来，灰仔就要死掉了，他的故事就要到此结束了。伶鼬放了狼仔，去咬母狼的喉咙，没有咬着，但是咬住了下巴，母狼像挥鞭子一样，将头一甩就摆脱了伶鼬，将她高高地抛向空中。当她还在空中时，母狼用嘴咬住了那瘦小的黄身体。于是，在嚼拢的牙齿间，伶鼬尝到了死亡的滋味。

灰仔重新得到了母亲的爱抚。她找到他的欢欣，比他被她找到的欢欣还要大。她用鼻子哄他，安慰他，舔他被伶鼬咬的伤口。接着，母子俩将那吸血的家伙分而食之，就回到洞里睡觉。

点评：

第一次没有父母的陪伴，第一次离开家门，第一次自己觅食，第一次受到外人的攻击，这些都是成长的必经阶段。任何言传身教都无法代替自己去亲自尝试，无法代替那实实在在的切身感受。只有自己亲自去做，去试，才能获得最直接的体会和经验。我们看到了一只小狼崽第一次面对毫无认识的外部世界时的可爱，看到它自己觅食时的兴奋，看到它被母松鸡和母伶鼬攻击时的无助。一个涉世未深、初出茅庐的愣头青的形象跃然纸上。选取典型事件和进行细节描写是作者表现这一形象的主要手法。

八、弱肉强食

自第三次冒险之后，灰仔进步很快。他休息了两天，又出去冒险。这一次，他发现了上次的那只小伶鼬。他曾经参与吃掉小伶鼬的母亲，而这次，他竭尽全力让这小伶鼬重蹈了母亲的覆辙。这次短途旅行，他没迷路，累了就回到洞里睡觉。

自此之后，他每天都出来，并且每天都扩大捕猎的区域。

吃过些苦头之后，他开始准确地估计自己的力量和弱点，开始明白，什么时候该大胆，什么时候该小心。不过，他发现，最好是时刻小心，除非在极个别的情形下，确信自己有胆量时，才尽情地发泄自己的脾气和欲望。

他没遇到流浪的松鸡，心里总是有火，碰见那只最初在松树里见到的松鼠，他总会恶狠狠地回骂。见到加拿大樫鸟，他几乎千篇一律的怒气满腔，他永远忘不了这家伙第一次相见时是如何啄他的鼻子的。

然而，在他感觉到其他潜藏的猎食者的威胁的时候，加拿大樫鸟也影响不了他。他忘不了老鹰，那移动的影子总是使他躲向最近的树丛里。他不再爬行，也不再大步行走，而是学母亲那样，偷偷摸摸，并不费力，但滑行得很快，快得神不知鬼不觉。

他在猎食方面，一开始就运气不错，他总计杀了七只小松鸡和一只小伶鼬。他的屠杀欲望与日俱增，他对那只松鼠如饥似渴，因为那家伙滔滔不绝地破口骂他，还向一切野生动物报告他到来的消息。然而，松树能爬树，像鸟会在天空飞翔一样，狼仔只有当松鼠在地上时，尝试着悄悄地爬过去。

狼仔非常尊敬母亲，她能搞到食物，并带给他一份。而且，她无所畏惧。他并不知道这种无畏是基于经验和知识。在他的印象中，这来源于力量，母亲就代表着力量。他更大些时，从她爪子的严厉教训中感受到了这种力量，与此同时，牙齿的劈刺也取代了用鼻子拱来表示责备，所以，他尊敬母亲，她强迫他服从。然而，他越长大，她的脾气也越坏。

饥荒又来到了。灰仔已比较清楚地再次意识到了饥饿之苦。为了寻找吃的，母狼把大部分时间花在猎食上，但情况依然很严重：母亲的乳房里没有奶水，狼仔自己也没有吃一口东西。

他以前猎食，纯粹是游戏，只是为了取乐；现在，他极其认真地猎食，却一无所获。但失败使他的成长加速。他更加仔细研究松鼠的习惯，更动脑筋，尽最大的努力悄悄挨近他，出其不意地吓唬他。他研究鼷鼠，想把他们从穴洞中掘出来。从加拿大樫鸟和啄木鸟那里，他也学到了许多。再后来，他长得更加强壮、聪明和自信，毫不怕死，老鹰的影子也不能让他躲进灌木丛里了。他知道在蓝天上高飞的也是肉食，急切地希望得到肉食，所以公然在空地上往后腿一坐，想吸引老鹰从天上下来。然而，老鹰拒绝下来，他只好失望地爬开，在一丛树林里因为饥饿而啜泣。

母狼带回了食物，饥荒解决了，这食物不同于以往的东西，他没有吃过。这是一只半大的大山猫的猫仔，像灰仔，不过没他大，母狼已在别处填饱了饥肠，这全是给他吃的，虽然他不知道充实母亲肚子的就是大山猫窝里其他的小猫，也不知道她的行为是冒了多大的危险。他只知道，长着天鹅绒般皮毛的小猫是食物，他一口一口地吃起来，越吃越高兴。

吃饱了容易发困，灰仔躺在洞里，依偎着母亲睡着了。她的叫声惊醒了他。也许，这是她一生中所有的叫声中最可怕的一次，他从来没听到过她如此可怕的叫声。她最清楚其中的原因，一个大山猫的窝被洗劫后，不可能安然无事。在午后阳光的充分照耀下，狼仔看到做母亲的大山猫正爬在洞口。立刻，他背上的毛波浪般汹涌而起。

无需本能告诉，他知道，恐惧来了。如果目睹的情形还不够，入侵者继之以怒吼：先是咆哮，突然变成沙哑的嘶叫。

事情再明白也不过了。

灰仔感觉到生命在体内的刺激，就站起来勇敢地咆哮，但是母狼将他推到身后，不免让他感到耻辱。进口的地方很矮，大山猫跳不进来，她爬着冲进来的时候，母狼跳上去摁住了她。狼仔看不到她们搏斗的情形，只听到令人恐怖的咆哮和尖叫。

两只母兽扭打在一处,大山猫爪子与牙齿并用,连撕带咬,母狼则只用牙齿。一次,灰仔跳上去,咬住了大山猫的后腿,缠住不放,凶狠地吼叫。虽然他并不是有意识地去做的,他不知道这种行为的后果,但他的体重却牵制住了那只腿,让母亲少受了许多伤害。战斗中,她们将他压在身下,他的嘴也被挣脱了。接着,两个母亲分开了,她们重新打在一起,大山猫一只巨大的前爪将灰仔的肩膀砍得露出了骨头,使他侧着的身体重重地撞在墙上,于是战斗的喧声中,又增加了灰仔因疼痛而惊悚的尖叫。

战斗持续了很久,灰仔在哭够了以后,勇气再次爆发,他死死地咬住山猫的一只后腿,怒吼着,一直坚持到战斗结束。

大山猫死了。

母狼也非常虚弱,浑身不舒服。她开始还抚慰灰仔,舔他受伤的肩膀,但她失血很多,力气全无。她在死去的敌人身边,一动不动地躺了整整一天一夜,几乎都停止了呼吸。除了出去喝水,她一周没有离开过洞穴,即使出去时,动作也是缓慢而痛苦的。最后,大山猫被吃完了,母狼的伤也康复了,她可以再出去猎食了。

灰仔的肩膀由于那下骇人的撕砍,疼痛僵硬,有一段时间里瘸着腿。但现在,世界似乎改变了,他怀着一种与大山猫战斗之前所没有的更大的自信,勇武地再走出去。

他从更加凶猛的角度来看待生命了。他战斗过,将牙齿刺进敌人的肉里,自己却活了下来。因此,他更加勇敢起来,带着一种前所未有的无所畏惧的派头。他的畏怯减少了很多,他不再害怕小东西,尽管未知还是永远不停地运用难以捉摸、充满威胁的神秘和恐怖压迫他。

他开始陪母亲出去猎食,见识并且参与了许多次杀戮。按照他的模糊不清的方式,他了解到食物的规律:有两种生命——他自己一种和另外一种。前者包括他自己和母亲;后者包括其他所有会动的动物,其中又分为两种,一种是供给他屠杀和吃掉的非杀人者和微不足道的杀人者,另一种是杀戮和吃掉他的。

在这种分类中,规律出现了。生命的目标是食物,而生命本身也是食物,生命因生命而生存,因此,有吃人者和被吃掉者。这法则就是:吃人或者被吃。狼仔并没有用明晰、确定的字词将这法则归纳成为公式，也没有去推导其中的道德意义，甚至根本就没想到这条法则，他只是循此生活而已。

他看到，这条法则在他的周围无处不在。他吃掉过小松鸡；老鹰吃掉过母松鸡，也可能会吃掉他；以后，他长大了，不可小觑的时候，他想吃掉老鹰；他吃过大山猫的猫仔，母大山猫若不是被杀被吃掉的话，就会吃掉他。

事情就是这样，一切活的东西，都在遵照这条法则并在他的周围实施着。而他自己，也是实践这个法则的一个成员。他是一个杀戮者，唯一的食物就是肉，活的肉在他面前，要么迅速逃跑，或上树，或上天，或入地，要么迎上来与他战斗，甚至追击他。

如果灰仔能够“像人一样”进行思想，他很可能会将生命简要地说成是一场大吃大嚼的宴饮，世界则是一个充满了无数会餐的地方。大家相互追逐和被追逐，猎取和被猎取，吃和被吃。一切都既盲目粗暴，又混乱无序，在机会的支配下，暴食与屠杀混乱一团，没有情义，没有计划，也没有终极。

然而，灰仔并不是在“像人一样”思想。他一心一意，一个时候只抱有一种思想或欲望，并没有多么远大的目光。除了食物的规律之外，他还要学习和遵从其他的无数次要的规律。

世界到处都使他感到惊奇，体内生命的萌动，肌肉协调的行动，真是一种无穷无尽的幸福。吞下食物时，就会体验到振颤和自豪。他的愤怒和战斗，就是最大的愉悦，而未知的神秘、恐怖本身，也与他的生活不可分割，如影随形。

而且，吃饱了肚子或在阳光里懒洋洋地打瞌睡的时候，那种舒适的表现，热情与勤苦本身就是一种酬劳，因为生命在自我表现时永远是快乐的。

灰仔与充满敌意的环境并没有冲突，他满足于这生活，快乐自得。

点评：

本文在这一节对于白牙的成长的描述，完完全全地表现了自然界的弱肉强食的残酷。伶鼬、松鸡、山猫、老鹰和狼，都在吃着别的东西或被别的东西吃掉。即便是处于食物链高层的食肉动物，所面对的竞争的残酷性一点都没有减少。在这样的环境中成长起来的白牙，速度、力量、残忍、狡猾都在与日俱增。这与它日后回归人类文明社会形成了鲜明的对比。

九、造 火 者

灰仔终于遇到了改变命运的第一件事，这是由于他自己的过错造成的。也许是因为整夜在外面猎食，刚刚睡醒，昏昏沉沉地没有主意；也许是由于经常在河边走来走去从未出过什么事，总之他大意了。他本来是出洞去河边喝水的，就向下走，经过那株枯干的松树，穿过那块空地，在树木间小跑。这时，他看见并且嗅到什么了。

在他前方的开阔地上，有五个活的东西，默默地坐在后腿上。他从来没有见过这样的东西——这是他第一次见到人类。然而，他看见那五个人既不跳起来大叫，也不露出牙齿示威，只是沉默而不祥地安坐在那里。

天性中的第一本能，本来会驱使他飞也似的逃走，但是，他体内突然也是第一次涌起另一种对抗的本能。他感到一种巨大的敬畏，一种觉得自己软弱渺小的感觉压得他动弹不得。

作为狼，他难以理解，这就是主宰的权力。

狼仔一动不动。他从未见过人，但他天生具有的本能使他模模糊糊地知道，人是通过战斗而“凌驾”于一切动物之上的动物。现在，他不仅在用自己的眼睛，而且在用他的所有祖先的眼睛看这些人——祖先们曾经一代一代地在黑暗中环顾过他们无数的冬季营火；祖先们曾经一代一代地在密林深处，隔着安全的距离窥视这种奇怪的、统治一切活的东西的两腿动物。许多实际的斗争，和许多代狼积累的经验、遗传下来的先天的符咒，让狼仔产生一种敬畏之情。这种遗传，对一只不过是狼仔的狼，太具强制力了。如果他是一只长熟了的狼，他会跑掉，然而现在，他只会在恐惧的麻痹状态中趴在地上。从最初的一只狼走到人类的火旁坐下来取暖以来，他的种族所表现的投降归顺，他已经做了一半。

一个印第安人站起来，走到他身旁，俯下身来观察他。未知终于体现为具体的血肉。他贴近他身上，伸出手来抓他。狼仔畏缩地更贴近地面，毛发不由自主地耸立起来，嘴唇向后收拢，露出小小的虎牙。

高悬在他上面的命运之剑般的手迟疑了，那人笑着说："瞧！雪白的虎牙！"

其他的印第安人高声大笑，催促那人将狼仔捡起来。那只手刚要下来，越来越近，狼仔体内的两种本能产生的巨大冲动——退让和战斗发生了斗争，结果，他取其折衷，显示退让，当那手几乎碰到他身体上时，他突然战斗了，牙齿一合，咬住那只手。接着，头上受到的一击使得他侧身倒下。于是，他全部的斗志顷刻瓦解了。

幼稚与投降的本能控制住了他，他哇哇叫着坐在后腿上。然而，挨了咬的人很生气，又打了一下他的头部的另一边。这样，他爬起来，叫得更厉害了。

四个印第安人笑得更响亮了，挨了咬的人也笑起来。他们围着狼仔，笑他，他则因恐怖和疼痛而大声哭诉。

这时，他听到了什么声音，那些印第安人也听到了。他知道是什么，因此发出最后一声胜利多于悲哀的长嗥，停止吵闹，静静地等他的母亲——那位凶猛得无所畏惧、战无不胜和无法阻挡的母亲，听到狼仔的叫唤，就吼叫着冲过来救他。

她跳到他们中间，由于焦急和忙于战斗，样子显得很难看。然而在狼仔的眼中，她因为自卫而发的愤怒极为悦目。他快乐地叫了一声，跳起来迎接她。与此同时，那些人倒退了几步。母狼护着狼仔，耸着毛，站在那里面对着人，喉咙深处呼噜着发出咆哮。她咆哮得非常厉害，以致脸都扭曲了，露出威胁的凶相，从鼻尖到眼睛的皮肤都皱了起来。

一个人惊讶地叫了一声："杰茜！"

狼仔发现，一听见这声音，母亲沮丧了下来。

那人又严厉地叫了声："杰茜！"口吻中带着一种权威。

接着狼仔就看见无所畏惧的母亲匍匐下来，肚子着地，摇摆尾巴，呜呜叫着表示和解。

狼仔不能理解，吓慌了，对人的敬畏之情重新袭上心头。原来，他的本能没有错，母亲向人的投降又一次证明了这点。

说话的人走到她身边，将手放在她头上，她不咬，伏得更低些；也没有想要咬的样子。其余的人走过来围着她，摸她，拍她，她一点也不愤怒。他们很兴奋，发出许多声音。狼仔挨近母亲趴着，不时耸起毛来，但他已经投降了，他认定这些声音不是危险的征兆。

"毫不奇怪，"一个印第安人说，"她的父亲是狼，母亲是狗。在她交尾的时候，我哥哥将她在森林里整整扣了三夜，所以杰茜的父亲是一只狼。"

"她跑掉至今已经一年了，灰海獭。"第二个印第安人说。

灰海獭回答说："不奇怪，鲑鱼舌。那在饥荒的时候，没有肉给狗吃。"

第三个印第安人说："她和狼群一起生活过。"

"好像是这样，三鹰，"灰海獭将手放在狼仔身上，答道，"这就是标志。"

狼仔在受到触摸时，微微叫了一声，那手便抽回去打了他一下。狼仔收起牙齿，顺从地趴下，那手就伸过来揉擦他的耳朵后面，在他的背上抚摸。

"这就是标志，"灰海獭继续说，"显然，他的母亲是杰茜，父亲是狼，所以，在他身上，狗的成分很少，狼的成分居多。他的牙齿雪白，就叫白牙吧。说定了，他是我的狗，杰茜是我哥哥的狗，而我哥哥不是死了吗？"

就这样，世界上一个有了名字的狼仔，匍匐在那里，观望着。人们又喧哗了好一会儿，灰海獭从挂在脖子上的刀鞘里拔出小刀，走进树林砍了一根木棍，在棍的两头刻上凹痕，在凹痕里扣了生皮带，用一根皮带扣住杰茜的脖子，然后将另一根皮带扣到一棵小松树上。

白牙跟过去，躺在母亲身边。鲑鱼舌伸出手来，弄得他仰面朝天，杰茜焦急地望着。恐惧又在白牙体内涌了上来，他不能彻底控制自己不叫，但没有咬；那只长着弯曲而张开的手指的手，开玩笑地揉搓他的脖子，将他翻来翻去，那种脊背朝地、四脚朝天的姿势，真是可笑又有失体统，他完全无能为力，毫无办法自卫。白牙违背了全部的天性。如果这个人要害他，他无法逃避，四脚朝天，怎么可能逃走呢？降顺使他控制住了恐惧，却克制不了吼声。他轻声吼叫着，那个人竟然没生气，没打他的头。更奇特的是，那只手揉来揉去的时候，白牙感到一种难以言传的快感。

当滚成侧卧的时候，他不叫了。手指压迫刺激他的耳根，快感倍增。

最后，那人搔一下，揉一下，丢下他走开的时候，白牙的恐惧全部消失了。这是一个征兆，预示着他与人之间无所畏惧的伴侣关系，终究是可以建立起来的。当然，在将来与人打交道的过程中，他还不免会体验到许多次恐惧。

过了一段时间，白牙听到一些陌生的声音越来越近。他敏捷地判断出，这是人的声音。几分钟以后，其余的印第安人排成一列队伍，像行军那样开了过来。其中一些是男人，还有许多妇女儿童，四十个人全都肩负着沉重的营帐装备和物品。此外，还有许多狗，除了半大的小狗以外，也都驮着营帐装备，每条狗背着二三十磅重的东西，牢牢地捆在身上。

白牙从来没见过狗，但一看见他们，就觉得与自己同种，只是略有不同。然而，狗们发现狼仔和他母亲时，却与狼发现目标时的表现没有什么区别。

于是，冲突爆发了。

面对张口蜂拥而来的群狗，白牙毛发耸立，连叫带咬，跌倒在他们下面，他感到尖锐的牙齿在自己身上切割，同时自己也在撕咬着挨着身体的腿和肚子。好长一阵骚动，白牙听见杰茜为他战斗时的吼声，也听到人们的呼喊，棍子打狗的声音，以及被打着的狗因疼痛发出的叫唤。

只是几秒钟，他又爬起来，站住了。现在，他看见，人们为了保护他，帮助他脱离那些和他种族相近的家伙的野蛮的牙齿，正用棍子石块赶开那些狗。

以为白牙的头脑里有公正之类的抽象概念，显然是毫无根据的。然而，他以自己的方式，感觉到人的公正，恰如其分地认识了这些法律的制定者和执行者，钦佩他们执法时具备的那种权力。他们不同于他所见过的任何动物，不咬，也不抓，而是运用死东西发出活力量，死东西听从他们的命令。因此，在他们的指挥下，棍子石块在空中活蹦乱跳，给群狗以沉重的打击。

他想，这种权力非比寻常，不可理解而超越自然，是神一般的权力。单就他的天性来说，他不可能知道任何关于神的事情；他最多只知道有些东西超出了他的理解能力以外。但他对这些人充满了敬畏与惊异，就像人类看到天神站在山顶上、双手分别向吃惊的世界投掷闪电雷鸣时所产生的敬畏与惊异一样。

最后一条狗也被赶走。骚乱结束。

白牙舔一舔伤口，思考着第一次被引入群体时所尝到的群体的残酷，做梦也没想到他的种族所包括的成员并不止独眼、母亲和他自己。他们曾经独立为一个种族；然而现在，他突然发现，显然，还有许多成员与他同属一个种族。

因为他的种族一见面就扑上来想毁灭他，他产生了一种下意识的愤怒，对于母亲被拴在一根木棒上，他也同样愤恨，尽管那是优秀的人做的，因为其中难免没有束缚与陷害的意味，当然，关于陷害与束缚，他毫无所知。随心所欲地游逛、奔跑、卧伏的自由——他继承现代的遗产，现在却受到了侵犯。母亲被限制在一根棍子的长度内活动，他还需要挨在母亲身边，因而他也就被这根木棍限制住了。他不喜欢这样。

人们起身继续前进的时候，他也不喜欢，一个小孩儿拿住棒的一头将杰茜当作俘虏，牵在后面走，白牙又跟在杰茜的后面，为即将进行的冒险而烦恼不安。

他们沿着河谷走下去，一直到达盆地的终点，远远超过了白牙足迹所至的最远的地方。河流在这里汇入了迈肯齐河，他们在这里扎营，白牙在一边惊奇地观看，人类的优越性时时刻刻都在增加：独木舟高高地撑在杆子上，竖直的网架用来晒鱼。人类主宰了所有长着伶牙俐齿的狗，这已经显示出了权力；然而，在狼仔的眼中，他们更让他吃惊的，是对于死的东西的主宰。他们赋予不动的东西以运动的本领——那是改变世界面目的本领。

将杆子做成的架子竖起来，吸引了他的目光。但竖架子的人既然就是那些将石头棍子掷出很远的人，这事还不算太奇特。然而，当这些架子披着布料、皮子，变成了圆锥形帐篷时，白牙大为惊讶。他惊骇这些帐篷的巨大躯体，它们出现在他的周围，四面八方，仿佛刹那之间拔地而起的有生命的形体，狰狞可怖，弥漫着他的眼帘。他感到害怕，它们不祥地隐隐浮现在上面。当风吹得它们剧烈运动的时候，他就恐惧地趴下，紧紧盯着它们，准备它们一冲过来，就立刻跳开。

不过，时间不长，他对帐篷的恐惧就消失了。他看到，女人们、孩子们从那里进进出出，竟毫无损伤；那些狗常想走进去，又被严厉的言语和飞奔的石子赶出来。过了些时间，他离开杰茜，小心翼翼地向最近的一座帐篷爬去，不断增长的好奇推动他向前，为了获得经验去学习，去生活，去做。

在距离帐篷的最后几寸，他简直痛苦不堪地慢而谨慎地爬着，这一天的经历，已经使他完全能够应付以最令人吃惊、不可思议的形式显现出来的未知。最后，他的鼻子接触到帆布，他等了一下，什么事也没有。于是，他嗅一嗅那浸透了人味的陌生的东西，用牙齿咬住帆布轻轻一拖，帐篷挨近他的那部分轻轻动了一下，但无关紧要。他拖得更用劲儿，动得更厉害了些。他觉得很有趣，更使劲儿拖，一而再，再而三，结果，整个帐篷摇动起来，里面传出一个女人的尖叫声，他急忙逃回到杰茜的身边。

从此以后，他不再害怕那些高耸的帐篷了。

没多久，他又从母亲身边胡乱跑开。母亲的木棍被扣在地上的一根木棍子上，不能跟他走。一条身材年龄比他稍大的半大小狗，慢慢向他走来，一幅轻薄又目中无人的神气。关于他的名字，白牙后来听见人叫他利利。利利在打架方面经验丰富，可以说是一个凶狠的家伙。

利利与白牙同属一个种族，而且只是一条小狗，看似毫无危险。所以，白牙准备以好友的态度对待他。然而，当这位陌生来客步伐变硬，嘴唇翻起，露出牙齿的时候，白牙也就以同样的姿态予以回敬。他们绕着半圆形兜圈子，竖着毛，互相试探性地叫着。

这样持续了几分钟，白牙逐渐觉得很有趣，认为不过是游戏而已，然而，刹那间，利利非常迅速地扑上来，狠狠咬了他一口，正咬到被大山猫撕伤骨头、现在还很疼的那半边肩膀，然后跳了开去。白牙既惊讶又疼痛，叫了起来，顿时怒气大发，扑到利利身上狠狠咬了起来。

但是，利利毕竟长于营地，经历过多次狗与狗之间的战争，锐利的小牙齿三次、四次、五次咬在这位新来者的身上，直到白牙不顾耻辱，哀号着逃回母亲的庇护下。

这是他与利利行将开始的无数次战斗中的第一仗。命中注定，他们永远会发生冲突。从一开始，他们就成了势不两立的仇敌。

杰茜伸出舌头舔着白牙，安慰他，想让他留在身边。然而，几分钟后，控制不住的好奇心又驱使他开始新的探险了。

他遇见一个人，就是灰海獭，后退蹲着，用散在面前地上的一些棍子和干苔藓在做着什么。白牙走到近处，看着。灰海獭发出白牙觉得没有敌意的声音，所以，他就更近了些。

女人与孩子另外又取了许多根树枝给灰海獭，不言而喻，这是一件大事。白牙凑过来，碰到灰海獭的膝盖，好奇已使他忘了这是一个可怕的属于人类的动物。

突然，他看到一种奇怪的东西，从灰海獭下面的棍子和苔藓之间像雾一样冒了出来，继而一种活的东西在棍棒间盘旋回绕，那种颜色像天上的太阳——关于火，白牙一无所知，它像他幼时洞口的光明一样吸引他。他爬近几步。他听到灰海獭伏在他身上咯咯地笑，知道没有敌意，接着，他的鼻子碰到了火焰，与此同时，伸出舌头去舔它。

顷刻间，他几乎浑身麻木了！

隐在木棍和苔藓间的未知的东西，粗暴地抓住他的鼻子，他栽了一个跟斗，吃惊地哇哇大叫。杰茜听到他的声音，跳到了棍子的尽头，但又爱莫能助，只好发出可怕的怒吼。然而，灰海獭高声大笑，拍着大腿向营地里所有人讲述这件事，于是，人人都喧笑起来。白牙坐在后腿上哇哇乱叫，在人们的围观中无依无靠，真是可怜极了。

这是他受过的伤害中最严重的伤害，灰海獭手底下生长起来的像太阳一样颜色的活东西，烫伤了他的鼻子与舌头，他不停地哭了又哭，每次新的哭声都引起人们的哄笑，他想用舌头安慰一下鼻子，然而舌头也烧伤了，两处伤痛碰在一起，更加疼痛，刺痛了他的心。

他逃到杰茜的身边——她正在木棒的尽头愤怒欲狂，杰茜，是世界上唯一不会嘲笑他的动物。

黄昏将临，夜晚又来了。他的鼻子、舌头仍然疼痛。但是，一种更大的烦恼折磨着他。他想家，感到空虚，感到对于绝壁上的洞穴和河边的平安的强烈需要。

生活中的人口变得太多了。这么多的人！男女老幼都在发出喧哗、刺激。那些狗也不断争吵哄闹，骚扰不止。以前熟悉的那种生活中的安闲寂静，全然消失了，空气都在随着生命颤动，不停地发出响声，变换强度与调子，刺激他的感官、神经，令他紧张不安，无时无刻不提心吊胆。

像人类看着他们所虚构的天神那样，白牙看着面前的人们，看着他们在营地里来来往往。根据他模模糊糊的理解，这些高等动物，是神，是奇迹的创造者。他们具备各种未知的、莫名其妙的权力，是统治者，主宰着活的东西和不活的东西。他们使不会动的活动，使会动的服从，使生命——具有太阳一样色彩的会咬人的生命从枯苔藓与木头里长出来。

他们是火的制造者！

他们是神！

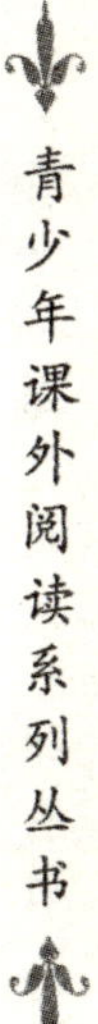

点评：

使得白牙回归人类文明社会的契机终于出现——它见到了人，甚至其中一个人是它母亲曾经的主人。如果说白牙潜意识里人类的权力与主宰是让它敬畏的，那么在它看见一向被认为是具有无比的力量的母亲也对人类俯首帖耳，看见来攻击自己的其他的狗被人类轻易地赶走，看到人类就地升起火，它彻底放弃了对抗，彻底臣服了——他们是神！虽然使它最后完全心甘情愿地回归人类文明的是感情而非权力，但不得不说首先使它对人有了感性认识的就是这强大的统治力，其他的认识都是从这初步的感性认识慢慢拓展开来的。

十、桎 梏

在杰茜被扣在木棍的这段时间里，白牙跑遍了整个印第安营地，进行探测、考察和学习，丰富了自己的见识。他很快熟知了人类的许多作风，但并未因此而产生轻视的心理。相反，他了解他们越多，就越是知道他们的优越之处。他们展示出神秘的权力，高不可及的神性，看上去是那么伟大。

人类经常因为看见自己的神被推翻或者香案坍塌而悲哀，然而，匍匐在人类脚下的狼与野狗绝对不会有这种悲哀。人的神是一种想象，是看不见的，是为了逃避现实而产生的幻想的气与雾，是期待中的“美好”与“权力”的游魂，是自我在精神领域里不可捉摸的显现。但是，走在火边的狼和野狗与人不同，他们心目中的神血肉丰满，生龙活虎，触摸起来实实在在。他们的存在与目标，需要占据一点时间和空间来实现。

相信这样的神，不用信仰的帮助和意志的作用。你摆脱不掉他，他两脚支着身体站在那里，手拿木棒，具有无限的潜力，有喜怒哀乐，他的神密、神圣、权力全都潜藏在肉体之中，这肉体同任何其他肉一样可以被撕破，会流血，会很好吃。

对于白牙，人就是确定不疑、摆脱不掉的神。像母亲杰茜听到别人的呼唤就奉献、顺从一样，他也开始投诚、献殷勤。他以为服从他们是他们的特权：他们走来，他就让路；他们叫他，他就过去；他们威胁，他就趴下；他们让他走，他就赶快跑开。因为，他们有将意愿付诸实现的权力，这权力可以表现为拿棍子打、拿石头扔和拿鞭子抽，从而给他造成伤害。

他和所有的狗一样，是他们的，根据他们的命令来行动。他很快就获得教训，他们可以随意打击、践踏或者宽容他。这个教训来之不易，因为他们与他的某种最主要、最强烈的本性难以相容。他在学习时并不喜欢他们，但却不知不觉地在学着去喜欢他们。这是将生存的责任和自己的命运移至他人手里，当然，这种行为并非没有报酬，倚在别人身上总比独立要容易得多。

当然，这并不是说，在一天之内，白牙将自己连身体和灵魂都交给了人。他丢不掉野性的遗产，和对于“荒原”的记忆。有些日子，他站在森林边，凝神谛听，仿佛有什么东西在远远地呼唤他。他总是躁动不安地回到杰茜身边，若有所思地轻声呜叫，舔她脸的舌头，带着满肚子的质问。

白牙很快了解了营地的情况，知道了大狗们在抢吃人们给的鱼肉时表现出来的奸诈与贪婪。慢慢地，他知道男人比较公正，小孩比较残酷，女人则比较和善，有时会丢给他一块肉或者骨头。他还知道，不要去惹那些半大小狗的母亲，尽可能地远离她们，当她们过来时走为上策。这是在两三次悲惨的遭遇以后获知的。

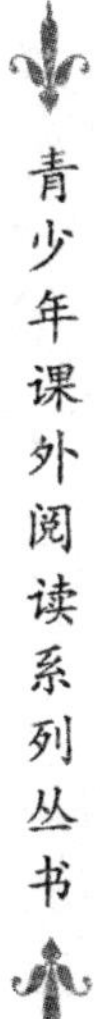

然而，利利是他生活中的一条祸根。更加身强力壮并年长的利利，特别选中了白牙作为迫害的对象。白牙乐意打仗，但实力过于悬殊，敌人太强大，利利成了他的梦魇。每当他离开母亲时，利利就必然出现，追踪他，对他叫，将他当猴儿耍，而且趁人不在时扑来强迫他打架。利利总是获胜，他把这当作生活中主要的快乐，正如这是白牙生活中的大难一样。

白牙虽然总吃败仗并受到伤害，但他仍然不屈不惧。可是，天生的野蛮脾气在迫害下变本加厉了，他变得恶毒而阴险。他的温和、游戏、作为小狗的那面几乎无法表现。利利不允许他和别的小狗一起玩耍。白牙一出现，利利就过来欺负、虐待他，跟他打架，将他赶走。

这一切，使白牙丧失了童年时为发泄精力而游戏的途径，他变得内向狡猾，少年老成。他用很长的时间去想诡计，当人们给群狗喂食的时候，他因受阻碍而得不到自己的那份，于是变成一个机灵的小偷，这往往让妇女们感到烦恼，但他不得不为自己掠食，而且做得很好。他非常机灵地在营地各处潜行，知道什么地方有什么事，观察，倾听，并由此认识一切，想方设法顺利地逃避那些不共戴天的迫害者。

他第一次玩了真正的大阴谋，并尝到了第一次报复的滋味。像杰茜和狼在一起时把人们营地里的狗引诱出来吃掉一样，白牙引诱利利到达杰茜报复的牙齿所及之处。他在利利前面逃跑，绕着营地上的各个帐篷迂回出入。任何一只和白牙一样大的狗，都比利利跑得快，白牙也是如此，但他很会跑，在追逐中并不是用尽全部力量，总和追逐者保持一跳的距离。

经过持久的追逐而接近猎物，利利兴奋得忘了小心和观察位置。当他醒悟时，已经太晚了。他绕着一座小帐篷全力奔跑，突然冲到了躺在棍子尽头的杰茜身边，他惊慌失措地叫了一声，但她已咬住了他。

她被扣住不能动，他也不能轻易脱身。于是，她将他掀翻在地，用牙齿反复地撕咬他。

他终于摆脱她，滚着爬起来的时候，毛如稻草般散乱不堪，肉体与精神两败俱伤。毛一撮一撮地竖着，全身满是伤痕。他站在那里，放声发出只有小狗才有的长长的痛哭。然而，即使如此，白牙在他哭到一半的时候又用牙齿咬住他的后腿。利利斗志全无，就带着耻辱逃跑，白牙则在后面紧追不放，一直追到利利的小帐篷旁。这时，女人们赶来帮忙，白牙则变成愤怒的魔鬼，最后在弹石齐发下才走开。

一天，灰海獭认为杰茜不会跑掉，就放开了她。白牙为母亲获得自由而非常高兴，快活地陪着她在营地各处观看；只要他和她在一起，利利就敬而远之，白牙反倒耸毛硬腿起来。但是，利利不是傻瓜，无论多么想报仇雪恨，也只能等到白牙单独一人时，所以他对这样的挑衅不予理睬。

那天傍晚，白牙一步一步地将杰茜引到营地附近的森林边上。当她站住时，他想再引她向前走。河流，洞穴，寂静的树林在呼唤他，他要她一起前往。他前跑几步，站住，回头看看，她没动。他哀哭恳求，故意在矮树林中跑进跑出，跑回她面前舔她的脸，又跑掉，但她仍然不动。他停下来看她，她却回头凝视营地。他清清楚楚地流露出的满腔热情与焦急的神情，慢慢地消失了。

旷野中，有什么东西在呼唤他。他的母亲也听到了，但她同时还听到另一种更响亮的呼唤——火和人类的呼唤，这种呼唤对一切野生的狼与野狗发出，并且要求得到响应。

杰茜转过身来，慢慢地小步跑回营地，营地对她精神的控制，比木棒有形的束缚更强有力。这些神的权力，虽然看不见，却玄妙地抓着她，不让她走。

白牙坐在一棵赤杨树阴下，轻声哭泣。空气中弥漫的一股浓浓的松树味和淡淡的树香味，让他想起受束缚以前那段自由自在的生活。但是，他毕竟是只半大的兽仔。无论人或“荒原”的呼唤，都比不上他的母亲。在短暂一生的任何时候，他都依赖着她，他还不到独立的时候，他站起来孤单地跑回营地，偶尔驻足坐下，呜咽着谛听森林深处仍在发出的呼唤。

在“荒原”上，一对母子相依为命的时间很短；然而，人类的统治有时甚至更短。白牙的命运就是如此。

灰海獭欠三鹰的债。三鹰计划溯迈肯齐河而上，到大努湖，做一个短期的旅行。灰海獭用一块红布、一张熊皮、二十发弹药和杰茜抵了债。白牙看到母亲上了三鹰的独木舟，想跟上去，三鹰一击将他打回岸上，独木舟开走了。他跳进水中，泅着追船，仿佛没听见灰海獭命令他回来的严厉叫声。失去母亲的恐怖，使白牙竟将人和神都置诸脑后了。

然而，神们已经习惯了别人的顺从。灰海獭驾了一只独木舟，愤怒地追来。他伸手抓住白牙的脖子将他拎了上来，但他没有马上放他在船上，而是一只手举向空中，另一只手一顿猛打。

一阵痛打！他下手很重，他每打一下，白牙都要受伤。而他打了无数下。

时而这边，时而那边，雨点般的痛击使白牙荡来荡去，仿佛一直急剧颤抖的晃动的钟摆。他的情绪不断变化，先是惊骇，继之一阵暂时的恐惧，哀号了几次以后，怒火满腔。面对暴怒的神，他自由的天性发作起来，露出牙齿大胆狂吠。然而，这只会使神更加愤怒，打得更快更重，也更有伤害性。

灰海獭继续打，白牙继续叫。但这不会永远持续下去，总有一方服输，而这一方就是白牙。

他是第一次真正被“人抓在手里”，相比之下，以前偶尔受到的石子木棍的打击，简直就是爱抚。他丧了气，重又涌起恐惧，开始叫唤哀号。有一阵，打一下，他哀号一声，到最后，恐惧变成了恐怖，哀号变成连续不断的声音，与打击的韵律不合拍了。

灰海獭住了手。白牙软弱无力地悬在空中继续哭喊。似乎满足了的主人粗暴地将他扔到船底。这时，独木舟已顺水而下，灰海獭拿起桨来，嫌白牙碍事，就用脚野蛮地踢开他。

白牙自由的天性瞬间再次闪现，用牙咬了那只穿着鹿皮鞋的脚。灰海獭的愤怒极其可怕，而白牙也是同样惊恐。刚才的那顿暴打，比起现在这次，简直是小巫见大巫。不仅手，坚硬的木浆也用上了。他再次被扔到船里的时候，遍体鳞伤，灰海獭故意又踢了一脚，白牙不再进攻了。

白牙又一次得到关于束缚的教训，无论身处何种境地，都不要去咬作为主宰者的神；主宰者的身体是神圣的，不可以被他这样的牙齿亵渎。显然，这种罪恶是十恶不赦的。

独木舟靠岸时，白牙躺着不动，等待灰海獭的意志。灰海獭将他扔在岸上，他的腰部被重重地碰了一下，非常疼痛。他颤抖地爬着站起来，呜呜地叫。

这时，站在岸上目睹了这一切的利利冲向他，将他掀翻在地，张口便咬。如果不是灰海獭将利利一脚挑向空中，又摔在十二尺外，白牙一定会大受其苦，他已经无力自卫了。这是人的公正之处，即使当时已经那么可怜了，白牙也体验到了一些感恩的颤栗。他从此懂得，神们将惩罚的权利留给了自己，比他们低的动物都没有份。

这一天的夜晚，万籁俱静，白牙想起了母亲，为母亲悲哀。他悲哀的声音惊醒了灰海獭，他打了他。

以后，神们在一边时，他只是轻声哭泣。但他独自漫步在森林边时，他就纵情地大声哀哭，发泄一下内心的悲哀。

这时，他可以按照关于洞穴和河流的回忆跑回“荒原”，然而，怀念母亲的心情挽回了他。打猎的人们出去又回来，所以，有朝一日，母亲也会回到村子来。因此，他继续在桎梏中等待她。

这种束缚并非完全是一种不幸。他感兴趣的事情很多，永远爱看这些神们所做的无穷无尽的奇特的事情。他学着如何和灰海獭相处，他对他的期望是服从——严格、直接了当地服从；作为报酬，他被容许存在，可以避免挨打。

有时，灰海獭海亲自给他一块肉，并不让别的狗来抢。这样一块肉，很有价值，在某种奇怪的意义上，甚至比从一个女人手中得到十二块肉还要有价值。灰海獭从来不拍或摸他，也许是他的手影响了白牙。总而言之，某种依恋的纽带正在他与他的主人之间形成。

由于一些微不足道的小事，也因为棍棒石块手脚的打击，白牙被桎梏不知不觉地牢牢扣住了。他们因走向人类火堆而可能发展的某些性质，正在他的体内发展，这种特质也是他所属种族原来就有的。白牙并不知道，营地的生活，固然充满了种种不幸，但不断地潜移默化，正使他不知不觉地热爱起来。他只知道因失去杰茜而悲哀，期盼她回来，只知道渴慕曾经属于自己的自由生活。

点评：

白牙自己的所见所闻，母亲对于人类的绝对服从，人类对包括白牙在内的狗们的恩威并施，这一切造成了白牙对人类的爱恨交织。所谓“桎梏”表面上是指人类对狗们的牵拴、管教甚至是毒打，实际上是指这些行为对狗们的精神上的影响。白牙作为一只半大的野生小崽，对这种影响具有先天的抵抗，它甚至还想和母亲一起逃回荒野。可深知和人在一起的好处的母亲回到了营地，依恋母亲的白牙也不得不回来。这里我们可以看出，白牙的回归含有被动的成分，在依附于人类可以获得食物还是自由自在地去自己捕获食物之间还有摇摆，可母亲的示范作用和人类对它的管教使它逐渐向“依附”这一选择靠拢。

十一、仇　视

白牙的气质比生下时变得更加邪恶凶猛，野蛮本来就是他天性中的一部分，况且，在利利的唆使下而发展起来的野蛮大大超过他的天性。

在他所寄身的部落中，他有一个邪恶的名声。只要营地里一有麻烦、骚乱、打架、淘气，或者一个妇女因丢失了一块肉大吵大闹，白牙一定与此有牵连，而且常常是肇事者。他们并不仔细研究导致他行为的动机，只看结果，而结果总是坏的。他是一个鬼鬼祟祟、偷偷摸摸、调皮捣蛋、惹是生非的家伙；愤怒的妇女们骂他是一只狼，百无一用，肯定不得好死。与此同时，他也警惕地看着他们，时刻准备躲闪任何飞来的不祥之物。

他发现，在这个人口众多的营地里，他是一个被贬斥者。利利领导所有的小狗，而他则与他们有别。也许，他们感觉到了他是野种，对他怀有一种家犬对狼的本能的仇视。但无论如何，他们都与利利联合起来迫害他。一旦成了对头，以后就有理由永远作对了。他们全都常常受到他牙齿的袭击。他感到光荣的是，他给予别人的伤害多，受到的伤害少。若单打独斗，他可以打败他们中的许多只狗；然而，战斗一开始，营地所有的小狗都跑来打他，他没有单对单、一决雌雄的机会。

他从打群架中学习到了两件重要的事：一是在许多狗联合进攻时如何自卫；一是在单打独斗时，如何在最短的时间里最大限度地伤害对方。他非常清楚，只有在敌对的狗群中站稳脚跟，才可能会有生路，他要变得像猫一样具有站得稳的本领。即使大狗也需要凭借体重的冲力，才能将他撞得退后，但是无论向后或靠边，腾空或滑地，他总是保持两腿支持住身体，实实在在地脚踏大地。

狗打架时，常常会有吠、竖毛、硬腿诸如此类的战前预备动作，然而，白牙学会了免去这些预备的姿势，他必须迅速，干完就跑。耽误时间就等于全部的小狗都来打他。所以，他学会了隐蔽自己的意图，冲过来就连咬带撕，使敌人措手不及，从而给对方以迅疾而严重的伤害。他懂得了出其不意的意义。一条狗，在毫无戒备的时候遭到袭击，肩膀被割裂出大口子或耳朵被撕成条状，自己还如置云里雾中，早已被打得大败了。

而且，出其不意、攻其不备的袭击，极易将狗掀翻。这样，被掀翻的狗会不可避免地将脖子上柔软的一面——这个可以攻击而且致命的地方暴露了出来，白牙知道这个地方。这个知识是直接从代代猎食的狼的祖先那里继承过来的。因此，白牙是这样实施攻击的：先找一只单独的小狗；再出其不意地将他打翻，接着用牙齿咬他柔软的喉咙。

白牙还没长大，并没有长足，所以他的牙齿还不足以使他的"喉咙袭击"致狗死命。但是，从许多走在营地里的小狗的被撕破的脖子来看，白牙的用心没有白费。

一天，他的仇敌之一孤身走在森林边，他想方设法，一再将他打翻，进攻他的喉咙，割断了大血管。狗死了，被发现后，消息传到了死狗的主人耳中，妇女们也记起了许多次丢狗的往事，于是，夜里起了一阵骚动，许多愤怒的声音包围了灰海獭。但他坚决顶住了帐篷的门，拒绝了族人强烈要求他交出凶手加以惩罚，将犯人关在帐篷中。

白牙成了人与狗都恨的动物。他在发育期内，没享受过片刻的安全。同类们冲他吠，人们咒骂他，投之以石子。每只狗的牙齿、每个人的手，都袭击他。他永远紧张，总是留意伺击进攻或预防遭到进攻，注意出乎意料、突然飞来的打击物，准备冷静地先发制人，跳上去咬一口，或跳开去叫一声以示威胁。

他的叫声比营地里任何小狗大狗的叫声都可怕。吠声本来是为了警告或威吓，但什么时候叫，则需要判断力。白牙知道怎么做和何时做，他将一切邪恶、恶毒、恐怖的东西混合在吠声里，鼻子因为连续的抽搐缩成锯齿形状；毛发如波浪起伏般耸立；舌头吐出来又缩回去，宛如一条红色的蛇；耳朵平放，眼中射出仇恨的目光，嘴唇上缩，狼牙暴露，口水流淌，这样一副模样，几乎能令任何攻击者目瞪口呆，不知所措。当他毫无戒备却受到袭击时，敌人暂时的迟疑就为他赢得了难得的机会去思考并采取行动，而且，对方的停顿常常会发展为最后进攻的完全终止。就这样，不止在一条大狗面前，这种叫声使白牙光荣且从容地撤退。

他是小狗群中一个被排斥者，他厮杀的方法与出色的能力，迫使小狗们为了伤害他不得不付出代价。狗群不允许他与他们一起跑，然而，奇怪的是，没有一只小狗能够跑到群外，谁也不敢领教他的游击与伏击的战术。除了利利，他们不得不联合起来对付自己造成的仇敌。一只小狗单独走在河边，就等于自取灭亡，或者等于他发出恐怖痛楚的尖叫惊动全营，同时从伏击的狼仔身边落荒而逃。

即使小狗们完全明白他们非集结在一起不可，白牙的复仇也没有结束。当他们单独时，他就攻击他们；而他们成群时，他们就攻击他。然而，当他们一起冲过来时，他的敏捷常常使他获得安全；相反，追逐中跑在前面的狗却倒了大霉！白牙已经学会了杀回马枪，突然转身攻击跑在前面的狗，在大队的狗没赶上来之前，将他彻底撕裂。因为那些狗在追逐中很兴奋，极易得意忘形，白牙却从来不会忘乎所以。他一面跑，一面回头瞧，随时准备转身干掉那位超越了同伴、过分激动的追击者。

小狗们常常游戏，他们在游戏中融入有趣的模仿战争的危险，以追逐白牙作为最重要的游戏——这种游戏不但性命攸关，而且无论何时何地，都非常严峻。白牙则因为跑得快，所以毫不在乎走到什么地方。

在徒然等待母亲回来的日子里，白牙曾多次引导着小狗们在附近的树林里追逐他，群狗每次绕无数圈都找不到他。他像他的父母一样，似乎是一条在林中穿梭的影子，脚步轻快无声。他独自跑开，根据小狗的叫声判断他们的位置。他与荒原的联系比群狗与荒原的联系更为直接，也比他们更了解荒原中的秘密与计谋。他最喜欢涉过流水，不留痕迹，然后静静地躺在附近的树林里，倾听周围响起失败的叫声。

自己的同类和人类的仇恨，经常挨打和经常打人，不屈不挠，使得白牙成长得迅速却又偏执。情感与慈悲在这种土壤上不可能开花结果。关于这些，白牙连最模糊、最起码的认识也没有。他了解的法则是服从强者，压迫弱者。灰海獭是一个神，是强者，白牙服从他；然而，比他幼小的狗是弱者，他可以毁灭他们。

他朝着权力的方向发展。为了免于常受伤害或被毁灭，食肉动物的特性与防卫的能力发展得极不和谐。他变了，变得比别的狗更快而持久，更狡猾聪明，更拼命凶狠，更柔软，也更具有钢铁一样的肌肉，更加残酷。他不得不变得具备这些品质，否则，既不能在充满敌意与仇恨的环境里存活，更谈不上发展自己。

点评：

这一段写了白牙在营地里和其他狗进行斗争的经过。这是白牙成长的经历，但不是必经阶段。我们可以看到，作者这样写一方面是叙述了白牙性格形成的过程，而另一方面这种性格却与它最终回归人类文明社会是相矛盾的，因为越是凶残就越是难以融入文明。实际上，作者的这种手法，首先是白牙后面将接受更大挑战，变得更加凶猛的铺垫；其次是设置了故事进展的曲折性，说明白牙的融入文明不是直线般地简单发展，而是一个曲折的过程；最后，这种渐渐形成的凶残的性格却能回归文明，反衬出野蛮回归文明的必然性。

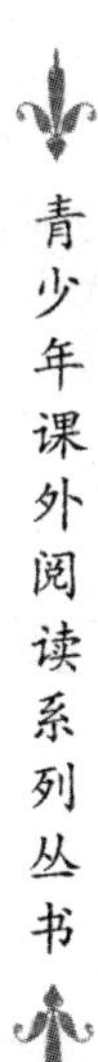

十二、迷途知返

这年秋天，白天开始变短，霜冻也开始出现了。白牙终于解放了。

部落里接连几天骚动不已，人们拆除了夏季的营帐，准备带着行李物品迁往他处，去进行秋季渔猎。当帐篷开始拆卸，东西被装上独木舟的时候，白牙明白了是怎么回事。独木舟开始离岸，有的早已顺流而下，踪影皆无。

白牙焦急地看完了这一切，非常从容地决定留下来。他等机会溜出营地，到森林里去。已经开始结冰的河水，还有部分在流淌，隐匿了他的踪迹，他爬进一丛茂密的林中，等着，断断续续地睡着了。

几个小时后，灰海獭喊他的声音惊醒了他。白牙听得出来，寻找他的还有灰海獭的妻子和儿子米沙。他恐惧得发抖，有股想从隐蔽的地方爬出去的冲动，但他抑制住了。

过了一会儿，声音没了。他爬出来，庆幸自己的行动成功。黑夜降临，他在林中玩了一会儿，享受森林的寂静，寂静使他心烦意乱。这种既没有任何声音，也没有任何动作的情景，仿佛并不吉利，虽然潜伏着的危险他看不见也想不到，但他感觉得到。那些黑夜中的阴影，朦胧可见的巨大树干，可能隐藏着各种各样的危险，不能不令他满腹狐疑。

这里很冷，没有温暖的帐篷可以依靠。霜冻在脚上，他不停地轮换着举起一只前脚，将蓬松的尾巴弯过来盖住。这毫不奇怪，与此同时，铭刻在他视觉中的那串"记忆中的图面"又重新历历在目，他又看见营地的帐篷和火光，听到男人粗重的低音，女人的尖叫，狗群的吠叫。他饿了，想起曾丢给他的一块块鱼和肉。

然而，这里什么也没有，没有食物，只有吓人而且不能吃的寂静。

他受到的束缚已经使他变得软弱了，他已经忘了如何独自生存。黑夜，在他的周围张着大口。他的感官喜欢营地那嘈杂忙碌的景象与声音的刺激，现在却没有什么可以看或可以听，无所事事，只好尽力抓住大自

然断断续续的宁静。毫无大难临头的感觉，令他沮丧。

突然，一个巨大不定的东西闪过他的眼帘，他大吃一惊。云刚从月亮脸上移开，原来是月光下树的阴影。他定了定神，轻声呜咽；为了不引起潜伏的危险物的注意，他随即又克制住自己不再呜咽。

正在他头顶上的一棵树在黑夜的寒气里收缩，发出一个大的声响，吓得他叫了一声。一阵恐惧涌上心头，他感到一种不可抗拒的要求人类陪伴、保护的欲望，他的鼻孔里充满了营地烟火的气味，耳朵里响彻着营地的人声狗叫，他跑出森林，发疯似的向村子跑去。

他到了既没有阴影也没有黑暗的撒满了月光的空地上。然而，眼前，并没有村子。他忘了，村子已经迁走了。

他的狂奔突然停止了，没有地方可以投奔。他在被废弃的营地里，孤单地偷偷摸摸地走着，闻一闻人们扔掉的破烂货和垃圾。他恨不得有一个愤怒的女人拿石子掷他，或者灰海獭暴打他一顿，他甚至可以兴高采烈地欢迎利利和那群卑鄙的小狗。

他走到灰海獭曾经搭帐篷的地方，喉咙由于剧烈抽搐而疼痛，张开嘴巴，为了杰茜，为了过去所有的悲苦与不幸，以及将来的困苦与艰难，心如刀绞般长嗥一声，唱出了他的悲哀、孤独和恐惧。

这是他有生以来发出的第一声长长的狼嗥，声音充沛而悲哀。

白天来了。

白天驱走了恐惧，但使他倍感寂寞。不久前还是人烟繁茂的土地，现在空无一物，将孤寂有力地强加在他身上。没多久时间，他打定主意，就一头钻进森林，沿着河岸向上游走。

他整天奔跑不息，似乎生来就是为了永远奔跑。他钢铁般的肉体不知疲惫，种族遗传的耐性又使他重新振作起来，作无穷无尽的努力，而且，他能够强迫自己疼痛的肉体继续前进。

当河流绕过陡峭的山岩转弯时，他就爬山。遇到汇入大河的溪涧，他就涉水或者游泳。他不止一次踩破河边刚刚结冻的冰，在冷冽的水流中拼命挣扎。他常常注意观察有没有人上岸进入陆地的痕迹。

白牙的智慧要高于他的一般同类，但他思维的视野尚不够宽广。他还想不到去迈肯齐河的对岸。他从未考虑到:如果人们转向那一边了呢?当他以后长得更大更聪明,对水路陆路了解更多,具有更为丰富的旅行经验的时候,他也许会想到或理解这一种可能。但这毕竟是将来的事。然而现在,他只是盲目地奔跑,只是想到自己身在迈肯齐河的这一边。

他整夜都在奔跑,黑夜中遇到的许多障碍与不幸耽误了他的时间,他却没有一蹶不振。到次日中午,他已连续跑了三十个小时。他坚强的肉体难以承受,但顽强的意志使他继续奔驰不懈。

他有四十个小时没吃东西了,饿得软弱无力。反复浸在冰冷的水里,他美观的皮毛邋遢不堪,他的脚掌也受了伤,淌着血。他开始跛足走路,而且跛得厉害。更糟糕的是,天色阴暗,开始下起冰冷、潮湿、胶黏的雪,遮住了前面的物体,覆盖了地上的崎岖。脚下的路越来越难走。

那天夜里,灰海獭计划在打猎的迈肯齐河的彼岸扎营。但是傍晚时分,在边岸上,灰海獭的女人克鲁库偶然发现一只麋鹿下河喝水。如果不是这只麋鹿下河喝水,如果不是米沙由于下雪开船走错了路,如果不是克鲁库看见了麋鹿,灰海獭走运地一枪打死他,灰海獭不会在河的这一边宿营,白牙就会走过去,再继续走下去,以后的全部故事必定会大不相同。白牙将或者死去,或者去投奔自己的野生兄弟,成为其中一员,至死都是一只狼。

夜来了,雪下得更密了。白牙一面独自向前蹒跚跛行,一面轻轻呜咽。他碰到一条新鲜的踪迹,便急切地哭着从河岸追踪到树林中去。

他听见营地的声音,看到燃烧的火焰。克鲁库在烧饭,灰海獭蹲着,正慢慢嚼一大块生脂肪。

营地里有新鲜的肉啊!

白牙猜测,必定要挨一顿打。他伏下身来,耸一耸毛,又向前走。他不喜欢而且害怕即将承受的一顿暴打,但他知道,他将拥有舒适的火、人们的保护和狗们的陪伴——尽管是仇敌的陪伴,但总还是陪伴,可以满足群居本能的需要。于是,他卑躬屈膝,爬进火光里。

灰海獭看到他,停止咀嚼。白牙在卑顺和降服的屈辱中,畏缩地慢慢地匍匐前行,每向前一寸,就更慢、更痛苦。他一直向灰海獭爬去,最后躺

在他的脚下，心甘情愿地将自己的肉体和灵魂交给他。因为自己的选择，来到人类的火旁接受统治。

白牙瑟瑟发抖，等待即将受到的惩罚。手在上面动了，他不由自主地缩了下去。然而，那预期的打击并没有落到他身上。他偷偷向上一瞧，灰海獭将那块生脂肪撕成两半，扔给他一块！灰海獭又给他拿肉，而且在他吃的时候帮他防御着别的狗。

此后，白牙感恩戴德又满足地躺在灰海獭的脚下，凝视着温暖着他的火堆，眨一眨眼，打一个瞌睡，才感觉心神安定了下来。明天，他将不再孤单地彷徨在荒凉的森林里，而是同人们一起在营地里。他已经向他们献身投诚，而且现在正倚靠着他们！

点评：

白牙尝试着离开对自己有诸多束缚的人类，回到森林里重新过那种自由自在的生活，但是他发现已经被束缚惯了的自己变得软弱了，开始不适应荒野的生活了。为了那块生肉，他甚至愿意忍受一顿暴打。而当人给了他一块肉并没有打他的时候，他简直是感恩戴德。我们看到，白牙在精神上已经被禁锢了，即便在人类营地有很多小狗与他对打，他也愿意接受，而不是去野外过自由自在的生活，因为人类可以定时定点、保质保量地给他肉，而在野外，这是很难办到的。一个小插曲让白牙明白了一种生活质量上的对比，读者们也明白了这种对比。

十三、契　约

十二月，灰海獭到迈肯齐河上游进行了一次旅行，带着米沙和克鲁库。灰海獭的雪橇上面只套了几只小狗，其实这不过是游戏而已；然而，米沙非常高兴，觉得自己开始做大人所做的工作了。他在学习如何驾驭、训练狗；小狗们则开始接受缰绳的训练。何况，这部雪橇也装了二百磅左右的行李和食物。

白牙知道营地里套着挽具的狗是怎么样辛苦工作的，因此，当挽具落在自己身上的时候，他比较心安理得。一只用干苔藓做芯的皮轭套在他的脖子上，上面两根挽带与一根绕着他的胸与背的皮带连在一起，他就用扣在这上面的一根长绳拉雪橇。

他们这组共有七只小狗，其余几只有九十个月大。白牙只有八个月，每只狗都用一根绳扣在雪橇牵头的一只圆环上，长度各不相同，任何两根绳之间至少有一只狗那么长的距离。雪橇没有滑板，为防止铲入松软的雪里，赤杨树皮做成的平地雪橇的前端翘起，从而使得雪橇和载物的重量分散到最大的面积上，同样，根据面积越大，重量愈分散的原理，拉绳子的狗也散成扇形，因此，没有哪条狗可以随着别人的足迹走。

扇形的另外一个好处是，绳子长度不同，可以防止后面的狗攻击前面的狗；一只狗想要攻击另一只狗，只能转身来攻击拉短绳子的狗，这样的话，两只狗就会面对面，挑衅者就不会占什么便宜，而且还要面对驾驶人的鞭子。最具特色的优点是，无论哪条狗，想要攻击前面的狗，就必须将雪橇拖得更快，被攻击的狗只能逃得更快，这样，后面的狗永远抓不住前面的狗。他跑得越快，被追的狗也就跑得越快，这样，全部的狗也就跑得越快，雪橇则理所当然的也更快起来。就这样，人类运用狡猾的手段，来加强对野兽的主宰。

米沙从父亲的成熟的智慧那里得益匪浅。以前，他见过利利迫害白牙，但那时利利是别人的狗，他顶多只敢偷偷地扔一块石头。现在，他用

利利拉最长的绳子作为报复。表面上，利利成了领袖，很是光彩；事实上，却被剥夺了一切光荣，从原来小狗群中的好汉，一变而成为众狗仇视的迫害对象。

他拉着那根最长的绳子跑；后面的狗看到的，则是他永远在前面逃跑，是他的蓬松的尾巴与飞驰的后腿。这副模样，当然不如耸立的鬃毛和发光的牙齿那样凶猛吓人。

群狗看见他跑，就想跑去追他，并由此感到，好像他在逃避他们——狗的心理生来如此。

雪橇启动后，这组小狗就整天地追逐利利。开始时，由于生气和面子，他会转过身来咬追逐者，然而，这时，米沙就甩起三十寸长的鹿肠鞭抽他，火辣辣的感觉逼他调头再跑。也许利利有能力对付这群狗，但他对付不了鞭子。因此，只有绷紧长绳，让同伴的牙齿够不着他的肋部。

然而，印第安人的心灵深处，还潜伏着一个更狡猾的计划。米沙为了使其余的小狗有理由无休止地追逐领头狗，就特别宠爱领头狗，造成其余狗的妒忌与憎恨。米沙当着众狗的面，单独给利利肉并保护他吃，使他们在鞭长莫及的地方愤怒欲狂；没有肉吃时，米沙就将他们远远地赶开，装出给利利肉吃的样子。

白牙老老实实地工作着。在人的统治下，他比其他的狗走路更多。他清清楚楚地知道，违背人的意志有害无益。他没有倚靠同类从而获得伴侣情谊的习惯。何况，杰茜已被忘掉了。

他发泄情感的主要途径，是忠诚于自己所献身投靠的人们。因此，他勤勤恳恳地工作，学习并遵守纪律，这些事情做得既忠诚又心甘。白牙不但具有狼与野狗被驯服以后的这些根本特点，而且超乎寻常。

白牙与别的狗之间，也有一种伴侣关系，但那是一种战争时与敌人的对立关系。他从没学习过和他们玩儿，当利利还是小狗的头领的时候，他跟他们交过手，只知道如何战斗，对他们的撕咬回击以百倍的报复。不过现在，利利拉着缰绳在前面逃跑，他已经不是领袖了。在营地时，他总是寸步不离地跟在米沙、灰海獭或者克鲁库的身边。他不敢离开人，因为，所有的小狗都将牙齿对准了他，曾经属于白牙的迫害现在降到了他的身上。

如果利利被推翻,白牙很可能成为小狗的领袖。但他过于孤僻,不敢做领袖。他总是打拉车的同伴,要么就不加理睬。他走过来时,他们就让开,即使其中最勇敢的狗,也从来不敢抢他的东西吃。服从强者,压迫弱者,白牙太熟悉这一规律了。他以最快的速度吃完自己那份食物,接着一声怒吼,一亮牙齿,就将别的狗的粮食抢过来吃。而那只还没有吃完的狗,就只好自认倒霉,去哭诉自己的苦命。

同时,时隔不久,总有这条或那条狗奋起抗争,接着又总是很快被镇压下去。白牙一直受这样的训练。他爱惜自己这种鹤立鸡群的孤立势态,并常常为此而战斗,每次战斗都非常短促,对方尚未明白怎么回事,早已被杀得头破血流,几乎尚未交锋就败下阵去。他的动作太快了。

正如人制定的关于雪橇的严格纪律一样,白牙也维持着与同伴们的一条纪律:他不许他们自由行动,强迫他们永远尊敬他,让他保持孤立状态,在他走到他们中时给他让路,时时刻刻承认他的统治权。如果他们胆敢有诸如硬腿、翻嘴、耸毛之类的神态,他就迅速而残酷地扑上去,无情地教训他们的错误。至于他们之间相互如何,则与他无关,随它去好了。

他是一位可怕的暴君,他的统治像钢铁般坚硬。他竭尽全力压迫弱者,但他非常尊敬强者。狼仔时代,他和母亲相依为命,孤苦伶仃,在凶恶的“荒原”上,为了保全性命而奋斗的残酷经历,深深地影响了他。他也学会了,当比自己更强更优越的力量从一旁经过时,他变得非常之轻。

一个月又一个月过去了。灰海獭的旅行仍然进行着。

由于长时间勤勤恳恳地拉着雪橇走路,白牙的体力增长了,精神好像也更充沛了。渐渐地,他对自己生活于其中的世界,认识得更加透彻了,他的结论既凄惨又实际——在他的心目中,世界到处充斥着凶恶野蛮,没有温暖,没有抚爱、亲切,也没有精神的幸福和甜蜜。

他对灰海獭毫无感情。是的,他是人,但是最野蛮的人。白牙乐意承认他的统治权,那是以优越的智慧和野蛮的暴力为基础的。在白牙的本性中,有种因素使这种统治成为他的需要,否则,他也不会从“荒原”上返回来献身投诚。然而,他天性深处中的另一些素质,还从未被触动过。灰

海獭一句和善的话语,手的爱抚,也许可能会触动心灵的深处。但灰海獭既不说话也不抚摸,他没有这样的习惯。他的首要的职责就是野蛮,用野蛮来维护统治,用木棒实施公正,用痛苦来处罚越轨,而作为奖赏的,也只是不打而不是和善。

因此,白牙根本不知道,人类的手可能带给他某种幸福,他不喜欢人的手,怀疑它们。的确,它们扔给他肉,但更为经常的,却是伤害。对于手,最好敬而远之。它们投掷石块,用棍棒抽打。在接触他时,狡诈地扭捏或绞伤他。

他从灰海獭那里得到的规律是:咬人是十恶不赦的罪过。他开始修正它,是在大努湖的一个村子里反抗人手作恶的时候。和一切村庄里的一切狗一样,白牙在这个村子里寻找食物。一个小孩正用一把斧头劈开冰冻的麋肉,肉的碎片飞落雪里。潜行寻食的白牙正走到这里,便停下来吃这些碎片。他看到小孩儿放下斧子,拿起一根粗棍,就跳走,正好躲开棍子落下的一击。小孩追他,但他对这个村子很陌生,当逃到两座帐篷之间时,发现一堵高高的土墙挡住了去路。

无路可逃,仅有的出路在两座帐篷之间,小孩拿着木棒守在那里,并向被截住的猎物走过来,准备打击。

白牙对这孩子耸毛,大叫,愤怒欲狂。他的正义感被践踏了。他知道抢劫的法则,像冻肉的碎屑这样被废弃没用的碎肉,都属于发现它们的狗。他既没违犯规律,也没做错什么,但这小孩要打他一顿。接下来发生的事,白牙与那孩子几乎都不明白。白牙是在暴怒之下做出的,而且动作是如此之快;小孩只知道被某种不可理解的方式推倒在雪地里,抓着木棒的手已经被撕了一个大口子。

白牙知道自己违犯了规律——他将牙齿刺入诸神之一的神圣的肉里,知道自己将不得不承受一顿极其可怕的惩罚。他逃回灰海獭那里,趴在那双具有保护性的腿的后面。被咬伤的孩子及其家长来了,要求报复,但直到走也没有得到满足。灰海獭、米沙和克鲁库保护着白牙。白牙看着他们愤怒的姿势,听着唇枪舌剑的争吵,知道了自己的行为是合法的。从此,他知道有这些神和那些神、他的神和别的神之间,是有区别的。无论公正与否，只要是自己的神所施加于自己的一切，都必须承受。但他不必领教别的神的不公正待遇，他可以用牙齿捍卫自己的权利，表示自己的愤慨。这也是关于诸神的一条规律。

这天的天黑之前，白牙进一步深入理解了这个规律。米沙一人在森林中捡柴，碰到挨咬的孩子。他和别的孩子一起，先是恶言恶语，随即一起攻击米沙，拳头从四面八方像雨点般打来，米沙吃了大亏。这是神们之间的事，与他无关，白牙先是在一旁观望，后来想到米沙是自己的诸神之一，正受到虐待。于是，他一阵狂怒，跳进孩子们中间，只有五分钟时间，那些小孩狂奔而去，其中许多人流的血滴在了雪上，证明着白牙的牙齿的威力。那时，白牙做出的事情，并未经过理性的推导。当米沙在营地里讲述这事时，灰海獭便吩咐给白牙肉吃，很多很多的肉。白牙吃了以后，就躺在火边睡觉，知道自己所理解的那些规律得到了证实。

与这些经验相联系，白牙知道了财产的规律和自己所承担的保卫财产的责任。他已经从保护他的神的身体，上升到了保护他的神的财产，为了这一点，应该不顾一切——甚至可以咬其他的神们。当然，这种行为不仅在本质上是亵渎神圣的，而且极具危险。一只狗，怎么可以和一位万能的神相比呢？然而，白牙学会了对抗他们，凶猛地挑战，毫无畏惧。责任使他忘却了恐惧，偷窃的神们只好放弃对灰海獭财产的非分之想。

很快，白牙还了解到，一个偷窃的神常常胆小如鼠，一听见警告声就会迅速地逃跑，而且，灰海獭在听到他的警告声后很快就会来帮助他。后来，他才知道，小偷儿逃跑，并不是惧怕他，而是怕灰海獭。

白牙从来不汪汪叫唤，不用叫声报警，而是直接冲上去，用牙齿咬入侵者的肉。因为他怪僻孤独，与别的狗无缘，所以非常适合于保卫主人的财产，灰海獭就鼓励和训练他。结果，白牙更加凶恶，不屈不挠，也更加孤独。

一个月，一个月地过去了。狗与人之间的契约联系越来越密切，那是从“荒原”来到人间的第一只狼和人定下的古老契约，像从那以后一切狼和野狗做过的一样，白牙也为自己立下了这种契约。为了获得一个有血有肉的神，他交出了自己和自由。他从神那儿取得食物、火、保护和陪伴；

作为回报，他保护神的身体和财产，为他工作，服从他。

获得一个神，就意味着要提供服务。白牙的服务不是因为爱，而是出于责任和敬畏。他没有爱的经验，不知道爱是什么，杰茜只是一个渺茫的记忆。而且，他投靠人类的时候，已经背弃了“荒原”和自己的种族。根据契约的规定，即使再次遇到了杰茜，他也不能丢开他的神而跟她走。作为存在的一个规律，忠顺于人类，似乎比爱自由和种族更为重要。

点评：

这一章的内容既可以看作是在讲述白牙对人类的规则进行进一步的了解，也可以看作是后文一个伏笔。白牙现在所知道的与人交往的规则就是——服从，提供服务，换取食物。但这一切是出于一种契约，即是交易、交换，其中并不含有任何情感因素。这与后面白牙与司各特一家交往时，双方是出于感情、出于爱的交往是不同的。这种对比体现了白牙在后面的与人类交往的更加深入，而那种回归才是真正意义上的回归。

十四、饥 荒

终于，春天到了，灰海獭结束了他的长期旅行。白牙拉着雪橇回到村里。米沙将他从挽具里解放出来。

这是第二个四月，他整整一岁了。虽然离长大还很遥远，但却是村子里除了利利以外最大的一岁小狗。他继承了独眼父亲和母亲杰茜的体格和力量，有普通大狗那么大，但还不够强壮，身体瘦长，富有弹性，体质比较柔弱。外表上，他是真正的狼，毛是完全的狼灰色，他从杰茜那里继承到四分之一的狗的因素。不过，他的肉体方面并没有什么标志，起作用的是他的精神结构。

他怀着一种郑重而满足的神情，在村子里散步，辨别在这次长期旅行前已经结识的那些神和那些狗。和他一样，小狗们长大了，而大狗好像也不再像记忆中的印象那样巨大而可怕了。他不再像从前那样害怕他们，随随便便大摇大摆地走在他们中间，感觉既新鲜又有趣。

贝斯科是一条老狗，毛发斑白。白牙小时候，他总爱向他露出牙齿，吓得他畏畏缩缩地匍匐而逃。曾经因为他，白牙感到自己轻如鸿毛，微不足道。现在，又是从他身上，白牙明白了自己的成长和变化。贝斯科因年老而变得软弱了，但是白牙因年轻变得强健了。

白牙明白自己与狗的世界之间的关系已经发生了变化，是在一只新杀的麋鹿被劈开的时候，他给自己搞到了上面带有许多肉的一只蹄子和一些胫骨。别的狗蜂拥来抢时，他撤到一丛树的后面，偷偷摸摸地享受自己的战利品。这时，贝斯科冲了上来，白牙还没明白他想干什么时，就已经咬了对方两口，然后跳到一边。贝斯科对白牙大胆而敏捷的袭击大吃一惊，站在那里盯着白牙不知所措。那块鲜红的带肉胫骨落在他们之间。

贝斯科老了。他知道，他过去欺负惯了的那些狗的勇气变大了。若是从前，他会满腔义愤狂怒地扑向白牙。但是现在，年迈力衰不允许他这么做。他不得不吞下那些悲苦的经验，凭借全部的智慧来对付他们。他隔着胫骨,不善地盯着白牙,凶恶地耸起毛来。白牙则觉得自己变小了,以前的敬畏复活了许多,沮丧、畏缩起来,计划如何撤退而又不会太没面子。

正是这个时候,贝斯科犯了一个错误。

如果他只是满足于显示一下凶恶不善的威风,一切本会很好,已经计划撤退的白牙就会撤退,将肉让给他。然而,贝斯科以为胜利在握,迫不及待,径直向肉走来。他低下头来,非常随便地嗅一嗅那肉。白牙微微耸了耸毛,即使此时此刻,如果他只是站在那里,护住肉,昂首怒视,也足以在危境中拯救自己,白牙终会畏缩地走开。然而,贝斯科抵制不住新鲜而强烈的肉味,贪婪地咬了一口。

这未免太过分了!

几个月来,对于在拉橇同伴中的领导地位的记忆,白牙历历如昨。他不能容忍眼睁睁地看着别人吃掉本来属于自己的已到嘴边的肉。按照老习惯,他不加警告就进攻了。突兀的一击,将贝斯科的右耳撕成了几条,令他大吃一惊,接下来的同样突然的攻击也极为可悲!贝斯科被打翻在地,喉咙被咬,又挣扎着爬起来时,肩膀已被咬了两次。那种敏捷,真是迅雷不及掩耳,让人摸不着头脑。

他向白牙作了一个无意义的攻击,恶狠狠地咬了一口空气,转眼间,鼻子又被撕破了,只好蹒跚着从肉边撤退。

现在,形势完全反转了。白牙护住那块胫骨,耸毛示威,贝斯科在不远的地方站着,准备撤退。他再一次体验到了年老体衰的悲苦,不敢冒险和这位年轻的"闪电"作战。但他维护尊严的努力,英勇可嘉。他冷静地转过身去,离开那条年轻的狗和那块胫骨,似乎二者都不足挂齿,无需费心,大模大样地走了,直到完全走出了白牙的视野,他才停下来,舔一舔流血的伤口。

这件事使白牙更为自信,更加骄傲。从此,在走过大狗们中间时,脚步不再像以前那么轻了,对他们的态度也不再如以往那么妥协了。他决不是想要故意找茬儿,只是要求得到应有的尊重。比如不受干扰的走路以及不给任何狗让路。他必须受到重视,仅此而已。小狗们理所应当的受人忽略和轻视,他拉撬时的同伴们现在仍然如此,给大狗们让路,被大狗追赶,不得不放弃食物给大狗吃,但是,他不再接受这些了。难于相处、孤独乖僻、专心一意、面目可憎、令人畏惧的白牙,获得了惶惑不安的长辈们的平等礼遇。他们很快学会了让他自由自在,既不冒昧为敌,也不表示友好。几次交战以后,如果他们不管他,他也就不管他们,这种状态的确最好不过了。

仲夏时,白牙又得了一个教训。一次,他跟猎麋的人出去,悄悄地小步跑去考察村边上一座新搭的帐篷时,和杰茜碰了个面对面。他停下来看她,模模糊糊地记得她,然而到底记得,这就比她强。她那副掀起嘴唇、威胁咆哮的样子,使他的记忆越发变得清晰。已被忘却的兽仔时代,以及与这咆哮相联系的一切,都涌上了他的心头。

在认识神之前,她曾经是他的世界中心。那时熟悉的旧日情感又回来了,在他的内心汹涌澎湃。他快乐地跳到她身旁。然而,她回报他的,却是锋利的牙齿,割破他的脸颊,露出了骨头。

他退开了,疑惑不解。

但那并非杰茜的错误。一只母狼并不能天生记得一年前的兽仔。她记不起来白牙了。

他是一个陌生的动物,一位入侵者。她现在的这窝兽仔给了她对侵犯者表示愤怒的权利。

一只小狗向白牙爬去。他们并不知道,他们是同母异父的兄弟。白牙好奇地嗅一嗅小狗,杰茜因此又向他冲来,又一次撕破了他的脸。

白牙退得更远了些。关于昔日的所有记忆与联想,全部消失了,进入到它们从中复活的坟墓。他看到杰茜在舔她的小狗,时而停下来冲着他叫。她对他没有用了,他已经学会了没有她而生存,她的意义被遗忘了。他的事物的图标中没有她的位置,就像她的事物图标里面没有他一样。

他站在那里,依然发呆、疑惑,记忆已被忘却,不明白这一切是怎么回事。这时,杰茜第三次进攻他,决意要将他赶出这附近地区。白牙就让她赶自己走。她是他的种族里的一个雌性,而种族的规定之一,是雄的不应该打雌的。他不知道任何有关这规定的事,因为那既不是运用理智得出的判断，也不是凭借实际经验获得的东西，那是一种秘密的提示，一种本能的推动——使他对着月光星光长嗥，让他恐惧死亡未知的那种本能。

一个月，一个月地过去了，白牙更重、更壮、更结实了。与此同时，他的性格也在根据遗传与环境确定的路线发展。遗传可以比喻为粘土，具有多种可塑性，可以被塑造成各种不同形式，而环境就是作用于粘土的塑模，赋予它一种特定的形式。因此，如果白牙没有走到人类的火边来，“荒原”将会把他塑造成为一只具狼性的狗——是狗而不是狼。

总之，由于天性的特质和环境的压力，他的性格不可避免地被扭曲了，他变得更加乖僻孤独、难与为伍，也更加凶猛。与此同时，狗们也越来越明白，与他和平相处要比跟他打架好。然而，灰海獭对他的重视与日俱增。

表面上，白牙在一切品行方面都较强，但他有一个难以克服的弱点，那就是不能忍受嘲笑，认为人类的笑很可恨。他并不介意人类随心所欲地取笑除他以外的事物，但嘲笑一旦是针对他而发的，他就会生出极为可怕的震怒。他庄重、尊敬、冷静，但一个笑声可以使他感到莫大的耻辱与震怒，变得荒唐，好长时间如魔鬼般胡作非为。即使如此，在这种时候，他也不会在灰海獭身上泄愤，因为灰海獭有一根木棒和一个神的头脑；但此时此刻与他冲突的狗无疑会倒霉，在狗的后面，除了空间以外，什么也没有。所以，白牙由于讥笑而发疯时，他们就从他的面前逃向后面的空间。

白牙三岁那年，迈肯齐河的印第安人遇到了一次大的饥荒。夏季捕不到鱼，冬天打不到猎。麋鹿特别少，而兔子几乎绝迹。猎食为生的动物濒临死亡。他们失去了习以为常的食物，饿得只好弱肉强食，只有强者存留下来。

白牙的神们也是猎食动物，其中的老弱也饿死了。村子里有哀号声。为了将仅有的一点儿东西留给形容消瘦、眼窝深陷、徒然在森林中跋涉追猎的猎手们，妇女和小孩忍饥挨饿。

人们被逼到了绝境。他们竟吃了鹿皮鞋和并指手套的鞣皮。而且，人们吃狗，狗们相互吃，先是吃掉最弱的和比较没有价值的，慢慢地，活着的狗明白了。于是，少数最聪明最勇敢的狗就丢下人们的火逃进森林——火堆现在变成了屠宰场，在森林中，或者饿死，或者被吃掉。

在这悲惨的时刻，白牙也悄悄逃进森林。由于兽仔时代的训练，他比别的狗更适应这种生活。他尤其擅长偷偷跟踪小动物，一潜伏就是几个小时，怀着与饥饿同样的耐性等待着。他监视一只谨慎小心的松鼠的一举一动，直到松鼠冒险到了地上。即使这时，白牙也不行动。他要等到十拿九稳以后，一击而中，决不让松鼠来得及逃上树。于是，他从隐藏的地方显出身形，不迟不早，快得像一支射出的灰色箭头一样令人难以置信，稳稳地射住目标——松鼠想逃却为时已晚。

虽然捉松鼠比较成功，但松鼠也不多。他不能依靠他们生存，长壮。因此，他不得不猎取更小的东西，有时饿得只好从地洞里挖小老鼠，甚至不惜与和他一样饥饿却比他更为凶恶的伶鼬作战。

在最危急的时候，他曾偷偷返回神们的火堆，但没走到火边。为了防止被人发现，他潜伏在森林里，掠夺捕兽机上的一只兔子，那时，灰海獭正在森林里蹒跚而行，由于衰弱气喘常常坐下来休息。

一天，他碰到了一只年轻的狼，饿得精瘦憔悴、肌肉松弛。如果不饿的话，白牙会跟着他走，最终与他的野生兄弟们结队为伍；但是他饿得要命，于是捉住那只小狼，将他杀死吃掉。

白牙的运气不错。每逢饿到极点时，他总能找到东西杀了吃；另一方面，他衰弱不堪时，总算没碰到什么比他大的食肉动物。一次，他刚吃了两天大山猫肉，身体强健了，碰到一群饿狼扑来。那场追逐很残酷并持续了很远，但他比他们的营养好。最后，不但超过了他们，而且在兜了一大圈后绕回原地，干掉了一个精疲力尽的追逐者。

以后，他离开这个地方，到自己出生的盆地去旅行。在原来的洞穴里，他遇见了杰茜，她故技重演，逃离不适于居住的人类的篝火，到过去避难的地方生仔来了。白牙来到时，这一窝仅剩下一只活着的了，在如此饥荒的形势下，生灵没什么希望，这一只注定了不能活多久。

杰茜对待已经长大的儿子，毫不慈爱。不过，白牙并不介意，他长得已经超过母亲了。于是，他达观地转身走开，向河流上游跑去，在河流分岔处走上左边的支流，发现了许久前他与母亲共同吃掉的那只大山猫的窝，就在这个荒弃的洞里休息了一天。

初夏，在饥荒的最后几天里，他无意中碰见了利利，他也逃到了森林里苟延残喘。他们正从相反的方向沿着一处悬崖的脚下跑，绕过岩石转弯时碰了面。他们都非常惊慌，站住，怀疑地互相观察。

白牙的状态极佳。他的行猎极为顺利，一星期来都吃得很饱，刚刚还捕到猎物饱餐了一顿。但是，一看见利利，过去被欺负迫害造成的心理状态又产生了，他不由自主地耸毛咆哮，像过去一看见利利就耸毛咆哮一样。他做事既迅速又彻底，从不浪费时间。利利想要逃跑，然而，肩挨着肩，白牙硬着腿在周围走着，看他临死前的挣扎。之后，白牙重新上路，沿着悬崖的脚下疾步奔驰。

不久后的一天，他来到森林边，一条狭长的空地斜着伸向迈肯齐河。从前，他来过这里，那时是一片空地，现在却有一个村子。他躲在林子里，研究其中的缘由。

是旧村子迁到这个地方来了。他熟悉那景象、那声音、那味道，只是与他逃离的时候已经不同了。呜咽与哭泣消失了，他听到的都是满足的声音。一个妇女在发怒，可以听得出来，那是从饱肚子里发出来的。空气中还弥漫着鱼的味道，有食物了！饥荒过去了！

白牙勇敢地走出森林，向营地小步跑去，直奔灰海獭的帐篷。灰海獭不在，克鲁库快乐地招呼他，用一条刚捉到的鱼欢迎他。他如找到归宿般地躺下来，等待着灰海獭。

点评：

白牙长大了。作者通过与贝斯科的一番战斗的描写，将白牙的初步成长写了出来，尽管他还只是一岁而已。一系列的细节描写，“大摇大摆”“不再让路”“不再放轻脚步”等，都衬托出白牙的长大，变得强壮，想要得到应有的尊重。如果说这些都只是他身体方面的成长，那么与母亲的偶然相遇和受到母亲莫名其妙的攻击，则使得他的心理也得到成长。最后的血缘亲情的纽带断了，白牙温情的一面已经完全没有了寄托，作者在一步步地加强对白牙的凶猛、残忍、狡猾的一面的渲染。

十五、众矢之的

即使白牙天性中有任何与狗的种族相友善的成分,但当他一旦成了拉撬的领头狗时,这种可能性也不可挽救地被毁灭了。为了米沙额外给他的肉,为了他所受到的宠遇,为了他老在他们前头奔跑、摇动尾巴和臀部,这一切,都使那些狗们发狂似的仇视他。

同样,白牙对他们也怀有刻骨仇恨。他绝不喜欢做领头的雪橇狗。三年来,他打败和镇压遍了这群狗中的每一只,无法忍受现在被迫在狂叫着的群狗面前落荒而逃。然而,他必须忍受,否则就会灭亡,但他体内的生命还不想死亡。

米沙一声令下,全组的狗立刻野蛮地大叫着,向他扑过来,他没有防卫的余地。他若转身攻击他们,就会被米沙抡起的鞭子火辣辣地抽在脸上。他只有跑开,他不能用尾巴和臀部去对付那群嚎叫的狗们,尾巴与臀部可不是对付这么多无情牙齿的合适武器。

因此,他只好跑,整天地跳,每一跳都违背自己的天性,伤害着自己的自尊心。

谁也不可能违反自己天性的指示而不伤害天性。这种颠倒,仿佛是一根本来应该从身体内部向外长的毛,现在不自然地反过来向肉中长一样,注定要疼痛、化脓。白牙的情况就是这样。体内的每种推力,都驱使他扑向后面叫唤的狗群,但神的意志并非如此,而且,抽得疼痛的鹿肠皮鞭,实施着神的意志。白牙只有暗中悲伤苦恼,发展着与凶猛顽强的本性相适应的仇恨恶毒。

如果有一个动物曾经成为自己种族的敌人,那么,这个动物就是白牙。他既不要求宽恕,也不给予宽恕。群狗的牙齿不断在他身上留下伤痕,他也不断地用牙齿给群狗印上伤痕。在安营卸套以后,大多数领头狗都挨近神们以求保护,白牙却轻视这种保护。

他勇敢地在营地各处走动,在夜里报复白天所受到的苦难。他没做领袖时，狗们曾经学会了给他让路。但是现在，他们由于整天追逐白牙产生的兴奋之情，和脑子里反复出现的白牙逃跑的印象，下意识地不再情愿地克制自己而对他让步。他一出现在他们中间，争吵就必定发生。他就连吼带咬为自己开路，即使他呼吸的空气，也到处弥漫着仇恨与敌意，这样又增加了他内心的仇恨与凶恶。

米沙下令停止时，白牙就服从。开始时，后面的狗一齐扑向可恨的领袖。然而，现在情况不同了，米沙手中的鞭子会给白牙做主撑腰。渐渐地，狗们明白了，在奉命停止前进时，不要去惹白牙；但是如果白牙没奉命就停止，那么只要能够，就扑上去咬他。这种情形经历了几次以后，白牙很快就懂得了，没有命令，他绝不停止。因为生命提供给他的生存环境异常严酷，他必须学得快些，只有这样才能活下去。

不过，那些狗们却永远也学不会不要在营地里去惹白牙这样的教训。每一天，由于追逐叫骂而忘记了头天晚上的教训，到了晚上，重新领教以后，次日又再一次被遗忘。他们对他的恨有一个共同之处，就是他们觉察到，他们与他种族不同——这本身已经足以导致敌对情绪的产生。

和白牙一样，他们也是被驯服了的狼，但已经被驯养了许多代，绝大部分的野性已经没了。在他们看来，"荒原"既未知可怕，又永远充满了敌意与威胁。然而，无论在外貌、行为，还是本能的冲动上，白牙仍然眷恋着"荒原"，象征着"荒原"，是"荒原"的化身。所以，当他们向他露出牙齿的时候，他们是在自卫，是在抵御隐藏在森林深处、篝火以外的黑暗中的可能毁灭他们的力量。

狗们认识了团结一致的重要性。任何一只狗想要单枪匹马地跟白牙对抗，那太可怕了。他们用密集的队形对付他，否则他会在一夜之间一个个地杀死他们。实际上，他从来也没有杀他们的机会。他可能会掀翻一只狗，但是，不等他干到彻底——向喉咙那里下毒手，狗们就蜂拥而上。狗们一旦发现有冲突的预兆，就会群起而攻之。虽然他们之间也相互争吵，但在与白牙吵闹时，就会忘掉种族内部的纠纷。

另一方面，他们也想竭尽全力，然而，却并不能够杀死白牙。相形之下，他太迅猛，太聪明，太难被打败了。每逢他们可能包围住他的时候，他

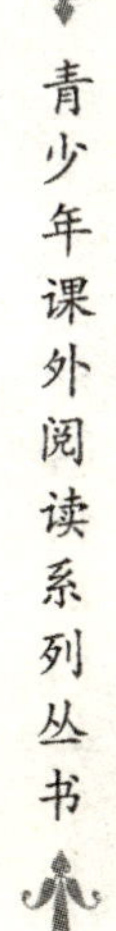

总能游刃有余地脱身而出。他们中间,还没有哪只狗可以将白牙打翻在地。他双脚依附土地的坚韧性,跟他对生命的依恋性一样。所以,在与群狗无穷无尽的战斗当中,谁也不如白牙明白,生命与站稳脚跟具有同等重要的意义。

白牙就这样成了种族的敌人。作为被驯养的狼,他们被人类软化了,由于人类的庇护而变得软柔了。白牙的本质,造就了他的冷酷无情。他可怕地实施着“近亲复仇”的主张,向所有的狗做“近亲复仇”。因此,即使本身也非常野蛮凶狠的灰海獭,也不得不对他的凶猛感到惊异,他发誓说从未有过这样的畜牲;陌生村庄的印第安人也这样说,他们的狗常常被他杀死。

白牙快要五岁的时候,灰海獭带他沿迈肯齐河,过洛基山,下波古滨,到育空洞,做了一次长途旅行。一路上经过了许多村子,他就大肆践踏狗们,让人久久难忘。他喜欢向他的种族报仇雪恨。他们都是些普普通通、毫不猜忌的狗,对他的迅速、直接和不宣而战毫无准备。他们不知道,他是一个嗜杀成性的“闪电”。他们耸毛硬腿向他挑战,他却毫不浪费时间心血搞这些准备程序,而像一根弹簧一样,突然一跃而起,当他们在惊慌之中还不明白怎么回事的时候,他已经咬住了他们的喉咙,毁灭了他们。

他变成了一个非常精明的打仗能手,决不浪费精力,也决不扭在一起。那种迅雷不及掩耳之势,不允许对手和他扭在一处。如果他失手了,他就很快脱身。他对扭打在一处表现得异常反感,那非常危险,会使他发疯。他不能忍受与别人的身体长时间接触,必须挣脱开,两腿直立,自由自在,不接触活动的东西。这表明“荒原”仍然依附在他身上,在他身上体现出来。这种情感,因他自兽仔时代以来那种被社会抛弃的生活,得到了加强。

危险就潜伏在接触中。它是陷阱,永远是陷阱。对危险的恐惧,潜伏在他生命的深处,融入了每根纤维里。

所以,碰到白牙的陌生的狗们,根本没有对抗的机会。他或者干掉他们,或者扬长而去。总之,他们的牙齿碰不到他。当然,这些事中也难免会有偶尔的例外。有时,几只狗重重地咬伤了他。但基本来说,他非常能干，简直无人可敌。

他的另一个长处，是对时间和距离的正确判断，这并非出于自觉或计划，而是自然而然，眼睛看得正确，神经再将影像正确传达给大脑。这些工作，他比一般的狗做得更好，顺利而稳定。他更好地协调着神经、心理与肌肉。当眼睛将一个动作运动中的形象传达给大脑时，大脑无需费力就明白了限制的空间与行动所用的时间，他就避开别的狗的扑杀与牙齿的撕咬，同时抓住极少的时间进行攻击。在肉体与脑力方面，他是一具更完整的机械。这并非说他值得赞美，只是“自然”对他比别的动物更慷慨而已。

夏天时，白牙到了正好坐落在北极圈内的育空堡。去年冬天，灰海獭穿越了迈肯齐河和育空堡之间的广阔流域，在洛基山脉向西延伸的支脉中靠打猎度过了春天。波古滨河解冻后，他划一只独木舟顺流而下，直到与育空河交汇处。

这里有一座古老的哈德逊海湾公司的堡垒，有许多印第安人，食物也很多，空前嘈杂。那是1898年夏季，成千上万的淘金者逆育空河而上，往多盛和科郎代克去。他们中的每一个人，都至少已走了四五千里路，许多人还来自大洋彼岸；虽然都已奔波了一年，然而距离目的地，仍有几百里之遥。

灰海獭在这里停下来。对于淘金的狂热，他早有所耳闻，所以，他带了几捆皮毛、兽肠并指手套和鹿皮鞋来，倘若不是想牟取暴利，他决不会进行如此遥远而冒险的旅行。然而，他的期望与收获相比，简直微不足道。他做梦也想不到利益会超过百分之百，但他得到了百分之一千。

因此，像一个真正的印第安人一样，他住了下来，慢慢地、小心地做自己的生意。即使一夏一冬才能卖完，也无所谓。

在育空堡，白牙第一次见到了白人。在他眼中，他们是另外一种活的东西，比他所了解的印第安人更高贵。神性本来是寄托在权力之上的，他们则具有更高的权力。白牙没有进行推理，头脑中也没有明确的概括。白神更强，这仅仅是一种感觉，然而却是一种强有力的感觉，就如同幼仔时代，巨大的房屋和堡垒也同样打动了他。这就是权力。这些白色的神们是强大的，比他一直依附的神们——其中最强的是灰海獭——具有更大的主宰事物的力量。

相比之下，灰海獭顶多算是一个婴儿。

当然，白牙只是感觉而并未意识到这些，不过，动物多是根据感觉而非思想采取行动的。现在，白牙的一举一动，都是以“白人是高等的神”这种感觉为根据的。他非常猜疑他们，不知道他们会造成什么未知的恐怖，带来什么未知的伤害。

最初几小时，他只是偷偷摸摸地在他们周围走动，隔着一段安全的距离，打量他们。以后，他看到随他们进出的那些狗并未受到伤害，才走近了一些。

与此同时，他们也对他非常好奇。狼的外貌立刻吸引了他们的目光。他们对他指指点点，白牙因此警惕起来。他们想接近他时，他就露出牙齿走开。没有一个人能用手碰一碰他。他们没有碰他可真是幸运！

很快，白牙就了解到，住在此地的白神极少，最多六个。而每隔两三天，岸边就会有一只汽船（作为权力的另一巨大表现）停泊几个小时，许多白人从船上下来，又上去，看上去多得数不清，比他生来见到的印第安人还多。以后，他们还是继续来到河边，稍作停顿便逆流而上，消失了踪影。

如果说这些白神是万能的，不过，经过与随主人上岸的狗稍稍厮混，白牙很快发现，他们的狗却不怎么样。这些狗的形状大小各不相同，腿不是太短就是太长，身上不是绒毛而是长毛，有的甚至几乎都没长毛。没有一只狗知道如何打仗。

作为种族之敌，跟他们打仗是分内之事。白牙做了，而且很快就生起无比的轻蔑。他们软弱无能，大喊大叫，笨拙不堪地辗转挣扎，妄图凭借力气取胜。他运用的则是机智与灵巧。他们大嚷大叫着向他冲来，他跳到一边，在他们不知道他怎样了的时候，他就扑到他们的肩膀之上，将他们打翻在地，攻其喉咙。

有时，这种攻击很顺利。受攻击的狗在泥土里滚来滚去，在一旁守候观望的狗便蜂拥而上，将其撕碎。白牙很聪明，他知道神们在狗被杀死时必然动怒，白人也不例外。因此，他打翻一只狗并切开了喉咙后，就退到

旁边，让群狗上去做残酷的收尾。当白人大怒而来，用石块、木棍、斧头等各种武器打在群狗身上的时候，白牙已经在不远之处逍遥观战。他真是聪明绝顶。

然而，群狗也根据自己的方式变得聪明起来。白牙也更乖了。慢慢地，他们知道，这种把戏，只能在一只船第一次靠岸时才可以玩。最初的两三条陌生的狗被毁灭后，白人就将他们的狗推到甲板后面，并对他们进行凶恶野蛮的报复。一个白人看见自己的一条猎狗竟当面被撕成碎片，就掏出左轮手枪来，迅速地开了六枪，六只被打死或要死的狗便躺在地上。这种权力的表现，深深地铭刻在了白牙的记忆中。

白牙不爱他的种族，自己的机灵又足以逃脱惩罚，而且，灰海獭忙着做生意发财，他无所事事。因此，他非常喜爱这种游戏。杀白人的狗开始只是一种消遣，后来居然成了他的专利。他与那群声名狼藉的印第安狗在码头附近闲逛，等待轮船的到来。轮船一来，游戏便开始。几分钟后——白人惊慌稍定——他们便烟消云散——游戏结束，再等下一次船来时故技重演。

说白牙是印第安狗群中的一员，那也不完全正确。他并不和他们厮混在一起，而是独自一个，离得很远。的确，他和他们一起捣乱，但他也让他们感到畏惧。他向陌生的狗挑战时，他们在一旁等待；他将对方打翻，他们就上去结果他。这时，白牙早已撤退，让他们去代他承受神的处罚。

挑起争斗并不难，他只需要在陌生的狗上岸之后露一露面。一看见他，他们就会本能地冲过来。当他们匍匐在原始世界的火旁改造着自己的本能，开始对生养了他们却被他们舍弃和背叛的“荒原”满怀恐惧的时候，他就潜伏在火堆周围的黑暗里，是“荒原”，是代表着未知、可怕、永远具有威胁性的东西。从古至今，对“荒原”的恐惧一代一代遗传下来，刻入了他们的天性中。许多世纪以来，“荒原”就代表了恐惧和毁灭；他们的主人特许他们去杀害“荒原”的东西。这样做，既是保护他们自己，也是为了保护、陪伴和庇护他们的神们。

这些狗来自温暖的南方，毫无经验。他们小步跑下跳板到岸上，看到白牙，就有一种抑制不住的冲动。也许他们生于城市长于城市，却依然对

于“荒原”具有同样的本能的恐惧。他们不仅是在用自己的眼睛，而且也是在用祖先的眼睛看，看到光天化日下这狼般模样的动物站在面前，根据祖传的记忆判断他是狼，就想起了前世的孽债。

所有这些，使白牙非常高兴。这些狗忍不住打他，正是他的运气，而是他们的晦气。他们以为他是合法的牺牲品，而他也把他们看成合法的牺牲品。

在孤独的洞穴里，他曾经第一次看到白天的光明；曾经与松鸡、伶鼬、大山猫打过最初的几仗；小狗时代，利利及其他小狗的迫害造成的苦痛，所有这些，对白牙的性格都有或多或少的影响。否则，他会面目全非。如果没有利利，他也许会与小狗们一起成长，从而变得更像狗也更喜欢狗。倘若灰海獭敲动温柔慈爱的小锤，也许会打动白牙天性最深层的地方，唤起诸种仁爱和蔼的品质。然而，一切并非如此，现在的白牙被塑造得孤独乖僻、凶狠狡诈，变成了全族异口同声的仇敌。

点评：

试想一下，被一群凶恶的狗追着跑，一旦回头准备抵挡却又会受到鞭子的抽打，除了不停地跑没有其他的选择。这样的境况令人感到绝望而又无助，直压得人喘不过气来。要在这样的环境下生存，除了咬牙挺过去没有别的办法。白牙的生存环境就这样一步步地更加恶化了。我们可以看到，这几个章节以来，对于白牙的性格的形成，作者用了一条不断的线，设置了许多不同的情节在反复地交代，到底是怎么样形成这个性格的。白人的出现，是对后面情节的铺垫。相比较于白牙原来的印第安主人，白人更加有统治力，也更文明，这是回归文明社会的契机。

十六、易　主

住在育空堡的白人寥寥无几。他们在这儿住了很长时间，自称为“酵子”，并引以为骄傲。他们轻视其他刚从轮船上登岸的新来者，称之为“洋盘”，而新来者也总是因此非常丧气。“洋盘”与“酵子”之间的不同，在于前者没有发酵粉，做面包时用酸面团子，而后者使用发酵粉做面包。

其实这些都不过是名目罢了。堡垒里的人轻视新来的人，为他们的倒霉而幸灾乐祸，特别对白牙和那群声名狼藉的印第安狗们大肆践踏新来者的狗感到快意。每逢汽船一到，他们必定满怀对印第安狗的期望，到河边来看这种游戏，争先恐后地赞赏白牙这个野蛮而狡诈的角色。

其中一个人特别热衷于这种游戏。他总是——一听见汽船的第一声汽笛就飞奔而来；又总是在战斗结束、狗群走散后才最后带着一种怅然若失的神情慢慢踱回堡垒。他甚至在看到柔弱的南方狗被一群虎牙毁灭而发出垂死惨叫时，高兴得手舞足蹈，大喊大叫，几乎不能自已。他看白牙时的那种目光，真是既狡猾又贪婪。

没有人知道他的教名叫什么，人们都叫他“美人”——“美人”史密斯，但既然对他那么吝啬，他绝对不是个美人。而且与这名字恰恰相反，他长得特别丑：个子矮小，身材瘦弱，脑袋小得惊人，头顶仿佛枣核。实际上，在他被人们称为“美人”以前的孩提时代，他曾有个绰号——“枣核”。

他的头尖顶向后，斜连到脖子上，向前则像飞铲般刚毅坚决地倾下去，接住低而宽的额头。造物主仿佛后悔自己的过分吝啬，就慷慨地给了他一个舒展的面目。较之其他部分，他的脸大，眼大，两只眼睛之间的距离还能再容下两只眼睛。也许瘦脖子疲乏难支，一副巨大阔重的颚骨向外突出，仿佛长在胸膛之上。

这副颚骨给人一种天生胸闷的印象，但似乎又缺少什么，也许是过犹不及，也许是颚骨太长，总之，这只是一种假象而已。“美人”史密斯，是作为鬼鬼祟祟的怯懦者中的最怯懦的一个而名闻遐迩的。

我们可以将他的尊容完整地进行如下描述：大而黄的牙齿，上两根犬齿尤甚，枯瘦的嘴唇下露出像狗牙一样的虎牙。大自然似乎少了颜料，便将各种颜料的渣滓挤出来混入他的眼中，看上去既黄又浊。不但眼睛如此，头发亦然，稀薄蓬乱一团，污黄地翘在头上，一簇簇出奇地伸出面部以外，仿佛被风吹乱的丛生的稻谷。

总而言之，史密斯是一个畸形的人，当然错不在他而在别人。他出生时就被塑成了这副模样，自己无从选择。他为堡垒里其他的人做饭、洗碗和做其他的杂役。与宽容任何受到自然的不公正待遇的人一样，人们非但不轻视他，反而代之以宽大的仁道的态度，而且怕他，惧怕他由于卑怯的愤怒而从后面开枪、引起火灾或者往咖啡里下毒。更何况，总得有人做饭，无论有多少缺点，“美人”史密斯却会做饭。

“美人”史密斯从最初就拉拢白牙，他看着白牙，对他的凶猛欣赏之至，极想据为己有。然而，对于他的拉拢，白牙从一开始，就不予理睬，以后就耸毛、露牙、走开。他感觉到他的恶意，不喜欢这个人，害怕他的甜言蜜语以及伸过来的手，因为招人憎恨。

比较简单的动物，对于好坏的理解非常简单。好代表一切令人舒服满足、可以解除痛苦的东西，因此人们喜爱；坏则代表一切令人不适、具有威胁伤害性的东西，因此招人憎恨。

白牙对“美人”史密斯的不佳的感觉，既不是出于推理，也并非仅凭五官，而是出于其他一种非常微妙、莫名其妙的直觉。史密斯畸形的身体，非常玄妙地从那不健康的体内散发出的那种古怪的心理，就像升起于满是瘴气的沼泽之中的雾一样，是邪恶的化身，应该加以憎恨才是。

“美人”史密斯第一次造访灰海獭营帐时，白牙正在家里非常惬意地躺着，他未见其人，只听到从远处传来的微弱的脚步声，就知道谁来了。于是立刻爬起来，毛发耸立。那人一到，他就像狼似的偷偷地溜到营帐边上。

他只看到那个人和灰海獭交谈，不知道他们说些什么。一次，那人指了指他，白牙便冲他一声怒吼，仿佛那只手不是离他十五尺而是要触到他身上。那人看了大笑，白牙一边溜走，一边回头看着躲进树丛的隐蔽处。

灰海獭已经做生意发了财，什么也不缺。况且，白牙非常可贵，是他养过的最壮的雪橇狗和最好的领头狗，无论在迈肯齐河还是在育空河流

域，没有一只狗可以比得上他。他善于打仗，杀别的狗像人类杀死蚊子一样容易。

史密斯听到这话，双眼发光，舌头贪婪地舔一舔嘴唇。

不！无论多少钱也不卖。

但是，“美人”史密斯对印第安人的脾气了如指掌。他常常来拜访灰海獭，总将一只黑色瓶子之类的东西藏在外衣下——威士忌能够使人口渴，灰海獭就犯了口渴的毛病，粘膜发烧，胃如火烧，需要更多的这种灼人的液体；这种陌生的刺激物还搅乱了他的大脑，听之任之，不顾一切地搞酒喝。他开始花掉卖皮毛、并指手套和鹿皮鞋的钱，而且越来越快，随着钱袋逐渐变瘪，他的脾气变得越来越大。

最后，灰海獭的货物、钱和脾气都完了，一无所有，只有口渴这笔庞大的“产业”，并随着每一口清醒的呼吸变得更加庞大。

于是，“美人”史密斯重提关于卖掉白牙的旧话，但是，这次的价格不是以钱而是以瓶计算，正中灰海獭的下怀。

他最后说：“你抓住他，他就是你的。”

瓶子付了。

然而，两天以后，“你把他抓住。”又被说了一次。不过，这一次，是“美人”史密斯对灰海獭说的。

一天，白牙偷偷走进营帐，那可怕的白神不在！

他满意地叹了一声，坐下来。几天来，他想向他下手的表现愈发急切，白牙被迫离开营地。他不知道那些一再伸出的手预示着什么不祥，只知道它们包含着恶意，离它们越远越好。

他刚刚躺下，灰海獭就蹒跚而至，将一根皮带扣在他的脖子上，他坐在白牙旁边，一只手抓住皮带头，另一只手抓住瓶子，时而将瓶子倒举在头上，咕咕吞咽两口。

一个小时后，一阵脚步声传来，白牙知道是谁，他耸毛的时候，灰海獭却还在笨拙地乱点头。白牙想轻轻地将皮带从主人手里挣脱出来，但是，松弛的手指握紧了，灰海獭自己也站了起来。

“美人”史密斯大步走进帐篷，站在白牙身边。白牙抬起头来，冲着这可怕的家伙轻声怒吼，密切地注视着这两只手的动作。一只手伸了出来，落向他头上,他的咆哮由轻而粗暴,紧张起来,那手继续慢慢下落,他匍匐在下,恶毒地盯着它,咆哮随着呼吸的加速越来越急,几乎登峰造极。突然,他像蛇一样亮出牙齿一咬,咔嚓一声,扑了个空。

"美人"史密斯将手缩回,又惊又怕。灰海獭打了一下他的脑袋的一侧,白牙恭恭敬敬地趴在地上。

白牙满腹狐疑地注视着每一个动作。"美人"史密斯走出去,抄起一根大棒。灰海獭就打他的左右两边,他服从了,起身跟着走,一冲,扑向要拖他走的这个人。

然而,"美人"史密斯并没有跳开。他已经等待着白牙的这一扑,他用尽力气一挥棍子,便将白牙打倒在地。灰海獭大笑着点头赞许。"美人"史密斯又拉紧皮带,白牙便昏头胀脑,浑身软弱地爬起来。

他没有发起第二次进攻。只此一棍,他就充分明白了,这位白神是知道如何使用这木棒的。他很聪明,绝不会去做无谓的牺牲。他夹着尾巴,闷闷地跟在"美人"史密斯的后面,悄然无声。然而,"美人"史密斯却非常谨慎,一直小心翼翼地盯着他,准备随时挥动棍子打。

到了堡垒,"美人"史密斯牢牢地拴住他,就去睡觉。白牙等了一个小时后,用牙齿咬皮带,他的牙齿绝不白白浪费时间,没有一口是徒劳无功的,只要十秒钟,就获得了自由。皮带被斜着咬断,近似刀割般整齐。白牙抬起头来,一边向堡垒上面看,一边又耸毛又咆哮。他不必向这位陌生而可怕的神尽忠。他早已将自己交给了灰海獭,自己是属于他的,所以,他又转身跑回灰海獭的营地。

然而,上次的故事又一次重演,但略有不同。灰海獭再次用皮带扣住他,次日早晨将他交给了"美人"史密斯。接着,就是所谓的生来最厉害的一阵毒打,而且只能忍受这处罚,因为徒然愤怒是无济于事的。与此相比,小狗时代承受的灰海獭的那顿毒打,真是温和多了。

"美人"史密斯喜欢这种事情,乐此不疲,快意无穷。他踌躇满志地凝视他的战利品,浑浊的眼睛闪着亮光,听着白牙的惨叫和无可奈何的怒吼。

"美人"史密斯是残酷的。这种残酷,是卑怯者的残酷。他在别人的打骂下畏缩抽泣,反过来再向比他弱小的东西报仇。一切生命都喜欢权力，因为在自己的种族中没有机会实施权力，他便退而向比较低级的动物发泄体内生命的权力。他带着一个畸形的身体与野兽般的智慧来到这个世界，这个世界没有很好地塑造他的素质，所以，“美人”史密斯并未创造自己，他本人是无可责难的。

白牙知道自己挨打的原因。灰海獭将皮带扣住他的脖子并交给“美人”史密斯时，白牙就知道，他的神的意志是要他跟“美人”史密斯走；而“美人”史密斯将他扣在堡垒外面的时候，他也知道这个白神的意志是要他留在那里。他违反了两位神的意志，所以才遭到一顿痛打。他过去见过狗们易主，也见过逃跑的狗挨打，和他一样。

白牙很聪明，然而，天性中有些品质比智慧更加强有力，其中之一就是忠贞。他并不爱灰海獭，然而，即使面对他的意志与愤怒，他依然无可奈何地忠实于他。他的种族所特有的这种忠实的品质，是组成他的素质的一个方面，这使得这种动物与其他种类的动物区别开来，使狼与野狗有可能从旷野中走出来，同人类结成伴侣。

白牙在被打过之后，被拖回堡垒。这一次，“美人”史密斯用一根棍子将他扣好之后才走开。但是，谁都不会轻易放弃一位神，白牙也是如此。灰海獭是他自己的神，虽然灰海獭的意志已定，出卖了他，但这对于白牙毫无影响，他依然对这神满怀眷恋而不肯放弃。他曾经毫无保留但并非无所谓地将自己的肉体与灵魂奉献给了灰海獭，这种束缚不可能轻易就被打破。

因此，在夜里，当堡垒里的人都睡着以后，白牙就用牙咬拴他的木棍。但是，木质非常干燥，而且扣得贴近脖子，牙齿几乎碰不到。他吃力地弯着脖子，经过肌肉最困难的努力，才将木头衔到牙齿间，而且也仅仅是衔着而已，又极顽固地坚持了好几个小时，才终于将木头咬断。狗能做到这种事，真是前所未有，出人意料。

但是，白牙做到了。清晨，他挣脱脖子上悬着的那根木棍，从堡垒里跑了。

白牙很聪明，不过，如果仅仅是聪明，他就不会再回到灰海獭身边了。他已经两次出卖他了。然而，他仍然非常忠诚，回去又让灰海獭在脖子上扣一根皮带，第三次将自己出卖。

“美人”史密斯又来索取。自然,这次打得比上次更为厉害。白人挥舞皮鞭的时候,灰海獭在一旁呆头呆脑地观看。他没有抗议,因为白牙已经不是他的狗了。

打完之后,白牙病了。如果是一只软弱的南方狗,这样打,早就被打死了。但白牙不会,严酷生活的锻炼与自身素质的坚强,使得他牢牢地抓住了生命,具有超乎寻常的强大的生命力。不过,他已经非常虚弱,开始根本不能动,“美人”史密斯只好等了他半个小时。

以后,他便盲目地跟着“美人”史密斯,步履蹒跚地走回城堡。现在,一条令牙齿无能为力的铁链扣着他。他徒然使劲地冲撞,企图拔出钉在木料中的铁环。

几天后,清醒了但早已破产了的灰海獭走了,又开始了从波古滨返回迈肯齐的长途旅行。

白牙作为一个半是疯狂、几近残暴的人的财产,被留在了育空堡。然而,一条狗的思维,又如何能明白疯狂是什么呢!“美人”史密斯对白牙来说,纵然可怕,却是一个货真价实的神。这是一个彻头彻尾的疯狂的神。不过,白牙对疯狂一无所知,他只知道必须屈服于这个新主人的意志,服从他的每一个胡思乱想。

点评:

这一段对于“美人”史密斯的外貌的描写非常细致,牙齿、眼睛、头发都有形象生动的描述,同时这些描写都含有很明显的主观意识,作者就是要通过调动读者的明显的感性认识,让人们第一眼就看出史密斯这个人物的卑鄙、龌龊。一般描写人物就是通过外貌、语言和行为(语言有时也是行为的一部分)来表现。而史密斯通过虐待比自己更弱小的来发泄被别人欺负的怨气和用酒来引诱灰海獭把白牙卖给自己的行为,更显示了他的卑鄙无耻的品性。而白牙明知会被灰海獭出卖还毅然回去的情节,表现了他内心深处的情感,这也是凶猛残暴的他为什么会回归文明的内在原因。

十七、斗　技

在人的疯狂唆使下，白牙变成了一个魔鬼。

“美人”史密斯用铁链将他扣在堡垒后面的一个圈里，用种种刑罚折磨他，激怒他，使他发狂。那家伙早就发现，白牙对嘲笑非常敏感，因此，在每次戏弄他，使他非常痛苦以后，必定故意地既响亮又轻蔑地嘲笑他，同时还用手指指点点，嘲弄他。这时，白牙就丧失了理智，暴怒之下，甚至比“美人”史密斯更疯狂。

在此之前，白牙不过是自己种族的敌人，而且是一个凶恶的敌人；现在，他开始与所有的东西为敌，而且比以前倍加凶恶。他被折磨得没有了丝毫的理智，盲目憎恨，憎恨束缚他的铁链，憎恨那些从木圈的板缝里窥视他的人，憎恨那些仗着人势、在他无可奈何时向他凶恶咆哮的狗，憎恨拘禁他的木圈，其中，他最先、最后、最深憎恨的人，是“美人”史密斯。

然而，“美人”史密斯之所以这样对待白牙，是怀有目的的。许多人围着木圈，“美人”史密斯拿着木棒走了进来，解了白牙脖子上的铁链后，又走了出去。

白牙无拘无束了，就四面撕圈板，想扑向外面的人。那副模样极其可怕：足足五尺长，两尺半高，由于继承了母亲比较大的体重，虽然全身没有一点脂肪或赘肉，全是筋肉、骨头与腱子这些最有利于打仗的肉体，但他的体重却远远超过了一只身材相仿的狼，达九十多磅。

圈门又开了。白牙停下来，等待什么不寻常的事发生。门开得大了些，一只身材很大的狗被推了进来。接着，门就“砰”的一声关上了。那是獒犬，白牙从没有见过。不过，这既不是木棍也不是铁链，而是可以发泄仇恨的东西，入侵者的身材与凶狠吓不倒他。他跳上去，一口咬破了獒犬的侧面。獒犬摇摇头，沙哑地咆哮着扑过来。但是，白牙总是躲闪，一会儿在这里，一会儿在那里，无所不在，总是跳上来撕咬后就及时跳开。

外面的人连声喝彩。“美人”史密斯欣喜若狂，垂涎三尺地盯着白牙。

獒犬太笨重，行动过于缓慢，从一开始就毫无希望。最后，“美人”史密斯用棍子赶开白牙，獒犬被主人拖了出去。于是，赌博得胜的金钱在“美人”史密斯的手中叮当作响。

白牙走过来，急切地观察聚在木圈周围的那些人。这也算一场战斗，是赐给他表现内在生命的唯一办法。他作为囚犯受到拘禁，受到虐待。除非主人放进别的狗来与他为敌，否则，空怀满腔仇恨却无法报仇雪恨。

“美人”史密斯没有估计错，他总是胜利者。有一天，他连续与三只狗斗。另外一天，一只刚从“荒原”捕获的长足了的狼被推了进来。还有一次最为激烈的战斗，他同时与两只狗斗，虽然最终将他们全部咬死，但自己也被咬得半死不活了。

现在，白牙在那一带远近闻名，人们都知道他叫“战狼”。这年秋季，初雪降临时，河里流着酥软的冰块，“美人”史密斯带他上了逆育空河上行到多盛的轮船。他被关在笼子里，放在甲板上，经常招来好奇的人们围观。他冲他们咆哮怒吼，或静静躺着，满怀冷静的仇恨研究他们。

为什么不应该恨他们？他没有扪心自问这个问题。他沉湎在仇恨中，只知道仇恨。生活对他早就变成了地狱，他天生不能忍受人类对野兽的囚禁，然而，自己现在正处于这种境遇之中。人们盯着他看，用木棍伸进笼子里戳他，让他咆哮，然后又嘲笑他。

这些人就是他的环境，正将他的素质塑造得比自然设计的更加凶猛。不过，自然也赋予了他可塑性。其他种类的许多动物也许早已因此垂头丧气了，甚至死去了，但他却适应了环境，生存了下来，情绪也未低落。也许“美人”史密斯这个狡猾的恶魔和磨难者可以摧毁白牙的锐气，但迄今为止，他还没有成功的迹象。

如果说“美人”史密斯心里有一个魔鬼的话，那么，白牙也有另外一个，这两个魔鬼不停地相互发怒。过去，白牙曾经获得过要匍匐、屈服于一个手持木棒的人的经验，然而现在，他又忘掉了这种知识。只要一看见“美人”史密斯，他就暴怒起来。他们接近时，在被棍子击退之后，他仍然继续咆哮怒吼，露出牙齿，绝不停止。无论被打得多么厉害，他总是要怒吼一声。“美人”史密斯罢手撤退时，白牙公然反抗的吼声追着他，要么就扑在栅栏上狂吼泄恨。

轮船到了多盛。白牙上了岸，仍然在笼子里作为“战狼”被公开展览。好奇的人们围着他，用五毛钱的金沙买一个看他的机会。既然花了钱，他们就不让他休息。当他想躺下来，为了保持展览的趣味性，他经常被弄得满腔愤怒。

最为糟糕的是，包围着他的那种气氛，人们的一言一语、每个谨慎的动作，都将“他是最可怕的野兽”这一信息通过笼子的栅栏传递给了他，使他得到“自己是凶恶可怕的”这一印象，而这正是火上浇油。结果，他的狞厉凶猛以自身作为营养而变本加厉。这是他的素质可能根据环境的压力而被模塑的又一例证。

除了公开展览外，他又是一个以战斗为职业的动物。战场一旦布置就绪，他就被拖出笼子，带到离城十几里外的森林里。为了避免骑警干涉，搏斗经常是在夜里，而且时间并不固定。这样等上几个小时，天一亮，观众与他们带来的白牙的对手也就来了。这个地方是野蛮的。白牙与无论大小、无论血缘的狗斗，直到一方战死才罢手。

白牙必须继续打下去，那么，不言而喻，他总是战无不胜，而败死的总是对方的狗。儿时与利利及全体小狗的打架实践，令他获益匪浅。他那种顽强的站稳在地上的精神，使得没有狗能让他跌倒。狼狗最爱冲向他，直接或突然转变方向撞击他的肩部，企图推翻他。迈肯齐猎狗、爱斯基摩狗、拉布赖多狗、赫斯基狗和玛里穆狗都对他试过这招，无不以失败告终。人们互相谈论并总盼望这事再一次发生，而白牙总不让他们失望。

其次，风驰电掣的速度，和直接了当的攻击使他胜过敌手。无论他们的战斗经验如何，却从未遇到过动作迅猛如白牙一般的狗。一般的狗习惯做些诸如咆哮、耸毛、怒吼这样的备战工作，所以，早在作战还没有开始或他们惊惶不定的时候，就已经被打翻在地干掉了。这种事频频发生，到了后来，人们先控制住白牙，在对方完成了备战工作甚至首先发动了进攻以后，才放开他。

白牙最为有利的条件是经验。他比任何一只与他对抗的狗都更懂得打仗。他打过更多的架，知道如何对付更多的诡计和办法，同时自己也有更多的诡计和办法。对于他的办法,别的狗则从未遇见过,束手无策。

随着时间变久,白牙的仗越打越多。男人们渐渐放弃了用狗跟他比赛的希望。"美人"史密斯因此不得不用印第安人设陷阱捕获的狼和他对抗。白牙每次与狼斗,必定吸引大批观众前来观看。有一次,是一只长足了的雌性大山猫,她的迅速凶猛与白牙不相上下;而且,白牙只用牙齿,大山猫则还用长着尖爪子的脚。

然而,从此以后,白牙再无仗可打了——再没有可以与他相斗的野兽了。至少人们看来,没有什么能够跟他一斗的动物了。所以,他就继续过着公开展览的生活。

直到春天,一个叫狄穆·启男的开赌的庄家来到了这个地方,与他同来的有世界上第一只到科郎代克的斗牛狗。这样,斗牛狗与白牙必然相遇,一场预料之中的恶战,就成为本地某些区域一周内谈话的主要议题。

点评:

"美人"史密斯将白牙买来的目的就是用他来展览赚钱和进行斗狗比赛以赢得赌注。如果说之前人们对史密斯是因为天生畸形而被人看不起还抱有一丝丝怜悯的话,此时对他已经满是痛恨和鄙夷了。他的全部心思都用在了将白牙训练成一个嗜杀的魔鬼上。而在这一节,白牙的凶暴和残忍也已经发展到了极致。他天生的强壮体格,他从小到大的打架经验,他被史密斯不断挑起的暴躁性格,这一切造就了他的无敌。

十八、死亡之战

“美人”史密斯解掉白牙脖子上的铁链，走出了斗技的圈子。

白牙没有立刻发起攻击，而是原地站着不动，耳朵前竖，警惕而好奇地观察面前的陌生动物。显然，他以前从没有见过这样的狗。

狄穆·启男朝前推一推他的斗牛狗，嘴里咕噜道：“上！”

斗牛狗既矮小又胖，而且笨拙，摇摇晃晃地走到圈子中间，停下来，向对面的白牙眨眨眼睛。

人群里大喊大叫：“上呀，切洛基！”“去咬他，切洛基！”“吃掉他！”

然而，切洛基好像并不急于打仗，而是回过头来，朝大声叫喊的人们眨眨眼睛，和善地摇摇残桩似的尾巴。他不是畏惧，只是懒惰，仿佛不知道对手就是面前这条狗。他没有与这种狗相斗的习惯，等待人们牵来真正的狗。

狄穆·启男走到圈中，附在切洛基的身上，两手逆着他的毛抚摸他的两肩，揉搓他，轻轻地向前推送。其中如此之多的暗示，目的就在于激怒他。果然，与人手动作的韵律相呼应，切洛基的喉咙深处开始轻轻咆哮起来，随着每次前进动作达到顶点而升到喉咙口，再退下去，周而复始。每次动作的终点，就是韵律的节奏。动作突然停止时，咆哮声就一下子升腾而上。这种影响，同时也波及到了白牙身上，他脖子和肩上的毛发开始耸立。

狄穆·启男做完了最后一次推送，就走了回去。朝前的推动没有了，切洛基就主动朝前，弯着腿迅速奔跑。

一阵吃惊的赞叹声。

白牙冲上来进行攻击，那动作与其说是狗，倒不如说更像猫。他敏捷地用牙咬过后，跳到另一边。

斗牛狗的粗脖子上被咬了一个口子，一只耳朵后面流着血。他一声不叫，毫无表示，只是转过身来，跟着白牙。

双方一个迅速，一个顽强。人们的情绪激动起来，下新的赌注，或者在原来的赌注上加码。

白牙连续不断地跳上去咬一口，然后毫发无损地脱身走开。奇怪的是，他的敌人仍然不急不慢地跟着他，那神态既审慎，又坚决，有条不紊。他的方法并非无动于衷、漫无目的——他将做他下定决心要做的事，无论什么也不能让他分散精力。

他的一举一动，都浸透了这个目的。白牙从来没有见过这种狗，感到困惑不解。他没有长毛的保护，身体柔软极易流血。不像白牙的种族，有浓密的绒毛可以阻挡牙齿的进攻。白牙每一次都非常容易咬进那柔软的肉里。这种动物，仿佛连自卫的力量也没有。

让白牙心烦意乱的另一件事是，他与别的狗搏斗时听惯了吼叫。然而现在，这种动物除了吼一声或哼一声，只是默默地承受攻击，却绝不放松对白牙的追逐。

切洛基也同样感到惶惑。他旋转很快，毫不迟疑，可白牙已然不在那里。他从来没有和这样一条他接近不了的狗斗过，一向是双方都想互相接近。然而现在，这条狗却总是保持一定的距离，到处跳着躲避，用牙咬时也不是一直咬下去，而是一咬到就立刻放下，重新跑开。

但是，斗牛狗个子太矮，巨大的颚骨也是一种补充的掩护品。白牙咬不到他脖子下面柔软的喉咙，只是毫无损伤地跳来跳去。与此同时，切洛基的伤口不断增加，脖子与脑袋的两侧都被咬破了，鲜血汩汩流淌。

切洛基一点也不慌张，继续殷勤地追逐。有一次，他扑了个空，停下脚步，向旁边的观众眨眨眼睛，摇一摇残桩似的尾巴，示意自己愿意继续斗下去。

在一刹那，白牙跳了上来，撕破了他的一只耳朵尚未被撕破的那部分。切洛斯微微露出愤怒的表情，在白牙的内圈奔跑着重又追逐，努力想在白牙的喉咙上咬住致命的一口。

有一次，斗牛狗就差一根头发的距离就能咬到白牙，白牙突然跳向相反的方向，脱离了险境。这时，人群中发出一片赞叹之声。

时间在流逝，白牙仍然跳跃，退闪和躲避，跳上来又跳开去，不断地给

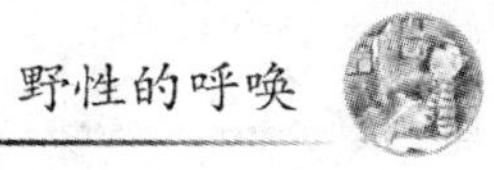

对手造成创伤，然而，斗牛狗继续用顽强沉着的态度，勤勉地追逐他。无论早晚，他总会咬住那致命的一口，取得胜利。在达到目的之前，他可以承受对手的一切伤害。由于白牙闪电式的进攻难以预料和防御，他的耳朵成了缨络，脖子与肩膀被咬破几十处，被撕破的嘴唇也流着血。

白牙实施了无数次的诡计，一而再、再而三地想推翻切洛基；可是，切洛基过于矮胖，也太贴近地面，他们的高度悬殊太大。

有一次，机会来了。他发现，切洛基正在调头，比较缓慢地旋转的时候，肩膀暴露了出来。白牙便不遗余力地扑了上去，然而，他自己的肩膀高高在上，因此，冲击的速度使他的身体从对方身上翻了过去。

人们看到，白牙第一次在自己的战斗史上失足了。他的身体在空中栽了半个跟头，像猫似的扭转身体，脚才着了地，否则就要仰面朝天了。虽然如此，他的腰部还是很重地跌撞到了地上。接着，他爬起身来。切洛基的牙齿就在这时候咬住了他的喉咙。

这一口咬得太向下，接近胸口，并非恰到好处。不过，切洛基紧紧咬住不松口。白牙跳起来，狂暴地兜着圈子，企图挣脱斗牛狗。斗牛狗用身体的重量缠着他，拖着他，妨碍他运动，限制他的自由，使他发疯。这仿佛是一个陷阱，使他的全部本能都愤怒、反叛起来。

这是一种疯狂的反叛。他有一段时间实在发了狂。内部的基本生命控制了他，体内生存的意志淹没了他。肉体对生存与运动的盲目渴望将理性剥夺了——不顾一切地运动、再运动，因为运动是生存的表现。

白牙一圈一圈地奔跑，旋转，倒转，企图挣脱悬在喉咙上面的五十磅的重量。而斗牛狗几乎什么也不干，只是紧紧咬住不放。他的脚难得着地，身体被白牙的疯狂旋转拖得转来转去。切洛基将身体与本能合二为一了，他知道，咬定不放是正确的，因而产生了某种满足的幸福的颤栗，甚至闭上眼睛，听任自己的身体被摇来摆去。无论身体可能受到什么样的伤害，都没有关系，要紧的是咬住，而他正是一直紧紧咬住的。

只是在极为疲乏的时候，白牙才停止运动。他毫无办法，也不知道该怎么办。这种事在他经历过的所有战斗中，从来也没发生过。原来的斗法不是这样的，而是撕、咬、跳开，再撕、咬、跳开。

白牙微侧着身体，躺下来喘气，抵制着，依旧紧咬不放的切洛基正极力迫使他完全倒下。他感到切洛基的牙床像咀嚼一样在所咬的地方挪动，略一放松立刻又合拢起来，更接近喉咙的位置。斗牛狗的方法，是固定已经取得的战果，等待有利的时机——白牙相对静止的时候，他就发动攻击；白牙挣扎时，他就维持紧咬不动的态势。

切洛基身上唯一可让白牙的牙齿触及之处，就是脖子突出的背面。他咬他接近两肩的脖根，但是他既不知道如何运用咀嚼进行作战，而牙床也不宜这样做，他时断时续地连撕带刺，想咬成一个洞。这时，他们位置的变化，分散了他的注意力。斗牛狗将他完全推翻在地，像猫一样压在他的身上，仍然紧紧咬住喉咙不放。白牙缩回后腿，用爪子挖压身上的敌人的腹部，开始一条一条地撕。切洛基忙以咬住的地方为轴心转到一边，使自己的身体与白牙的身体成为直角，否则，他的内脏很可能要被挖了出来。

咬住的一口，就像"命运"一样挣脱不掉，不可抗拒，沿着脖子慢慢上移。白牙完全是因为脖子上的松弛的皮毛及皮上浓密的绒毛，才暂时免于一死，这些东西形成一个大团，塞在切洛基的口中，使他的牙齿难以刺穿。然而，他还是一有机会，就一点一点地将皮肉和绒毛逐渐吞入口中。这样下去，他必将慢慢扼死白牙。白牙的呼吸随着时间的持续，越来越困难。

这场战斗看来几近结束。支持切洛基的人们兴高采烈，荒唐地大肆喝彩。尽管"美人"史密斯轻率地接受了五十比一的赌注，而白牙的支持者们沮丧了，即使十比二十和二十比一的彩头也都拒绝了。他向圈子里跨进一步，手指一指白牙，纵声大笑中饱含着冷嘲热讽。果然，白牙愤怒欲狂，振作起残余的精力爬起来，挣扎着转圈子。然而，对手五十磅的重量一直挂在喉咙上，他的愤怒变成了恐惧，智慧在肉体对生存的意志面前变得渺无踪影，随基本的生命重新支配着他。他一圈又一圈，进而又退，蹒跚着，跌倒再爬起来，甚至后退几次，站了起来，将敌人举起来，徒然挣扎着，想挣脱掉死亡的纠缠。

最后，他跌倒了，仰面朝天，力量也无处可使了。斗牛狗迅速移动咬住的地方，咬得更深，更多地咬开长满毛的肉，更加紧紧地遏制住白牙的呼吸。

对胜利者的赞美之声大作，连连发出呼声："切洛基！切洛基！……"

切洛基听到这呼声，有力地摇摇残桩似的尾巴作为回应，然而，即使喧闹如此的赞美声，也不能分散他的注意力。他的尾巴与牙齿之间，并没有共鸣的关系，一个可以摇动，另一个则继续咬住白牙的喉咙。

正在这时，一阵叮当的铃声传来，观众们听见架狗旅行的人的吆喝声。除了"美人"史密斯，每个人都惊恐张望，他们非常害怕警察到来。不过，他们看到两个男子，架着狗拉的雪橇从雪道上跑过来。显然，他们是搞什么勘探旅行才来到这条小河流域的。

他们看见人群，让狗停下来，走过来想看一看这场热闹究竟如何。管狗的人留着唇髭，另外那个比较高大的年轻人的下巴则剃得很光，皮肤由于血的冲击和在冰天雪地里奔跑而露出玫瑰色。

实际上，白牙已经停止了挣扎，时而抽筋般地抵抗一下，毫无效果。他只能得到很少的空气，空气在不断加紧的无情扼制下越减越少。如果不是斗牛狗开始时咬得过低，几乎是在胸部的话，即使有绒毛作为甲胄，他的喉头大血管也早就被咬破了。切洛基用了很长时间才将那一口向上移动，他的牙床受到了更多的皮毛的阻碍。

与此同时，"美人"史密斯的深不可测的兽性涌入脑海，控制了仅存的一点健全的神志。他看到，白牙的眼神渐渐变得呆滞起来，明白这场战斗注定要失败了。他失去了一切控制，跳到白牙身边，野蛮地用脚踢他。人群中一阵嘘声表示抗议，然而也仅此而已。

"美人"史密斯继续踢着白牙。这时，人群里一阵骚乱。新到的那个高个子年轻人挤了过来，毫无礼貌地推开左右两边的人，从人群里挤到圈子中间。"美人"史密斯正要踢一脚，全身重量支在一只脚上，极不稳定平衡。这时，新来者又准又狠地向他脸上击了一拳，"美人"史密斯站在地上的那只脚就立刻离了地，整个身体抛向空中，向后倒在雪地上。

新来者转过身来，对着人群叫道："你们这些卑鄙的家伙！你们这些畜牲！"

他勃然大怒，那是一种神态完全清醒时的大怒，灰色的眼睛仿佛钢铁般扫射着人群。

“美人”史密斯爬起来，鼻子哼哼唧唧，畏畏缩缩地走到他身边。新来的人不了解也不知道他是多么卑贱多么胆小，以为他是来找茬儿的，骂了一声“你这畜牲！”又给他脸上来了一拳，将他打翻在地。

在“美人”史密斯认定雪地是自己最安全的地方后，就在倒下去的地方躺着，不再爬起来了。

新来者喊跟他一同走进圈子的那个管狗人：“来，迈特，帮个忙。”

两人附在两只狗上。迈特抓住白牙，准备在切洛基牙床松动时将他们拉开。年轻人努力想把斗牛狗的颚骨握在手里扒开，促成分离，但徒劳无功。

他一面拉、拖、扭，一面喘气，一面叫道：“畜牲！”

人群中骚动起来。有几个人抗议，这么做破坏了他们的赌博，新来者放下手中的工作，抬头瞪了他们一会儿，他们又沉默了。

最后，他骂了一句：“你们这些该死的畜牲！”又接着回头干他的活儿。

终于，迈特说：“那不顶事，司各特先生。你那样扒不开。”

两人停下来，观察扭在一处的两只狗。

迈特说：“血流得不多，还好没全咬进去。”

“不过，随时都会有可能的，”司各特说，“你看到了吗？他把牙向上移了一点。”

这位年轻人的兴奋以及替白牙的担心，同时都有所增加。他野蛮地向切洛基的头上打了又打，也没有使牙床松动。切洛基摇一摇残桩似的尾巴，表示明白这些打击的含义。但是，他也知道，他没做错什么，他紧咬不放只是在尽职尽责。

司各特绝望地对人群喊道：“你们没人愿意帮帮忙吗？”

然而，没人帮忙。相反人们开始冷嘲热讽地怂恿他，出了许多可笑的主意。

迈特劝道：“你最好弄个杆杠。”

青年人就伸手从屁股上的枪袋里掏出左轮手枪，尝试着将枪口塞到

斗牛狗的牙齿间。

两个人都跪着，附在狗身上。他用力塞了又塞，甚至可以清晰地听到钢铁与咬紧的牙齿互相摩擦的声音。

狄穆·启男大步走进圈子，站在司各特旁边，来意不善地拍拍他的肩，说："不要弄断了牙齿，先生。"

司各特继续用枪口又撬又塞，针锋相对地说："那么，我就弄断他的脖子。"

开赌的庄家更加不善地重复道："我说不要弄断了牙齿。"

不过，如果他是想嘘声恐吓，那毫无作用。司各特继续努力，抬起头来冷冷地问："你的狗？"

狄穆·启男哼了一声。

"那么，你来弄开他的嘴。"

"喂，先生，"那个人恼怒地拖长音调说，"我可以告诉你，这事我自己也做不到。我不知道如何打开这个机关。"

"那么就滚开，不要烦我，我正忙着。"

狄穆·启男继续看着。然而，司各特已经不再注意他是不是在场。他想方设法，将手枪插进牙床的一边，尝试着让枪口从另一边出来，小心翼翼地轻轻地撬着。每撬一次，牙床就松一点。与此同时，迈特一点一点地抽出白牙被咬得血肉模糊的脖子。

司各特蛮横地对切洛基的主人命令道："到一边站着，准备领你的狗。"

狄穆·启男顺从地俯下身去，紧紧抓住了切洛基。

司各特最后又撬了一下，警告道："注意。"

狗们被拉开了。

斗牛狗挣扎着，精力依然旺盛。

司各特命令道："带他走。"

狄穆·启男将切洛基拖到了人群里。

白牙努力了几次，想爬起来，但都没有成功。一次，他站了起来，但腿软弱难支，渐渐失去了力气，又跌倒在雪里。他半闭着眼睛，眼神呆滞，暗淡无光，腭骨张开，舌头从中伸出，无力地拖着。那副模样，完全像一只被绞死了的狗。

迈特观察着，宣布道："几乎要完蛋了。不过，现在呼吸正常了。"

"美人"史密斯爬了起来。走过来看白牙。

司各特问："迈特，一只好的雪橇狗值多少钱?"

仍然跪着，附在白牙身上的迈特计算了一会儿，答道："三百块。"

司各特用脚推一推白牙，又问："这样一只被咬烂的值多少?"

"一半左右。"

司各特扭过头来，脸冲着"美人"史密斯。

"你听到没有? 畜牲。我给你一百五十块钱。我要你的狗。"

他打开钱夹，数出钞票。

"美人"史密斯将手倒背在身后，拒绝接受塞给他的钱，说："我不卖。"

对方代他肯定地说："哦，你卖的，因为我买。这是你的钱，狗是我的了。"

"美人"史密斯仍然将手倒背在后面，向后退。

司各特跳到他的面前，举拳就要打他。

"美人"史密斯面对预料之中的打击，缩小身体，呜咽道："我有权利。"

"你已经失去了拥有这条狗的权利。你拿不拿钱? 或者要我再揍你?"

"美人"史密斯满怀恐惧，连忙说："好吧，我拿钱。但是我要抗议，这条狗是棵摇钱树，我不愿意被人抢劫。一个人有自己的权利。"

司各特将钱交给他："对，一个人有自己的权利。不过，你不是人，你是畜牲。"

"你等着。我回到多盛以后，我要控告你。""美人"史密斯威胁说。

"如果你回到多盛后敢张一张嘴，我就把你驱逐出境，懂吗?"

"美人"史密斯哼了一声，作为回答。

那人突然恶狠狠地怒喝一声："懂吗?"

"是的。""美人"史密斯退缩着，用喉声说道。

"是什么?"

“是的，先生。”“美人”史密斯犬吠似的说。

“注意！他要咬了！”有人喊道。一阵哄笑。

司各特撇开他，回头去帮助迈特，他正伺弄白牙。

有的观众走了。其余的三个一堆、五个一伙地站在旁边观看议论。

狄穆·启男问：“这位是谁？”

有人回答：“威登·司各特。”

他追问道：“威登·司各特是谁啊？”

“一个开矿技术员，本领很高，和那些大亨们都很熟。我告诉你，如果你不想找麻烦的话，还是离他远些。他与大亨们关系很好，尤其是金矿部长。”

狄穆·启男替自己分辩道：“我就知道他一定有来头。所以，一开始我就不惹他。”

点评：

已经所向无敌的白牙终于遇到了一个强劲的对手。斗牛狗切洛基看似憨厚呆笨，但却正好能克制住白牙的战术。白牙在这次战斗中几乎遭到灭顶之灾。就在这时，司各特的及时出现，不仅救了白牙一命，而且这正是白牙回归文明的重要原因。作者在这里对于司各特的描写，他对史密斯的痛打、斥骂，他抢救白牙时的急切，尤其是语言描写，都表现出这是一个正直、富有爱心却又嫉恶如仇、敢于维护正义的形象。

十九、桀骜不驯

司各特坐在小屋子门前的台阶上，凝视着驯狗人，耸一耸肩，怀着同样的绝望承认："没有希望。"

此时的白牙将铁链拉得笔直，毛发耸立，恶狠狠地叫着，挣扎着想要向那些雪橇狗扑去。雪橇狗由于迈特多次用木棒教训，已经知道了不要招惹白牙。虽然他们都在不远处躺着，但显而易见，他们把他当作不存在，毫不理会。

司各特不得不说："这是一只狼，驯服不了。"

"哦，我不知道，"迈特表示反对，"也许狗的成分并不少呢。不过，我确实知道，有件事情错不了。"

迈特止住话语，自信地点一点头。

司各特等了很长时间，严厉地说："那么，你所知道的事情，请说出来吧，什么事？"

迈特用大拇指向后指一指白牙。

"无论是狼是狗，都一样——他已经被驯服过了。"

"不！"

"是的。我告诉你，他还受过拉扯的训练。请你仔细看看，看到胸口上的痕迹了吗？"

"你说得对，迈特。他到'美人'史密斯手中之前，是只雪橇狗。"

"所以，没有什么理由说他不能再成为雪橇狗。"

司各特着急地问："你有办法吗？"

但是，他的希望随即又破灭了。他搔一搔头，又说道："我们弄他来这儿两个星期了，他现在反倒比以前更野了。"

"给他一次机会，"迈特劝告说，"我知道你尝试过，不过你没有带一根木棒。"

"那么，你试一试。"

迈特手提一根棍棒，走向链条扣住了的狗。像囚笼里的狮子盯着训练人的皮鞭一样，白牙也盯着木棍。

迈特说："你看他盯着木棒的样子。这是好现象。他不是傻瓜，也确实没有彻底发疯。只要我手中抓着木棒，他就不敢扑我。"

迈特的手接近他的脖子的时候，白牙毛发耸立，咆哮着匍匐下来。他的眼睛一面盯着渐渐逼近的手，同时也努力凝视着充满了威胁、悬在上面的另一只手里的木棒。迈特解掉他脖子上的铁链，走了回来。

白牙几乎不能相信，自己已经自由了。自从落到"美人"史密斯魔爪之后的好几个月里，除了与别的狗打仗以外，他从未享受过片刻自由。而且每次战斗以后，立刻又被囚禁起来。

他不知道这是为什么，也许这是神们想玩什么新的恶作剧。他小心慢慢地走着，预防随时可能遭到的攻击。这种事情从未有过，他不知道怎么办才好。出于谨慎，他小心翼翼地走到小屋的墙角，躲开看守着他的两个人。

然而，什么事也没有发生。他完全困惑了，重新再走回来，站在十二尺外，密切地观察这两个人。

司各特问："他会不会跑掉？"

迈特耸一耸肩："这可以打赌。要知道结果的唯一办法，就是去祈求那结果。"

"可怜的家伙！"司各特怜悯地喃喃自语，又说，"他只需要人类略表仁慈。"转身走进小屋。

出来时，他带了一块肉，扔给白牙。白牙跳开了，站在远处满腹怀疑地研究它。

"喂，老大！"迈特警告道。

但是，已经晚了。老大已经跳了过去，他的牙齿咬住肉的一刹那，白牙开始了进攻，将他推翻在地。迈特赶上去，然而，白牙的动作更快。

老大蹒跚着爬起来时，血从他的喉咙下面喷了出来，在雪地上染出了一条红色的渐渐扩大的痕迹。

司各特忙说："太糟糕了。不过，他也是活该。"

然而，迈特早已伸脚踢了，白牙一跳，一亮牙齿，尖叫了一声，恶狠狠地吼叫着向后倒退了几码。

与此同时，迈特也弯下腰来查看自己的腿，指着被撕破的裤子、内衣和一块正在扩大的红印说："咬得好。"

司各特的声调里满是丧气："迈特，我对你说过，没有希望。虽然无须去想，但我反复想过。现在，我们到了这一步，那是唯一的办法了。"

说完，他非常勉强地掏出枪来，打开旋转枪膛，看清了里面的子弹。

迈特反对："喂，司各特先生，这只狗来自地狱，你不能希望他是个非常纯洁的、光明照人的天使。给我些时间。"

司各特回答道："你看老大。"

迈特去看那受了伤的狗。他倒在雪地上，躺在血泊中，已经在咽最后一口气。

"他活该。司各特先生，你自己这样说的。他想吃白牙的肉，所以就完蛋，这是意料中的事。如果一条狗不为自己的肉战斗，我就看不起他。"

"迈特，对狗也就算了。可是，我们总得有个限度，你看看你自己。"

"我也是活该！"迈特倔强地争辩说，"我为什么要踢他？你自己也说的，他做得对。那么，我没有权力踢他。"

司各特坚持己见："最好杀了他，他驯不服。"

"注意，司各特先生，给这可怜的家伙一个机会吧。他刚刚从地狱出来，还没机会呢。这是第一次松了他的链子。给他一个好机会，如果他不做好事，您等着，我亲自杀他。"

"上帝知道，我并不想杀他，也不愿意别人杀他，"司各特放开左轮手枪，"我们让他自己走走，看看我们能为他做些什么。就这样，试试看。"

他向白牙走去，和气、爱怜地跟他说话。

迈特警告他："手里最好带根木棒。"

司各特摇了摇头，继续尝试着，想要博取白牙的信任。

白牙非常怀疑什么事即将临头。他曾杀死了这位神的狗，咬伤了他的同伴，即便有可怕的处罚，他也毫不屈服。他耸起毛皮，露出牙齿，眼睛睁大，全身心都在警惕着准备应付不测事件。

这位神手中没有木棒，因此，他让他走到非常近的地方。神的手伸出来了，即将落到他头上。他知道神们的手，其中拥有曾被证实的支配权，知道它们狡猾的伤人的手法。这是危险，是一种诡计。而且，他一向讨厌人的接触。他伏得更低了些，咆哮也更具威胁。

他不想要那只手。然而，那手依然在下降。他忍受着当头的危险，但是，本能在体内汹涌而起，一种渴望生存的贪婪的心情控制了他。司各特以为自己的敏捷足以躲避任何撕咬，然而现在，他不得不领教到了，白牙袭击时像盘着的蛇似的准确而敏捷，异常迅速。

司各特吃惊地尖叫一声，另外一只手紧紧握住被咬破的手。迈特大骂一声，跳到他身边。

白牙匍匐下来，向后退去，毛发竖起，露着牙齿，目光里流露出威胁与狠毒。现在，他要挨一顿像"美人"史密斯做过的那种毒打了。

突然，司各特喊道："喂，你干什么?"

迈特已经从小屋子里拿出一支长枪来。

他装出毫不在乎的神情，慢慢地说："没什么，不过是履行诺言罢了。我想，我应该照我说的话去杀掉他。"

"不要杀，不要杀！"

"我要。你等着瞧吧。"

像迈特挨咬后替白牙求情一样。现在，司各特求情了。

"你说过给他一个机会，那么，就给他吧。我们刚刚开始，不能一开始就放弃。这一切，是我活该。而且——你看他！"

白牙在四十尺外，挨着小屋的墙角，发出的恶毒的咆哮声令人心寒，不过，不是向司各特，而是对迈特。

迈特不胜惊讶："嗨，我将会进地狱去，永世不得翻身！"

司各特连忙急着说："你看他多聪明，他明白火器的意义，不亚于你。他非常聪明，我们要给这种聪明一个机会。收起枪来。"

"好的，我甘心情愿。"迈特把来福枪靠在柴堆上。

接着，他又大声喊道："可是，你再看看！"

白牙停止了怒吼，已经平静下来。

“这值得研究。注意看。”

迈特伸手去拿枪。白牙就在同一瞬间又咆哮了。

他从枪边走开，白牙就放下翻起的嘴唇，遮住了牙齿。

“就玩一玩吧。”

迈特拿起枪，慢慢举到肩膀上去。白牙咆哮的音量就随着这动作的开始，逐渐增加并达到顶点。然而，还没举到与他一样高时，他向旁边一跳，躲到小屋的墙角后面了。

迈特站着，瞪眼看着空乱的雪地。白牙本来是在那里的。

于是，他庄严地放下来福枪，转过身来看着他的雇主。

“司各特先生，我同意您的话。这狗太聪明了，绝不能杀。”

点评：

这一段主要是写司各特和助手迈特对白牙的初步认识。他们本想驯服白牙，但经历了几个星期后，他们发现这是很难的。白牙之前的经历给他的刺激太深了，他拒绝任何的驯服。可通过各种纷繁复杂的表象，他们还是发现了一些细节，白牙对于人尤其是拿着棍棒的人是不会主动进攻的，他的胸口上有着拉雪橇磨出的疤痕，这些都说明他曾经被驯服过，只是后来的经历将他变得暴躁，难以平静。这增加了司各特想驯服他的信心。这一段的描写还是在为后面的回归设置悬念，表明这种回归不是一帆风顺的，是有波折的。

二十、遇　救

看着威登·司各特向他走来，白牙耸起毛，咆哮着，表示自己不甘屈服。司各特的那只手从被咬到现在，已经二十四小时了，包扎着，而且为了防止充血，用吊腕带吊着。

白牙从前也经历过缓期执行的处罚，因此，他认为这种处罚又来临了。为什么不这样呢？他用牙齿咬了一个神，而且是一个有白色肌肤的神的神圣不可侵犯的肉体。

在他看来，这是对于神和神圣的亵渎。根据与神接触的经验，事情发展下去，必然有某种可怕的事正等着他。

相距几尺，神坐下了。由此，白牙并未看到有什么危险。神总是站着执行处罚的，而且这位神既没有木棒皮鞭，也没有火器。白牙是自由的，没有铁链木棒的束缚。在神站起来时，他完全可以逃到一个安全的地方。他暂且等一等时机。

神依然安静不动；白牙喉咙中的咆哮也慢慢减弱，停止了吼叫。接着，神开始说话。

一听到第一个音节，白牙脖子上的毛发就竖立起来，喉咙中的咆哮又汹涌而起。然而，神并未做出任何具有敌意的动作，继续平静地说话。白牙的吼叫在一段时间里，便随着讲话声音的高低而起伏，节奏非常和谐。

然而，神无休无止地对白牙讲下去，声调略带柔和，充满了温柔与抚慰，白牙从来也没听到过这样的讲话，它在某种意义和某种程度上打动了白牙。白牙情不自禁地把本能的一切严厉警告置之度外，开始信任这位神，拥有一种安全感。而这，与他过去与人相处的所有经验并不相符。

过了很长时间，神站起来，走进小屋里去。出来时，白牙满怀忧惧地观察着，他既没有木棒皮鞭，也没有武器，受伤的手倒背在后面，也没戴任何东西。像以前一样，隔着几尺，他仍然坐在原来的地方。

他拿出一小块肉来。白牙竖起耳朵，以一种怀疑而警惕的态度同时观察着肉与神，注意着任何可以发现的动作，全身紧张，预备看见任何有敌意的征兆就逃开。

处罚依旧迟迟没有实施。神只是拿了一块肉，送到他的鼻子跟前；那肉仿佛也没什么不好。虽然手急促地将肉送给他的动作明示出邀请的意思，但白牙仍然非常怀疑，拒绝碰肉一下。神聪明绝顶，谁也难以料定在这表面上看来显然无害的肉后面，隐藏着什么样的阴谋诡计。根据以往的经验，特别是与印第安妇女相处的经验，肉与处罚常常不祥地联系在一起。

最后，司各特将肉扔到白牙脚下的雪地上。白牙小心翼翼地嗅一嗅，与此同时，眼睛盯着人而不是肉。什么事也没有，他将肉吞进口中，吃了。还是没事，司各特又给了他另外一块肉。他仍然拒绝从手中接肉，他便照旧将肉丢给了他。这样，重复了许多次。

但是后来，司各特拒绝将肉扔出来，坚持用手送给他。肉很好，白牙很饿，他怀着无限的小心，一点一点地向手接近，最终决定从手里吃肉。他目不转睛地盯着神，伸着脑袋，耳朵倒贴，脖子上的毛发不由自主地竖了起来，喉咙里滚动着一种低低的吼声，警告着跟他开玩笑是不行的。他吃了肉，没事；又一块块吃了所有的肉，也没事。

处罚依然迟迟没有实施。

他舔一舔嘴，等待着；司各特继续讲话，其中蕴涵的仁慈是白牙从未感觉过的。他心中升起一种未曾体验过的感情，感到一种非常奇怪的满足，仿佛充实了他生活中的某种空虚。

接着，本能的刺激与以往的经验又再次警告他，神们非常狡猾，可以用种种出乎意料的方法来达到目的。他想，一定是这样的！

现在，司各特那只狡猾的可以实施伤害的手伸出来了，向他的头上落下来了。虽然那只手充满了威胁，但神继续讲话的声音温柔和蔼，使人信任。声音使人心平气和，但手不能使人信任。这种情感与冲动的内在矛盾，折磨着他，几乎要将他撕成碎片。他竭尽全力控制着，用一种难得的犹豫将两种在心中对抗、争夺支配权的力量结合在一起，妥协了。

他吼叫，竖毛，耳朵倒伏，然而，他既没有咬，也没有跳开。手落了下来，越来越近，触着了耸立的毛发的末梢，随着他的畏缩向下更紧地压迫他。他缩下去，有些颤栗，但仍然控制着自己。他一天也不曾忘记人类的手所带给他的不幸。但既然这种折磨——手对他的触摸以及本能的侵犯,是神的意志,他就得努力服从。

手抬起来,又落下,周而复始地、轻轻地拍着抚慰他。白牙的毛随着手的每一次抬起,就耸立起来,而又随着手的每一次落下而倒下去。忿声忿气的咆哮声涌到喉咙口,白牙坚持吼了又吼地警告,表示自己准备对可能受到的任何伤害进行报复。谁也说不定,这位神隐藏着的动机会何时暴露,那种使人感到信任的声音随时都有可能在瞬间变成怒吼,温和而爱抚的手也许会在突然间像老虎钳一样夹得他毫无办法,从而接受处罚。

然而,神继续和气地讲下去,手一直是轻轻拉起来,又落下,毫无敌意。白牙的感觉是双重的,这轻拍束缚他,违反个体要求自由的意愿,与他本能的口味不相吻合;但也没有造成肉体上的痛苦。从生理角度讲,它反倒是愉快的,随着轻拍渐渐变成对耳根的摩擦,这种愉悦甚至渐渐增强。然而,他继续保持着恐惧与警惕,担心会遭到意想不到的不幸。两种感情此起彼伏地支配着他,他一时苦,一时乐。

"哦,我真的要下地狱了!"

迈特卷着袖子,从小屋里出来,手端一盆洗刷过碗碟的污水正要泼掉。正说着话,看到司各特拍着白牙,愣住了。

他的话音打破沉默的时候,白牙跳开了一步,粗暴地向他吼叫。

迈特看着他的老板,一副颇不以为然的样子。

"司各特先生,如果您不介意的话,我想斗胆发表一下自己的看法,您是十七种不同的大傻瓜,而且有过之而无不及。"

司各特微微一笑,站起身来,带着一种毫不在意的神态走向白牙,安慰地对他讲话,但时间并不长。接着,他又慢慢伸出手来,继续刚才被打断了的轻轻拍打白牙脑袋的工作。白牙忍耐着,用怀疑的目光看着站在门口的人而不是拍他的人。

迈特郑重其事地发表自己的看法:"毫无疑问,您可能是头号顶呱呱的驯兽专家,然而,您在小时候丧失了一个良机,没有悄悄地去加入到马戏团里。"

一听到他的声音,白牙再次咆哮起来。这一次,他没有摆脱正在安慰地抚摸着他的脑袋与颈背的手。

对于白牙而言，这既是一种约束——旧的仇恨的生活的结束，又是一个开始——一种新的无限美好的生活初见曙光。实现这个目标，司各特需要多加思索和无穷的忍耐，而白牙则必须违反经验的教训，将本能与理智的刺激和冲动置之度外，戳穿生命本身的虚伪性。这不亚于一场改革。

他所理解的生命，其中不仅没有容纳他现在所做的事情，而且它的一切潮流，都与他现在献身从事的南辕北辙。就事情的全部简单而言，他必须改弦易辙，而且，这一次改变的角度，要比主动从"荒原"回归，接受灰海獭为主人的那一次大得多。

那时，他不过是一只小狗，天赋的素质尚未定型，非常柔软，有待环境开始作用于他。但是现在，情形截然不同。环境的作用几近完美，已经将他陶冶、塑造、锻炼成一只凶恶、怀恨、不知爱也比较可爱的"战狼"。要完成这次改变，就像要把生活颠倒过来一样。但是，此时此刻，他不再拥有青年时的那种可塑性，他的素质变得坚硬而结实，钢铁一般粗糙而刚强，他的精神变得刚毅似铁，他的全部的本能与公理，已经结晶成为固定的规律、训诫、厌恶与欲望。

当然，在这次重新定位的过程中，压迫他、推动他的，还是环境，这就是威登·司各特。他一直深入到白牙天性的根基，用仁慈打动他已经失去生机、几近枯死的生命潜力，软化已经变得坚硬了的素质，再塑造成比较好的形式。

生命的潜力之一，便是"爱"，它会取代"喜欢"。"喜欢"是白牙与神相交，曾经产生过的最强烈的感动之情。然而，爱不是在一天之内就产生的，而是从"喜欢"开始，慢慢发展，超越了喜欢。白牙虽不再被铁链扣住，但他并不逃走，他喜欢这位新的神。这里的生活，当然要比在"美人"史密斯那里度过的牢笼生活好，而他又必须拥有一个神。他的天性中，就有对人类主宰的需要。早在离开"荒原"，爬到灰海獭脚下，承受预料之中的责罚的时候，对人类的依赖就印在了他的身上；当长期饥荒过去之后，灰海獭的村子里又有了鱼时，他再次从"荒原"回来，于是，烙印第二次又烙在了身上，结果根深蒂固。

因为需要一个神，而且司各特比"美人"史密斯好得多，白牙留了下来，主动地担负起看守主人财产的责任，以表示自己对主人的忠诚。雪橇狗睡了以后，他就在小屋的四周徘徊，因此，当司各特出来解围之前，第一位造访的夜间来客总是不得不用棍子将他击退。不过，白牙很快就能够将正直的人与小偷区别开来，鉴别脚步与行动的实际价值。他警惕地盯着，但对那些步伐很重、走向一直弯弯曲曲、小心翼翼、鬼鬼祟祟、边走边瞧的人，他则毫不客气，而这种人，也总是突然慌慌张张、狼狈不堪地溜之大吉。

司各特自己承担了补救白牙的任务，更严格地说，是人类犯下的虐待白牙的错误。他觉得，这是一个良知的原则问题，人类虐待白牙，欠下了一笔债，必须得偿还。因此，他对这只“战狼”特别和善，每天都用很长的时间拍着白牙，抚摸他，安慰他。

对这种爱抚，白牙最先是怀疑，抱有敌意的。渐渐地，喜欢起来。但他的吼叫总也改不了，从轻拍开始，直到结束。不过，这种吼声不同以往，带有一种新调子。陌生的人是听不出来的，他们会以为这是原始的野性的表现，令人心寒头痛。从狼仔时代在洞穴中最初发出幼稚的愤怒时起，白牙的喉咙多年来总是发出恶声，质地早已经变得粗硬，现在，要用柔和的声音表达所感觉到的温柔，那是不可能了。虽然如此，但司各特带有同情的耳朵非常敏锐，他听得出来，那被凶猛淹没了的极其微弱的咿呀之声暗示着满足。除了他，没有人能够听出来。

随着时间的流逝，“喜欢”在加速向“爱”进化。白牙并不知道什么是“爱”的意识，但他开始感觉到生活上那种空虚——如饥似渴，既令人痛苦又使人思慕、需要充实的空虚的感觉。那是一种痛苦，一种不安，只有在这位新神面前的时候，才感到舒适、愉悦，一种猛烈的令人震颤的满足。然而，一离开他的神，痛苦不安又会来临，心里的空虚之感骤然发作，那种如饥似渴的心情就不住地折磨他，让他感觉到空虚。

虽然白牙的年龄成熟了，凶猛的性格也形成了，但他发现，自己的本质正在变化之中，一些奇怪与陌生的冲动正在萌芽，旧的行为规范在变化。以前，他喜欢舒服而没有痛苦，厌恶不舒服和痛苦，并以此来调整自己的行为。然而现在，因为心理上这种新的感情，为了他的神，他经常选择不舒服和痛苦。

清晨，为了见神一面，他不再四处闲逛乱闯，或躺在隐蔽的角落里，或在枯燥无味的石阶上等待几个小时。晚上，当神回到家里以后，为了接受友好的弹指之声和打招呼的话，他会离开自己在雪里挖成的温暖的睡床。为了与神在一起，为了接受他的抚摩，为了陪他到市镇上去，他甚至连肉都可以放弃。

这种感情已经代替了“喜欢”，像小锤一样落入了“喜欢”永远也不曾到达的内心深处，与此相应，他的心灵深处，也产生了一种新的东西——爱。他所用以回报的，正是给予他的，这是一个神，一个“爱”之神，热情洋溢，光芒四射，像花绽开在阳光下一样，白牙的天性也在神的光辉里扩展开来。

不过，白牙太大了，已经形成了一种坚强的性格。他太矜持，也太安于孤独，还有他的沉默不语、孤芳自赏、乖僻，都养成很久了。他不善于用新的方式表现自己。从出生以来，他没有汪汪叫过，现在，神来的时候，他学不会用汪汪的叫声表示欢迎。他一点也不善于表示爱，既不会夸张，也不会撒娇，而总是隔着一段距离等待着。他默默无声地爱着，带有一些崇拜，那是一种难以言传的沉默的敬爱。此外，当神看着他，和他说话的时候，由于极力要表现自我的爱与生理上的无能为力之间的冲突，他显现出一种尴尬的忸怩。

白牙学会了从多方面去适应新的生活方式。他深知，绝对不能去招惹主人的狗，不过，处于绝对优势地位的天性，使他去坚持自己的权利。他用武力迫使他们承认他的优越、他的领导地位后，就什么麻烦也没有了。他在他们中间走来走去时，他们给他让路；他在坚持自己的权利时，他们就服从了。

同样，渐渐地，他将迈特作为主人财产的一部分也容忍了。主人很少喂他，喂他的是迈特，这是他的工作；但白牙明白，自己吃的是主人的食物，迈特不过是代替主人在喂他。迈特想给他套上挽具，让他和别的狗一起拉雪橇，结果失败了。直到司各特亲自将挽具套在他身上时，他才懂得，主人的意志是要迈特来驾驭和使用他，就像驾驭和使用主人的其他狗一样。

和迈肯齐的轻便雪橇不同，科郎代克的雪橇下面有滑板；驾驭狗的方法也有区别，狗们一个接一个地排成纵队而不是扇形，两根挽带拖着雪橇。而且，领头狗在这里，就是实实在在的领导者，由最聪明最强壮的狗来担任，其余的伙伴都必须服从他，畏惧他。自然而然，白牙很快不可避免地取得了这一职位。在许多纠纷麻烦以后，迈特知道不如此就不能满足他。白牙选择了这个位置，迈特便根据已进行过的试验，用激烈的言语支持他。

白天，白牙在雪橇上工作。即使晚上，他也不放弃保卫主人财产的责任。因此，他任何时候都在工作，警觉而忠实，是所有的狗中最有价值的狗。

有一天，迈特说："如果让我畅所欲言的话，我会说，您出钱买这条狗时真是精明极了。您用拳头逼着'美人'史密斯，骗得他好苦。"

司各特灰色的眼睛里，再一次射出愤恨的目光，恶狠狠地喃喃骂道："那个畜牲！"

春末的时候，白牙遇到了一种重大的苦恼——主人毫无预兆地不见了。其实，预示是有的，但是白牙并不熟悉这种事，不理解收拾行李包意味着什么。后来，他想起来了，收拾提包是在主人消失之前，而当时，他什么也没怀疑。

那天晚上，他等主人回来。子夜时分，冷风将他赶到小屋背后，他半睡半醒，迷迷糊糊地在那儿打瞌睡，耳朵竖着，等着听那熟悉的第一声脚步。

零晨两点时，他焦急地走到前门冰冷的石阶上，趴在那里等候。

然而，主人并没有回来。早晨，门开了，迈特走了出来，白牙若有所思地凝视着他，但他们并没有一种共同语言，迈特无法知道他想要知道的事情。

日子一天天过去了，主人却仍然没有来。白牙从来不知道什么是病，但他却病了，而且越来越重。最后，迈特不得不将他放在屋子里。迈特给老板写信时，关于白牙，他特意写了一段附言。

在塞克尔城，威登·司各特读道：

"那只该死的狼既不工作，也不吃东西，一点儿生气也没有。任何一只狗都打他。他想知道，你到哪里去了，我没有告诉他。他也许会死去。"

迈特说的一点儿不错。白牙失魂落魄，不吃东西，听任一起拉雪橇的

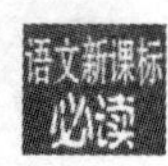

任何一条狗咬他。他躺在火炉旁边的地板上。他对食物、迈特甚至生命,全部毫无兴趣。迈特对他温和地讲话或骂他,都一样,他只是用昏暗的眼睛看一看,重新将头垂到习惯的位置——搁在前爪上。

后来,一天夜里,迈特正独自看书消遣。突然,白牙一声低低的吼叫,打断了他含含糊糊的声音。他爬了起来,耳朵向门外竖着,仿佛在倾听什么。

一会儿以后,迈特听见了脚步声。门开了,司各特走了进来,两个人握了手。

司各特四面打量着房间,问:"那只狼呢?"

接着,他看见了。白牙就站在原来躺着的地方,挨近火炉。他没有像别的狗那样冲上来,而是站着,看着,等着。

"真了不得!"迈特喊,"你看!他在摇尾巴!"

跨过半间房子,司各特向他走过去,嘴里呼唤着他。白牙也走了过来,不是跳,但很快。由于尴尬,他变得忸怩不安。他走近的时候,流溢出一种奇怪的目光,某种东西、某种无以言传的感情的洪流,涌上他的眼睛,光芒四射。

迈特说:"你不在这儿时,他从来没有这样看过我。"

司各特好像没听见迈特的话。他蹲在地上,与白牙脸贴着脸,轻轻地拍着他,揉搓他的耳根,在脖子到肩膀之间来回爱抚,指关节轻轻敲他的脊背。白牙随着他的动作做出回应的吼叫,其中的咿呀之声比以前更明显了。

然而,非常值得庆祝的是,情况还不仅如此,永远在白牙心中汹涌着的极力要表现自己的那种伟大的爱,终于找到了一种新的表现方式。突然,白牙伸出头来,依偎在主人怀里,在主人的手臂与身体间反复地蹭着,擦着,躲在这里,不再吼叫,只是依偎着,摩擦着,只将耳朵露在外面。

两个人面面相觑。

司各特的眼中亮光闪闪。

迈特惊骇地感叹:"上帝啊!"

过了一会儿,他重新镇静下来,说:"我早就说过,这狼是条狗,你看他!"

主人回来后，白牙很快恢复了健康。他在小屋里过了一个白天、两个晚上后，又出去了。雪橇狗们早已忘记了他的威武勇猛，只记得他最近几天的衰弱和疾病。

他们看见白牙走出了小屋，就向他扑了过去。

"用武力教训他们吧，"迈特站在门口，快活地咕噜道，"你这狼，揍他们！用点劲揍他们！"

白牙无需鼓励，只要主人回来，这已经足够了。生命在他的体内重新流动，他显得辉煌而自信。他只为了取乐而战斗，只有战斗，才可以表达他感觉到了却无法言传的某些东西。

战斗只会有一个结果，那些狗大败而逃，颜面扫地。天黑以后，一个个才满怀对白牙的忠实、驯顺，卑躬屈膝地偷偷摸摸地溜了回来。

在学会依偎摩擦后，白牙常常这样做。这是他最高级的语言，他再也超越不了这个了。他特别顾及他的头，不喜欢别人触摸他的头。"荒原"生活积淀在他心中的对于伤害、陷阱的恐惧心理，以及总是想避免接触导致恐慌的冲动，本能地给他下达的命令是，头必须保持自由自在。然而现在，他以为揉搓主人的这种明知违背本能命令、而故意去做的行为，是将自己置于了一种绝对无能为力的地位。这是充分信任和绝对献身的表现，仿佛在说："我将自己交付在您手中，听凭您随意发落。"

回家后不久的一天晚上，睡觉前，司各特和迈特一起玩纸牌。

"十五个二，十五个四和一个双，合起来是六。"迈特正在计算分数时，外面一阵犬吠、喧嚣。

两个人站起身来，相互看一看。

迈特判断道："那狼咬了什么人。"

又一声恐惧到几乎疯狂的惨叫，似乎在催促他们快点出去。

司各特跳出去时，喊道："拿个灯来。"

迈特拿了灯，跟着出来。借着灯光，他们看见一个人仰面朝天，躺在雪地上，手臂交叉掩护着脸和喉咙，极力抵挡白牙的牙齿。这是必要的，因为狂怒之中的白牙，正恶毒地进攻他身上最容易受到攻击和伤害的部位。那人交叉的两臂被咬得很重，鲜血直流，从肩头到手腕的上衣袖管，以及蓝色的法兰绒衬衣，还有内衣，都被撕成了碎片。

他们一眼便看到了这一切。司各特立刻走上去,抱住白牙的脖子将他拖开。白牙边挣扎边咆哮,并不想咬。主人厉声斥责,他很快就安静下来。

迈特将那人扶起身,站起来时,放下那人交叉的手臂。露出了“美人”史密斯满是兽性的面孔,像一个人手拿了一块燃烧的炭火一样,迈特慌慌忙忙地放开了他。

“美人”史密斯在灯光下眨眨眼睛,环顾一下四周,看到白牙,立刻脸上布满恐怖。

迈特看到,地上有两种东西,举灯凑近了看,用脚尖点给司各特:一条锁狗的铁链,一根粗木棍。

司各特也看见了,点一点头,一句话也不说。

迈特将手放在“美人”史密斯的肩上,使他转过身去,面向后边。

无需多言。“美人”史密斯走了。

与此同时,司各特拍着白牙的肩膀,说:

“他想偷走你?哦,你不答应!对!对!他弄错了,不是吗?”

迈特嗤之以鼻:“他一定觉得他行。他手里掌握着十七个恶鬼。”

白牙依然非常激动,耸立毛发一再咆哮。渐渐地,毛发平伏下去,那种模糊的咿呀声又涌上喉咙。

点评:

司各特最终还是驯服了白牙,不是用武力而是用耐心,用爱。这里作者花费了相当多的笔墨对司各特驯服白牙的过程进行了极其细致的描写,动作,语言,心理活动,第三方的反应,动静结合,虚实相生,层层递进,堪称动作细节描写的范本。作者很清晰地点出了白牙对司各特的感情由“喜欢”进展到“爱”,并设置了司各特暂时离开时白牙因精神懈怠而身体也生病的情节,这种对比更突显了白牙对司各特的爱。至此,白牙的精神回归已经进入了实质性的第一步。

二十一、背井离乡

虽然还没有切实的证据，但白牙已经从空气中嗅出了即将临头的大难。他从神们那里预感到了即将到来的事，模模糊糊地感到将要发生一种变化。神们用一种微妙的方式，泄露了对徘徊在门口的狼狗所怀的企图。一次，白牙虽然从来没有走进屋子，但他却知道，他们的头脑中在想些什么。

晚上，吃饭时，迈特说道："你听！"

司各特侧耳倾听，一种焦急的低低的呜咽声，从门缝中传了进来，仿佛无声的抽咽变成了刚能听得见的极其轻微的哭泣。接着，白牙长长的一声吸鼻子的声音，宽慰自己；他的神还在屋里，并没有神秘地单独逃走。

迈特说："我想，那狼知道您的心思了。"

司各特以一种几乎被说动的目光，看着对面的伙伴，然而，他的话却正好相反。

他问："我带一条狗到加利福尼亚去干什么呢？"

"我也是这样说的嘛，"迈特答道，"你带条狼狗到加利福尼亚能做什么呢？"

这种回答，司各特不太满足。对方不置可否，仿佛是在应付他。

司各特继续说："白人的狗毫无能力反抗他，他见到他们，当场就会杀死他们。即使这不会让我为了支付赔偿费而破产，有关当局也会逮捕他去承受电刑。"

"我知道，他是一个真正的杀人凶手。"

司各特看看迈特，略显怀疑，又坚决地说："那样绝对不行。"

迈特附和道："决不行。你必须另外雇一个人照顾他。"

司各特的怀疑减弱了，高兴地点点头。

随即他们沉默下来，听到门口低低的半是抽泣的呜咽声，接着，又是一声试探性的长长的吸鼻子的声音。

“不可否认，他对您喜欢得要命。”迈特说。

司各特突然发怒地瞪着他：“你这家伙，真该死！我有自己的主意，知道怎么做最好。”

“我同意你的想法，不过……”

“不过什么？”司各特兀的插了一句。

“不过，”迈特温和地说，但立刻换了主意，发泄了自己勃然而起的怒气，“喂，你不用这样生气，人家看了你的行动，会觉得你自己并没有主意。”

司各特心里想了一会儿，也以一种比较温和的口气说：“迈特，你说得对，麻烦就在这儿，我自己也没了主意。”

停顿了一下，他继续说：“如果带狗去的话，人家会笑我很荒唐。”

“是的。”

司各特对这种回答还是感到不太满足。

迈特天真地说：“以伟大的萨达那波勒斯的名义发誓，我真想不明白，他是如何知道你要走的呢？”

司各特也悲伤地摇摇头：“迈特，那我可不知道。”

后来，有一天，白牙透过小屋掩着的门缝，看到那只该死的提包又放在了地板上，主人走来走去，看上去很忙，将东西装入到提包里去。

一种罕见的不安和骚乱搅乱了小屋一向非常平静的气氛。这个证据不容置疑。白牙早已有所感觉，但现在，他推论到，他的神再一次准备逃走。上一次既然没有带他，这一次想必还是被抛弃。

这一天夜里，像小狗时代，他从“荒原”跑回村庄，却发现村庄空无一物，只剩下一个垃圾堆，那里是以前灰海獭帐篷的位置。他再一次发出了长长的狼嗥，举起嘴巴，向无情的群里长长地哀号，向他们诉说自己的悲苦。

屋里，两个人刚刚上床睡觉。

迈特在床上说：“他又吃不下东西了。”

司各特哼了一声，翻了个身。

“照上次你走时他那种痛不欲生的样子来看，我相信，他这一次是非死不可了。”

“喂,闭上你的嘴巴!”另外那张床上的毯子刺耳地响了一阵,司各特在黑暗中喊道,“你比一个女人还讨厌,叽叽咕咕的。”

“是的,先生。”

司各特不知道迈特暗笑了没有。

第二天,白牙的焦虑与不安更加明显了。主人一离开小屋,他就紧紧跟在后面不放;主人在里面时,他就在大门口来回徘徊。从开着的门缝里,白牙能够看见地板上的行李,那只提包与两只大帆布袋、一只箱子在一起,迈特正将主人用的毯子和一件皮袍卷进到一小块防雨布里。白牙一面看着,一面呜呜哀叫。

后来,来了两个印第安人扛行李,迈特拿了铺盖提包领他们下山去。白牙紧紧地盯着他们看,但不跟他们走——主人还在屋里。

过了一段时间,迈特回来了。主人走到门口,叫白牙进去。

“可怜的家伙!”司各特温和地说,抚摩着白牙的耳朵,拍一拍他的脊背,“我要出趟远门。朋友,你不能跟我到那里去。现在,再对我最后咆哮一声,好不好?——最后的、再见的咆哮。”

但是,白牙拒绝咆哮,若有所思地试探着瞥了一眼后,他将头埋进主人的身体与手臂间。

一只内河轮船的沙哑汽笛声在育空河上面响起。

迈特喊道:“拉汽笛了!你得立刻解决!锁牢大门。我从后门出去。走吧!”

前后两扇门同时“砰”地碰住了。司各特等待迈特绕到前门来。

门里传出一声低低的呜咽,接着,几次长长的深深的吸鼻子的声音。

走下山坡的时候,司各特说:“迈特,你一定要照顾好他啊!写信告诉我有关他的情况,怎么样?”

“一定!但是,您听见了吗?”

白牙在哀号,像狗们死了主人时那样哀号。他在宣泄自己全部的悲哀,那声音令人心碎,一阵一阵升腾而上,越升越高,接着,又低落下去变成凄惨的颤抖的低音,接着,悲哀又一阵一阵升腾而上。

“奥罗拉”是这一年驶向“外埠”的第一艘轮船。幸运的冒险家和失败的淘金者挤满了甲板，像过去疯狂地急着来到“内地”一样，现在又全部都疯狂地争先到“外埠”去。司各特在挨近跳板的地方，和准备上岸的迈特握手道别。

然而，迈特的目光向后一扫，被后面的什么东西吸引住了，手就在司各特的掌中瘫软不动了。司各特扭头一看，白牙正坐在几尺外的甲板上，若有所思地望着他们。

迈特惊讶地轻轻骂了一句。

司各特也同样吃惊地看着。

迈特问：“前门锁了没有？”

司各特点一点头，反问：“后门呢？”

“当然。”

白牙讨好似的倒伏下耳朵，身体却停在远处不动，并没有要走过来的意思。

“我必须带他到岸上去。”迈特向白牙走去，但是白牙到处躲避他。迈特追上去，白牙就在人群下面钻来钻去，在甲板四处钻、四处转，躲避对方的捕捉。

然而，主人一开口说话，白牙马上驯服地走到主人身旁。

迈特气愤地说：“我喂了他这么长时间，他竟然不肯到我身边来；而你只是开始时和他熟悉了几天，以后从来没有喂过他。如果我要是知道他如何知道你是老板的话，那我可真该死！”

司各特正拍着白牙，突然俯下身去，凑近了看：白牙脸上有了一处新伤，两眼之间也有一道裂口。

迈特也弯下腰去，用手摸一摸白牙的肚子：“我们两个都忘了窗户。天啊！他一定是从窗户冲出来的，身体下面都被割破了！”

然而，“奥罗拉”响起了最后的开船笛声！

司各特没有注意到迈特的话。人们正沿着跳板急忙上岸。他在迅速思索。

迈特解下领子上的丝巾，准备去扣白牙的脖子，司各特抓住了他的手。

“迈特,再见。好朋友。关于这只狼——你不用写信了。你瞧——我已经——”

“什么?您难道是说……”迈特大声问。

“是的。你把丝巾拿去吧。有关他的情况,我会写信告诉你的。”迈特在跳板上站住,回头大喊:“他一定受不了那里的气候,除非天热的时候给他剪毛。”

跳板抽了上来。

“奥罗拉”离岸了,司各特挥手告别。

他转过身来,俯向在他身旁站着的白牙,拍一拍他有感应的头,揉揉那倒伏的耳朵:“现在叫吧。你这混蛋,叫吧!”

点评:

白牙对司各特的依赖已经到了生死与共的地步。当他判断出司各特将再次离开的时候,他回到原来的营地哭诉,他在司各特的屋外徘徊,他甚至冒着被玻璃割伤的危险冲破窗户来到司各特乘坐的船。作者虽然没有直接明写,但文中人物的每句话,每个动作,无不透出真情实感。对于情感这种很抽象的东西,写作时尤其是在非抒情性散文中,通常都可以运用这种描写人物的具体语言行为的方法进行烘托、渲染,从而达到以实衬虚的效果。

二十二、不速之客

轮船到达旧金山。白牙上了岸，心惊胆战。他早就将神性与权力结合了起来，深埋于心灵的深处，潜伏在任何推理或自觉行动的下面。过去，他只见过用木头筑成的小屋；现在，举目所见，都是高耸入云的建筑物。当他小步跑在旧金山光滑的人行道上时，越发觉得白肤色的神不可思议。

街上到处都是危险的物品：载着巨大重物的货车、卡车、汽车，高头大马紧张工作着，大得惊人的电线和电车，示威似的尖叫着，喧嚣、叮当乱响地穿来穿去，仿佛他在北方森林中看到过的大山猫一样。

所有这一切，都是权力的表现。在这一切的背后，人运用自己对市区的主宰力，通过这一切在进行统治和控制。这种伟大令人目瞪口呆，吓坏了白牙。

恐惧又控制了白牙。狼仔时代，初次从“荒原”走到灰海獭的村庄的那一天，他曾经不得不感到自己的渺小与微弱；现在，虽然身高力壮，精力旺盛，因此自豪，但又不得不像以前那样感到自己的渺小与微弱了。这么多的神，让他感到眼花缭乱。都市的喧闹，电闪雷鸣一般震击他的耳鼓，各种物体无休无止的运动令人惊骇，使他头昏眼花。他紧紧跟在主人后面，感到从未如此需要依赖主人，无论如何，也不能让主人超出自己的视野以外。

然而，白牙对于这座城市的印象，除了一种梦魇式的幻象以外，别的什么也没有，仿佛做了一场梦一般，可怕而真实，而且在很长时间以后，仍然在他的梦中萦绕不散。主人将他放到一辆行李车里的大堆箱包之间，用铁链锁在一个角落里。一个矮胖健壮的神掌握着这里的一切权力，将箱包盒子噼哩叭啦地扔来扔去，从门口拖进来扔到堆上，或推出门外交给等待取它们的神。

至少白牙这样认为，主人将他遗弃到了行李的地狱里。后来，他嗅出了身边装着主人衣物的帆布口袋，就开始保卫它们。

一个小时以后，司各特出现在门口。车上的神气愤地冲他吼道：“你来得正好，你的狗不让我碰一指头你的东西。”

白牙钻出车子，大吃一惊：那座梦幻般的城市无影无踪了！他认为，那辆车不过是一座房屋中的一间，进去的时候，都市还在四周，但在这段时间后，完全不见了。他的耳边，不再有都市的烦躁、喧嚣。眼前，宁静的乡村在阳光下懒洋洋地舒展开来，风光明媚极了！不过，白牙来不及感到惊奇，就像接受神的所有莫名其妙的行为一样，接受了这种变化，神们就是这样的。

一辆马车等待在一旁。一个男子和一个女子向主人走过来。

那个女人伸出手臂，抱住了主人的脖子——这在白牙看来，是一种充满敌意的行为。他像一个恶鬼般勃然大怒，咆哮起来。司各特赶紧挣脱拥抱，凑近他。

司各特抱住白牙，抚慰他，向母亲解释道：“不要紧，妈妈。他以为你要伤害我，那可受不了。好的，好的，很快他就会明白的。”

她早已吓得脸色苍白，浑身软弱，但还是笑着说：“他也许会允许我，当我的儿子的狗不在时爱我儿子的。”

她看一看白牙；他还在耸毛瞪眼，恶毒地吼着。

司各特说：“他必须一刻不停地学习，很快就会学会的。”

他温和地跟白牙讲话，使他安静下来。

他的声音非常坚决：“卧下！卧下！”

这种事情，主人教过。白牙虽然极其勉强，很不高兴，但还是服从了。

“那么，妈妈。”

司各特向母亲张开了手臂，眼睛却一直紧盯着白牙，警告道：“卧下！卧下！”

白牙半抬半伏着身体，默默耸着毛。听到主人的话语，就缩了回去，看那充满敌意的行为再一次重现。

但是，什么伤害也没有发生。随之而来的那位陌生的男神的拥抱，也没有造成伤害。接着，衣袋扔到了车上，神们上了马车。白牙时而跑在后面警戒，时而跑到前面，耸毛警告奔驰的马，表示自己监视着他们，绝不允许被他们如此迅速拖着跑的神受到丝毫损伤。

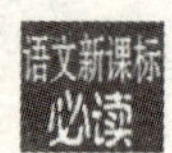

大约一刻钟的工夫，马车过了一座石门，从一条两边长有交相拱荫的胡桃树的路上穿过，路的两旁是大片的草地，枝干粗壮的巨大橡树四处点缀其上。附近不远处，被阳光晒焦了的干草场发出褐色或金黄色，与修剪过的草地的嫩绿的颜色形成了鲜明对比。再远一些，是黄褐色的山岗与高地牧场。草地的尽头，一座门廊很深、有着许多窗子的房子，矗立在溪谷平原的第一个微微隆起、比较平坦的山坡上，居高临下，俯视着这一切。不过，白牙并没有机会观察这一切。

马车刚刚开上这块地方，一只亮眼睛尖嘴巴的牧羊狗立刻满腔义愤、理直气壮地来攻击他。她夹在白牙与主人之间，挡住他的去路。白牙并不怒吼示警，只是沉默地耸着毛进行致命的一冲；但这一冲没有进行到底，为了极力避免碰到对方，他尴尬而突兀地停住，伸出发僵的前腿，制止了全身的冲力，差一点跌坐在后腿上。

那是一只母狗。种族的法则在他们中间竖立起了一道屏障。他的本能不允许他攻击她。

白牙后退一些，忸怩地硬着腿，钻来钻去，绕弯兜圈，想绕过她的身体，但毫无作用，她总是挡着他的去路。

马车中的陌生人喊道："喂，科丽！"

威登·司各特哈哈大笑。

"爸爸，不要紧。这是很好的训练。白牙有许多事情需要学习，现在，就让他开始吧，他会让自己适应这个环境的。"

马车继续向前驶去。

但是，科丽仍然挡着白牙的去路。他尝试着离开大路，绕道草地，跑到她的前面，她跑在较小的里圈，两排亮闪闪的牙齿总等着他。他回过头来，越过马路，向对面的草地跑去，科丽又跑过来挡住。

白牙看着马车拉着主人消失在林子里。

他绝望了。

于是，他试着再一次绕了一个圈，科丽很快地跟在后面与白牙肩靠着肩。突然，白牙故伎再展，转过身来进行攻击，实实在在地给了她一击。

科丽跑得太快了，因此，她不仅被打倒在地，而且在地上滚动着，时而侧着身子，时而仰面朝天。与此同时，她挣扎着，想用爪子抓住沙石，以便控制身体,并且尖叫着,表示自己由于被伤害而愤怒。

道路畅通无阻了。白牙所需要的,不过如此而已。他毫不等待,科丽在他后面不住地叫着追赶,每一跳都不余遗力,歇斯底里地狂奔着。但现在是一条直路,真正放开奔跑起来,白牙要给她颜色瞧了。自始至终,白牙一直像一个游魂一样,悄无声息、毫不费力地在她前面滑过。

白牙绕过屋子,跑到停车的门廊时,追上了马车。马车早已停住。主人正在下车。

这时,仍在高速奔跑的白牙,突然感到一个袭击从旁边而来——一只猎鹿的大猎狗冲了过来。白牙想迎住,然而他跑得太快,猎狗又挨得非常近,就攻击了白牙的侧面。

白牙前冲的力量很大,因此,被突如其来、出乎意料的一击撞得摊倒在地,摔了一个大跟斗。他摆脱尴尬,凶相毕露;耳朵向后倒伏,嘴唇扭曲,鼻子皱着,牙齿咯嘣一响,差一点咬住猎狗柔软的喉咙。

主人赶快跑了过来,但离得太远。当白牙正跳了起来,还没来得及进行那致命一击的时候,科丽到了,救了猎狗一命。她曾中了白牙的诡计而落在后面,又曾被白牙唐突地打翻在地,因此,被冒犯的尊严,有理有据的愤怒,加上本能的对这个来自"荒原"的掠夺者的憎恨,她旋风般来到,从直角的角度将跳在半空中的白牙又打倒在地,让他栽了一个跟头。

接着,司各特赶到了,一手抓住白牙。

这时,那位父亲叫开了两只狗。

司各特用手抚慰着白牙:"我想,对于来自北极的可怜孤独的狼,这接待真是十分热烈呢!他一生只栽过一次跟头,现在只半分钟,他却连着滚了两次。"

马车开走了。另外一些陌生的神出现在屋子外面。其中几个隔着一段距离,毕恭毕敬地站着;然而,两位女神又大胆地做出搂住主人脖子的敌意的行为。不过,白牙开始容忍这种行为了,因为伤害并没有发生。

显然,陌生的神们讲话的声音没有威胁性。他们也和白牙打招呼,他却回以一声咆哮,警告他们离开。主人也同样要求他们离开。白牙紧紧挨着主人的腿,让主人拍着自己的头安慰自己。

"迪科,卧下!"

一声令下，那只猎狗已经爬上台阶，卧在门口一边，依然恼怒地吼着，监视着这位入侵者。一位女神抱着科丽的脖子，抚慰地拍着她。然而，科丽呜呜叫着不肯安静，非常心烦意乱，对允许这只狼留下来感到屈辱，以为神们搞错了。

所有的神都走上台阶，到屋里去。

白牙紧跟在主人后面。迪科站在门口吼，白牙在台阶上耸着毛，报以回吼。

司各特的父亲提议道："带科丽到屋里去。让他们两个在这儿决一胜负，以后，他们就是朋友了。"

司各特大笑着说："是的，如果这样，只须一分钟，你就会得到一只死迪科——最多两分钟。"

他转过身来，面向白牙："过来，你这只狼！应该到屋里来的是你！"

白牙硬腿走上台阶，穿过门口，笔直地挺硬着尾巴，眼睛紧盯着迪科，以防遭到来自侧面的袭击。同时，也预备着对付可能从屋子里面突然跳出来、恶狠狠扑过来的什么"未知"的东西。

然而，并没有什么可怕的东西跳出来。走进屋里以后，白牙仍然很小心地四处搜寻了一下，什么也没有找到。于是，他哼了一声，作为满意的表示，趴在主人的脚下，注意观察正在进行的一切，随时准备一跃而起，为保卫生命而与恐怖作战——他觉得，这些恐怖一定潜藏在这屋子的陷阱般的屋顶上面。

点评：

白牙正式进入了回归人类文明社会的轨道。面对着现代社会的高楼大厦，电线汽车，他变得无所适从，只能紧紧地跟随着司各特。回到司各特位于郊外的家里，他依然对各种从未见过的新鲜事物和陌生的人感到不适应。尽管牧羊犬科丽和猎狗迪科对他也充满敌意，但这一切都不是问题，随着时间慢慢过去，一切都会回归平静。白牙超强的学习能力和适应能力使他在这种只有小矛盾而没有大危险的环境里游刃有余。

二十三、神的世界

白牙不但天生的适应能力很强,而且他曾到过许多地方,了解适应环境的必要性和重要性。在这属于司各特大法官管辖、名为西埃拉·维斯塔的地方,他很快使自己随遇而安,再没与狗们发生严重纠纷。

而那些狗们,比白牙更了解南国的神们的脾气。白牙陪着神们走进屋里的时候,在他们的眼里,就表明了一定的身价。虽然他是只狼,这种事情空前未有,但神们允许他留下来,因此,作为神的狗,他们只有承认而已。

开始,迪科不可避免地会经历一些暴力,这是程序,在此以后,他就将白牙作为这座宅子的附加者接受了。本来,如果按照迪科的意思,他们会成为要好的朋友;然而,白牙反感友谊,只要求别的狗不要管他。他一生都对自己的种族敬而远之,现在仍想继续保持这种态度不变。在北方,他有过一定不要去管主人的狗的教训,现在也并未忘怀。他讨厌迪科的搭讪,咆哮着逼他走开。他力求离群索居,完全不将迪科放在心上。最后,好脾气的迪科不得不放弃努力,几乎只将他看作马厩边的那根拴马柱子一般。

科丽却不然。因为神的指示,她接受他,但这不等于她应该让他安静。她脑海中,有一种关于他及其祖先犯过无数罪恶的记忆,被抢劫掠夺的羊栏在一天或一代中难以忘却,这种记忆构成了她的本性,像一根踢马刺一样,刺激她报仇。她不能反抗允许白牙留居下来的神,但可以玩些小把戏,让他受罪。她一定要尽力提醒他:多少世纪以来,他们中间只有仇恨!

因此,科丽就利用自己的性别,来折磨虐待白牙。他的本能不许他攻击她;她的固执却不答应他忽视她。她冲过来时,他用绒毛护住肩膀去抵挡她的利齿,硬着腿装模作样一走了之;她在他的后腿上咬了一口,他只好连忙撤退,而且绝对狼狈不堪。不过,他一般都保持一种近乎庄严的神态。只要可能,他总是忽视她的存在,一定避开她。他一看见或听见她来了,就起来走开。

与西埃拉·维斯塔的纷繁复杂相比,北方的生活真是太简单了。白牙还得学习许多别的事情。他首先得搞清主人的家庭成员。从某种意义上说,他对这方面有所准备。就像米沙与克鲁库属于灰海獭,共同分享他的食物、床毯和火一样,现在,在西埃拉·维斯塔,所有居住在这座房子里的人,都在他的主人之列。

然而,关于这一点,有所区别,而且有许多不同之处。西埃拉·维斯塔的宅邸,当然比灰海獭的帐篷大得多。人也很多,必须加以考虑,司各特大法官和他的妻子;主人的两个妹妹:贝丝和玛丽;艾丽斯是主人的妻子,维丁和毛德是他们的孩子,分别四岁和六岁,走路还蹒跚不稳。

关于所有的这些人的情况,谁也无法告诉他;关于血缘关系、亲戚关系,他一无所知,也不可能知道。可是,他很快就知道了,他们都属于他的主人。以后,又根据对言语行动、说话声调的随时随地的观察和研究,他渐渐知道了他们与主人亲密的程度,以及受主人宠爱的程度,以此作为区别对待他们的根据和标准。主人重视的,他也重视;主人视为宝贵的,他也倍加珍爱,小心看护。

对待两个孩子,即是如此。白牙一生讨厌小孩,既憎恨又恐惧他们的手。在印第安人的村庄时,他领教过他们的野蛮与残酷。维丁和毛德最初接近他时,他怒吼着警告他们,显出一副恶毒的模样。这时,主人打一下或厉喝一声,强迫他允许他们抚摩。尽管他在他们的小手下面吼了又吼,吼声中再没有咿呀之调,但是,后来,他看出这男孩与女孩在主人眼中的价值重大,于是,无需再经主人的打骂,他便允许孩子们拍他摸他了。

然而,白牙绝不至于热情奔放。他听凭孩子们随意摆弄,忍受戏弄,如同忍受痛苦的手术一样,那种神态,虽不亲切,却很诚实。他实在忍受不了时,就爬起来悄然走开。

过了一段时间,他甚至喜欢起孩子来。当然,他的感情是不外露的,决不主动走过去接近他们。但另一方面,他不再一见他们就走开,而是等他们走过来。再往后,人们发现,他看到孩子走来时,眼神中放射出兴奋

的光芒;而他们离开他另寻欢乐时,他便以一种惋惜的神情目送他们离去。

所有这些,都是发展,都需要时间。除了孩子们,他其次关心的是司各特大法官。这大概有两个原因:首先,显而易见,他是主人的一个重要的所有物;次之,他喜怒不形于色。当他在旷阔的门廊下阅读报纸时,白牙喜欢趴在他的脚下,如果他时时看白牙一眼或说句话,这就表示他不讨厌白牙在那里,认可白牙的逗留和存在。当然,这只限于主人不在场的时候;如果主人一出现,其他人在白牙心目中的地位便不复存在。

白牙许可这个家庭中所有的成员抚摸他、亲近他,不过,他们的抚慰,绝不能让他发出咿呀的爱语,也不能使他偎依他们,尽管他们千方百计想实现这个愿望。他绝不把对主人的情分献给别人,那种绝对信任、献身屈服的表现,他只保留给主人。实际上,在他看来,家庭成员不过是主人的所有物罢了。

很早,白牙就将这个家庭中的成员与佣人区分开来的。他认为,他们也是主人的所有物。他们怕他,他也克制自己不攻击他们;互相之间,保持一种互不侵犯的和平状态,如是而已。他们为主人做饭、洗碗刷碟或做别的什么,就像迈特在科郎代克所做的一样。总而言之,他们是这个家庭的附属物。

即使在家庭的范围以外,白牙也有需要学习的事情。主人统治的辖区虽然广阔复杂,不过,也有界限。

土地,一直到那条乡村马路。外面的路与大街,是神们共同的区域。还有,另外一些篱笆里面,是别的神的私人领地。无数的规律统治着所有这一切,一举一动都有确实的法则。不过,他不懂神的语言,除了根据经验,别无学习的途径。他依照天生的冲动去做事,直到违反了什么规律,几次以后,他就掌握并遵守着规律了。

最为有力的教育,是主人的击打和责骂。因为对主人满腔的热爱,主人每打一次,白牙都觉得比灰海獭和“美人”史密斯的毒打更加疼痛。他们只是打伤了他的肉体,而肉体下面的精神依然高昂振奋,不可征服;主人的责打虽然不伤皮肉,却深入他的内心,主人不悦的表现,使白牙的精神为之沮丧。

事实上，是主人的声音已经足够，而打却难得实施。根据声音，白牙知道自己做的对与不对，改变或调整自己的行为。主人的声音，仿佛是一个罗盘。白牙根据它进行驾驭，学习着将新大陆和新生活的风俗习惯绘成一幅图表。

在“北国”，狗是唯一驯服了的动物；其他一切动物，都生活在“荒原”上，只要不太凶猛可怕，都是任何狗合法的猎物。白牙一直是以活的东西作为食物的。他从来没有想到过，“南国”的情况完全不同。住在圣科拉拉谷时，他遇到了这样一件事。

清晨，白牙在屋子墙角附近闲逛时，遇到一只逃出养鸡场的小鸡。白牙的自然冲动，就是吃掉他。于是，接连两跳，一亮牙齿，伴着一声惊叫，他一口吞下了这个冒险的家禽。这只小鸡是农场养的，又肥又嫩；白牙舔一舔嘴，认为味道还不错。

白天，他在马厩附近碰见了另外一只离群的小鸡。一个马夫跑来抢救。他不了解白牙的脾气，拿了一根轻马鞭为武器。他刚一甩鞭子，白牙便扔下小鸡，过来扑人。一根木棍也许能够阻挡住白牙，但一根马鞭却不行。

白牙冲向前去，默默地毫不畏缩地挨了第二鞭，然后一跃而起，去咬马夫的喉咙。马夫大声惊叫着“我的上帝！”蹒跚后退，扔下了鞭子，用两只手臂护住喉咙，结果，前臂被咬得露出了骨头。

马夫吓得要死，使他失去勇气的，并非白牙的凶猛，相反，而是他那种沉默。马夫用被咬破了的流血的手臂护着喉咙，想退到谷仓里去。

如果不是科丽及时出现，马夫就要遭大难了。正如她曾经救了迪科一命那样，现在，她救了马夫的命。她愤怒欲狂地冲向白牙。科丽终究是正确的，她的全部怀疑都得到了证实。她比那些处理失当的神更清楚更了解白牙，这个古代的掠夺者，又在这儿重演他的把戏了。

马夫逃进了马厩。

白牙面对科丽邪恶的利齿，向后退却；绕着圈子让她咬他的肩膀。然而，科丽每逢隔了很长时间以后，执行处罚时总是这样。最后，白牙只好不再顾及面子，老老实实地穿过田野，落荒而逃。

“必须让她学会不吃小鸡，”司各特说，“不过，我也教不了他，除非我当场将他抓获。”

两夜以后，上演了一场戏。然而，罪行的规模之大，出人预料。

白牙观察过养鸡场以及小鸡的习惯。当小鸡们晚上上巢以后，他就爬上一堆刚刚运到的木材上，由此再爬上一座养鸡棚顶，穿过梁木，跳到里面的地上。然后，他在小鸡巢里开始大肆屠杀。

早晨，司各特走到门廊上时，马夫早已拿来五十只莱亨白母鸡摆成了一排，展现在他眼前。他先是惊讶地轻轻地暗中吹了一声口哨，后来又有些赞叹。他也看到了白牙，白牙毫无羞愧悔过之情，也没有犯罪的感觉，相反，看上去他很得意，好像立了一件值得称道的大功。

面对这种不愉快的事，司各特紧闭嘴唇，随即厉声斥责这个无意中犯了罪的罪犯，声音之中，只有神圣的愤怒。他抓住白牙的脑袋，摁在被杀的母鸡身上，使劲地揍他。

从此以后，白牙再也没有践踏过鸡巢。他知道，那是违反规矩的。后来，主人带他到鸡场里去。白牙看见那些活的食物在鼻子下面拍着翅膀来来去去，自然冲动使他又要跳上去扑食，但被主人厉声止住了。

他们在鸡场呆了半小时。白牙一再受到那种冲动的怂恿，每一次要服从冲动的时候，又总被主人的声音制止。就这样，他掌握了这个规律。当他离开鸡场以前，他已经懂得，要听之任之，别管他们。

吃午饭时，老司各特听儿子讲述他教育白牙的故事，悲哀地摇一摇头：“你决不可能将一个猎食小鸡的凶犯矫正过来。他们一旦有了这种习惯，尝过血的味道……”又悲哀地摇一摇头。

然而，司各特不同意父亲的观点，最后，他略带挑战的口气说：“我告诉您，我打算怎么办吧——我要把白牙与小鸡一起关一下午。”

大法官反对：“还是想想那些小鸡吧。”

儿子继续说下去：“另外，如果他杀一只小鸡的话，我给您一块金元。”

“不过，你也应该罚爸爸做些什么？”贝丝插进一句。

贝丝的妹妹支持贝丝的意见。

于是,全家异口同声都表示赞同。

司各特大法官点头同意。

司各特想了一会儿,说:“好吧。如果到下午结束时,白牙并没伤害一只小鸡,那么,他在里面呆几个十分钟,请您像在法庭上郑重宣判一样,庄严谨慎地对他说几遍‘白牙,你比我想象的要聪明。’”

全家藏在一个有力的隐蔽处,看这场戏。只是,这事最后还是以大法官的失败而告终。

白牙被主人关在养鸡场后,就躺下睡起觉来。一次,他起来到水槽喝水,却非常安静,不去理睬小鸡,仿佛他们根本不存在似的。四点时,他用跑步跳高的办法跳上鸡巢的棚顶,从那跳到外面的地上,庄严地走向屋子。他已经掌握了这条规律。

于是,在门口,当着兴高采烈的全家人,司各特大法官面对面地、庄严而缓慢地向他说了十六遍“白牙,你比我想象的要聪明。”

然而,规律的复杂常常使白牙感到困惑不解,并因此遭受损失。他还必须学会不碰不招惹神们所有的小鸡,以及猫、兔子、火鸡。事实上,他对这规律一知半解时,一味地对一切活的东西都不去管。在屋子后面的牧场上,鹌鹑可以从他的鼻子下面平安飞去而毫发无损;他则控制着本能,站在那里一动不动,因为交际和欲望的情绪而紧张发抖,自以为是在恪守神的意志呢!

以后,又一天,还是在这个地方,他看见迪科追捕一只雄野兔。主人袖手旁观,不但不予干涉,而且还鼓励他加入到追捕中去。

由此,他知道了,对于雄野兔不存在什么禁忌,才算彻底明白了这条规律的完整性:在自己与家养的禽畜间,必须排除敌对的行为,即使不能和睦相处,至少也应该保持中立;至于诸如松鼠、鹌鹑、白尾兔这些尚未归属人类的“荒原”的动物,则是任何狗的合法掠夺对象。神只是庇护驯服了的动物,他们决不容许驯服的动物相互发生致命冲突。神对自己的臣属,有生杀予夺的大权,小心地维护着自己的权利。

对过惯了北国单纯生活的白牙而言,圣科拉拉谷的生活显得非常复杂。这种错综复杂的文明,主要的要求是控制与约束——既要像游丝般袅娜轻软,又要似钢铁一样坚硬。白牙发现,生活千变万化,自己必须与它们全部接触,接触新的东西——无论到城市时,跟随马车跑进圣荷塞时,还是当马车停着,在街上闲逛时。

生命从白牙身边流淌而过,深奥辽阔,变化无穷,不住地冲击着他的感官,他必须立刻对接踵而至、无穷无尽的事作出判断与反应,几乎永远被迫压制自己的冲动。

肉店里,肉挂得很低,虽然够得着,但是不能碰。对于主人造访的人家的猫,必须不去管他。到处都有狗冲着他咆哮,他却不能攻击他们。拥挤的人行道上,许多人注意到了他,停下脚步看他,观察他,指指点点,和他说话,甚至是拍他。然而,他必须忍受,忍受来自陌生的手的一切危险的接触。他不仅容忍了,而且不再尴尬忸怩不安,高傲地接受着无数的神们的注意,屈尊接受他们的殷勤。与此同时,他们拍拍他的头就走开了,对自己的大胆感到满足和欣慰。白牙身上的某种东西,阻止了他们过于狎昵的想法。

不过,白牙也不是一帆风顺。他跟着马车跑在圣荷塞郊外时,一些年幼的孩子向他投掷石头,这时,他知道自己不能够去追赶、拖倒他们,只好违背自己的本能,事实上,他也确实违背了自己的本能,变得驯顺了,文明了。

然而,白牙对这样的安排不十分满意。虽然他没有关于公正、正直这些抽象的观念,但他的生命中有某种程度的公道感,因此,对于不被允许行使对向他投掷石子的人进行反抗的自卫权利,他认为不公道,很不高兴。他忘了,神们在契约上已经保证了要照顾他,保护他的。但是,有一天,司各特跳下马车,用鞭子将那些扔石子者抽了一顿。以后,他们不再扔石子了。而白牙也明白了,满意了。

在去城市路上的一个十字路口。三只在一家酒店附近闲逛的狗过来攻击他时,他又获得了一个类似的经验。

司各特知道白牙致人死命的打法,因此总是不断地告诫白牙"不能打"。白牙知道这个教训,每次经过十字路口的酒店时,都极力遏制着自己;而对方每一次开始发动的冲击,总是被白牙的咆哮吓得退了回去,被

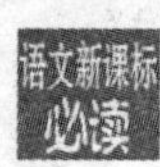

迫保持一定的距离。然而,那些狗跟在后面叫着吵闹,侮辱他,过了一些时候,酒店里的人甚至也怂恿狗们攻击白牙。

又一次,他们公然唆使狗们进攻。司各特将马车停了下来,对白牙说:“去干吧!”

白牙不相信,看看主人,看看狗,眼中透出焦急的询问的目光。

司各特点点头:“好家伙,干掉他们!吃掉他们!”

白牙不再犹豫,掉过头来,不声不响地冲到敌人中间。三只狗一起上来跟他打,一阵咆哮怒吼,一阵咬牙的声响,一阵身体忙乱的动作。路上飞扬的尘土,遮住了战斗的情形。

几分钟以后,两只狗在地上的尘土中挣扎。第三只狗跳过一条沟,钻进一道栅栏,穿过一片空地落荒而逃。白牙依照狼的样子,用狼的速度,迅速无声地在地上滑过;在空地的中间咬住那只狗,杀死了他。

随着杀死三只狗这件事的传播,他与狗们的主要麻烦就结束了。这消息传遍了整个山谷,人们不再让自己的狗去找这只“战狼”的麻烦了。

点评:

这一段重点讲了白牙在驯顺过程中的种种表现,其实就是白牙学习和适应的过程,是他回归人类文明,了解、熟悉、掌握和遵守文明社会规则的过程。这个过程充满艰辛,甚至也有血腥和死亡,但是对白牙而言,这个过程最后的结果只视乎他的意愿,些许的不适顶多获得一些斥骂和少量的责打。作者在这里先后采取了运用典型的具体事件、从不同人物的多个角度等手法将白牙融入过程的不同侧面一一展示,同时也是一幅美国南方田园生活的画卷。

二十四、爱意浓浓

转眼之间,几个月过去了。

白牙在南国的生活,顺心而快乐,食物丰富,又无所事事。他长胖了。白牙不仅位于地理上的南方,而且身在生活中的南方。人类的仁慈博爱像太阳一样,照耀着他茁壮成长,他仿佛种植在沃土里的花一般茂盛。

然而,不知为什么,他仍然有别于别的狗。较之那些不懂别样生活的狗,他更懂规律,严守纪律;但他身上仍然显现出一种潜在的凶猛,仿佛"荒原"还留在他体内,潜藏在他体内的那只狼不过睡着了而已。

就他与种族的关系而言,过去,他孤独地活了下来。将来,也仍要孤独地活下去。他从来不与别的狗友好。小狗时代,利利与其他的小狗迫害他;长大以后,他落到"美人"史密斯的手里,又同狗打仗。因此,他养成了一成不变的厌恶狗的习惯。自然的生活道路被引入歧途,他躲避自己的种族,而依恋人类。

他唤醒了南方狗心灵深处对"荒原"的本能的恐惧,他们都对他满腹狐疑,总是向他咆哮怒吼,好战中充满了仇恨。他也学会了无需牙齿即可对付他们的办法,仅仅露出来的牙齿与扭开的嘴唇就很有效,吓得叫嚣着冲过来的狗栽倒在自己的后腿上。

不过,科丽是白牙生活中的磨难。她那尖锐的神经质的叫声,总回响在他耳边。对于主人要她与白牙成为好朋友的一切努力,她全不在意,她不像白牙那样遵纪守法,不让他有片刻安宁。她决不宽恕他杀害小鸡的事情,坚信他原本就坏,事发前便发现他有罪,因此那么对他。科丽成了白牙生活中的一个祸根,跟着他在马厩边、牧场上来回走动,俨然是位警察。如果他好奇地偶尔瞥一眼鸽子或小鸡,她立刻大发雷霆。他最好的忽视她的办法,是将头搁在前爪子上、躺下来假装睡觉,这使她目瞪口呆,安静下来。

除了科丽,白牙在其他方面都很顺利。他懂得了规律,学会了控制和平衡,做到了沉着、冷静、达观和容忍。生活环境不再充满敌意,周围也没有了危险、伤害和死亡。终于,有一天,那永远如在目前的恐怖威胁——“未知”消失了。生活温柔、舒适、平静地流逝而去,其中既没有潜伏着恐惧,也没有隐藏着仇恨。

由于没有雪,他不知不觉中有些寂寞。他如果能够思考,一定会以为那是一个特别长的夏天;但是,他既然不会思考,就只是下意识地因此感到模模糊糊的寂寞。尤其在夏季,炎热的阳光晒得特别难受时,他的心里微微有些向往北方。不过,这唯一的影响,也只是令他莫名其妙地不适和不安罢了。

他的感情从来不外露。除了偎依在主人脚边时发出的“爱吼”中的咿呀之声外,他不会其他的表达爱的办法。过去,他对神的嘲笑一直非常敏感,气到几近疯狂的程度;然而,他对自己的主人却生不起气来。当主人和善、揶揄地取笑他时,他狼狈了,感到体内汹涌而起的昔日的愤怒所产生的刺激。出于对主人的热爱,他不能愤怒,又必须有所反应。于是,最初时,他做出尊严的模样,主人笑得更加厉害;稍后,他极力显得更加尊严,主人则笑得越发厉害了。最后,主人的笑吹走了他的尊严,他略分开些牙床,翻起一点嘴唇,眼中亮出一种古怪的表情,与其说充满了幽默,不如说洋溢着热爱。

他学会了笑。

与此同时,他学会了与主人游戏玩耍,摸爬滚打。作为游戏中的牺牲者,他就反过来假装愤怒,毛发耸立,凶猛吼叫,咯嘣咯嘣咬牙切齿,看上去真的要致人死命。不过,他绝不至于得意忘形,他的连吼带咬都是向着空中的。这种游戏的最后,打与咬正处于迅速猛烈的时候,他们突然分开,相隔几尺,站在那里相互凝视着对方,同样突如其来地哈哈大笑起来,如同处在暴风骤雨之中的海洋,突然升起了一轮红日一般。

作为游戏的高潮,主人总是用手臂紧紧搂着白牙的脖子和肩膀,同时,白牙也就咿咿呀呀地唱起他的爱情之歌。

但是,对于别人,白牙保持着自己的尊严,从不允许他们跟他玩耍。否则,他耸起的鬃毛和表示警告的怒吼,就表示他不是一条普普通通的狗,不是可以随时随地、不分对象地施以爱情的狗,不是大家同有的财产,供每一个人玩乐消遣。他的爱是非常专一的。他决不会廉价出售自己和

自己的爱。

在北方，白牙以轭下的劳动证明着自己的忠诚；然而在南方，既没有雪橇要拉，也无需驮什么东西，因此，他必须用一种新的方法来尽忠。主人经常骑马出去，陪同主人便成为白牙最主要的工作。他以狼的步伐跟着主人的马跑，轻巧、欢快，既不吃力，又不疲倦，比马先昂首挺胸地到达五十里外的终点，即使在时间最长的日子，他也未感到过精疲力尽。

与此相关，白牙学习到了另一种难能可贵的表现方法。他一生也只做过两次。

第一次，在训练一批纯种烈马时，为了免得骑马的人下马开门，司各特尝试着教马开门的方法。一次、两次……他牵马到入口门旁，想使马关门。马每次都惊了，腿缩着跳开，越来越兴奋，越来越神经质。马后退时，主人用马刺刺他，逼他将前腿放下来，他又尥起蹶子来。

看到这种情形，白牙也越来越焦虑，最后按捺不住，跳到马前，用野蛮的吠声作为警告。

从此以后，他常常试着发出吠声，主人也予以鼓励。但他只成功了一次，而且也没有主人在场。

那一次，主人正骑着马疾驰在牧场上，突然，一只雄野兔从马蹄下跳了起来，受惊的马猛然一起一跌，将主人掀倒在地。主人断了一条腿。狂怒的白牙跳上去，就去咬那匹犯了罪的马的喉咙。主人厉声止住了他。

搞清自己的伤势后，威登命令他："回家去！回家去！"

白牙不愿意离去。

威登想写一个条子，徒然摸索了一会儿，但口袋中没有铅笔和纸。

威登又命令白牙回去。

白牙若有所思地望着主人，走了，又回来，轻轻地呜咽着。威登温和、庄重地跟他说话。白牙的神情既痛苦又紧张，侧耳倾听。

"对！好家伙，你跑回家去，告诉他们我遇到了什么。你这狼，回家去，快回去！"

白牙不明白主人其余的话是什么意思，但他知道"家"是什么，知道主人的意思是要他回去。他非常勉强地转过身去，小跑着，走了。

接着，他又停下脚步，回头看看主人，犹豫不决。

“回家!”又一厉声的命令。

这一次,他服从了。

下午,全家人正在门廊上乘凉。

这时,满身灰尘的白牙,气喘吁吁地跑了进来。

威登的母亲说道:“威登回来了。”

孩子们愉快地叫着,跑上去欢迎白牙。白牙避开他们,走下门廊。孩子们将他围在一张摇椅和栏杆中间。

白牙吼叫着,想从他们身边挤过去。

他们的母亲望着,不无忧虑地说:“说实话,他在孩子们身边,我真不放心。说不定哪天,他会出人意料地咬他们。”

白牙怒吼着跳了出来,撞倒了孩子们。母亲将他们拉到身边,安慰他们,告诫他们不要惹白牙。

司各特大法官说:“狼总归是狼,不能信任!”

“但他不完全是狼。”哥哥不在时,贝丝为哥哥的伙伴辩护道。

“你不过是在重复威登的说法罢了。像他亲自告诉你的那样,他也完全不知道,只是猜想白牙有点儿狗的血统。至于他的模样……”

法官还没说完,白牙站在他面前凶猛地叫着。

“走开!卧下!”法官命令道。

白牙转向主人的妻子,用牙齿咬住她的衣服,使劲儿拖,撕破了单薄的衣料。

这时,全家人都将注意力集中到了他身上,他不再咆哮,而是昂首站在那里,正视着他们。他的喉咙抽搐着,全身挣扎着颤动不已,似乎极力想交待明白一件什么事情,但却发不出声音。

威登的母亲说:“我对威登说过,这里的气候炎热,恐怕一只北极的动物难以适应。希望他不要发疯吧。”

“我相信,他想说话。”贝丝说。

这时,白牙的嘴里爆发出一阵犬吠。

威登的妻子判断道:“一定是威登出什么事了?”

现在,他们都站了起来。

白牙抛下台阶,回头看看他们,要他们跟他走。这是他平生第二次,也是最后一次吠,他让自己得到了人们的理解。

这件事以后,希埃拉·维斯塔的人们更加宠爱白牙。即使那位被他咬伤手臂的马夫,也不得不承认,白牙是一条狼,但更是一条聪明的狗。

司各特大法官依然固执己见,他根据百科全书和这类博物学著作的有关判断与描述,证明白牙是一条狼。然而,每个人都不满意他的证明。

一天天过去了。白昼的阳光不断地照耀着圣科拉拉山谷。

当白昼稍短,白牙在南国的第二个冬天来临的时候,他奇怪地发现,科丽的牙齿不再厉害了。她咬的时候,有种游戏的温柔在里面,并不会真的咬伤他。他也忘了,科丽曾经让他感到活着简直等于受罪。

她在他一旁游戏时,他就庄严地响应,极力靠着玩笑,扮作一副滑稽可人的模样。

一天,科丽引他追赶自己,穿过房后面的牧场,跑到树林里去。白牙知道,马已经戴好了马鞍,在门口等着。主人下午要骑马。他犹豫不决。然而,有一种东西潜藏在他的体内,比他学习到的一切规律和使他形成性格的习惯更深,比他对主人的热爱以及自己生存的意志也更深。他正犹豫不决,科丽咬了他一口便疾速跑去。于是,他转过身来,追了上去。

这一天,主人独自骑马去了。白牙和科丽并肩跑在森林里,就像多年以前,他的母亲杰茜与老独眼跑在寂静的北国森林里一样。

点评:

白牙已经完全适应了文明社会的生活。尽管过去荒野生活对他的刺激所产生的影响还或多或少地残留在他体内,但他已经在最大限度地压抑那种影响。这一节作者还透露了白牙是由于在成长过程中一直和同类处于敌对状态,才对人类更加依恋。而仔细想来,这种状态既是由于他的天生的狼的血统所致,也有人为的成分。所以白牙的建立在对人的依赖的基础上的回归却是由于他的狼的血统,这体现出作者思想的矛盾性。

二十五、功成名就

就在白牙和主人越来越融为一体的时候，报纸连篇累牍地登载了一则犯人从圣昆廷监狱逃跑的消息。

逃跑的囚犯是一个凶恶的人，他出身不好，成长时也没有得到任何帮助。他是残酷社会的一个突出典型。说他是一个畜牲——一个人畜，一点也不错；而且是一个极其可怕的畜牲，因此，将他称作食肉兽，也许最为合适。

圣昆廷监狱证明，他是不能改正的。惩罚并不能挫败他的锐气，他可以疯狂地战斗到死亡，但绝不能够被人打败后苟且地活下去。他的战斗越是凶猛，社会对他的待遇就越严酷；作为严酷的唯一结果，是他更加凶恶。

紧身背心，饥寒交迫，挨打挨揍的囚犯生活，虽然并不合适，但正是杰穆·霍尔所处的境遇。从小时——当他还是旧金山一处贫民窟里一个柔嫩、瘦弱的小孩子时——就像一团被审判团捏在手里准备模塑成什么东西的柔软泥土的时候，他就一直受着这种待遇。

杰穆·霍尔的监禁生活过到第三期时，他碰见一个看守，一个几乎跟他一样出色的畜牲。这家伙待他不公，向看守长造谣，谗毁他，迫害他。

他们之间的区别在于，看守有一大把钥匙和一支手枪；杰穆·霍尔只有赤手空拳和咬牙切齿。有一天，他像野兽一样，扑到看守的身上，用牙咬他的喉咙。

从此以后，杰穆·霍尔在不知悔改的犯人的地牢里，一住就是三年。地牢从屋顶、墙壁到地板，全部都是用铁做成的。他从未离开过地牢，也从未看见过天空和阳光，他被活活地埋进了一座铁铸的坟墓中。白天是黄昏，夜里一片漆黑死寂。

他看不到人类的脸；也没有带着人性的东西与他交谈。看守用铲子送食物时，他像一只野兽一样怒吼；有时几个礼拜几个月一声不发，在黑暗寂静中黯然伤神。他是一个人，更是一个妖怪，仿佛一个在大脑疯狂的幻觉中喋喋不休的怪物,令人害怕。

后来,一天夜里,虽然看守长说不可能,但地牢空空如也。一个看守的死尸,半在门里半在门外地躺在地上。另外两名看守的尸体,显示出他从地牢到外面围墙逃跑的路线。为了不发出声响,他用手杀死了他们。

他逃走了。

他用被他杀死的看守们的兵器,将自己武装起来,一变而成为一座活动的兵工厂。为了缉捕他,社会重金悬赏,组织力量追着在山里四处逃窜。他的血可以赎出一笔抵押品,或者将一个儿子送入大学。贪图奖赏的农民,用散弹枪射击他;以维护公德为己任的市民,取下自己的步枪,走出门去寻找他。

一群警犬沿着他的血迹跟踪着他。还有司法界的“走狗”——社会雇佣的作战动物,使用电话、电报,日夜兼程地追捕他。

有时,他们也碰到他,因此,或者如英雄般地跟他打仗,或者穿过倒刺的铁丝网狼狈而逃。边吃早餐边读报纸的公民,为此非常高兴。每在这样的遭遇战以后,车子便将死伤的人员运向城市,另外一些热衷于“猎人”的人,便前仆后继,填补了他们的空缺。

以后,杰穆·霍尔不见了。猎狗们侦察消失了的踪迹,徒劳无功。武装人员拦住远处山谷中无辜的牧场农工,强迫他们证明自己的身份。与此同时,在十几处山脚下,贪图“血钱”的申请者们发现了杰穆·霍尔的尸体。

这时候,希埃拉·维斯塔读报者的焦虑,却远远超过了兴趣。

妇女们非常害怕。司各特大法官却哈哈大笑,啧啧有声。但是,他没有理由这么做。在他最后为法庭服务期间,在他面前,杰穆·霍尔被判了刑;杰穆·霍尔就在堂皇的法庭上,当着所有人的面宣布,他总有一天,要向判他刑的这位法官报仇。

这一次,杰穆·霍尔是对的,他被冤枉了。用盗贼和警察的行话说,这是一件“开快车”的案子。为了一件并未犯下的罪案,杰穆·霍尔被“开快车”送进了监狱。由于他以前两次被判有罪,司各特大法官判了他五十年徒刑。

司各特大法官并不了解事情的全部。他不知道,自己参与了警察当局的阴谋,计划好的证据纯属诬告,杰穆·霍尔是冤枉的。

另一方面,杰穆·霍尔也不知道,司各特只是不明真相。他认为,法官事先知道一切,与警察串通一气,干出了这件可恶的枉法之事。

因此,司各特大法官宣判了五十年的"活地狱"这一判决后,仇恨这个虐待他的社会的一切的杰穆·霍尔跳了起来,在法庭上大发雷霆,直到被六个穿着蓝色上衣的人拖了出去。在他看来,司各特大法官就是枉法的拱门的顶石,他便向他大泻怒火,威胁说将来一定要复仇。

以后,杰穆·霍尔到"活地狱"服刑……后来,就逃掉了。

当然,白牙不会知道这一切。不过,他与主人的妻子艾丽丝之间有一个秘密。因为不是一只看家狗,不允许白牙睡在屋子里,但是,每天晚上,当希埃拉·维斯塔的人都睡了以后,艾丽丝就起来,让白牙进来,睡在宽敞的大厅里;清晨,在家人醒来之前,她再轻轻下楼,放他出去。

一天夜里,全家都睡着了。白牙醒着,非常安静地嗅着空气,研究其中的信息,直到一个陌生的神出现了。

他的耳朵听见陌生神的动作发出的声响。但他并不愤怒地吼叫,他没有这个习惯。陌生的神步子很轻;然而,白牙没有衣服与身体的摩擦,走得更轻,只是默默地跟在后面。他曾经在"荒原"中捕捉过无数个胆怯的活的食物,深知出其不意的好处。

陌生的神在大楼梯脚下停住,凝神谛听;白牙像死了一样一动不动,看着,等着。上了楼梯,就到了他的主人以及主人的所有物那里。白牙毛发耸立,等待着。

陌生的神抬起脚来,开始上楼。于是,白牙既不警告,也不发出预示行动的咆哮,开始攻击。他腾空而起,扑到陌生的神的背上,用前爪抓住肩膀,同时将牙齿刺进脖子的后面,吊了一会儿,将这位神向后拖倒,一起摔倒在地板上。

白牙跳了开去,那人挣扎着爬起来时,白牙又用锐利的牙齿杀了上来。

希埃拉·维斯塔被楼下的声音惊醒了,那里好像有二十个恶鬼在打架。几声枪响,一个男子恐怖惨痛的叫声,一阵咆哮怒吼……一切喧嚣中,最大的响声是打翻家具、摔碎玻璃器皿的声音。

突然，骚乱停止了，几乎跟发生一样迅速，没超过三分钟。

全家人吃惊地聚在楼梯顶上。一种咯咯声从楼下黑暗的深渊中传了上来，像空气从水中向外冒泡的声音。过了一会儿，咯咯声变成了嘶嘶声，近似嘘嘘声，然后也迅速消失了，一切又归于寂静。

司各特按了开关，楼梯上下、楼下的大厅里顿时灯火通明。接着，他和司各特大法官拿着手枪，小心翼翼地走了下来。

这种警戒已经大可不必，白牙完成了自己的工作。一个男子稍侧着身体，躺在被打碎的家具残片的中央，一只手臂遮着面孔。

司各特移开手臂，拨正那人的脸，喉咙上一个大裂口，表明他是怎么死的。

"杰穆·霍尔。"司各特大法官说。

父子俩相互看看，意味深长。

他们又转过来看白牙。他也侧躺着，闭着眼睛。他们伏下身体凑近看他的时候，他稍稍抬了一下眼皮，拼命想看看他们的情况，尾巴动了一下，徒然地想摇一摇。

司各特拍拍他，他的喉咙中咕咕噜噜地响了一声招呼，但那充其量只算一声微弱的吼叫，而且，很快不响了。他的眼皮下垂，紧紧闭着，全身仿佛肢解般松懈开来，平卧在了地板上。

司各特喃喃道："可怜的家伙，命都拼了。"

大法官一面去打电话，一面说："我们还要看看。"

一个半小时后，外科医生检查完毕白牙的身体，宣布道："说实话，只有千分之一的机会。"

黎明的晨光透过窗户射了进来，灯光显得暗淡了许多。除了孩子们，全家都围着外科医生，听他诊断。

"一条后腿断了；三根肋骨折断，至少有一根刺穿了肺；全身的血几乎失尽；好像还有内伤，他一定被人踩过；更不用说，三颗子弹射穿了三个洞。千分之一的机会，也实在是太乐观了些；他连万分之一的机会都没有。"

"但是，绝不能让他失掉任何也许对他有所帮助的机会，"司各特大法官喊道，"不要在意费用。为他照 X 光——做一切力所能及的事情。威登，马上向旧金山打电话，请尼古拉斯大夫。大夫，并不是想得罪你，您请多谅解；只是，我们必须提供给他各种有利的机会。”

那位外科医生微微一笑，表示自己并不难过也不在意：“当然，我理解，他应该得到能为他做的一切。他必须得到很好的照看。要像照看人类，照顾有病的孩子那样。请不要忘记，我告诉你们的关于体温的话。十点时，我再来。”

司各特大法官主张雇佣一个受过训练的护士，女孩子们愤怒地否定了他的提议，自告奋勇来担当这个工作。白牙得到了外科医生所说的那种护理，终于赢得了被外科医生所否定的千分之一的机会。

不能责怪医生的诊断有误。平时，他照顾诊治的都是文明、柔弱的人类，他们过的是受到庇荫的生活。与白牙相比，他们脆弱、软弱，对生命的掌握也软弱无力。

白牙则直接来自“荒原”。在那里，谁都没有庇护，软弱者很早就灭绝了。无论白牙的父亲或母亲，他们以及他们以前的世世代代，都没有软弱的缺点。白牙天然地继承了钢铁一般的体魄和荒原独特的活力，凭借古代一切动物都曾拥有的那种顽强的精神，调动他全身的每一部分，他的肉体与灵魂，全部用来紧紧抓住生命。

由于上了石膏，扎了绷带，白牙像囚犯般被拘束着，一动也不能动。这样过了几个星期，他睡了许久，做了很多梦，一连串的北国生活的壮丽幻象，从他的脑海中掠过，无穷无尽。

昔日的鬼魂全都出现了，和他在一起。他重新又与杰茜生活在洞穴里；颤抖着爬到灰海獭的膝下，奉献自己的忠诚；在利利与疯狂号叫着的小狗们的追逐下，仓皇逃命。

他再一次穿越寂静的原野，在饥荒的年月猎取活的食物。他又跑在一起拉雪橇的狗们的前面，灰海獭和米沙的鹿肠鞭子在后面啪啪作响，他们走上一条狭窄的小路，散开的狗们像扇子拢起似的通过的时候，口中喊着：“啦！啦！”他重新度过与“美人”史密斯在一起时的所有日子，重新经历了打过的每一仗。

这时，他在梦中呜咽、咆哮。旁边守护他的人说，他在做噩梦。

然而，有一个梦让他非常痛苦。在他眼中，怪物一般铿锵作响的电

车，就是嘶叫着的大山猫，巨大无比。他隐蔽在灌木丛的下面，等待一只离开自己的树木遮蔽、到相当远的地方来冒险的松鼠。他正要跳出来扑向他时，他却变成了一辆电车，一座山似的耸立在他面前，尖叫着，叮当作响，向他吐，让他既惊又怕。他挑逗老鹰，老鹰从蓝天冲下来，落到他身边的时候，却变成了无处不在的电车。他又像是在“美人”史密斯的木圈里，外面是人，他知道战斗即将开始，全神贯注地盯着对手进来的那扇门，然而，被扔进来与他对战的，却是怕人的电车。这种事情重复了成千上万次，每一次唤起恐怖，却永远那么真切，那么强烈。

一天，白牙的最后一条绷带、最后一块石膏模子被拆掉了。

这简直是一个节日。希埃拉·维斯塔的人全部围在他身边。司各特搓一搓他的耳朵，他咿咿呀呀地唱起爱的歌曲。艾丽丝叫他“福狼”，大家立刻欢呼着接受了，所有的妇女都叫他“福狼”。

他试着想爬起来，努力了几次，都衰弱地跌倒了。他睡得太久，肌肉没了灵活性，所有的力气都丧失了。他为此而羞愧。他本应该做到的，却辜负了神们。他勇敢地尝试了几次，想爬起来，四条腿终于站了起来，前后摇摇晃晃。

妇女们齐声欢呼：“福狼！”

司各特大法官看着他们，不无得意。

他说：“我一直主张他是一条狼。你们自己终于亲口说了。他干的事，什么狗也做不到。”

法官的妻子纠正：“一条‘福狼’。”

外科医生说：“他必须重新学习走路。现在就开始吧。把他弄到外面。这对他有好处。”

他到了外面，希埃拉·维斯塔的所有人都跟着他，服侍他。他仿佛是一位国王。他非常衰弱，走到草地上，躺下来休息一下。

稍后，队伍继续前进。他使用肌肉，血液开始流通，气力也渐渐恢复起来。

他走到马厩边，科丽正躺在门口，半打矮矮胖胖的小狗，围着她在阳光下玩。

白牙惊异地看着。

科丽咆哮着警告他，他小心地保持一定的距离。司各特用脚趾尖将一只正在爬的小狗推到他跟前。他有些猜疑，耸起毛来。司各特告诉他一切都好。科丽却在一个妇女的怀里猜忌地盯着他，用咆哮警告他并不是一切都很好。

那只小狗在他面前爬动，他竖起耳朵，好奇地看着他。他们的鼻子碰着了。小狗温暖的小舌头碰到了他的脸。他的舌头也不由得伸了出来，舔一舔小狗的脸。

众神们拍手欢呼，对他的举动表示赞赏。

白牙有些吃惊，疑惑地看看他们。接着，他的衰弱又流露出来。于是，他躺了下来，竖着耳朵，歪着头，似乎在看守并欣赏着那只小狗。接着，别的小狗们也向他爬来，惹得科丽大加反感；白牙庄严地允许他们在他身上爬行、打滚。

在神们的赞不绝口中，他先前所有的那种忸怩、尴尬，伴随着小狗们继续嬉戏而渐渐消失了。他半闭起眼睛，躺在阳光里，打起瞌睡来，脸上现出慈爱的神态。

点评：

如果说之前的融入还只是阶段性成果的话，那么至此白牙在经历了生死考验后，他已经完完全全、彻彻底底地成为了这个家庭的一员，为了这个家他愿意付出任何代价。小狗——白牙和科丽的孩子们的出生，让这种回归达到了完满的程度。可以说白牙在这个过程中经历了所有可以经历的，也获得了全部可以获得的。同时，作者对于“罪犯”杰穆·霍尔的描写也有其用意，我们可以发觉他和认识司各特之前的白牙何其相似，一样受到环境不公平的对待，一样残忍、凶恶、狡猾，一样悍不畏死。但他最终走向了毁灭，感情是两者后来不一样的地方，白牙为了心中的爱而慷慨赴死，而杰穆·霍尔为了恨来复仇。白牙的回归是因为爱，杰穆·霍尔的对抗社会是因为没有获得过爱，甚至是社会对他不负责任，如果他进监狱之前的任何一个环节的人能负责任的话，他也许就不会走向毁灭。作者强调感情，强调爱，是对美国第一代移民的精神写照，他们自强不息，热爱生命，对生活充满着美好向往，在与大自然的生死搏斗中实现着自己的人生价值，白牙的回归过程也体现了这个价值。

强者的力量

比喻并不骗人，可是骗子会打比喻。

——列经

长胡子老头讲着讲着停了下来，舔了舔他油腻的指头，然后用指头在他那件破熊皮统子没遮住的腰上抹了几下。他周围蹲着三个年轻人——赛飞鹿，黄脑袋和怕黑娃——都是他的孙子。他们的外表几乎完全一样，每人都披着一块只遮住部分身体的兽皮。个子都是又瘦又小，尖屁股，罗圈腿，凹胸脯，可是胳膊挺粗，手也很大。他们的胸口、肩膀，以及胳膊向外的一面，都长了很多毛。他们的长头发，全是乱蓬蓬的，未经修剪，一绺一绺地时常在眼前飘荡；那又小又圆的黑眼珠，就像鸟的眼睛一样闪闪发光。他们的头都是上面靠近眼的地方窄，近颧骨的地方宽，下巴很厚，向外突着。

这是一个晴朗的夜晚，星星很多。他们所站的山头下的树木，苍郁的群山，层层叠叠，不断地向远处蜿蜒伸展。再向前望去，只见遥远的天空被一座正在爆发的火山映得通红。在他们背后，有一个黑沉沉的大山洞，时不时地喷出一阵阵刺骨的冷风。他们面前有一堆熊熊燃烧的烈火。火堆边，躺着一头死熊，身上的肉被吃了不少。在离火堆不远的地方，还有几条像狼一样的大狗。每一个人身边都放着自己的弓箭和一根大棍子。另外还有几根粗陋的长矛，放在洞口的岩石旁边。

“我们就是这样从洞里搬到树上去的。”长胡子老头又开口了。他们都放声大笑起来，像孩子一样，因为这句话使他们想起了老头从前讲过的一个故事。长胡子自己也笑了，弄得他那根五寸长的横穿鼻子的骨簪也跟着一跳一跳，使他的相貌显得更加凶猛。他说的话跟上面写的并不完全一样，不过他发出的那种野兽似的声音的含义，实际上就是如此。

“这就是我记得的第一件关于海之谷的事，”长胡子继续说道，“当时，我们这群人很笨。我们不懂得怎样才能有力量。每一个家庭都是独立生活,自己照顾自己。我们一共有三十户人家,可是彼此从不互相帮助,也不合作。我们总是相互猜忌,谁也不跟谁往来,我们各家都在自己的树上搭了一个草房,并且在房外的平台上放了一堆石头,以便偶尔有人来窥探我们的时候,用这些石头砸碎他们的脑袋。同时,我们还有长矛和箭。我们从来不走到别家的树下面去,有一次,我的哥哥走到老布乌家的树下,马上就给砸破了头,送掉了命。

"老布乌的力气非常大,据说他能够把一个成年人的脑袋活生生地扭下来。可是我从来没见他做过这种事,因为没有人愿意让他试试。我父亲也不愿意跟他较量。有一天,布乌趁着我父亲到海滩上去的时候,来抢我的母亲,她跑不快,因为前一天她到山上采莓子的时候,给熊抓破了一条腿。因此,布乌就捉住她,把她抱到他的树上去了。我父亲始终没有把她讨回来,他害怕。于是老布乌对他做了个鬼脸。

"不过,我父亲并不在乎。当时,还有一个力气很大的人,叫做强臂。他是一个打鱼的能手。可是有一次,他爬到悬崖上去找海鸥蛋时摔了下来。从此以后,他就没有力气了。他咳嗽得很厉害,两个肩膀也渐渐缩拢了。于是,父亲就夺走了他的老婆。每逢他走到我们家的树下面,咳嗽起来,父亲就嘲笑他,用石头砸他。当时,我们就是这样,我们不知道,只有大家齐心协力,才会变得更强大。"

"会不会有人去霸占自己的弟兄的老婆呢?"赛飞鹿问道。

"假使他搬到另外一棵树上,自立门户的话,就会发生这种事。"

"可是现在我们不干这种事了。"怕黑娃说。

"那是因为你们的父辈在我们的教导下都懂事了。"长胡子把一只毛茸茸的手伸到熊肉里,抓出一把板油,若有所思地吸吮着。后来,他把两只手又向腰里露出皮肉的地方抹了几下,继续说道:"我现在跟你们讲的这些都是很久以前的事,那时候,我们根本什么都不懂。"

"你们一定都是傻瓜,所以才什么都不懂。"这是赛飞鹿的意见。黄脑袋也附和着哼了一声,表示同意。

"我们的确是傻瓜,可是,一会儿你们就会知道,后来我们变得更傻了。不过，最后，我们到底懂事些了，这是必然的过程。当时，我们这些‘吃鱼的人’还不懂得应当同心协力，直到个人的力量成了我们全体的力量。可是在分水岭那面的大谷里住着的‘吃肉的人’却团结一致，一起打猎，一起捉鱼，一块儿去打仗。有一天，他们跑到我们的山谷里来。我们连忙跑到自己的洞里和树上。当时，一共只来了十个‘吃肉的人’，可是他们一起动手，而我们每一家都只顾自己。”

长胡子扳着指头，好像为难地数了很久。“当时，我们一共有六十个男人，”他一面用指头比画着，一面说，“事实上我们的力量很强，可是我们并不知道。于是，我们就眼瞧着那十个人去攻打布乌的树。他打得很勇敢，可是寡不敌众。我们全都袖手旁观。有几个‘吃肉的人’要爬上树，布乌只好从草房里出来，用石头砸他们，不料正好中计，被其余的‘吃肉的人’射得浑身是箭。于是布乌就完了。

“接着，‘吃肉的人’又去攻打躲在自己洞里的独眼一家。他们在他的洞口生了一堆火，把他们熏了出来，就像我们今天把这只熊熏出来的情形一样。然后，他们又爬上树去捉六指，杀死他和他的大儿子。这时候，我们这些剩下来的人就连忙逃跑。他们捉住了我们几个女人，杀死了两个跑不动的老头和几个小孩。那些女人都给他们带到大谷里去了。

“事过之后，我们这些还活着的人爬了回来，不知怎么，我们商谈了起来。这大概是因为我们心里害怕，觉得需要彼此帮助的缘故。这是我们的第一次会议——第一次真正的会议。在这次会议里，我们组成了我们的第一个部落。因为我们得到了教训：那十个‘吃肉的人’，每一个人的力量抵得上十个人，因为他们十个人在打仗的时候是团结一致的。他们把大家的力量合在一块儿。我们虽然有三十户人家，六十个男人，可是我们的力量只能算是一个人的力量，因为我们在打仗的时候，都只顾自己。

“当时，我们讨论了很久，可是讨论的进展很缓慢，因为我们还没有今天用的这种语言。后来过了很久，一个叫臭虫的人，他是一个天才，创造了一些字，其他的人也陆续创造了一些字。不过，我们到底还是说好了，等到‘吃肉的人’再爬过分水岭来抢我们的女人的时候，我们一定要把大家的力量合并起来，团结得像一个人一样。这样，我们就有了部落。

“我们派了两个人去分水岭上，一个白天站岗，一个晚上站岗，防备‘吃肉的人’过来。这两个人是全部落的耳目。同时，不论日里夜里，都有十个男人拿着棍棒、长矛和弓箭提防着，准备战斗。以前，每逢一个人出去打鱼、捉蛤蜊或者掏海鸥蛋，他总要随身带着武器，一方面打猎取食，一方面防备别人来害他。如今，情形完全变了。出去的人可以不带武器，把所有的时间都用来打猎捕鱼。同样，每逢女人们到山上去挖草根和采莓子的时候，十个男人里面也总有五个跟着去保护她们。而且，不论什么时候，不论日里夜里，部落的‘眼睛’总是在分水岭上守望着。

“不过，又出了很多乱子。这些事都是为了女人。没有老婆的男人都想霸占别人的老婆，大家打了很多回，有时这个人的脑袋给石头砸烂了，有时那个人的身体给矛刺穿了。有一次，一个守卫分水岭的人正在值班，另外一个人就趁机抢走了他的老婆，他下山之后，立刻就去找那家伙打架。另外那个守卫分水岭的人，因为怕别人抢他的老婆，于是也从山上下来了。同时，那十个总是带着武器的人之间也出了乱子。他们五对五地打架，打败了的就向海边逃跑，打胜了的就在后面穷追不舍。

“这样一来，这个部落就成了没有耳目、没人守卫的部落了。我们六十个人的力量就又分散了。我们简直一点力量也没有了。于是，我们又召集了一次会议，制订了第一批法律。那时候，我不过是小孩子，可是我都记得。我们说，为了使整个部落有力量，我们绝不能彼此打架，我们订出了一条法律：如果谁杀死了人，全部落的人就要把他杀死。同时，我们又订了一条法律：凡是抢别人老婆的人，也要被全部落杀死。我们又说：不论哪一个力气大的人，只要他敢凭着力气大来伤害本部落里的弟兄，我们就要杀死他，不能让他再仗着力气来伤人。因为，如果我们任凭他仗着力气来伤人，他的弟兄们就会害怕起来，整个部落就要垮掉，我们就会变得软弱，像先前那些‘吃肉的人’来攻打我们、杀死布乌的时候一样毫无反抗的能力。

“当时，有一个力气很大很大的人，叫指节骨，他根本不管什么法律不法律。他只知道自己力气大，他得意极了，因此他就跑出去，霸占了三蛤的老婆。三蛤想跟他斗，指节骨就一棍子把他打得脑浆直流。不过，指节

骨忘记了我们大家已经团结起来了，要在我们中间维持法律。于是，我们就在他的树下杀死了他，把他的尸首吊在树枝上示众，让大家知道法律比任何人都有力量。因为我们就是法律，它代表我们全体，所以没有人会比法律更强大。

“后来，又出了其他的麻烦。唉！赛飞鹿，黄脑袋，怕黑娃呀，你们得知道，要建立起一个部落可真不容易啊。事情很多，而且很琐碎，件件都得召集大家来商量，这真是麻烦透了！我们无论在早晨、中午、晚上，甚至半夜里，都要开会。因为总是有很多小事要解决，例如有时要指派两个新守卫到山上去代替老守卫；有时又要决定应该分给那些总是随身带着武器没有空去打猎的人多少食物；这样多的会议，弄得我们简直连出去打猎的时间也没有了。

“我们需要一个领袖，他一个人来做这些事，他可以代表会议发号施令，然后把他做的事向会议报告。于是我们就提名非兹非兹担任领袖。他也是一个有力气的人，而且很狡猾，每逢他动怒的时候，他总是‘非兹非兹’地叫着，像野猫一样。

“那十个负责保卫全部落的人，后来被派到山谷里最窄的地方去筑一道石墙。女人们、大一点的孩子，还有许多其他男人，都去帮忙，终于造起了一道很结实的墙。从此以后，所有的人家都从树上和洞里搬出来，在石墙后面搭起草房安家。这些房子很大，比住在树上和洞里要好得多。这样，由于大家同心协力，就建成了一个部落，每一个人的生活都比从前好多了。由于有了石墙，有了担任警戒和守卫的人，我们就有更多的时间去打猎、捉鱼、挖草根和采莓子，我们吃的东西不但更多了，而且比以前更好了，谁也不会挨饿。当时，有一个人因为小时候摔坏了腿，总是撑着一根拐棍走路，大家都把他叫做三条腿，他弄来了一些野谷种，在山谷里他家附近的地里试着种了，此外还试种了一些草根的植物和他从山谷里找到的其他的东西。

“因为有了那堵石墙，还有人担任警戒和守卫，保证海之谷的安全；又因为物产丰富，大家不必为了争夺食物而彼此打架，那些住在左右沿海的山谷里和那些住在后面高山里过着野兽般生活的人家，就都搬来了。没过多久，海之谷里就住满了人，人家多得简直数不清。可是，在这之前，那些本来归大家公有但随便大家使用的土地，已经被人分占了。三条腿在开始种谷子的时候，首先占了一块。不过大多数人都没有把土地放在心上。我们认为用石头砌的矮墙来标明地界，是一件蠢事。我们的食物很丰富，还需要什么呢？我还记得，我的父亲跟我替三条腿砌石墙，他还给了我们一些谷子作为酬劳。

“于是，所有的土地就给少数几个人占去了，其中以三条腿占得最多。同时，其他占了土地的人，又把土地交给那几个占着土地不肯放手的人，换来谷子、草根、熊皮和鱼，而这些鱼又是那些种田的人用谷子同渔夫换来的。因此，等到我们明白过来时，所有的土地已经给分占光了。

“大约就在这时候，非兹非兹死了，他的儿子狗牙当了酋长。他一定要我们让他当酋长，因为他的父亲本来是酋长。同时，他还认为自己是一个比他父亲更了不起的酋长。不过，起初，他的确也是一位好酋长，工作也很努力。这样一来，会议可做的事就越来越少了。后来，海之谷里出了一个新人物，他就是歪嘴。我们本来没有把他放在心上，不料他居然能和死人的阴魂谈起话来。后来我们改称他大胖子，因为他食量很大，什么事也不做，长得又圆又大。有一天，大胖子告诉我们，他知道死人的秘密，他是上帝的代言人。他跟狗牙成了很亲密的朋友，于是狗牙就命令我们给大胖子造一座草房。大胖子就对他的房子周围定下了种种禁忌，在屋里供起了上帝。

“渐渐地，狗牙的势力变得越来越大，比会议还大。等到后来，会议里的人全抱怨起来，要选举一个新的酋长。这时候，大胖子就代表上帝发言，说‘不成’。同时，三条腿同其他有土地的人也支持狗牙。当时，会议里最有实力的人是海狮，那些地主就暗地里送给他一些土地、许多张熊皮、许多筐谷子。因此，海狮就说，大胖子的话的确是上帝的话，大家必须服从。不久以后，海狮就成了狗牙的代言人，狗牙的大部分的话都由海狮来讲。

“当时，还有一个矮子，叫做小肚子，他的腰很细，看起来就像从来没有吃饱似的。他在河口、沙洲、风浪平缓的地方，造了一个很大的捕鱼机。

这种东西，我们不仅从来没有见过，就是做梦也没有想到。为了造这个捕鱼机，他跟他的儿子还有老婆工作了好几个星期，我们大家都嘲笑他们。可是，等到他造好了，他在头一天捉到的鱼就比我们整个部落在一个星期里捉到的还要多，因此，大家都很高兴。当时，河里另外只有一个地方适合造这种捕鱼机，可是等到我的父亲和我还有其他的十几个人动手来造一个很大的捕鱼机的时候，那些卫士就从我们为狗牙造的大草房里出来了，他们用长矛来赶我们，叫我们走开，因为小肚子已经得到了狗牙的代言人——海狮的允许，要亲自在那儿造一个捕鱼机。

“当时，很多人都不服气，我父亲就召开了一个会议。不料他刚站起来说话，海狮就用长矛刺穿了他的喉咙，他就死了。于是，狗牙、小肚子和三条腿，以及所有有土地的人，都说这样很好。大胖子也说，这是上帝的意旨。从此以后，所有的人都不敢在会议上站起来，这样一来，会议就完蛋了。

“当时，还有一个叫猪嘴巴的人，开始养起了山羊。他听说那些‘吃肉的人’都养山羊。不久，他就有了好多山羊。其他的那些既没有土地又没有捕鱼机的人，为了避免挨饿，都情愿为猪嘴巴做工，替他照料山羊，保护它们不受野狗、老虎的侵害，并且把它们赶到山上去吃草。因此，猪嘴巴就给他们羊肉吃，让他们有羊皮穿，有时，他们还用羊肉换来一些鱼、谷子和草根。

“就在这时候，出现了钱。首先想到这个主意的是海狮，他把这个打算跟狗牙和大胖子商量了一下。你们瞧，在海之谷里，无论什么东西，他们这三个人都要占一份。每三筐谷子得有一筐归他们，每三条鱼得有一条归他们，每三头羊也要有一头归他们。他们用一部分来养活那些卫士和守望的人，其余的都归他们自己。有时候，捉到了一大批鱼，他们因为分到的太多了，简直不知道该怎么办才好。于是海狮就叫很多女人用蚌壳做钱——先做成小圆片，而且要磨得很光滑很漂亮，然后在当中穿一个洞。这些东西都要用绳子穿起来，这一串一串的东西就叫做钱。

“每一串钱可以换到三十条或四十条鱼，可是那些女人，每天做好一串钱，只得到两条鱼。而这些鱼就是狗牙、大胖子同海狮从他们分到的东西里拿出来的，这都是他们吃不完的。因此，所有的钱都是他们的。他们还吩咐三条腿和其他的地主，他们以后在缴纳三分之一的谷子和草根的时候，要换成钱交上来；又告诉小肚子他们在缴纳三分之一鱼的时候，也要缴钱；并且对猪嘴巴说，以后他缴纳山羊和干酪的时候，也要缴钱。一个一无所有的人，在为有东西的人做工的时候，所得到的报酬也是钱。用这种钱，一个人可以买到谷子、鱼、肉和干酪。三条腿和所有有产业的人，在付给狗牙、海狮和大胖子他们那一份的时候，都用钱代替。他们付给卫士和守望的人的也是钱。那些卫士和守望的人就用钱来买吃的东西。因为钱来得容易，狗牙就指定更多的人来当卫士。同时，因为造钱很容易，有人就自己用贝壳造钱。可是那些卫士用矛刺死他们，用箭射他们，因为他们要破坏这个部落。破坏部落是一件坏事，如果部落完蛋了，那些‘吃肉的人’就会越过分水岭，把大家杀死。

“大胖子本身是上帝的代言人，可是他收了一个徒弟，叫断肋骨。大胖子让他当祭司，这样，断肋骨就成了大胖子的代言人，大胖子的很多话，都由他代讲。有很多人来服侍他们。同样，小肚子、三条腿和猪嘴巴也有很多仆人，躺在他们的草房周围晒太阳，替他们送信和传达命令。于是，不做工的人越来越多了，剩下来的那些人因此就比以前工作得更辛苦。看起来，好像大家都不愿意工作，都在尽力想办法让别人来为自己工作。歪眼睛就是一个找到了这种办法的人。他首先自己用谷子酿成了酒。从此以后，他就不工作了，因为他已经跟狗牙、大胖子及其他的老爷们私下商量好了，他们一致同意，只有歪眼睛一个人可以酿造烧酒。可是歪眼睛自己并不工作，烧酒全由别人来酿，他付给他们工钱。他用烧酒卖钱，当时，所有的人都向他买酒。于是他赚了很多钱，并拿出很多串钱来送给狗牙、海狮和所有这些老爷。

“后来，狗牙讨了第二个老婆，接着是第三个。大胖子和断肋骨都替他辩护。他们说，狗牙跟其他的人不一样，除了供在大胖子草房里的上帝之外，就数他最大了。狗牙自己也这样说，他还要知道谁在背后叽咕叽咕地议论他讨了多少老婆。此外，狗牙叫人造了一条大船，雇了很多原来在干活的人，现在这些人什么也不用干，就是躺在太阳里，只是在狗牙要乘船出去的时候,替他划船。同时,他又命令虎脸担任他的卫士长,这样,虎脸就成了他的得力帮手,只要他看谁不顺眼,虎脸就会替他把那个人杀死。此外,虎脸自己也找了一个得力的帮手来替自己发号施令,替他杀人。

"这真是一件怪事,日子一天天过下来,我们这些剩下来的人工作越来越辛苦,可是吃到的东西却越来越少。"

"那些山羊、谷子、草根和捕鱼机,"怕黑娃说,"这一切东西都到哪儿去啦?依靠人的劳动,吃的东西不是应当更多吗?"

"是这样,"长胡子同意他的话,"只要三个人照料捕鱼机,所得的鱼就会比从前没有捕鱼机的时候全部落捉来的鱼还要多。可是我不是说过吗?我们都是傻瓜,我们弄来的食物越多,我们吃到的东西就越少。"

"很清楚,一定是都给那些数量众多的不干活儿的人吃光了,是不是?"黄脑袋问道。

长胡子凄惨地点了点头:"狗牙的狗全给肉塞饱了,那些躲在太阳里什么也不干的人都养得又肥又圆,可是同时也有许多小孩子饿得一声紧似一声地哭叫,然后哭着哭着就睡着了。"

赛飞鹿受到这个挨饿的故事的刺激,就撕下一块熊肉,穿在一根树枝上,在火堆上烤着。接着,他就一面津津有味地吃着肉,一面听着长胡子继续讲下去。

"每逢听见我们抱怨,大胖子就站出来,代表上帝说话。他说,那些拥有土地、山羊、捕鱼机和烧酒的都是聪明人,都是上帝选定的,如果没有这些聪明人,我们都要变成禽兽,仍旧过着我们从前在树上过的日子。

"这时候,出现了一个为国王唱歌的人。大家都叫他臭虫,因为他长得身体矮小,脸和手脚都很难看,无论干活或者办事,都不如别人。可是他喜欢吃最肥的骨髓,最鲜嫩的鱼,最新鲜的热羊奶和最好的初熟的谷子,又喜欢坐在火旁最舒服的地方。于是,他就当了国王的歌手,找到了这条可以不干一点事却养得肥肥胖胖的路子。后来,不满意的人越来越多,有些人就向国王的草房扔石头,臭虫就唱了一支歌,说做一个'吃鱼的人'有多么幸福。在这支歌里,他说,'吃鱼的人'是上帝的选民,是上帝造

得最好的人。他在唱到'吃肉的人'的时候说,他们都是猪,是乌鸦;又说如果'吃鱼的人'去打仗,为上帝而死——也就是去杀死'吃肉的人',那该有多么好。他这些歌词就像火一样烧得我们热血沸腾,我们都吵吵闹闹地要国王率领着我们去攻打'吃肉的人'。这样,我们就忘了大家在挨饿,以及为什么会愤愤不平,却高高兴兴地在虎脸的率领之下,越过分水岭,打死了很多'吃肉的人',并为此感到很满意。

"不过,海之谷里的情形并没有因此变得好一点。要想吃到东西,唯一的一条路就是替三条腿、小肚子或者猪嘴巴做工;因为已经没有一块土地可以让我们自己种谷子了。当时,常常有很多人,在三条腿和其他人那儿找不到工作。他们只好挨饿,因此,他们的老婆孩子,还有他们的妈妈,也只好挨饿。于是虎脸说,如果他们愿意,他们可以当卫士,很多人果真去当了卫士。从此以后,他们就不再做工,而只顾用长矛去刺死那些干活儿的人,因为那些人抱怨要养活很多吃闲饭的人。

"每逢我们抱怨起来,臭虫总要唱一些新歌。他说,三条腿、猪嘴巴和其余的人,都是强者,这就是为什么他们会拥有这么多东西的原因。他说,我们之中有了这些强者,大家应当高兴,要不然我们就会因为本身的无能而死掉,或者死在'吃肉的人'手里。因此,我们应当让这些强者去占有他们可以弄到手的一切东西。接着,大胖子、猪嘴巴、虎脸和其他那些人都说这是实话。

"'好吧,'一个叫长牙的人说,'那么我也要做一个强者。'于是他就自己去弄来一些谷子,动手酿造烧酒,卖了好多串钱。等到歪眼睛抱怨起来,长牙就说,他自己也是一个强者,如果歪眼睛再敢罗嗦,他就要揍得他脑袋开花。当时歪眼睛很害怕,他于是跟三条腿、猪嘴巴商量了一下。这三个人一块走到狗牙那儿,叽里咕噜说了一番。于是狗牙就喊海狮来吩咐一番,海狮就派一个人送信给虎脸,虎脸就派出卫士,烧掉长牙的房子和他酿的烧酒,并且杀死他和他全家。大胖子说,这样做很好,臭虫就又编了一支歌,说服从法律有多好,海之谷是多么美好的地方,凡是热爱海之谷的人,都应当出去,杀死那些很坏的'吃肉的人'。这样,他的歌又勾起了我们的怒火,我们就又忘了怨恨。

“说起来也奇怪。每逢小肚子捉到的鱼太多,要卖很多鱼才得到一点钱的时候,他总是把很多鱼放回到海里,把剩下来的鱼用大价钱卖出去。三条腿也常常让大片大片的田荒着,以便抬高谷价。同时,因为女人们用贝壳造的钱太多,要用很多钱才能买到东西,狗牙就不让她们造钱了。这些女人失业之后,就去顶替男人干活。我在捉鱼机上干活的时候,每五天的报酬是一串钱。后来我的妹妹替我去干活,她要做十天才赚到一串钱。因为女人的报酬低,我们更吃不饱了,虎脸于是劝我们去当兵。可是,偏偏我又不能当兵,因为我的一条腿是跛的,虎脸不会要我。当时有很多人都跟我一样,我们都是残废,只配求别人给我们一点工作,或者在女人干活的时候,替他们照料小娃娃。”

这时,黄脑袋也给这些话引得肚子饿了,也在火堆上烤了一块熊肉。

“可是,你们,你们所有的人,为什么不起来反抗,杀死三条腿、猪嘴巴、大胖子和那一班人,让大家能都吃饱呢?”怕黑娃问道。

“因为我们不懂得这个道理!”长胡子回答道,“我们的顾虑太多,同时,那些卫士又会用长矛刺死我们,我们都记得大胖子的那一套关于上帝的话和臭虫编的新歌。再说,即使有人真想通了,说了出来,虎脸和那些卫士也会捉住他,在落潮的时候把他绑在礁石上,等涨潮时让潮水淹死他。

“钱这个东西的确奇怪,它就像臭虫编的歌,看起来似乎很好,其实不是这样,要我们立刻搞懂也不容易。这时候,狗牙就开始把钱收回去。他把钱堆成一大堆,放在一间草房里,派卫士在那儿日夜看守。他在房子里堆的钱愈多,钱就愈贵重。因此,一个人要比从前多干很多的活,才能赚到一串钱。同时,大家又老是谈着要跟‘吃肉的人’打仗,狗牙同虎脸屯集了很多谷子、鱼干、熏羊肉和干酪,放在很多屋子里。可是,虽然粮食堆积如山,可人民却吃不饱。不过,这又有什么关系呢?每逢老百姓怨声载道的时候,臭虫就会唱一支新歌,大胖子就说我们应当去杀‘吃肉的人’,这是上帝的命令,于是虎脸就率领我们越过分水岭去杀人或者被人杀死。我是一个没有资格去当兵或者躺在太阳里养得肥肥胖胖的人。不过到了打仗的时候,虎脸也愿意带我去。然后,等到我们把存粮吃完了,我们就收兵归来,再干活,再把粮食堆得更高。"

"你们简直全是疯子。"赛飞鹿说。

"当时,我们的确都是疯子。"长胡子同意道,"这真是奇怪,一切都很奇怪。有一个人,叫做破鼻子。他说一切都不对头。他说,固然我们齐心协力变强了;但是他又说,当初成立部落的时候,我们剥夺了那些仗着力气大来损害全部落的人的力量,消灭了那些打碎兄弟的脑袋、偷兄弟的老婆的人。这些事也做得很对。可是现在,他说,这个部落不是变强了,而是变弱了,因为有些人得到了另外一种力量,正在损害整个部落,这就是诸如三条腿所有的土地的力量,小肚子所有的捉鱼机的力量和猪嘴巴的全部羊肉的力量。据破鼻子说,目前应当做的事,就是剥夺这些人作恶的力量,让他们全去干活儿,并且规定,不干活儿的人就没有东西吃。

"于是,臭虫就编了一支歌,认为破鼻子这样的人,是要走回头路,重新过在树上搭房子的日子。

"可是破鼻子说,不对,他并不想走回头路,他要前进;我们只要团结起来,就会变得强大;因此,如果'吃鱼的人'愿意跟'吃肉的人'团结,那就不会有战争,不需要守望的人,也不需要卫士,而所有的人都会有工作,食物就会变得非常丰富,一个人一天只要工作两小时就够了。

"当时,臭虫又唱了一些歌,他说破鼻子是个懒汉,同时,他还唱了一支'蜜蜂歌'。那是一支很奇怪的歌,听到它的人都会变得像喝了烈酒一样发狂。它讲的是一群蜜蜂和一只强盗似的黄蜂,这只黄蜂跑来跟它们住在一块儿,偷走了它们所有的蜂蜜。这只黄蜂很懒,同时,它还劝蜜蜂也不必工作。它劝它们去跟熊交朋友,说熊非但不会偷蜜,而且很和气。臭虫把歌词编得很巧妙,因此,大家一听到这支歌,就明白那群蜜蜂是指海之谷部落里的人,那些熊是代表'吃肉的人',而那只懒惰的黄蜂就是破鼻子。等到臭虫唱到蜜蜂们听了黄蜂的话,却被害得几乎全部灭亡的时候,大家都愤愤地咒骂。后来,臭虫唱到善良的蜜蜂们终于站起来,把黄蜂螫死的时候,大家就捡起地上的石头,把破鼻子打死,直到破鼻子被完全埋在石堆里,连一点形迹也看不到了才停。当时,在那些向破鼻子扔石头的人里,还有很多每天工作很长时间,很辛苦而吃不饱的穷人。

“破鼻子死了之后，只剩下一个人还敢站起来发表意见。这个人叫做毛脸。他问道‘强者的力量’在哪儿呢？我们就是强者，我们都有力量，我们比狗牙、虎脸、三条腿、猪嘴巴等所有那些不做事而吃得很多的人都强，他们用恶势力来伤害我们，使我们变得衰弱。做奴隶的人不会是强者，如果当初发现了火的优点和用处的人利用了他的力量，我们就会变成他的奴隶；正像如今，小肚子发现了捕鱼机的优点和用处，我们就做了他的奴隶。同时我们还做了那些发现了土地、山羊和烧酒的优点与用处的人的奴隶。过去，弟兄们，我们住在树上，没有一个人过得安稳。现在，我们彼此再也不打架了。我们把大家的力量联合在一起了。让我们不要再跟‘吃肉的人’打仗吧。让我们把自己的力量和他们的力量合在一起吧。那样，我们就会真正成为强者。我们‘吃鱼的人’和‘吃肉的人’就会一起出去，杀死老虎和狮子、狼和野狗，把我们的山羊带到山坡上去吃草，在所有的高山深谷里，播种我们的谷子和草根。到了那种时候，我们就会变得非常强大，所有的野兽见了我们就会吓得东奔西逃，被我们消灭。这样一来，就什么也挡不住我们了，因为每一个人的力量都成了世界上全人类的力量。

“毛脸说了这些话之后，就被他们杀死了。据他们说，这是因为他是一个野人，想退回去住在树上。这可真是怪事——每逢有人站起来要前进的时候，那些站住不动的人就说那个人要后退，应当杀死他。同时，穷苦的人也帮着站着不动的人向那些想前进的人扔石头，真是傻子。可以说，除了那些养得胖胖的、什么也不做的人之外，我们都是傻子。当时，大家都把傻瓜当作聪明人，却用石头砸死真正的聪明人。因此，做工的人总是吃不饱，而不做事的人却总是吃得饱饱的。

“因此，部落的力量就渐渐削弱了。小孩子都变得体弱多病；同时，因为吃不饱，我们就得了各种奇怪的病，像苍蝇一样大批地死掉。这时候，‘吃肉的人’就来攻打我们。过去，我们跟着虎脸，越过分水岭去杀他们的次数实在太多了。现在，他们来讨还血债了。我们因为体弱多病，守不住大石墙。他们杀过墙来，屠杀我们，除了一些给他们俘虏去的女人之外，剩下的人全被他们杀死了。只有臭虫跟我逃掉了。我藏在荒野里，变成了一个猎人，再也不挨饿了。后来，我从‘吃肉的人’那儿偷来一个老婆，一同住在高山上的洞里，使他们找不到我。我们一共生了三个儿子，每个儿子都从‘吃肉的人’那儿偷来了一个老婆。其余的你们都明白，你们不就是我那些儿子的儿子吗？"

"可是臭虫呢？"赛飞鹿问道，"后来他怎么样了？"

"他跟‘吃肉的人’住在一块儿，当上了国王的一个歌手。现在他已经老了，不过他仍旧唱那种老调，每逢有人站起来要前进，他就唱起来，说那个人要退回去住在树上。"

长胡子把手伸到死熊的身体里，挖出一把板油，用他那没有牙的牙根吮吸着。

"总有一天，"他把手在腰里抹了几下，说道，"所有的傻子都会死掉，所有活下来的人都会前进。到了那时候，强者的力量就会归他们所有。他们就会把力量结合起来，全世界的人没有一个会自相残杀。到了那时候，城墙上就不会有卫士或者警戒的人。所有的野兽都会给打死，就像毛脸说过的一样，所有的山坡上都有山羊吃草，所有的高山深谷里都会种着谷子和草根。这样，所有的人都成了弟兄，再也不会有人躺在太阳下闲着，让别人来养活他。这种种情景，总有一天会实现的。到了那时候，傻瓜都会死光，再也不会有哪个歌手站着不动，尽唱‘蜜蜂歌’了——蜜蜂并不是人呀。"

点评：

这部小说是一个政治寓言，用一个原始部落的成长史，运用简单的比喻象征的手法说明了作者对于国家诞生、阶级产生、剥削产生、革命等问题的一些思考。

通过整部小说，我们可以看出人类社会的发展历程：原始社会时期，人类的力量很分散，不能也不知道要团结起来使自己的力量更强大；随着人类的逐渐进化，社会也有了一定的发展，人们建立了法律，选出了领袖。非兹非兹可以看作是原始社会的部落酋长；生产力继续发展，出现了私有化，土地也私有，人类进入了阶级社会，这时酋长狗牙代表了奴隶制国家的首领，歪嘴（大胖子）就是巫师，原来的民主会议首领海狮因为受到利益收买成了奴隶主集团的一员，这时占地最多的三条腿是大地主的代表，卫队长虎脸可以看做当时的军事贵族，而臭虫则可看成是为统治阶级歌功颂德、美化其统治政策的御用文人，小肚子和猪嘴巴则是占领其他资源的奴隶主，而猪嘴巴雇人来为其养羊则可看成是早期的雇佣关系；钱币出现后，实物地租向货币地租转化；长牙是早期的反抗者；与“吃肉的人”打仗，可以看做是国家为了度过经济危机而通过舆论转移国内矛盾，将国人的对国内经济问题、社会状况的不满引向与其他国家的矛盾；而破鼻子和毛脸则是人类社会发展的封建社会晚期出现的资产阶级民主革命者。

在这一系列的比喻象征中，作者除了叙述人类社会发展的主线，还穿插了诸如歪眼睛酿酒其实是资源垄断；长胡子老头的妹妹做同样的工却报酬很少，这其实是指长久以来妇女的地位低下；一部分大众的愚昧、落后等等。作者在整部小说中，定下的基调是沉重的，虽然作者设定的情境是轻松的，是一个爷爷在为三个孙子讲故事，语气也很轻松甚至带有调侃，但所讲的内容很深刻，作者在文章的最后寄予的是希望，认为民主最终会到来，压迫会被消灭。

象征手法是本文的最大特色。作者将很深刻的思想通过很浅显的象征事例表达出来，没有故弄玄虚，让读者进行流畅有趣味的阅读但又不失深刻的思考，是非常值得借鉴的写作手法。

一块牛排

一

这是最后一小块面包了。汤姆·金用它蘸完了最后一点面酱，把盘子抹得干干净净的，放进嘴里若有所思地细嚼慢咽着。从桌边站起来的时候，他明显地感觉到饥饿并未消除。吃这顿饭的，只有他一个人。两个孩子在隔壁房间里被早早地送上了床，因为拿不出晚饭给他们吃。妻子也没有任何东西可吃。她一声不吭地坐在那儿，关切地望着丈夫。这个出身于劳动人民阶层的女人，身体瘦弱单薄，在她的脸上，还残存着年轻时的美貌。她用最后两个便士买了面包，从邻居家借了点面粉给丈夫做面酱。

汤姆·金在窗旁坐下，那把歪歪扭扭的破椅子"吱吱"响着。他机械地拿起烟斗，放进嘴里，然后一只手伸进口袋里，却没有找到烟丝。他早就知道口袋是空的，烟丝已经抽完了，却总记不住。他生气地把烟斗放在一旁，动作缓慢甚至有些笨拙，庞大的身体、笨重的肌肉使他有点萎靡不振。他是个身强力壮的家伙，长相应当说也是很有吸引力的。不过他的衣服又破又旧，脚上的鞋子因为穿得太久，鞋底都快要磨穿了。身上的衬衫是两先令一件的便宜货，领口已经烂了，油迹污渍也无法洗掉。

只要看一眼汤姆·金的脸，你就准能猜到他是干什么的。这是一张典型的拳击手的脸，上面有着在拳击场中多年打斗留下的创伤和岁月本身的痕迹。尽管这张脸刮得干干净净的，还是呈现出一副咄咄逼人的容貌。严重变形的嘴巴，仿佛是脸上裂开的一道伤口。下颌粗大，向前突着。浓眉下的眼睛，深深地陷在沉重的眼皮之中，目光呆滞，毫无表情。

在汤姆·金身上你能看到一种动物的气质，尤其是他的两只眼睛，像是没睡醒的狮子的眼睛，或是别的什么准备一跃而起的野兽的眼睛。他的头发理得很短，前额向后倾，形状丑陋的脑袋上的每一个疙瘩都看得清清楚楚。鼻子由于无数次的打击不断地改变着形状,有两次打断了鼻梁。两只耳朵,因为常常弄伤,永远肿着,比正常人的耳朵大出一倍。刚刮过的下巴呈现出青黑色,说明他的胡子、毛发很重。

二

通常,如果在黑暗的林阴道或者荒郊野外,人们突然看见汤姆·金,一定会感到害怕。不过汤姆·金却不是个歹徒,他从来没干过违法的事。如果将拳击场上的格斗除外的话,他从来没伤过任何人。没有人看到过他为了什么事情与人争吵。汤姆·金是个职业拳击手,他身上那股蛮劲儿只有在他在拳击场中履行职责时才显露出来。在赛场外,他很恬静,而且待人随和。年轻的时候,他花钱如流水一般,慷慨大方到不顾惜自己的地步。他从不记人家的仇,因此很少有人和他成为仇敌。拳击对他来说是谋生手段。在拳击场中,他把对手打伤、击倒或者打垮,但是并无恶意,在赛场上理当如此。观众花钱买票来看比赛,就是为了看到一个拳击手打败另一个拳击手。获胜者可以得到一大笔钱。二十年前,汤姆·金曾经与沃尔木卢·高杰有一场交锋。金知道高杰在纽卡斯尔的一次比赛中下巴受了重伤,足足养了四个月才得以恢复。他专门找攻击高杰的下巴的机会,终于在第九个回合中得手取胜。这并非因为汤姆·金对高杰有刻骨仇恨,只是攻其要害才能将对手打败,从而获取比赛的奖金。高杰也没有因此怀恨金。他们都是懂得并遵守游戏规则的人,并且都力求获胜。

汤姆·金是个沉默寡言的人。他坐在窗前,脸色阴沉,一声不吭,眼睛直勾勾地盯着自己的双手。手背上凸现着一些粗大肿胀的血管,因为反复被打断又重长而畸形的指关节,显示出它们饱经的沧桑。他从来没有听说过人的生命全靠动脉血管供血,不过他很清楚这些粗大凸起的血管对于他是多么重要。他的心脏用高压向血管输送了足够多的血液。现在,这些血管再也不能胜任自己的工作了,因为它们伸展过度失去了弹性。金的耐力不如过去那样好了,他现在很容易疲劳,不能连续快速地打完二十个回合。

年轻的时候,他在拳击场上拼打,斗了一个回合又一个回合,越打越凶，越战越勇，被打得靠在绳子上，转眼之间又把对手逼得靠在绳子上。在第二十回合中进攻最为猛烈，令全场观众激动得起立呐喊。这时候他出拳更快更狠，打击，躲闪，一拳紧似一拳地出击，同时还要承受打击，他的心脏毫不停歇地给血管送去大量血液，为他的取胜立下了汗马功劳。每次拳击时胀起来的血管，事后都要缩小下去，恢复原状。但是每一次的变化都把血管变粗了一些，日积月累，便成了现在的样子。他端详着自己手指上残废的关节，不由得想起过去这双手曾是多么漂亮优美。本·琼斯，外号威力士怪物，曾经和金有场恶斗，结果金的一只手打在了本的脑袋上，一块手指骨打坏了。

三

金再一次感到饥饿。"见鬼！"他嘟哝道，"我多想吃一块炸牛排呐！"金紧握着自己的大拳头骂了起来。

"贝克和索雷两家店铺我都试过了。"妻子歉疚地说。

"他们都不肯赊帐吗？"他问。

"连半个便士都不赊。这是贝克说的。"她吞吞吐吐地说。

"他还说什么了？"

"比如他在想桑德尔今晚将怎么对付你，又比如事实上你赢的机会相当大。"

汤姆·金哼了一声，没有说出话来。他想起自己年轻时养过一只猎犬，那时他用肉和牛排喂它。贝克那时信任他，赊一千块炸牛排他也愿意。然而事过境迁，汤姆·金如今老了。在二等俱乐部里操练的老拳击手们，谁都不能指望向那些个生意人欠账赊货，无论钱多还是钱少。

这天早晨，金一起床就想吃一块炸牛排，这个心思，一直没散。这次比赛前，他并没有好好练习。这一年，大旱侵袭了澳大利亚，生计更加艰难，甚至连零工也不好找。汤姆·金没有陪练手，而且吃得不好，时常还忍饥挨饿。他有时能找到几天卖苦力的活儿干干。每天早晨他都要沿着都门公园跑上几圈，活动活动腿脚。可是别指望这有什么用，他既没有伙伴陪练，又要养活老婆和两个孩子。自从金得到了这次同桑德尔的比赛机会之后，那些商人们才对他客气了一些，多赊一点东西给他。快乐俱乐部的秘书只预支了三磅钱——这是比赛的失败者能得到的数目——再多一个子也不肯给了。有几次他从一些老朋友那里借到几个先令，他们愿意多借几个钱给金，可是在这样不好的年景里，谁都吃不消。好吧，事实就是这样的比赛他准备得很不够。他应该吃得好一些，心里无牵无挂。此外，对一个四十岁的人来说，进行准备训练当然要比二十岁的时候困难得多。

四

“现在几点了，莉丝？”他问道。

他妻子到对面邻居家打听了一下，回来说：“差一刻八点。”

“再过几分钟，首场比赛就要开始了，”他说，“不过那只是闹着玩儿。接下来是狄乐·威尔斯同哥瑞德利的四个回合的比赛，然后斯太莱特要跟一个水手斗上十个回合，一个小时之内还轮不到我上场。”

汤姆·金又默默地坐了十分钟，然后站起来。“说老实话，莉丝，我一点准备都没有。”他拿了帽子，向门口走去。他没有吻妻子——他出去时从不与妻子吻别——可是今晚，她却决定要吻丈夫一下。她用胳膊搂住他的脖子，让他的脸贴近了自己的脸。他身材魁梧，对比之下，她就显得更小了。

“祝你走运，汤姆，”她说，“你能打败他。”

“对，我要打败他，”他说，“我没有别的选择，我一定得打败他。”他笑起来，好像一副开心的样子。这时，妻子同他贴得更紧了。他越过妻子的肩膀，看到了这个家徒四壁的房间。这，就是他在世界上拥有的全部了：老婆、孩子和拖欠的房租。今夜，他将走出这个房间，到外面去为妻子和孩子觅食。他不是像现代机械工人那样走向机器，从事繁重的折磨人的劳动；而是用古老、原始、野蛮的方法，像禽兽那样去进行博斗。

“我一定要战胜他。”他在心里重复道，这一回，多少带了一点拼上老命的口气，“如果赢了，那就是三十磅，足以付清全部欠账之后，还能剩下一大笔钱。如果输了，我就没戏了——连坐电车回家的钱都拿不出。失败者该得的那笔钱,他们已给过我了。再见吧,我的老婆。要是打赢了,我就抚摸着怀念赶回来。"

"我等着你。"她在走廊上对他说。去快乐俱乐部的路足足有两英里。他边走边回忆起自己的黄金时代——那时,他是新南威尔士的重量级冠军——通常,他乘坐马车去参加比赛。车费由那个在他身上押了大赌注的富人付。而汤密·贝恩斯以及那个美国黑人杰克·约翰,都是坐汽车来往的。可是如今,汤姆·金却得步行着去比赛。谁都知道,在斗拳之前,徒步走两英里的路实在是件不利的事。他已经老了,如今的世界对上了年纪的人是毫无情面的。除了做苦工之外,别的他也干不了,即使这样,他的伤鼻子和肿耳朵还总是碍事。他真希望当初自己能学会一门手艺,俗话说"艺不压身",总能用得上。可是从来没人对他说过这些。再者,他心里也明白,那时候即使谁跟他说起这个,他也听不进去。那时候,生活太轻松了:大把大把的钞票;激烈光荣的战斗;中间还有充足的时间去闲适地休养;一大串对他阿谀奉承的人总是紧随其后,拍拍他的背,握握他的手;纨绔子弟们都乐于请他喝酒,借此机会与他谈上五分钟,以此为荣;太光彩了,在全场观众疯狂的喝彩声中,他以暴风雨般的击拳结束战斗,裁判总是宣布:"汤姆·金胜!"第二天的体育专栏里就会登出他的名字。

五

那好像很遥远的好时光已经过去很久了!现在他渐渐地回想起来,那些年里,败在他手下的,尽是些老头子。年轻力壮的他,正在成长;而那些老家伙,已走向没落。打败他们一点也不奇怪。想想看,由于长期拳击,他们的血管已经肿胀,关节已经损伤,筋骨已经疲乏。那次在金潮湾,打到第十八个回合的时候,他击败了老斯图赛尔·比尔。也许,老比尔也是一直想吃一块炸牛排。那天,比尔进攻得很凶,因此遭到了更加凶猛的还击。现在,在自己也落到这种下场后,汤姆·金终于明白了二十年前的那天晚上,斯图赛尔是为了更大的赌注去斗拳的。而年轻的他,只不过是在争夺荣誉和来得很容易的金钱。后来斯图赛尔·比尔在更衣室里的失声痛哭，也就不奇怪了。

总而言之，看来一个拳击手，一辈子只能斗那么多次，多了都不行，这是拳击的铁一般的规律。有人也许能狠斗一百次，有人也许只能斗二十次；每个人，由于体格和气质不同，都有一定的限度，斗完了规定的这个数，人也就完了。诚然，金斗的次数比大多数同行都多，他所经历的恶斗也远远超过了他的本分。像拳击这种事情，即使不弄裂你的心脏和肺，也使你神经迟钝，精力衰退，而且因为过度的使用致使头脑和身体疲乏不堪。不用说，金比谁干得都更出色。他的老伙计已经一个也不剩了。他亲眼目睹了他们的完蛋，而且其中有几个人的完蛋还与他有关。

从前，他们总是用他来对付那些老家伙，他一个接一个地收拾了他们。就拿桑德尔这个小伙子来说吧，他来自新西兰，在那里他战功赫赫，可是在澳大利亚，没人知道他到底怎样。所以，他们让他跟汤姆·金打一场。如果这家伙干得出色，可以向成绩更好的人挑战，挣更多的钱。用不着怀疑，这一场恶斗，他肯定非常卖力。凭着这场比赛，他能获得他想要的一切——金钱、荣誉和前途。老汤姆·金是他通向成功之路的第一个障碍。他却什么也赢不到，最多就是那三十磅——用来付房租还欠账。现在当汤姆·金这样思考之时，他迟钝的脑海里浮现出一个容光焕发的青年形象——趾高气扬，不可一世。这青年肌肉柔软，皮肤滑润，肺和心脏都非常健康。他不知疲倦，无情地嘲笑那些不愿多花力气的家伙。说得不错，青年是复仇女神，他们总是在消灭老家伙，可他们根本不去想一想这么干也是在消灭自己。他们的血管在逐步扩张，关节也在不断损坏，以后在更年轻的人面前也变得不堪一击。从这个意义上来说，拳击场上青春永驻，然而，拳击手们却一代又一代地衰老下去。

六

他走到凯色尔雷大街，向左拐，穿过三条横马路，来到了快乐俱乐部。门外有一群游手好闲的家伙，恭恭敬敬地给他让开了一条路，他听到一个人对另一个人说：“就是他，他就是汤姆·金。”

进去之后，在去更衣室途中，他遇到了俱乐部的秘书。这是个目光锐利、满脸机灵的小伙子。他握了握金的手。

“感觉怎么样，汤姆？”他问道。

“好极了。”金回答道。当然，他知道这是撒谎，可又有什么办法呢。假如他口袋里现在有一磅钱，他就会马上买一块上好的炸牛排。

汤姆·金走出更衣室，由副手陪同着沿过道向中央大厅那用绳子圈起来的拳击台走去。这时，看热闹的观众们发出了热烈的欢呼与喝彩。他向左右两边的观众鞠躬致意。不过他看到观众席里没有几张面孔是他熟悉的。大多数都还是年轻人，当他在拳坛上第一次获得荣誉的时候，这些毛孩子们还没出世呢。他轻快地跳上拳击台，低头从绳子下钻过去，走到自己的一角，坐在折叠椅上。裁判杰克·保尔过来跟他握了握手。保尔是一名退役的拳击手，已经有十余年没有在台上打过比赛了。汤姆很高兴这场比赛的裁判是他。同为老一辈的人，保尔是可以信赖的。如果他在比赛中稍微有点出格，比桑德尔偶尔过分一点的话，保尔会放他一马的。

年轻的重量级选手们，一个个雄心勃勃地从绳圈外爬了进来，由裁判向观众一一介绍，他还宣布了这些人提出来的挑战价码。

“年轻的北悉尼人普龙图向赢家挑战，另加五十磅。”

保尔宣布之后，观众一片喝彩之声。等到桑德尔入圈，坐在他那一角之后，又是一阵掌声雷动。汤姆·金好奇地望着几米之外的桑德尔，再过几分钟，他和他，他们这两个陌生人就要大打出手，在残酷无情的战斗中，不遗余力地将拳打向对方，直至打昏过去。他实在看不出什么，桑德尔同自己一样，此刻还裹在长裤子和绒线衫里。他的脸长得十分英俊，一头黄色卷发，他的脖子结实有力，肌肉发达，提示着整个身体的无比雄壮。

七

年轻的普龙图从这个角走到那个角，跟台上的两位主角一一握手，然后就下去了。挑战者接连不断。那些默默无闻却又不自量力的年轻人，总是爬到圈子里来向观众宣布，他们要凭自己的勇气和势力，与这场比赛的胜者一争高下。要是在几年之前，在那个黄金时代，所向无敌的汤姆·

金会觉得这种举动既可笑又讨厌。可是今天，他呆呆地坐在那里，着了迷一般，眼睛里充满了年轻的挑战者们驱不散的幻影。这些小伙子们总是在拳击比赛中占上风，总是从圈外冒出来，大声地宣布挑战；而倒在他们手下的，永远是老一辈的人。他们就这样踩着老一辈人的身体踏上自己的成功之路。这些人源源不断，越来越多——他们不可阻挡，战无不胜——他们打败了这些老家伙，自己也不可避免地走向衰老，重蹈老家伙们的覆辙。而在他们之后涌现而出的人，永远年轻——这些后起之秀，等他们成长壮大之后，再打垮他们的上一代。与此同时，他们的后辈之中，又有更新的新秀诞生，直到永远——年轻人总是要顽强地达到他们的目的，他们是不死的。

汤姆·金望着新闻记者席，对《体育报》的莫根和《公正报》的考伯特点了点头，随后他伸出手来，让桑德尔的一个助手仔细地检查萨立文和查利·比兹给他戴好并扎紧的拳击手套。同时，在桑德尔的一角，汤姆·金的一个助手，也在监督着同样的事。此时，桑德尔已经脱掉了长裤，站起身时，又脱了绒线衫。于是一个赤膊裸臂的年轻人就展现在金的眼前。厚实的胸脯，再加上强筋壮骨，浑身上下的肌肉块就像活物似的在缎子般的白皮肤下滑来滑去。桑德尔全身充满了活力，汤姆·金知道，这是从来没有失去过朝气的生命。这种锐不可当的朝气，会在长期的战斗中从每一个毛孔里伴随着疼痛挥发掉，等到青春在这场角逐中付出代价之时，也就是他不再年轻之日。

两名拳击手靠近了，锣声一响，助手们迅速地噼噼啪啪地收起折叠椅退出了拳击台。两手互相碰过拳之后，立刻拉开了架势。桑德尔，这架由弹簧和钢铁制造成的拳击机器，迅速运转起来。他跳过来，跳过去，一会儿用左拳打汤姆·金的眼睛，一会儿又用右拳击他的肋骨，然后轻轻一跳，躲开对方的反击，紧跟着又跳回来发动进攻。动作轻捷灵巧，令观众眼花缭乱，台下立刻掌声四起，喝彩声不断。汤姆·金的眼没有花。他遇到过的年轻对手和参加过的比赛实在太多了，他明白这种打法是怎么回事，快速灵活的拳头是没有多大危险的。显然桑德尔想速战速决。这并不出人意料，小伙子们总是这样，撒野逞能，穷追猛打，不依不饶，依仗自己的体能优势肆无忌惮地挥霍自己的能量，凭借取之不尽、用之不竭的精力和必胜无疑的信心压倒对手。

八

桑德尔时进时退，忽左忽右，满场跳来跳去，脚步灵活多变，心情急不可待。这个由雪白皮肤和坚实肌肉造成的怪物，像一张令人头晕目眩的进攻之网，又像一只飞梭那样滑来滑去，片刻不停，数以千计的攻击动作都是为了一个目标——消灭汤姆·金。因为这个老家伙挡住了他获取名望与光荣的道路。汤姆·金很有耐心地忍受着。他知道该怎么对付。他虽然已不再年轻，但了解年轻人。他想：在对手没有消耗多少锐气之前，是没有办法的。于是他暗自冷笑了一下，故意把头一低，头上挨了重重的一拳。这一招很阴险，不过从比赛规则来看，倒是很正当的。按理说，一个拳击手在战斗中首先应该保护的是自己的指关节。因此，击打对手头顶的行为绝对是自讨苦吃。金本来可以将头再躲低些，让这一记重拳落空。但是他想起自己初出茅庐之时是如何在威力士怪物头上打坏了自己的手指关节的，现在，他只想打赢一场比赛。他这招儿使桑德尔付出了一个指关节的代价。眼下，桑德尔不会在乎什么。在这场比赛中他会毫不介意地猛拼狠打直至战斗结束。不过，等他在拳击场上混得久了，他就会体会到问题的严重性，那时，他的指关节会使他痛惜不已的。那时回想起来，他肯定会记得这次交手，他怎样在汤姆·金的头上打碎了自己的指关节。

第一个回合全是桑德尔的天下，他那狂风暴雨般的攻击赢得了全场的喝彩。汤姆·金完全被那密如雨点的拳头压倒了，他毫无作为地躲闪着，抵挡着，连一拳都没有回击，只是保护自己，或者干脆与对手扭抱在一处使他打不到自己。有时他佯攻一下，等对方拳头落下时摇摇头，然后迟钝地转前转后，从不肯跳来跳去或者浪费一点力气。必须等到桑德尔完全丧失了他的锐气之后，这个小心翼翼的老年人才敢动手报复。汤姆·金的动作慢腾腾地，不慌不忙却带着深思熟虑。他那厚重的眼皮，缓缓转动的眼珠，使他看上去半睡半醒、茫然无措。然而这却是一双洞察一切的眼睛，在二十年的拳击生涯中，他的双眼早已训练有素，即使一拳直打过来，近在眼前，它们也不会眨动一下，却能够冷静地测出拳的距离并作出准确的判断。

九

第一个回合打完之后，有一分钟的休息时间。汤姆·金坐在自己的角落里，两腿伸开，仰面躺下，双臂搭在身后的绳子上。当他吸进助手们用毛巾扇过来的空气时，他的胸膛在深深起伏。他合上双眼，听到人群里有人在喊："你为什么不打他，汤姆?"很多人在喊："你并不怕他，对吗?"

"肌肉不灵活了。"他听见前排有人说，"他的动作再快也快不了多少了。要是桑德尔输了，我赔双倍，按磅算。"

锣声响了，两个人分别走出各自的角落，急于求成的桑德尔，足足跑到了全场四分之三的地方。汤姆·金宁愿少走几步路，这对他节省体力有好处。他既然在上场之前缺乏训练，又没有吃饱肚子，所以每一步路都力求节省体力，再说他来到这里还步行了两英里。这一回合同第一个回合一样，桑德尔依旧狂风暴雨般地穷追猛打。观众纷纷质疑汤姆·金为何不还手。他佯攻，打了几拳，既无力量又没效果。此外便无所作为。他还是采取抵挡、拖延和扭抱的方法将这一回合应付了过去。桑德尔想速战速决，可是汤姆·金不肯合作，老奸巨猾。当他狞笑的时候，他那张在拳击场上受伤的脸，流露出些许沉思和悲愤的神情，他继续以他那特有的经验和谨慎，保存着自己的实力。年轻的桑德尔，却以青年固有的慷慨大方、放纵挥霍的气派，浪费着他的精力。汤姆·金，这位拳坛宿将，则有着在长期的战斗生涯中积累起来的经验和智慧。他头脑冷静、目光锐利地注视着对手；他行动迟缓，却极有耐心地等待着那个年轻人失去锐气。在大多数观众眼里，汤姆·金完全被压倒了，毫无希望，因此他们表示把赌注以三对一的方式押在桑德尔身上。可是也有几个聪明人，他们了解汤姆的以往战绩，因此乐于接受挑战，并且希望借此赢他们一笔。

第三个回合开始之时，情况照旧是一边倒，桑德尔掌握着场上的全部主动权，尽其所能地攻击着。半分钟过后，桑德尔因为过于自信而露出了一个破绽。刹那间，汤姆·金眼到手到，他两眼放光，一记勾拳，他把胳膊弯成拱形，使拳更加结实有力，同时把正在旋转着的全身重量都加在拳头上。这情形，犹如一头佯装沉睡的雄师骤然伸出它的一只利爪。桑德尔下巴上遭到这猛然一击，立刻像一头公牛似的倒在了拳台上。观众顿时紧张起来，不由得发出一阵低沉的赞叹，对汤姆·金立刻充满了敬畏之感。看来这个拳击老手的肌肉还没有僵硬，他照旧能把胳膊上的拳头抡成一把风驰电掣般的大铁锤。

十

桑德尔大惊失色。他在地上翻了个身，准备爬起来，但他的副手们声色俱厉地制止了他，要他等着裁判读秒。他单膝跪地，做好了站起来的准备，裁判在他的耳边大声地读秒。当裁判数到九的时候，他站起来拉开继续战斗的架势。面对重新站立起来的对手，汤姆·金非常后悔。这一拳打得还不够准，如果这一拳正打在他的下巴尖上的话，肯定能把他打昏过去，那样汤姆·金就可以带着三十磅钱回家同老婆孩子在一起了。

这个回合还不算完，按规定要打满三分钟。桑德尔第一次感到必须敬重自己面前的这个对手了。故态复萌的汤姆·金仍旧动作迟缓睡意朦胧。他看到自己的助手们蹲到绳子外面做好了入场的准备，便意识到这个回合快要结束了。于是他一边打一边退回到自己的那个角上。这样，锣声一响，他就能立刻坐在为他准备的椅子上。而桑德尔要回到他自己的那一角，还得走完这个正方形拳击台的对角线。这是件小事，不过把许许多多的小事加在一起就不可轻视了。桑德尔不得不多走这几步路，既多消耗掉了一些体力，又从这一分钟的休息里损失掉了一些时间。每个回合开始之时，汤姆·金总是懒洋洋地从自己的一角往前走，这样就迫使对方走得更远。而在每一个回合结束之时，他总能够把战斗引到自己的一角，这样，锣声一响，他便可以立刻坐下。

又进行了两个回合的较量，汤姆·金尽量节省体力，而桑德尔的消耗则越来越大。对手竭力想速战速决的攻势使汤姆·金很不舒服。实际上他那密如雨点般的拳头大部分都打中了汤姆·金。可是汤姆·金仍然顽固地坚持着他的拖延战术，不论那些性急的年轻观众如何催促他，他一概不予理睬，坚持我行我素。后来，在打到第六个回合时，桑德尔又出现了破绽，汤姆·金的可怕的右拳再一次闪电般地击中了他的下巴，桑德尔又倒下去了。不过，等裁判数到九的时候他又爬起来了。桑德尔已经毫无优势，再不那么神气十足了。他不得不痛苦地认识到，今晚这场拳击是他有生以来最艰苦的战斗。汤姆·金是个拳击老手，比他碰到过的那些老家伙们要厉害得多，他始终保持着清醒的头脑，善于防守，滴水不漏。他的拳头就像一根有节的棍子，凶得很。而且他两只手都能把人打倒。然而汤姆·金不敢频频出击。他丝毫也没有忘记自己曾打坏过的手指关节。他明白，要想坚持到底的话，那么就得打一拳就有一拳的效果。当他坐在自己的一角打量对手的时候，他的脑子里涌现出一个想法：如果以他的老谋深算，再加上桑德尔那样的年轻力壮，定能成为一名重量级的世界冠军，一代拳王。可是困难就在这里，桑德尔决不可能无敌于天下，因为他缺少智慧，而获取智慧的唯一途径，就是拿青春去交换。不过这样一来，等他有了智慧的时候，青春已经消失了。

十一

汤姆·金用上了自己熟悉的一切方法。他从不放过每一个和对手扭抱的机会，每逢扭在一处，他总是用肩膀去撞对手的肋骨。在拳击中，肩和拳同样可以给对手造成损伤，不过用肩却比用拳省力得多。其次，一旦扭抱，汤姆·金就把全身的重量朝对手压过来，“粘”在对手身上不肯松开。这样就迫使裁判来把他们拉开，尚未学会趁此机会休息的桑德尔时常还帮裁判一把，他控制不住自己那飞舞的胳膊和扭动的肌肉。每逢扭在一起，汤姆·金用肩抵着他的肋部，把头伸向他的左臂下面时，桑德尔就用右手从自己背后挥过去，打汤姆·金的脸。这巧妙的招数令观众大为赞赏，但是并未对对手的安全构成威胁，只是白白浪费力气罢了。

后来，桑德尔找到了一个狠招，用右拳猛击对手的身体。看起来汤姆·金在这一顿老拳下吃尽了苦头，不过行家以专业的眼光还是能看出门道的，对汤姆·金感到佩服。在桑德尔的拳头落下来之前，他总是用左手轻轻地点一下他上臂的肱二头肌。这样，虽然每次都打中了他，可是因为点了一下之后每一拳都失去了力量。打到第九个回合的时候，仅在一分钟之内，汤姆·金三次用右勾拳打中了桑德尔的下巴，小伙子连续三次都被打倒在地，又三次在数到九的时候站了起来，他摇摇晃晃，有点昏头昏脑，不过仍然有体力，并且顽强得很。他的速度放慢了，浪费的气力也减少了。他斗得极其艰苦，可是他会继续利用他的本钱——青春；而汤姆·金的本钱是经验。现在，他的精力和体力都不济了，只有依靠老谋深算来取胜。他会充分运用自己在长期的拳击生涯中获得的宝贵经验和智慧，小心翼翼地积蓄力量。他不仅知道自己不能有一个多余的动作，并且还懂得如何引诱对手消耗体力。他一再地使用手、脚和身体进行佯攻，使得桑德尔时而向后跳，时而躲闪，时而反击。汤姆·金休息着，却不给对手休息的时机，这便是拳坛老手的战略。

十二

在第十个回合中，汤姆·金一上来就用左直拳打对手的脸，以此阻挡对手凶猛的进攻。此时的桑德尔已经谨小慎微起来，他立即收左臂低头闪过，扬起右勾拳，直打汤姆的头部。这一拳打高了，没能真正奏效。可是汤姆·金一挨到拳头，立刻就产生了过去他非常熟悉的那种昏迷的感觉，眼前一片漆黑。一刹那间，更准确地说，是一刹那时间的万分之一，他的生命停止了。在这一瞬间，桑德尔仿佛消失了，作为背景的观众的脸孔也不见了。而一瞬之后，桑德尔以及背景中的观众又重新浮现出来。他似乎睡着了片刻，又醒了过来。不过，这一瞬非常短暂，因为他没有倒下去。观众看到他摇晃了一下，双膝一弯，立刻又恢复了原状，下巴尖在肩膀的掩护下埋得更深。

桑德尔这样接连打了几次，让汤姆一直保持着半昏迷状态，可是汤姆终于想出了一个以攻为守的办法。他假装用左拳进攻，可以马上退后半步，把右拳用全力向上猛攻。他把时间计算得非常准确，趁着桑德尔正在低头闪避时，把拳头端端正正地打到了他的脸上，打得桑德尔两脚腾空，缩成一团向后一仰，把脑袋和肩膀同时撞倒在垫子上面。汤姆·金这样连着打中了两次,然后他就放手痛击他的对手,把他逼到绳子上面。他不让桑德尔有一点休息或者振作起来的机会,只顾一拳接一拳地捣下去,直到全场的观众都站起来,空气中充满着狂吼的喝彩声。可是桑德尔的气力和耐力是超群出众的,他仍旧站着。看起来,桑德尔肯定要给击昏过去,场子旁边的一个警官,给这种可怕的狠打吓坏了,连忙站起来阻止这顿猛击。等到锣声一响,这一个回合宣告结束的时候,桑德尔一面摇摇晃晃地回到他的角落,一面对警官声明自己仍旧很好,很有劲。为了证明这一点,他向后连跳了两下,那个警官就退回去了。

十三

这时候,靠在自己的角落里喘得很厉害的汤姆·金非常失望。如果这场拳击给阻止了,那么,裁判就会迫不得已作出结论,那三十个金镑就会归他了。他跟桑德尔不一样,他不是为了争荣誉或者前程而来斗拳的,他只为了那三十个金镑。现在,桑德尔只要休息一分钟就会恢复过来。

青年总有办法——这句话忽然在汤姆的脑子里一闪,他想起来他头一次听到这句话是在他打垮斯图赛尔·比尔那天晚上。这是那个在斗拳之后请他去喝酒的家伙,拍着他的肩膀对他说的。青年总有办法!那个家伙说得对,在很久之前的那个晚上,他的确是青年。然而今天晚上,青年却坐在对面的一角。至于他自己呢,他已经斗了半个钟头,他已经是个老头儿了。如果他像桑德尔那样斗,他连十五分钟也坚持不了。不过,问题在于:他的气力不能恢复。那些突出的动脉和那颗疲劳已极的心脏使他不能在两个回合之间的休息里重振威力。而且,一开头他的气力就不充沛。他的腿很沉重,正在开始抽筋。他不应该在斗拳之前走那两英里路。还有他早上一起来就非常想念的那块牛排。他恨透了不肯赊账给他的肉店老板。一个没有吃饱的老年人是很难获胜的。区区一块牛排,最多不过值几个便士,然而对他来说,却等于三十金镑。

第十一个回合的锣声响过之后,桑德尔为了显示他实际上并没有的锐气,发动猛攻。汤姆知道这是怎么回事——这种虚张声势的把戏跟拳击本身一样古老。为了挽救自己,他扭抱起来,然后松开,让桑德尔摆开阵式,这正是他求之不得的事。他先装作用左拳进攻,引得桑德尔低头一闪,然后退半步,用右拳向上猛地一钩,迎面击中脸部,打得桑德尔摔倒在垫子上。后来,他一直不让桑德尔休息,尽管他自己也受到痛击,但是他打中的次数要多得多,他打得桑德尔靠在绳子上,他上下左右地用各种拳法擂过去,然后挣脱开对方的扭抱,或者用重拳打得对方不能来扭抱。每逢桑德尔快要倒下去的时候,他就举起一只手来撑住他,而立刻用另一只手打得他靠在绳子上,不摔下去。

十四

这时候,全场都疯狂了,成了汤姆·金的天下,几乎每一个人都在喊:"加油,汤姆!""打垮他!打垮他!""你已经胜了,汤姆!你已经胜了!"比赛就要在旋风式的攻击之下结束了,而观众花钱到这儿看的,就是这个。

半小时以来一直保存着实力的汤姆·金,现在把他所有的力气一下子全使出来了。这是他唯一的机会——要是现在不赢,就根本赢不了。他的气力消耗得很快,他只希望在最后一点气力用完之前,能够把对方打得爬不起来。因此,他一面继续猛攻,一面冷静地估计他的拳头的分量和它们对对手造成的损伤,这才看出桑德尔是一个很难打垮的人。他的体力和耐力简直好到了极点,这是青年的原封未动的体力和耐力。桑德尔一定是个蒸蒸日上的好手,他是一个天生的拳击家。只有这样坚韧的材料,才能创造出成功的斗士。

桑德尔已经摇摇晃晃,站不稳了,汤姆的腿也在抽搐,他的指关节也痛起来了。不过他还是咬紧牙关,猛捶狠打,每一次都打得自己的手疼得不得了。现在,他虽然实际上一拳也没有挨到,可是他的气力也在跟对方同样迅速地衰弱下去。他次次都打中要害,可是再也没有之前的那种分量了,而且每一拳都要付出极大的努力,他的腿像灌了铅似的沉重,看得出在拖来拖去;因此,把赌注押在桑德尔身上的人,看到这种情形都很高兴,都大声地鼓励着桑德尔。

这情形刺激得汤姆产生了一股劲儿。他一连打了两拳——左拳打在腹腔神经丛上,稍微高了一点,右拳横击在下巴上。这两拳打得并不重,

可是本来就昏迷无力的桑德尔，已经倒下去了，躺在垫子上直哆嗦。裁判监视着他，对着他的耳朵，大声数着事关生死的秒数。如果在数到十秒时他还没有起来，他就输了。全场的观众都肃静无声地站着。汤姆·金两腿发抖，勉强支撑着。他感到一阵剧烈的眩晕，观众的脸好像一片大海，在他眼前波澜起伏，裁判数数的声音，好像是从很远的地方传到他耳朵里的。可是他认为自己赢定了——一个挨了这么多重拳的人是不可能再站起来的。

十五

只有青年人能够站起来，桑德尔终于站起来了。数到四的时候，他翻了个身，面孔朝下，盲目地摸索那些绳子。数到七的时候，他把身子拖了起来，用一条腿跪着，一面休息，一面像喝醉了似的摇晃着脑袋。等到裁判数到“九！”的时候，桑德尔已经笔直地站了起来，摆出适当的招架姿势，用左臂护着脸，右臂护着胃部。他护住要害以后，就摇摇摆摆地向汤姆走过去，希望能跟对方扭抱在一块，以便争取时间。

桑德尔一站起来，汤姆·金就开始进攻，不料打出去的两拳都给对方的胳膊招架住了，接着，桑德尔就跟他扭在一块，拼命地抵住他，裁判花了很大力气才把他们拉开。汤姆·金也帮着摆脱自己，他知道青年人恢复得很快，而且知道，只要不让桑德尔恢复，桑德尔就会败在自己手下。只要狠狠的一拳就够了，桑德尔已经败在他的手下，这已经是毫无疑问的了。他已经在战略和战术上胜过他，占了上风。汤姆·金从扭抱中摆脱出来，摇摇晃晃，他的胜负成败，就在毫厘之间。只要好好的一拳，就能把他打倒，叫他完蛋。汤姆·金忽然一阵悲痛，想到了那块牛排，要是有那块牛排来支撑他这必要的一击，那有多好啊！他鼓足勇气，打了一拳，可是分量不够重，出手也不够快。桑德尔摇摆了一下，没有摔倒，蹒跚地退到绳子旁边就支撑住了。汤姆·金蹒跚地追过去，忍受着好像要瓦解了一样的剧疼，又打了一拳。可是他的身体已经不听指挥了，他只剩下了一种要斗下去的意识，然而由于疲劳过度，这一点意识也是很模糊的。这一拳他是对着下巴打过去的，可是只打到肩膀上。他本来想打得高一点的，可是疲劳的肌肉不服从指挥。同时，他自己却因拳的回冲力的影响，踉跄地倒退回来，几乎栽倒。后来他又勉强打出了一拳，这一次根本就完全落了空，他因为身体衰弱到了极点，就倒在桑德尔身上，跟他扭抱在一起，以免自己摔倒。

汤姆一点不想挣脱开来，他的力气已经用光了，他垮了。青年总有办法，即使在扭抱的时候，他也觉得桑德尔的体力变得比他强起来。等到裁判把他们拉开的时候，他所看到的，是一个身体已经复原了的青年。桑德尔变得一刻比一刻强壮。他的拳头，起初还是软绵绵的，不起作用，现在已经变得又硬又准了。汤姆昏花的眼睛看见对手戴着手套的拳头正在向自己的下巴打来，他打算抬起胳膊来保护。他看到了这个危险，而且准备这样抵御，可是他的胳膊太重了。他好像给电击中一样，感到一种剧烈的痛苦，同时，眼前一黑，他什么都不知道了。

十六

等到他再睁开眼睛的时候，他已经坐在自己的一角，只听见观众的喊声像邦狄海的惊涛骇浪一样。他的后脑压在一块潮湿的海绵上，锡特·沙利文正在向他脸上和胸口上喷冷水，让他苏醒过来。他的手套已经给脱下了，桑德尔正弯下腰来，跟他握手。他一点也不恨这个打昏了他的人，因此，他热诚地跟他握手，一直握得自己破了的指关节疼得受不了。然后，桑德尔就走到拳击场当中，观众停止了喧嚷，听他讲话。他接受了年轻的普龙图的挑战，而且建议把超过一般赌注的大赌注加到一百磅。汤姆无动于衷地听着，这时他的助手们拭去他身上的热汗，揩干他的脸，以便他可以出场。他觉得很饿。这不是那种寻常的、胃很疼的饥饿感，而是一种极度的衰弱，一种心口悸动、传遍全身的感觉。他回想起刚才比赛时，桑德尔摇摇欲坠、快要失败的那一刻。唉，一块牛排就顶用了！决定胜负的那一拳，就缺少这块牛排，现在他输了，这全因为那块牛排。

他的助手们扶着他，帮助他钻过绳子。他挣脱他们的手，自个儿低头钻过绳子，沉重地跳到地板上，跟在替他从拥塞的中央过道挤出一条路的助手们后面。当他离开更衣室到街上去的时候，有一个年轻人在大厅的入口对他说了几句话。

“刚才他在你掌控之中的时候,你为什么不把他打倒呢?”这个小伙子问道。

“去你妈的!”汤姆·金一面说,一面走下台阶,到了人行道上。

街角上酒店的门开得大大的,他看到那些灯光和含笑的女侍者,听到很多人都在谈论这次比赛,他还听到了柜台上那代表着生意兴隆的叮当直响的钱声。有人喊他喝一杯,他犹豫了一下,就谢绝了,继续走路。

他口袋里连一个铜板也没有,回家的两英里路好像特别长。他的确老了,走过都门公园的时候,他突然在一张凳子上垂头丧气地坐了下来,因为他想起了他的老婆正坐着等他,等着听拳赛的结果。这比任何致命的拳头都沉重,简直无法承受。

十七

他觉得人很衰弱,身上处处酸疼,那些打碎了的指关节也很疼,它们在警告他,即使他找到了一件粗活儿,也要等一个星期后,他才能握得住一把锄头或者铲子。饿得心口悸动的感觉使他要呕吐。悲惨的心情压倒了他,他眼睛里涌出了不常有的泪水,他用手蒙住脸,一面哭,一面想起了很久之前那天晚上,他对待斯图赛尔·比尔的情形。可怜的老斯图赛尔·比尔!现在他才明白了比尔为什么在更衣室里痛哭。

点评:

一个人的成败,一个家庭的存亡,都系于一块牛排上。作者选取的角度是十分小巧却又奇特的。作为拳击手的主人公,曾经是一名无限风光的拳击名家,获得过很多荣誉,也挣了很多钱。可是当他年老迟暮,已经过了拳击生涯的高峰期,不复当年之勇时,一切都远离了他,他穷困潦倒,连买一块牛排的钱都没有。他只能成为年轻拳手前进道路上的垫脚石。

但是主人公并没有完全放弃希望,他利用多年的经验,采取适当的策略,想通过击败年轻拳手获取一大笔奖金以使自己的家庭摆脱经济困境。一切都在按照他的计划进行,但他最后还是输在了年老体衰上。自然的规律是无法反抗的。

自始至终他都想，要是有一块牛排充饥，他一定能打败对手。其实，他缺少的不是一块牛排的力气，而是缺少失去的岁月：斗转星移，后浪推前浪，没有人能永远是生活的强者——每个人的生命中都有一个瓶颈，那是人生最寒冷的冬天。它就在前路等着你，你躲不过它。汤姆·金与其说同饥饿和死亡抗争，不如说是与恐惧抗争，作者出色地描绘了这种抗争。让我们从字里行间看到了生命本身那巨大的潜在能量，这种能量是无法诋毁的，它会让你活下去。不管你面对的是什么，哪怕是吞噬你的荒野，是吃掉你的野兽，还是饥饿、疲惫，生命都会帮助你战胜它。

作者一向喜欢以狼作为一种象征，本文也可以看出这种影子。主人公虽然在结局上是个失败者，是一匹衰老的狼，一匹病狼，但是他在证明了自己最后的失败之前，决不放弃任何努力的机会；在他已经验证了自己的失败之后，他也绝不理睬别人对他的怜惜和同情。孤独和冷漠当中的热烈和愤怒，正是狼的本性，尽管衰老了，得病了。

在写作手法上，作者一方面切入情节，步步推进，让特定环境的强大压力与人一起构成紧张气氛中的张力，以悬念吸引读者；一方面却设置了一个意料之外、情理之中的结局，让人既感惊讶却又能释怀。其次，作者的用笔张弛有度，在对人物外貌进行描述时，寥寥几笔就将人物的特征抓住；可是在具体情节的进展中，相当细腻的笔触使得人物在其中逐渐丰富。同时，人物的心理描写十分到位，让人印象深刻。而本文最值得学习的是对整个拳击过程的描写，作者没有沉溺于对血腥、暴力的欣赏，而是通过人物的心理活动，观众的反应将整个赛场的气氛渲染起来，让人有身临其境之感。

热爱生命

一切，总算剩下了这一点——
他们经历了生活的困苦颠簸；
能做到这种地步也就是胜利，
尽管他们输掉了赌博的本钱。

他们两个一瘸一拐地，吃力地走下河岸。有一次，走在前面的那个还在乱石中间被绊了一下，摇晃了一下。他们又累又乏，因为长期忍受苦难，脸上都带着愁眉苦脸、咬牙苦熬的表情。他们肩上捆着用毯子包起来的沉重包袱。那条勒在额头上的皮带总算还结实耐用，帮着吊住了包袱。他们每人拿着一支来福枪，弯着腰走路，肩膀冲着前面，而脑袋伸得更前，眼睛总是瞅着地面。

"我们藏在地窖里的那么些子弹，要是有两三发在我们身边就好了。"走在后面的那个人说道。

他的声调，阴沉沉的，干巴巴的，完全没有感情。他冷冷地说着这些话；前面的那个只顾一瘸一拐地向流过岩石、激起一片乳白色泡沫的小河里走去，一句话也不回答。

后面的那个紧跟着他。他们两个都没有脱掉鞋袜，虽然河水冰冷——冻得他们脚腕子疼痛，两脚麻木。每逢走到河水漫到他们膝盖的地方，由于水流的冲击，两个人都摇摇晃晃地站不稳。跟在后面的那个在一块光滑的圆石头上滑了一下，差一点摔倒，但是，他猛力一挣，站稳了，同时痛苦地尖叫了一声。他仿佛有点头昏眼花，一面摇晃着，一面伸出那只闲着的手，好像打算扶着空中的什么东西。站稳之后，他再向前走去，不料又摇晃了一下，几乎摔倒。于是，他就站着不动，瞧着前面那个人，他一直没有回过头来看一下。

他这样一动不动地站了足足一分钟，好像在心里说服自己一样。接着，他就叫了起来："嘿，比尔，我扭伤脚腕子啦。"

比尔继续在白茫茫的河水里一摇一晃地走着，没有回头。

瞅着他这样走去，后面那个人的脸上虽然照旧没有表情，但眼睛里却流露出一种神色，好像一只受伤的鹿的眼神。

前面那个人一瘸一拐，登上对面的河岸，依旧不回头，只顾向前走去。河里的人眼睁睁地瞧着，嘴唇有点发抖，因此，他嘴上那丛乱棕似的胡子也在明显地抖动。他甚至不知不觉地伸出舌头来舐舐嘴唇。

"比尔！"他大声地喊着。

这是一个坚强的人在患难中的求援的喊声，但比尔并没有回头。他的伙伴干瞧着他，只见他奇怪地一瘸一拐地走着，跌跌撞撞地前进，摇摇晃晃地登上一片平缓的斜坡，向矮山头上不十分明亮的天际走去。后面的人一直瞧着他跨过山头，消失了，踪影全无。于是他调转目光，慢慢扫过比尔走后留给他的那一圈世界。

靠近地平线的太阳，像一团将要熄灭的火球，几乎被那些混混沌沌的浓雾同蒸气遮蔽了，让你觉得它好像是什么密密团团、轮廓模糊、不可捉摸的东西。这个人单腿立着休息，掏出了他的表，现在是四点钟，在这种七月底或者八月初的季节里——他说不出一两个星期之内的确切的日期——他知道太阳大约是在西北方。他瞧了瞧南面，知道在那些荒凉的小山后面就是大熊湖；同时，他还知道在那个方向，北极圈的禁区界线深入到了加拿大冻土地带之内。他所站的地方，是铜矿河的一条支流，铜矿河本身则向北流去，通向加冕湾和北冰洋。他从来没到过那儿，但是，有一次，他在哈德逊湾公司的地图上曾经瞧见过那地方。

他把周围那一圈世界重新扫了一遍。这是一片叫人看了发愁的景象：到处都是模糊的天际线；小山全是那么低低的；没有树，没有灌木，没有草——什么都没有，只有一片辽阔得叫人感到可怕的荒野，他的两眼迅速地露出了恐惧的神色。

"比尔！"他悄悄地一次又一次地重复喊道："比尔！"

他在白茫茫的水里畏缩着，好像这片漫无边际的世界正在用压倒一切的力量挤压着他，正在残忍地摆出得意的威风来摧毁他。他像发疟疾似的抖了起来，手里的枪"哗啦"一声落到水里。这一声总算把他惊醒了。他和恐惧斗争着，尽力打起精神，在水里摸摸索索地找到了枪。他把包袱向左肩挪动了一下，以便减轻对扭伤了的脚腕子的压力。接着，他就慢慢地小心谨慎地向河岸走去，因为受伤的疼痛，他依然显得畏畏缩缩。

他一步也没有停，像发疯似的拼着命，不顾疼痛，匆匆登上斜坡，走向前面那个人失去踪影的那个山头——比起那个一瘸一拐的伙伴来，他的样子更显得古怪、笨拙而又可笑。可是到了山头，只看见一片死气沉沉、寸草不生的浅谷。再次和恐惧斗争着，他克服了它，把包袱再往左肩挪了挪，蹒跚地走下山坡。

谷底一片潮湿，厚厚的苔藓，像海绵一样紧贴在水面上。他走一步，水就从他脚底下四溅而出，他每次一提起脚，就会发出一种吧咂吧咂的声音，因为潮湿的苔藓总是会吸住他的脚，不肯放松。他选着那些好走的路，从一块沼地走到另一块沼地，并且顺着比尔的脚印，走过一堆一堆的石头——如果说这片苔藓像一片海，那么那些石头就是突显在海里的小岛。

虽然是孤零零的一个人，他却没有迷路。他知道，再往前去，就会走到一个小湖旁边，那儿有许多极小极细的已经枯死的枞树，当地的人把那儿叫作"提青尼其利"——意思是"小棍子地"。而且，还有一条小溪通到湖里，溪水不是白茫茫的。

溪上有灯心草——这一点他记得很清楚——但是没有树木，他可以沿着这条小溪一直走到水源尽头的分水岭。他会翻过这道分水岭，走到另一条小溪的源头，这条溪是向西流的，他可以顺着水流走到狄斯河，那里，在一条翻了的独木船下面，他们曾经挖了一个小坑，坑上面堆着许多石头。他那支空枪所需要的子弹，还有钓钩、钓丝和一张小渔网——打猎钓鱼求食的一切工具，他们都埋在了那个坑里，同时还包括一些面粉、一块腌猪肉和一些豆子。

比尔会在那里等他，他们会顺着狄斯河向南划船到大熊湖。接着，他们就会在湖里朝南方划，一直朝南，直到迈肯齐河。到了那里，他们还要继续朝着南方走去，那么冬天就怎么也赶不上他们了。让湍流结冰吧，让天气变得更寒冷凛冽吧，他们会向南走到一个暖和的哈德逊湾公司的站头，那儿不仅树木长得高大茂盛，吃的东西也十分丰富。

这个人一路向前挣扎的时候，脑子里就是这么想的。他不仅在苦苦地拼着体力，也同样苦苦地绞尽脑汁，他尽力说服自己比尔并没有抛弃他，比尔一定会在藏东西的地方等他。

他不得不这样想，不然，他就不会这样拼命了，他会早就放弃了，会躺下来死掉。当那团模糊的像圆球一样的太阳慢慢向西北方沉下去的时候，他一再盘算着在冬天追上他和比尔之前，他们逃向南方的每一寸路。他反复地想着地窖里和哈德逊湾公司站头上的食物。他已经两天没吃东西了；至于没有吃到他想吃的东西的日子，那就更不止两天了。他常常弯下腰，摘起沼泽地上那种灰白色的浆果，把它们放到嘴里，嚼几下，然后吞下去。这种沼地浆果只有一小粒种籽，外面包着一点浆水。一进嘴，水就化了，种籽又辣又苦。他知道这种浆果并没有营养，但是他仍然抱着一种希望，不顾道理、不顾经验教训地耐心地嚼着它们。

走到九点钟的时候，他在一块岩石上绊了一下，因为极端的疲倦和衰弱，他摇晃了一下就摔倒了。他侧着身子一动也不动地躺了一会。接着，他从捆包袱的皮带当中抽出身子，笨拙地挣扎起来勉强坐着。这时候，天还没有完全黑，他借着尚未散去的一线光亮，在乱石中间摸索着，收集了一堆干枯的苔藓。他升起一蓬火——一蓬不旺的、冒着黑烟的火——并且放了一个装满水的白铁罐子在上面煮着。

他打开包袱的第一件事就是数数他的火柴。一共六十六根，为了弄清楚，他数了三遍。他把这些火柴分成几份，用油纸包起来，一份放在他的空烟草袋里，一份放在他破帽子的帽圈里，最后一份放在贴胸的衬衫里面。做完以后，他忽然感到一阵恐慌，于是把它们完全拿出来打开，重新数了一遍。

仍然是六十六根。

他在火边烘着潮湿的鞋袜。鹿皮鞋已经成了湿透了的碎片；毡袜子有好多地方都磨出了洞；两只脚皮开肉绽，都在流血。一只脚腕子胀得血管直跳,已经肿得和膝盖一样粗了。他一共有两条毯子,他从其中的一条毯子上撕下一长条,把脚腕子扎紧。此外,他又撕下几条,裹在脚上,代替鹿皮鞋和袜子。接着,他喝完那罐滚烫的水,上好表的发条,就爬进两条毯子当中。

他睡得好像死了一样。午夜前后那短暂的黑暗来而复去。

太阳从东北方升了起来——或者说那个方向出现了曙光,因为太阳给乌云遮住了。

早晨六点钟的时候,他醒了过来,静静地仰面躺着。他仰视着灰色的天空,感觉肚子饿了。当他用胳膊肘撑着准备翻身的时候,一种很大的呼噜声把他吓了一跳——他看见了一只公鹿,它正在用机警而又好奇的眼神瞧着他。这个牲畜离他不过五十尺,他脑子里立刻出现了鹿肉架在火上烤的情景,吆吆作响,香味扑鼻。他下意识地抓起了那支空枪,瞄好准星,扣了一下扳机。公鹿哼了一下,一跳就跑开了,只留下它奔过山岩时蹄子"嗒嗒"乱响的声音。

这个人骂了一句,扔掉那支空枪。他一面拖着身体站起来,一面大声哼哼。他很慢,很吃力,关节就像生了锈的铰链,在骨臼里的动作很迟钝,阻力很大,一屈一伸都得咬着牙才能办到。最后,两条腿总算站住了,但他又花了一分钟左右的工夫才挺起腰,才能够像一个正常人那样站得笔直。

他慢腾腾地登上一个小丘,看了看周围的地形:既没有大树,也没有小树丛,什么都没有,只看到一望无际的灰色苔藓,点缀着一些灰色的岩石,几片灰色的小湖,几条灰色的小溪,算是一点装饰。天空也是灰色的,没有太阳,连太阳的影子都没有。他不知道哪儿是北方,他已经忘了昨天晚上是走哪条路来到这里的,不过好在他并没有迷失方向。

他知道,不久他就会走到那块"小棍子地"。他觉得它就在左面不远的什么地方——可能翻过下一座小山头就到了。

于是他就回到原地,打好包袱,准备动身。他摸了摸那三包分别放开的火柴,没有再掏出来数数。接着,他踌躇了一下,在那儿一个劲地盘算,这次是为了一个厚实的鹿皮口袋。袋子并不大,他可以用两只手把口袋完全合起来。但它有十五磅重——相当于包袱里其他东西的总和——这使他发愁。最后,他把它放在一边,开始卷包袱。可是,卷了一会,他又停下手,盯着那个鹿皮口袋。他匆忙地把它抓到手里,用一种不安的眼光瞧瞧周围,仿佛这片荒原要把它抢走似的;等到他站起来,摇摇晃晃地开始这一天的行程的时候,这个口袋仍然在他背后的包袱里。

他转向左面走着,不时停下来吃沼地上的浆果。扭伤的脚腕子已经僵了,他比昨天瘸得更明显,但是,比起肚子饿的痛苦,脚疼就算不上什么。饥饿的疼痛剧烈地一阵一阵地发作,好像在啃着他的胃,疼得他不能集中思想看清去“小棍子地”必须走的路线。沼地上的浆果并不能减轻这种剧痛,那种味道反而刺激得他的舌头和口腔更加热辣辣的。

他走到了一个山谷,那儿有许多松鸡从岩石和沼地里呼呼地拍着翅膀飞起来,发出一种“咯儿-咯儿-咯儿”的叫声。他拿石子打它们,但没有打中。他把包袱放在地上,像猫捉麻雀一样地偷偷走过去。锋利的岩石擦过他的裤子,划破了他的腿,膝盖流出的血在地面上留下一道血迹;但是相比于饥饿的痛苦,这种痛苦也算不了什么。他在潮湿的苔藓上爬着,弄得衣服湿透,身上发冷;可是这些他都无所谓,因为他最强烈的念头就是吃东西。而那一群松鸡却总是在他面前飞起来,呼呼地转,到后来,它们那种“咯儿-咯儿-咯儿”的叫声简直就像在嘲笑他。于是他就咒骂它们,随着它们的叫声对它们大叫起来。

有一次,他爬到了一只睡着了的松鸡旁边。他一直没有瞧见,直到那松鸡从岩石的角落里冲着他的脸蹿起来,他才发现。他和那只松鸡一样惊慌,慌忙抓了一把,只捞到了三根尾巴上的羽毛。当他瞅着它飞走的时候,他心里非常恨它,好像它做了什么对不起他的事。随后他回到原地,背起包袱。

时光渐渐消逝,他走进了连绵的山谷,或者说是沼地,这些地方的野生动物比较多。一群驯鹿走了过去,大约有二十多头,都呆在可望而不可及的来福枪的射程以内。他心里有一种想追赶它们的疯狂念头,而且相信自己一定能追上去捉住它们。一只黑狐狸朝他走了过来,嘴里叼着一只松鸡。这个人发出一种可怕的喊声,那只狐狸吓跑了,可是没有丢下

松鸡。

傍晚时，他顺着一条小河走去，含着石灰而变成乳白色的河水从稀疏的灯心草丛里流过去。他紧紧抓住这些灯心草的根部，拔起一种好像嫩葱芽但只有木瓦上的钉子那么大的东西。这东西很嫩，他的牙齿咬进去，发出了一种“咯吱咯吱”的声音，看起来味道不错，但是它的纤维却不容易嚼。

它是由一丝丝的充满了水分的纤维组成的：跟浆果一样，完全没有养分。他丢开包袱，爬到灯心草丛里，像牛似的大咬大嚼起来。他非常疲倦，总希望能歇一会——躺下来睡个觉；可是他又不得不继续挣扎前进——不过，这并不完全是因为他急于要赶到“小棍子地”，多半还是饥饿在逼着他。他想在小水坑里找青蛙，或者想用指甲挖土找小虫，虽然他也知道，这么远的北方是既没有青蛙也没有小虫的。

他瞧遍了每一个水坑，都没有收获。最后，当漫漫暮色袭来的时候，他才发现一个水坑里有一条独一无二的好像是鲦鱼的小鱼。他把胳膊伸进水里去，水一直没到肩头，但是小鱼又溜开了。于是他用双手去捉，把池底的乳白色泥浆全搅浑了。正在紧张的关头，他掉进了坑里，半身都浸湿了。现在，水太浑了，已经看不清鱼在哪儿，他只好等着，等泥浆沉淀下去。

他又开始捉，直到水又被搅浑了。可是他等不及了，便拿出身上的白铁罐子，把坑里的水舀出去；一开始，他发狂一样地舀着，把水溅到自己身上，同时，泼出去的水距离坑太近，又流回坑里。后来，他就更小心地舀着，尽量让自己冷静一点，虽然他的心跳得很厉害，手在发抖。这样过了半小时，水差不多舀光了，只有不到一杯水在坑里。

可是，鱼没有了；他这才发现石头里面有一条暗缝，那条鱼已经从那条缝里钻到了旁边一个相连的大坑——那个坑里的水他一天一夜也舀不完。如果他早知道有这个暗缝，一开始他一定就会把它堵死，那条鱼也就能被他捉住了。他这样想着，四肢无力地倒在潮湿的地上。他开始轻轻地哭，过了一会，他就对着把他团团围住的无情的荒原号啕大哭，最后，他又大声抽噎了好久。

他升起一堆火,喝了几罐热水让自己暖和暖和,并且照昨天晚上那样在一块岩石上露宿。最后他检查了一下火柴是否干燥,并且上好表的发条。毯子依然又湿又冷,脚腕子的血管还是疼得不断跳动。可是他只有饿的感觉,在不安的睡眠里,他梦见了一桌桌酒席和一次次宴会,以及那摆在桌上的各种各样的食物。

醒来时,他又冷又难受。天上没有太阳,灰蒙蒙的大地和天空变得愈来愈阴沉昏暗。一阵刺骨的寒风刮来,初雪铺白了山顶。他周围的空气愈来愈浓,成了白茫茫一片,这时,他已经升起火,又烧了一罐开水。天上下的一半是雨,一半是雪,雪花又大又潮。起初,雪一落到地面就融化了,但后来越下越多,盖满了地面,扑灭了火,白白浪费了他那些当作燃料的干苔藓。

这是一个警告,他得背起包袱,一瘸一拐地向前走;至于往哪儿去,他并不知道。他既不关心"小棍子地",也不关心比尔和狄斯河边那条翻过来的独木舟下的坑洞。他完全被"吃"这个词儿控制住了。他饿疯了,根本不管走的是什么路,只要能走出这个谷底就成。他在湿雪里摸索着,走到湿漉漉的沼地浆果那儿,接着又一面连根拔着灯心草,一面试探着前进。不过这东西既没有味,又不能把肚子填饱。

后来,他发现了一种带酸味的野草,就把找到的这种野草都吃了下去,可是找到的并不多,因为这是一种蔓生植物,很容易被几寸深的雪埋没。那天晚上他既没有生火,也没有烧热水,只是钻在毯子里睡觉,夜里常常饿醒。这时,雪已经变成了冰冷的雨,落在他仰着的脸上,把他淋醒了好多次。天亮了——又是灰蒙蒙的一天,没有太阳。雨停了,刀绞般的饥饿感也消失了。他已经丧失了想吃食物的那种迫切欲望。胃里只是隐隐作痛,但并不使他过分难受。他的脑子已经比较清醒,又开始一心一意地想着"小棍子地"和狄斯河边的坑洞了。

他把撕剩的那条毯子又扯成一条一条的,把那双鲜血淋淋的脚裹好,同时把扭伤的脚腕子重新扎紧,为这一天的旅行做好准备。等到收拾包袱的时候,他看着那个厚实的鹿皮口袋,想了很久,最后还是决定把它随身带着。

雪已经给雨水淋化了，只有山头还是白的。太阳出来了，他终于能够根据罗盘判断出方位来。虽然他知道现在已经迷了路，在前两天的游荡中，他也许走得过分偏左了。因此，为了校正，他就朝右面走，以期能走上正确的路程。

现在，虽然饿的痛苦已经不再那么明显，但他却感到了虚弱。他在摘那种沼地上的浆果，或者拔灯心草的时候，常常不得不停下来休息一会。他觉得舌头很干燥、很大，好像上面长满了细毛，在嘴里发苦。他的心脏给他添了很多麻烦，每走几分钟，他的心就会猛烈地怦怦跳一阵，然后变成一起一落的迅速猛跳，这种痛苦逼得他透不过气，只觉得头昏眼花。

中午时分，他在一个大水坑里发现了两条鲦鱼。把坑里的水舀光是不可能的，但是现在他比较镇静，就想法子用白铁罐子把它们捞起来，这鱼只有他的小手指头那么长。现在他并不觉得特别饿，胃里的隐痛已经愈来愈麻木，愈来愈没有感觉了，胃就好像睡着了似的。他把鱼生吃下去，费劲地咀嚼着，因为吃东西已经成了纯粹出于理智的行为。他虽然并不想吃，但是他知道，为了活下去，必须吃。

黄昏的时候，他又捉到了三条鲦鱼。他吃掉两条，留下一条作第二天的早餐。太阳已经晒干了散布零星的苔藓，他有条件烧点热水让自己暖和暖和了。这一天，他走了不到十英里路；第二天，由于心脏的许可，他继续往前走，只走了五英里多地。但是胃里却没有一点不舒服的感觉——它已经睡着了。

现在，他到了一个陌生地带，驯鹿愈来愈多，狼也渐渐多起来了。荒原里常常传出狼嗥声，有一次，他还瞧见了三只狼在他前面穿过。

又过了一夜。早晨，因为头脑比较清醒，他就解开系着那厚实的鹿皮口袋的皮绳，从袋口里倒出一堆黄澄澄的粗金沙和金块。他把这些金子分成了大致相等的两堆，一堆包在一块毯子里，在一块突出的岩石下藏好，把另外那堆仍旧装到口袋里。同时，他又从剩下的那条毯子上撕下几条，用来裹脚。他仍然舍不得扔掉他的枪，因为狄斯河边的坑洞里有子弹。

这是一个下雾的天气，这一天，他又有了饿的感觉。他的身体非常虚弱,他晕得一阵一阵地看不见任何东西。现在,对他来说,动不动就被绊摔跤已经不是稀罕事了;有一次,他被绊了一跤,正好摔到一个松鸡窝里。那里面有四只刚孵出的小松鸡,出世才一天的样子——那些活蹦乱跳的小生命只够吃一口;他狼吞虎咽,把它们活活塞到嘴里,像嚼蛋壳似的吃起来。母松鸡大吵大叫地在他周围扑来扑去。他把枪当作棍子来打它,可是它闪开了。他投石子打它,碰巧打伤了它的一个翅膀。松鸡拍击着受伤的翅膀逃开了,他在后面追赶。

那几只小鸡只吊起了他的胃口。他拖着那受伤的脚腕子,一瘸一拐、跌跌撞撞地追下去,时而对母松鸡扔石子,时而粗声吆喝;有时候,他虽然一瘸一拐,却不声不响地追着,摔倒了就咬紧牙关耐心地爬起来,或者在头晕得支持不住的时候用手揉揉眼睛。

这么一追,竟然穿过了谷底的沼地,发现了潮湿苔藓上的一些脚印。这不是他自己的脚印,他看得出来。一定是比尔的,不过他不能停下,因为母松鸡正在向前跑,他得先把它捉住,然后再回来察看。

母松鸡逃得精疲力尽,可是他自己追得也很累。母松鸡歪着身子倒在地上喘个不停,他也歪着倒在地上喘个不停。尽管只隔着十来尺,他却没有力气爬过去。等到他恢复过来,它也恢复过来了,他的手才伸过去,它就扑着翅膀,窜到了他够不到的地方。这场追赶就这样继续下去。天黑时,它终于逃掉了。由于浑身软弱无力,他又绊了一跤,头重脚轻地栽下去,脸被划破了,包袱压在了背上。他一动不动地趴了好久,后来才翻过身,侧着躺在地上,上好表,在那儿一直躺到第二天天亮。

又是一个下雾的日子。他剩下的那条毯子的一半被做了包脚布。他没有找到比尔的踪迹。可是这都无所谓,饥饿逼得他太厉害了——不过——不过他又想,是不是比尔也迷了路。走到中午的时候,累赘的包袱压得他受不了,于是他重新把金子分开。这一次他只把其中的一半倒在地上。到了下午,剩下来的那一点也被他扔掉了,现在,他只有半条毯子、那个白铁罐子和那支枪。

一种幻觉开始折磨他,他觉得自己很肯定还剩下一粒子弹在枪膛里,只是他一直没有想起。可是另一方面,他也始终明白,枪膛里是空的。这种幻觉总是萦绕着他,不肯散去。他斗争了几个钟头,想摆脱这种幻觉。后来他打开枪,结果枪膛的的确确是空的。这样的失望非常痛苦,仿佛他真的希望会找到那粒子弹似的。

经过半个钟头的跋涉之后,这种幻觉又出现了。于是他又跟它斗争,而它又缠住他不放,直到他又打开枪膛想打消自己的这种怪念头。有时候,他越想越远,只好一面本能地向前跋涉,一面任凭种种奇怪的念头和狂想像蛀虫一样地啃他的脑髓。但是这类脱离现实的逻辑思维大都维持不了多久,因为饥饿的痛苦总会把他从这幻觉中刺醒。有一次,正在这样瞎想的时候,他忽然猛地惊醒过来,看到一个叫他几乎昏倒的东西。他像喝醉了酒一样地晃荡着,好让自己不致跌倒。在他面前站着一匹马……一匹马?他简直不能相信自己的眼睛。霎时间,他觉得眼前一片漆黑,金星乱迸。他狠狠地揉着眼睛,让自己瞧瞧清楚,原来那并不是马,而是一头大棕熊。这个畜生正在用一种好战又好奇的眼光仔细察看着他。

这个人肩膀上抬,把枪举起一半,就记起来关于子弹的问题。他放下枪,从屁股后面的镶珠刀鞘里拔出猎刀。他面前是肉和生命,他用大拇指试试刀刃——刀刃很锋利,刀尖也很锋利。

本来他也许会扑到熊身上,把它杀了。可是他的心却开始猛跳,这是一种警告;接着心又向上猛顶,迅速跳动,头像给铁箍箍紧了似的,脑子里有一阵越来越强的昏迷。

他的不顾一切的勇气已经被一阵汹涌起伏的恐惧驱散了。处在这样无力的境况中,如果那个畜生攻击他,怎么办?

他只好尽力摆出极其威风的样子,握紧猎刀,恶狠狠地盯着那头熊。它笨拙地向前挪了两步,站直了,试探般地发出咆哮。

如果这个人逃跑,它就追上去;可是这个人并没有逃跑。现在,由于恐惧而产生的勇气已经使他振奋起来。他也同样在咆哮,而且声音非常凶野,非常可怕,那是一种生死攸关紧紧地缠着生命的根基的恐惧。

那头熊慢慢向旁边挪动了一下,发出威胁的咆哮,连它自己也被这个站得笔直、毫无畏惧的神秘动物吓住了。可是这个人仍旧不动,他像雕塑一样地站着。直到危险渐渐离去,他才猛地哆嗦了一阵,倒在潮湿的苔藓里。

他重新振作起来，继续前进，心里又产生了一种新的恐惧。这不是害怕自己会死于断粮而又束手无策，而是害怕饥饿还没有耗尽他的最后一点求生力，他就已经被凶残地摧毁了。这地方的狼很多，狼嗥声在荒原上飘来飘去，好像在空中交织成一片危险的罗网，伸手就可以摸到，吓得他不由举起双手向后推去，仿佛那罗网是被风刮紧了的帐篷。

那些狼时常三三两两地从他前面走过。但是都避着他，一是因为它们的数量不多，其次，它们要找的是不会强烈反抗的驯鹿，而眼前这个直立走路的奇怪动物却可能会又抓又咬。

傍晚时他见到了许多零乱的骨头，说明狼在这儿咬死并吃掉过一头野兽。这些残骨在一个钟头以前也许还是一头小驯鹿，一边尖叫，一边飞奔，非常活跃。他端详着这些已经被啃得精光发亮的骨头，其中只有一部分还没有死去的细胞泛着粉红色。难道在天黑之前，自己也可能变成这个样子吗？生命就是这样吗，呃？真是一种空虚的转瞬即逝的东西？只有活着才感到痛苦，死并没有什么难过。死就等于睡觉，它意味着结束、休息。那么，为什么他不甘心死呢？

但是，他对这些大道理想得并不深刻。他蹲在苔藓地上，嘴里衔着一根骨头，吮吸着上面仍然微微泛红的残余生命。甜蜜蜜的肉味，跟回忆一样隐隐绰绰，不可捉摸，却令他几乎要发疯。他咬紧骨头，使劲地嚼。他咬碎了一点骨头，但有时也咬碎了自己的牙，于是他就用石头来砸骨头，把它捣成了酱，然后吞到肚里。匆忙之中，有时也砸到自己的指头，可令他感到惊奇的是，石头砸他指头的时候，他并不觉得很疼。

接着下了几天可怕的雨雪。他不知道什么时候露宿，什么时候收拾行李。他白天黑夜都在赶路，在哪里摔倒就在哪里休息，等到垂危的生命火花闪烁起来、微微燃烧的时候，就再起来慢慢向前走。他已经不再像人那样挣扎了。逼着他向前走的，是他的生命，因为它不愿意死。他也不再痛苦了，因为神经已经变得迟钝、麻木，他的脑子里则充满了怪异的幻象和美妙的梦境。

不过，他老是吮吸咀嚼着那只小驯鹿的碎骨头，这是他收集起来随身带着的一点残屑。他不再翻山越岭了,只是机械地顺着一条流过宽阔浅谷的溪水走去。可是他既没有看见溪流,也没有看到山谷,他只看到幻象。他的灵魂和肉体虽然在一起向前走,向前爬,但它们是分开的,它们之间的联系已经非常微弱。

有一天,他醒过来,仰卧在一块岩石上,神智还很清楚。天气晴朗暖和,他听到远处有一群小驯鹿尖叫的声音。他只隐隐约约地记得下过雨,刮过风,落过雪,至于他究竟被暴风雨吹打了两天还是两个星期,他并不清楚。

他一动不动地躺了好一会,温暖的太阳照在他身上,使他那受苦受难的身体充满了暖意。这是一个晴天,他想道。

也许,他可以想办法确定自己的方位。他痛苦地使劲偏过身子;下面是一条流得很慢的宽阔河面。他觉得这条河很陌生,这很奇怪。他慢慢地顺着河望去,宽广的河湾在许多光秃秃的小荒山之间蜿蜒远去,那些山比他往日碰到的任何小山都更光秃,更荒凉,更低矮。于是,他慢慢地,从容地,毫不激动地,或者顶多也只是抱着一种极偶然的兴致,顺着这条奇怪的河流的方向,向天际望去,只看到它注入一片明亮光辉的大海。他仍然没有激动,太奇怪了,他想道,这是幻象吗,也许是海市蜃楼吧——多半是幻象,是他错乱的神经搞出来的把戏。后来,他又看到光亮的大海上停泊着一只大船,就更加坚定地认为这是幻象。他眼睛闭了一会再睁开。奇怪,这种幻象竟会如此地经久不散!然而并不奇怪,他知道,在荒原中心绝不会有什么大海、大船,正如他明白自己的枪膛里没有子弹一样。

他听到背后有一种吸鼻子的声音——仿佛喘不出气或者咳嗽的声音。由于身体极端虚弱和僵硬,他极慢极慢地翻了一个身。他没看到附近有什么特殊的东西,但是他耐心地等着。

又听到了吸鼻子和咳嗽的声音,在离他不到二十尺远的两块岩石之间,他隐约看到一匹灰狼的头。那双尖耳朵并不像别的狼那样竖得笔直;一双眼睛昏暗无光,布满血丝;脑袋好像无力而又苦恼地耷拉着。这个畜生不断地在太阳光里眨眼,好像当他瞧着它的时候,它就开始吸鼻子和咳嗽。

至少,这总是真的,他一边想,一边又翻过身,想再瞧瞧先前被幻象遮住的现实世界。可是,远处仍旧是一片光辉的大海,那条船仍然清晰可见。难道这是真的吗?他闭着眼睛,想了好一会,终究想出来了:他一直在向北偏东走,已经离开了狄斯分水岭,走到了铜矿谷;这条流得很慢的宽广的河就是铜矿河;那片光辉的大海是北冰洋;那条船是一艘捕鲸船,本来应该驶往迈肯齐河口,可是偏了东,太偏东了,目前停泊在加冕湾。他记起了很久以前他看到的那张哈德逊湾公司的地图,现在,对他来说,这就完全清清楚楚,入情入理了。

他坐起来,想着眼前最迫切的事情:裹在脚上的毯子已经又磨穿了,他的脚破得没一处好肉;最后一条毯子已经用完了;枪和猎刀也不见了;帽子不知在什么地方丢了;帽圈里那小包火柴也跟着一块丢了,不过,贴胸放在烟草袋里的那包用油纸包着的火柴还在,而且是干的。他瞧了一下表,时针指着十一点,表仍然在走。很明显,他一直没忘了上表。

他很冷静,很沉着。虽然身体衰弱已极,但是并没有痛苦的感觉。他一点也不饿,甚至到了即使想到食物也不会产生快感的地步。

现在,他无论做什么,都是凭着理智。他从膝盖处撕下了两截裤腿,用来裹脚。他总算没丢掉那个白铁罐子。他准备先喝点热水,然后再向船那儿走,他已经预料到这很可能是一段可怕的路程。

他的动作很慢,好像半身不遂似的哆嗦着。等到他打算去收集干苔藓的时候,他才发现自己已经站不起来了。他试了又试,最后不得不死了这条心,他用手和膝盖支着爬来爬去。有一次,他爬到了那只病狼附近。那个畜生,一面很不情愿地避开他,一面用那条好像连弯一下的力气都没有的舌头舔着自己的牙床。他注意到狼的舌头并不是那种健康的红色,而是一种暗黄色,好像蒙着一层粗糙的半干的膜。

他喝下热水之后,觉得自己可以站起来了,甚至还可以如想象中一个快死的人那样走路。他每走一两分钟,就不得不停下来休息一会儿。他软弱无力的步子,很不稳,就像跟在他后面的那只狼一样蹒跚又拖沓。这天晚上,等到黑夜笼罩了光辉的大海的时候,他知道自己和大海之间的距离只比白天缩短了不到四英里。

这一夜，他总是听到那只病狼咳嗽的声音，有时候，他又能听到一群小驯鹿的叫声。他的周围全是生命，不过那是强壮的生命，非常健康而活跃的生命，同时他也知道，那只病狼之所以要紧跟着他这个病人，是希望他先死。早晨，他一睁开眼睛就看到那个畜生正用一种饥渴的眼光瞪着他。它夹着尾巴蹲在那儿，好像一条又可怜又倒霉的狗。早晨的寒风吹得它直哆嗦，每逢他对它勉强发出一种低声咕噜似的吆喝，它就无精打采地呲着牙。

太阳升了起来，亮堂堂的。这一个早晨，他一直在绊绊跌跌地朝着那洒满光辉的海面上的那条船走。天气好极了，这是高纬度地区的那种短暂的晚秋。它可能会持续一个星期，也可能明后天就结束。

下午，他发现了一些痕迹，那是另外一个人留下的，而且可以看出那是爬而不是走的痕迹。他认为可能是比尔，不过他只是可有可无地想想而已。他并没有什么好奇心，事实上，他早已失去了兴致和热情。他已经不再感到痛苦了，因为胃和神经都睡着了。但是内在的生命却逼着他前进。他非常疲倦，然而他的生命却不愿死去。正因为生命不愿死，他才仍然要吃沼地上的浆果和鲦鱼，才要喝热水，才要一直提防着那只病狼。

他跟着那个挣扎前进的人的痕迹向前走去，不久就走到了尽头——潮湿的苔藓上散着几根才啃光的骨头，附近还有许多狼的脚印。他发现了一个跟自己的鹿皮口袋一模一样的厚实的口袋，但已经被锋利的牙齿咬破了。他那没有力气的手已经拿不动这样沉重的袋子了，可最终还是把它提了起来。比尔至死都带着这个东西，哈哈！他可以嘲笑比尔了。

他可以活下去，把口袋带到洒满光辉的海面上的那条船上。他的笑声粗厉可怕，就像乌鸦的怪叫一样，而那条病狼也随着他，一阵阵地惨嗥。突然间，他收住了笑。如果这真是比尔的骸骨，他怎么能嘲笑比尔呢；如果这些有红有白，啃得精光的骨头，真是比尔的话……

他转身走开了。没错，比尔是抛弃了他；但是他不愿意拿走那袋金子，也不愿意吮吸比尔的骨头。尽管如果事情反过来的话，比尔也许会做得出来的。他一面摇摇晃晃地向前走，一面暗暗想着这些情形。

他走到了一个水坑旁边。就在他弯下腰找鲦鱼的时候，他猛然抬起头，好像被戳了一下似的。因为他瞧见了自己的脸倒映在水里的景象，那可怕的脸色，竟然使他一时恢复了知觉，感到震惊了。这个坑里有三条鲦鱼，可是坑太大，水太多，不好舀；他用白铁罐子去捉，试了几次都不成，后来他就不再试了。他怕自己会由于极度虚弱，跌进坑里被淹死。而且，也正是因为这一点，他才没有选择跨上沿着沙洲并排漂去的木头，让河水带着他走。

这一天，他和那条船之间的距离又缩短了三英里；第二天，又缩短了两英里——因为现在他是和比尔之前一样，在爬向那里；到了第五天末尾，他发现那条船离他仍然有七英里，而他每天连一英里也爬不到了。幸亏天气仍然继续晴朗，于是他继续爬行，继续晕倒，辗转不停地爬；而那头狼也始终跟在他后面，继续地不断咳嗽和哮喘。他的膝盖已经和他的脚一样鲜血淋漓，尽管他撕下了身上的衬衫来垫膝盖，他背后的苔藓和岩石上仍然留下了一条血渍。有一次，他回头看见病狼正饿得发慌地舔着他的血渍，他不由得清清楚楚地看出了自己可能获得的结局——除非——他干掉这只狼。于是，一幕从来没人见过的残酷的求生悲剧就开始上演了——病人一路爬着，病狼一路跛行着，两个生灵就这样在荒原里拖着垂死的躯壳，相互猎取着对方的生命。

如果这是一条健康的狼，那么，他觉得倒也没有多大关系；可是，一想到自己要被这么一只令人作呕、只剩下一口气的狼吃掉，他就觉得非常恶心。他就是这样吹毛求疵。现在，他脑子里又开始胡思乱想，又被幻象弄得迷迷糊糊，而神智清楚的次数愈来愈少，清楚的时间也愈来愈短。

有一次，他从昏迷中被一种贴着他耳朵喘息的声音惊醒了。那只狼立刻一跛一跛地跳回去，因为身体虚弱，它一失足摔了一跤，样子可笑极了。可是，他一点也不觉得有趣，他甚至也不害怕，他已经到了这一步，根本顾不上考虑那些。不过，这一会，他的头脑却很清醒，于是他躺在那儿，仔细地思考。

那条船离他不过四英里路，他把眼睛擦净之后，可以很清楚地看到它；同时，他还看到了一条在洒满光辉的大海里破浪前进的小船的白帆。可是，无论如何他也爬不完这四英里路。这一点，他是知道的，而且知道以后，他还非常镇静——他连半英里路也爬不了。不过，他仍然要活下去。在经历了千辛万苦之后，他居然会死掉，这未免太不合理了。命运对他实在太苛刻了，然而，尽管奄奄一息，他还是不情愿死。也许，这种想法完全是发疯，不过，即便已无法逃出死神的铁掌，他仍然要反抗它，不肯死。

他闭上眼睛，极其小心地让自己镇静下去。疲倦像涨潮一样从他身体的各处涌上来，但是他刚强地打起精神，绝不让这种令人窒息的疲倦把他淹没。这种要命的疲倦，很像一片大海，一涨再涨，一点一点地淹没他的意识。有时候，他几乎完全被淹没了，他只能无力地用双手划着，想漂游过那黑茫茫的疲倦之海；可是，有时候，他又会凭着一种奇怪的心灵作用，另外找到一丝毅力，更坚强地划着。

他一动不动地仰面躺着，现在，他能够听到病狼一呼一吸地喘着气，慢慢向他逼近了。它愈来愈近，不断地向他逼近，好像经过了数不清的时间，但是他始终不动。它已经到了他耳边，那条干舌头磨擦着他的两腮，像砂纸一样粗糙。他那两只手一下子伸了出来——或者，至少也是他凭着毅力要它们伸出来的。他的指头弯得像鹰爪一样，可是抓了个空——敏捷和准确是需要力气的，但他没有这种力气。

那只狼的耐心真是可怕；这个人的耐心也同样可怕。

这一天，有一半时间他一直躺着不动，尽力和昏迷作斗争，等着那个要把他吃掉、而他也想吃掉它的东西过来。有时候，疲倦的浪潮涌上来，淹没了他，他会做起很长的梦；然而在这整个过程中，不论醒着或是在做梦，他都在等着那种喘息和那条粗糙的舌头来舔他。

他听不到那种喘息了，于是从梦里慢慢苏醒过来，觉得有条舌头在顺着他的一只手舔去。他静静地等着，狼牙轻轻地扣在他手上了，扣紧了；狼正在尽最后一点力量把牙齿咬进它等了很久的东西里面。可是这个人也等了很久，那只被咬破了的手也抓住了狼的牙床。于是，慢慢地，就在狼无力地挣扎、他的手也无力地掐着的时候，他的另一只手已经慢慢摸过来，一下把狼抓住。五分钟后，这个人已经把全身的重量都压在了狼的身上。他的手的力量虽然还不足以把狼掐死，可是他的脸已经紧紧地压住

了狼的咽喉，嘴里已经满是狼毛。半小时后，这个人感到一小股暖暖的液体慢慢流进他的喉咙。这东西的味道并不好，就像硬灌进他胃里的铅液，而且是纯粹凭着意志让这东西硬灌下去的。后来，这个人翻了一个身，仰面睡着了。

捕鲸船“白德福号”上，有几个科学考察队的人员。他们从甲板上望见岸上有一个奇怪的东西——它正在向沙滩下面的水面挪动。他们没法分清它是哪一类动物，但是，作为都是研究科学的人，他们就乘了船旁边的一条捕鲸艇，到岸上去察看。接着，他们发现了一个活着的动物，可是很难把它称作人。它已经瞎了，失去了知觉。它就像一条大虫子在地上蠕动着前进。尽管它用的力气大半都不起作用，但是它一直不停，它一面摇晃，一面向前扭动。它这样，一个小时大概可以爬上二十尺。

三星期以后，这个人躺在捕鲸船“白德福号”的一个铺位上，眼泪顺着他削瘦的面颊往下淌，他说出他是谁和他经历的一切。同时，他又含含糊糊断断续续地谈到了他的母亲，谈到了阳光灿烂的南加利福尼亚、橘树、花丛，以及他的家园。

没过几天，他就跟那些科学家和船员坐在一张桌子旁吃饭了，他垂涎欲滴地望着面前这么多好吃的东西，焦急地瞧着它们溜进别人的口里。每逢别人咽下一口的时候，他的眼睛里就会流露出一种深深惋惜的神情。他的神志非常清醒，可是，每逢吃饭的时候，他免不了要恨这些人。他给恐惧缠住了，他总是怕粮食吃不了多久。他向厨子、船舱服务员和船长打听食物的贮藏量。他们对他做了无数次的保证，但是他仍然不相信，仍然会狡猾地溜到贮藏室附近去亲自窥探。

看起来，这个人正在发胖，好像每天都会胖一点。那批研究科学的人都摇着头，提出他们的理论。他们限制了这个人的饭量，可是他的腰围仍然在增大，身体胖得让人吃惊。

水手们都咧着嘴笑，他们心里有数，等到这批科学家派人来监视他的时候，他们就知道了。他们看到他在早饭以后萎靡不振地走着，而且会像叫花子似的向一个水手伸出手。那个水手笑了笑，递给他一块硬面包，他贪婪地拿着面包，像守财奴瞅着金子似的瞅着它，然后把它塞到衬衫里面。别的咧着嘴笑的水手也送给他同样的礼品。

这些研究科学的人很谨慎。他们随他去,却常常暗中检查他的床铺。那上面摆着一排排的硬面包,褥子里也给硬面包塞得满满的;每一个角落都塞满了硬面包。然而他的神志非常清醒,他只是在防备可能再一次发生的饥荒——就是这么回事。研究科学的人说,他会恢复常态的;事实也是如此,“白德福号”的铁锚还没有在旧金山湾里轰隆隆地抛下去时,他就正常了。

点评:

一个美国西部的淘金者在返回的途中扭伤了脚,被朋友抛弃了。寒风夹着雪花向他袭来,他已经没有一点食物了,鞋子破了,脚在流血。他只能歪歪斜斜地蹒跚在布满沼泽、丘陵、小溪的荒原上,非常艰难地前行着。就在他的身体非常虚弱的时候,他发现一匹病狼跟在他的身后,舔着他的血迹尾随着他。两个濒临死亡的生灵拖着垂死的躯壳在荒原上互相猎取对方。为了活着回去,为了战胜这匹令他作呕的病狼,最终在人与狼的战斗中人获得了胜利,他咬死了狼,喝了狼的血。最终他获救了,使生命放射出耀眼的光芒。

这部小说以雄健粗犷的笔触,记述了一个悲壮的故事,生动地展示出人性的伟大和坚强。小说把人物置于近乎残忍的恶劣环境之中,让主人公在与寒冷、饥饿、伤病和野兽的抗争中,在生与死的抉择中,充分展现出人性深处闪光的东西,生动逼真地描写出了生命的坚韧与顽强,奏响了生命的赞歌,有着撼人心魄的力量。

主人公所面临的生死考验有饥饿、恶劣的天气(“接下来是几天可怕的雨雪”)、个人体力的极度虚弱、伤病以及野兽的威胁(“这地方的狼很多”)等。他之所以能战胜这些并顽强地生存下来,是因为他坚韧顽强,不畏艰难险阻。他虽然身体衰弱无比,并且时常处于昏迷之中,却有着惊人的意志力。在这场人与自然、人与自我的生死搏斗中,人的伟大与坚强也最鲜明地体现了出来。作品所要弘扬的正是这样一种硬汉精神。

杰克·伦敦“为生存而拼搏”并获得成功,他喜欢以“狼”自比,小说中的场景构设无疑是他对社会进化论思想的体现。艰难爬行的主人公和一直尾随其后的饥饿不堪、奄奄一息的狼所面临的选择是简单而清晰的：要么战胜对方生存下去，要么被对方战胜，沦为牺牲品。主人公以他坚毅勇敢的性格和顽强不屈的生命意志，在同狼的最后搏斗中取胜，成为真正的"强者"。小说启示人们，生命是神奇而宝贵的，只有敬畏生命，热爱生命，才能让生命光芒四射。文中的"狼"可以看作险恶的自然环境与自然力量的一种隐喻。

故事情节的传奇性与具体细节的逼真性的高度统一，可以说是这篇小说的最大特色。一方面，这篇小说的整个故事情节都带有传奇色彩。作者将主人公安置到一个困苦险恶到极点的生存环境中，让其经受着一般人难以想象的考验；另一方面，这又是一篇极为逼真的小说，我们在紧张曲折的故事情节中很难找到人为编造的痕迹，作者准确地摹拟了主人公在特定境遇中的心理感受与意识活动，非常逼真地展示了一个疲惫、衰弱的人在荒原上的艰难求生过程，其"真实性"可谓达到了无以复加的程度。我们尤其应该体会小说细腻的心理描写和逼真的细节描写。